新潮文庫

不発弾

相場英雄著

新潮社版

10977

目次

不発弾

プロローグ

つい二時間ほど前、私は中谷《なかたに》に耳打ちした。新たな助言をした途端、気の毒なほど萎《しお》れていた中谷の顔に生気が戻った。

東京メトロ大手町駅にほど近い三〇階建てインテリジェントビル前には、四、五時間前からテレビ局の中継車が何台も集まり始めた。

あと少しで、世界中の投資家が固唾《かたず》を呑《の》んで見守る会見が始まる。一流企業が起こした大スキャンダルだ。血気盛んな記者たちが口から泡を飛ばし、壇上の萎れた男に次々と怒声を浴びせる。だが、なにも心配することはない。

——なぜなら、私がついているからだ。

中谷の部下に先導され、私は会見場の真裏に設《しつら》えられた小さな控え室に入った。薄い壁を通して、場所取りで揉《も》めるカメラマンたちや、喧《かまびす》しく上司に連絡を入れる若い記者の声が響く。

ダークグレーのスーツを身に纏《まと》い、猫背の中谷が控え室に入ってきた。お詫《わ》びの会見だ。外見は努めて地味なほうがいい。ドブに落ち、弱り切った犬を演じ切ることがなによりも大切だ。中谷がドアへ向かう途中、控え室の隅から私は目配せをした。中谷はわずかに頷《うなず》き、意を決したようにドアを開けた。それからほんの二、三〇秒後だった。

〈大変お待たせいたしました。これより三田《みた》電機産業株式会社代表取締役社長、中谷真《まこと》による会見を始めさせていただきます〉

司会役の広報部員が会見の開始を告げると、薄い壁を通って凄《すさ》まじい数のシャッター音が鋭く響いた。

〈社長の中谷でございます。三カ月前に判明した当社の不適切会計について改めてお詫び申し上げます……〉

広報部のスタッフが用意した小さなモニターには、今まさに深く頭《こうべ》を垂れる中谷の姿が映っている。

それでいい。危機管理専門のコンサルタントに振り付けされた通り、四五度の角度で一五秒間頭を下げろ。型通りに謝罪会見を進行させることで、馬鹿《ばか》なマスコミと情報を鵜《う》呑《の》みにするだけの愚かな世間は納得する。

〈七年間にわたり、一五〇〇億円の不適切会計が判明して以降、弁護士や会計士による第三者委員会が徹底的に内部調査を行い、先ほど中間報告を受けました……〉

中谷がか細い声でペーパーを読み上げた。なおもシャッター音は止《や》まない。

中谷が一〇分ほど第三者委員会の報告を説明した直後、モニターの中で一人の記者が立ち上がった。日本実業新聞の編集委員だ。口火を切るのは御用メディアのベテラン記者、これもシナリオ通りだ。

〈まず第三者委員会の報告をどう受け止めたのか聞かせてください〉

記者はマイクを片手に小首を傾《かし》げ、口元を歪《ゆが》めている。さも不機嫌そうな態度だが、これも馴《な》れ合いだ。会見が始まる四時間前、産業界のクオリティペーパーを自任する日本実業新聞には、夕刊に間に合うよう第三者委員会の報告概要を伝えた。もちろん、リークという手法を使った事前のガス抜きだ。

日本の新聞やテレビは横並び体質が極めて強い。ほんの数時間待てば正式発表される内容でも、日本実業新聞はリークした情報をスクープとして扱ってくれるおめでたいメディアだ。報道とは名ばかりで、広報紙と呼んでもよい。

〈関係者のご指摘を真摯《しんし》に受け止め、経営陣の刷新が急務であることを痛感いたしました。今後も株主の皆様や専門家のご意見を聞きながら、新たな体制作りに邁進《まいしん》しま

す〉

中谷は弱々しい声で告げた。

別の記者が立ち上がった。私は事前に受け取っていた顔写真付きの出席者リストに目をやった。日頃、三田電機に出入りする経済部や産業部の記者ではなく、大和《やまと》新聞の社会部所属とある。うるさ型の典型だ。射るような視線が中谷に向かう。

〈今回の一件は社長が仰《おっしゃ》るような不適切会計ではなく、明確な粉飾決算ではありませんか。その辺りはどう考えておられますか？〉

〈第三者委員会の報告書には、不適切会計とご指摘いただいております。それ以上の回答は、私の立場からは控えたいと思います〉

中谷が手元のペーパーを見ながら言った。

一五〇〇億円もごまかしたんだ。そんなものは粉飾に決まっている。歴史的な粉飾決算を不適切会計などと言い換えさせる。これこそ、この国の大企業らしい煙《けむ》の巻き方だ。

〈今後、不正を許してきた歴代経営陣の責任は？〉

〈中谷さんが取締役時代、歴代社長からプレッシャーを受けたことは？〉

記者団から矢継ぎ早に質問が飛び続けた。

＊

私の名前は、古賀《こが》遼《りょう》。

年齢は五五歳、見かけはどこにでもいる中年のおやじだ。ただ、普通のサラリーマンと違うのは、どこの組織にも属さないフリーランスで、特殊な仕事を専門にしているところだ。

特殊な仕事とは、不正にまみれた三田電機産業のような大企業のお掃除だ。具体的な業務内容は企業秘密だから、簡単には明かせない。

すこしヒントをあげようか。

私は「飛ばし屋」とか、外資の連中には「コールマン」とも呼ばれている。どうしてそんなあだ名が付いたのかは、おいおい分かってくるだろう。

なぜ粉飾に手を染めた大企業が生き残るのか、疑問を持つ人もいるだろう。それは簡単だ。私のようなその道のプロが綺麗《きれい》にする方法を教えてやったからだ。大事なことを教えてやるよ。

儲《もう》け話には必ず裏がある。

賭《か》け事のイロハで、胴元が絶対に儲けることは知っているよな。だが抜け道はあるんだ。私のような人間を雇うことだ。博打《ばくち》は負けを認めた瞬間に地獄へ落ちる。ならば負けを認めなければいい。そのためには多少金がかかっても私のような人間の助言を受けることだ。

私の仕事上のポリシーはただ一つ。商売物には絶対手を出さないことだ。

第一章　萌芽

1

二〇一五（平成二七）年九月、東京都千代田区。

小堀秀明《こぼりひであき》は主要な在京紙の朝刊をデスクに広げ、ため息を吐《つ》いた。

「管理官、なにか面白いネタでも？」

二メートルほど離れた席から、年長の部下、今井春彦《いまいはるひこ》巡査部長が近づいてきた。

「このニュースですけど……」

小堀は二〇一五年九月一五日付の日本実業新聞の一面トップ記事を指した。

〈三田電機、第三者委が不適切会計を認定〉

「この見出し、言葉の使い方がおかしくないですか？」

小堀が言うと、今井が首を傾《かし》げた。

今井は他の在京紙に手を伸ばした。日本実業新聞と同様に、大手紙の一面にはいずれも三田電機産業の「不適切会計」に関する大見出しが躍っている。

三田電機産業は、創業から一〇〇年以上の老舗《しにせ》電機企業だ。洗濯機などの白物家電、パソコンや半導体製造を担《にな》う弱電部門から、生活インフラに関わる送電設備や原子力発電所など重電部門まで揃《そろ》える総合電機メーカーであり、株式を東京証券取引所に公開している。

「弁護士や会計士が不正をほじくり返したあとです。我々の出番はありませんよ」

今井は声を潜め、周囲を見回した。

小堀が管理官を務める警視庁捜査二課は、詐欺《さぎ》や贈収賄《ぞうしゅうわい》のほか、企業内の横領や背任行為など知能犯を専門に摘発する。強盗や殺人など強行犯を扱う捜査一課と同様、約三五〇人と庁内でも最大規模の布陣を誇る。

小堀は三四歳の若手キャリア警視として、課内の第三知能犯捜査係《サンチ》を統括している。今井は四五歳と一回り近く年長で、他のノンキャリのベテラン捜査員と同様、知能犯捜査の最前線に身を置き、様々なスキルを擁している。小堀が一番信頼する部下だ。第一から第五まである各係は庁内でナンバー知能と呼ばれ、互いに手柄を取り合うライバル関係にある。

一課の大部屋は我の強い捜査員が我先にと手柄を求めて課内全体に熱気が溢《あふ》れているが、二課は全く様子が違う。被疑者が内偵に気づけば、証拠となる帳簿や領収書の類《たぐ》いを破棄してしまう。そうなれば捜査自体が頓挫《とんざ》するため、誰を追っているか外部に漏れぬよう、保秘《ほひ》を徹底する。そのため、三五〇名に上る捜査員たちは常に口数少なく、同じ課員でさえも、自分が手がけている事件の内容を簡単には明かさない。

小堀は机の上の主要紙を押しのけ、分厚い資料ファイルを広げた。

「これは東京証券取引所の規則です」

〈上場廃止基準〉

目的のページで、小堀は手を止めた。

「三田電機が上場廃止になるなんて、どこも書いていませんよ」

主要紙の朝刊に目をやりながら、今井が言った。

「仰《おっしゃ》る通りです。しかし、気になりましてね」

小堀は上場廃止基準に触れた部分を今井に向けた。短い人差し指の先に、複数の項目がある。

東証が定めた上場廃止基準で重要なものの一つは、株式の数だ。取引所という公的な場所で取引される株式数が規程を下回るようなことがあれば、公正な売買の障害となる。

次は経営内容だ。主力商品が売れずに業績が悪化。赤字が膨張して自己資本を食いつぶす企業は少なくない。東証の場合、債務超過の状態が規程年数に達すれば、アウトとなる。

「もしやマル暴が？」

今井が先回りして言った。視線の先には「反社会的勢力」の文字がある。マル暴、すなわち暴力団や総会屋、半グレなどが会社経営に関与していたような場合、上場廃止基準に抵触する。

「私が注目しているのは、残念ながらマル暴ではありませんよ。ここです」

小堀は改めて問題の箇所を叩《たた》いてみせた。

「不正経理……今回の三田電機は不適切会計でしたよね」

今井はなおも不満顔だ。

「字面《じづら》は違いますが、意味合いは一緒のはずです。一つひとつの不正経理が積み重なって粉飾という大きな不正につながる、私はそう理解しています」

小堀は東証が定めた規程の一文を指した。

〈有価証券報告書等に『虚偽記載』を行った場合で、その影響が重大であると当取引所が認めたとき〉

有価証券報告書は、株式を市場に公開している企業が、株主や投資家に対して発行する正規の書類だ。事業内容や商品の売り上げ動向、主要な設備がどのように稼働《かどう》しているか説明するほか、細かな経理状況と財務諸表を載せる。一流企業の身上調書ともいうべきもので、高い透明性が求められる。

「有価証券報告書に関する法令《ゆうほう》はたしか……」

眉根《まゆね》を寄せ、今井が言った。

「金融商品取引法第二四条です。所管は金融庁になります」

上場企業に不正があれば、第一義的には証券取引等監視委員会が調査して金融庁に報告する。金融庁が悪質だと判断すれば、捜査二課や東京地検に刑事告発するのが決まりだ。

「これらは近年上場廃止になった企業です」

小堀は別の資料を引き出しから取り出し、今井の前に置いた。

〈粉飾決算↓上場廃止企業一覧〉

今井が資料のトップにある企業に目を向けた。

「今から九年前の二〇〇六年四月、時の人として騒がれた堀田浩文《ほったひろぶみ》氏が率いていたリアルタイムスの株式が上場廃止処分になりました」

「一期分の売り上げを過剰計上していた一件ですね」

「しかし、三田電機のように七年で一五〇〇億円という途方もない数字ではなく、たぶんにケアレスミスとみられる五〇億円程度でした」

リアルタイムス社長の堀田は、大学在学中にインターネットサービスのベンチャー企業を興《おこ》し、ネット社会の急速な普及とともに業容を拡大させた。

同業他社へ果敢な買収攻勢をかけたほか、積極的にメディアに登場し、歯に衣着《きぬき》せぬ発言が注目を集めた。旧態依然とした社会に不満を持つ若者層に人気だったが、肝心の有価証券報告書の記載で致命的なミスを犯した。

「堀田氏は型破りな経営者でしたからね。たしか、地検特捜部の幹部が絶対に挙げろと言ったという話も聞きました」

「他の銘柄もありますよ」

小堀はリストにある次の企業を指した。シバボウ、西東京鉄道……資料を見つめる今井に対し、小堀は口を開いた。

「これらの企業と三田電機の違いは何でしょうか」

「どういう意味ですか？」

「三田電機は日本を代表する大企業であり、財界にも多数の人材を送り出した老舗です」

小堀は主要紙の「不適切会計」という見出しを見やり、言った。

「明確な粉飾なのに、不適切会計という穏便な表現になった背景にはなんらかの力が働いたのではないか、そんな風に考えています。まだ背任行為が隠れているような気がします。強制捜査の余地があるのではないでしょうか？」

小堀がそう口にすると、今井が頷《うなず》いた。

「三田の第三者委員会の報告が会社寄りだったらどうでしょう。絶対に正しい報告がなされたと誰か保証してくれますか？」

自分が吐いた言葉で踏ん切りがついた。

「万が一、第三者委員会がなにかを隠しているとすれば、膿《うみ》はとてつもなく濃いはずです」

「管理官、やるだけのことはやってみましょう」

「私のような青二才だって、自分でつかんだ獲物を食べてみたいですからね」

「今追っているのはチンケな詐欺師ばかりです。管理官が腹を括《くく》られているのであれば、ぜひ大物をやりましょう」

三知《サンチ》にキャリアとして配属されて二年経《た》った。警察庁に帰るか、あるいは地方の道府県警察の主要ポストに転属になるタイミングだが、小堀はあえて三知に残りたいと上層部に訴え、これが認められた。

大きな実績を残さねば、無能という不名誉なレッテルを貼《は》られてしまう。

「不適切会計」……。

眼前の見出しに巨大な鉱脈が埋まっている。小堀はそう確信した。

2

一九七七（昭和五二）年一〇月、福岡県大牟田《おおむた》市。

古賀良樹《よしき》が市内中心部にあるスーパーのアルバイトから戻ると、母の良美《よしみ》がちゃぶ台にビール瓶と小鉢を並べ、晩酌をしていた。

母はぼんやりとブラウン管を見つめ、画面から流れるピンク・レディーのヒット曲を口ずさんでいた。

古賀の古びたジャージを肩に纏《まと》っているが、その下にはキャミソールと垂れ始めた乳房のシルエットが見える。小さな茶の間に足を踏み入れるなり、古賀は口を開いた。

「母ちゃん、日曜日の夕方くらい、酒を抜いたらどげんね」

「高三のガキにとやかくいわれとうない。それより、惣菜《そうざい》の残り物とか貰《もら》ってこんかったとね？」

母の手元の小鉢には、鯖《さば》缶から取り出した切り身が入っていた。どこまで自堕落なのか。肴《さかな》の一つや二つ作るのは、お手の物のはずだ。

「先輩の口利《くちき》きで働かせてもらっとるたい。そんな図々しいことできん」

古賀が口を尖《とが》らせて答えると、母は露骨に舌打ちした。

「気が利かん子たい。うちはビール飲んだらもう動きとうないけん、あんたは適当にうどんでも食ってくればよかと。アルバイトして、その程度の小金はあろうに」

母は吐き捨てるように言った。バイト代のほとんどを家に入れ、余計な金などない。古賀はそう言い返したかったが、かろうじてその言葉を飲み込んだ。

目の前にいる四二歳の母は、あの日以来別の生き物に変わってしまった。母親の皮を被《かぶ》った毒婦は、ピンク・レディーの次に登場した小林旭《あきら》の「昔の名前で出ています」に意識を奪われている。

「睦美《むつみ》はどげんしたと？」

古賀は茶の間の奥にある六畳間に目を向け、二つ年下の妹の名を告げた。いつもの日曜ならばバレーボールの部活から帰り、宿題をしているか漫画を読んでいる時間だが、今日はその姿がない。

「睦美なら、昼すぎから荒井《あらい》さんとドライブ行っとうよ」

「荒井さんって、店のお客の？」

古賀の頭の中に、でっぷりと太り、口元に気味の悪い笑いを浮かべた母の店の常連客の顔が浮かんだ。たしか、地元の信金に勤める課長で、酒癖の悪い中年男だ。

「そうたい。前々から睦美と一緒に出かけたいって言うとったけん」

「母ちゃん、いったいいなん考えとうと？」

ちゃぶ台の前に腰を下ろし、古賀は母を睨《にら》んだ。だが、眼前の母は気の抜けたような声で言った。

「睦美は近いうちに、うちの店の手伝いをやらせると。太客《ふときゃく》には、今から顔ば売っておいた方がよか」

今から一四年前、古賀の父親は炭坑内の爆発事故で死んだ。三歳だった古賀が微《かす》かに覚えている父の顔は黒く煤《すす》け、両目の白目と歯だけが真っ白だった。大声で笑い、古賀を軽々と肩の上に担《かつ》ぎ上げる逞《たくま》しい男だったことを辛うじて覚えている。

「もういい加減にせんね。睦美を水商売の女にするなんて母親の言うことやなかろうが」

古賀は両手でちゃぶ台を強く叩いたが、母の表情は一切変わらなかった。

「こん町におる限り、あたしは死ぬまで水商売たい。そんことは、睦美もいずれわかる……男を知っとくなら早い方がよか」

「自分がなに言うとるか、わかっとんのか。そげなこと絶対だめだ。俺は認めんけんな」

「荒井さんは、うちの店で一番金を落としてくれる大事な人たい。四〇過ぎた淫売《いんばい》に飽きたけん、若い女に乗り換える。男やったら、当たり前の考えたい。それのどこがいかんと?」

「自分の娘にどうしてそんなことが言えると?」

「睦美にも、あたしと同じ淫売の血が流れとっとよ」

父が死んだあと、母の心も死んだ……ものごころがついてから、古賀はずっとそう自分に言い聞かせてきた。だが、妹の睦美は別だ。

「睦美はどこへドライブに行ったと?」

「そんなもんは、荒井さん次第よ」

淀《よど》んだ目で母が言い放った。

「睦美を探してくるけん」

こんな女になにを話しても無駄だ。古賀は煤けた炭鉱住宅を後にした。建てつけの悪い扉の外に立てかけた古い自転車に乗ると、古賀は市内中心部を目指した。

炭鉱住宅から一〇分ほど走ると、ヘッドライトを煌々《こうこう》と灯した日産スカイラインのクーペが県道の向こう側から近づいてきた。

〈さすが、信金マンは高給取りたい〉

泥酔《でいすい》して帰宅した母が以前そんなことを言っていた。

街灯を頼りに凝視すると、運転しているのはやはり荒井だった。だが、助手席は空いていた。不機嫌そうにクラクションを鳴らしたあと、スカイラインは猛スピードで走り去った。安堵《あんど》の息を吐くと、古賀は市内中心部に向け再びペダルを漕《こ》いだ。

睦美はどこかに置き去りにされたのではないか。懸命にペダルを踏むうち、そんな不安が胸に浮かんだ。

荒井という男は、営業回りの最中でも炭鉱住宅に上がり込むような男だ。太客をつなぎとめるため、母も平気で荒井を家に上げ、体を開く。

荒井だけではない。母はこの一〇年の間、古賀が知っているだけで五人の常連客と関係を持った。小学生の頃、幼い睦美の手を引き、公園のブランコで夜を明かしたのは一度や二度ではない。爆発事故で一家の大黒柱を失った家族に対し、周囲の人間は当初優しかったが、今は風当たりが強い。その原因は間違いなくあの淫売だ。

荒井が母と同じように睦美を組み敷いたのではないか。県道をひた走る間、考えたくもない事柄が次々と頭の中にわき上がった。睦美を荒井の好きなようにはさせない。

古賀がアルバイト先のスーパー近くまで二〇分ほど走ったとき、商店街の外れにある喫茶店の脇《わき》で、お下げ髪のシルエットが見えた。

「睦美！」

古賀が力一杯叫ぶと、街灯が映す影が止まった。古賀は急ブレーキをかけた。

「兄ちゃん、どげんしたと？　そんな血相変えて」

「心配しとった。大丈夫か？」

「大丈夫ってどういう意味？」

小首を傾げながら、睦美が言った。

「信金の荒井とドライブ行ったたって、母ちゃんが言うとった」

「行ったよ。でもなんもなかったもん」

古賀は睦美の顔を覗《のぞ》き込んだ。嘘《うそ》を言っているような気配はない。

「なんで真《ま》っ直《す》ぐ帰ってこん？」

「どうせ母ちゃんお酒飲んどるけん……ご飯でも食べていけって荒井さんから二〇〇〇円もろたし」

睦美が悪びれる様子もなく、スカートのポケットからむき出しの札を取り出した。

「次から絶対に付いて行くな。それに、あげな男から金なんかもろうたらいけん」

「母ちゃん、有無を言わさん感じやったけん、いやいやドライブに行ったんよ」

金で懐柔する手口は母のときと一緒だ。今日のところはなにもなかったようだが、小金を睦美に与え続けることで、手懐《てなず》けようというのだ。

古賀が黙っていると、顔をしかめた睦美が口を開いた。

「母ちゃんがうちを店に出すって言うとるのを聞いたん？」

「ああ」

「うちは嫌」

「それならいい」

古賀の緊張が緩んだことを、睦美は敏感に感じとったようで笑いを嚙《か》み殺した。

「兄ちゃん、ご飯は？」

「まだだ」

「それなら、あそこで食べていかんね」

睦美が商店街の先にある食堂を指した。

「軍資金ならあるけん。兄ちゃんも腹が空《す》いとうとやろ？」

いたずらっぽく笑い、睦美が札をかざしてみせた。

頭一つだけ小さい妹の背を追い、古賀は吸い込まれるように〈大衆食堂〉と書かれた黄ばんだ暖簾《のれん》をくぐった。

テーブルに着くと、睦美は親子丼《どん》と大声で割烹着《かっぽうぎ》姿の店員に告げた。

「兄ちゃんはどうすると？」

「俺も親子丼だ」

古賀の言葉に、無愛想な中年女性が頷いた。

「大盛りにせんでも平気？」

「菓子パンもらって食ったけん、大丈夫だ」

古賀がやせ我慢の言葉を吐いたとき、隣のテーブルでスポーツ紙を読んでいた男が立ち上がった。

「古賀や？」

顔を向けると、真新しい白いワイシャツと小綺麗《こぎれい》なスポーツジャケットを羽織った男が笑みを浮かべていた。

「俺だ。覚えとらんね？」

片田舎の炭鉱町でこれほど小ざっぱりした服装の人間に心当たりはない。

「俺だよ、バスケ部の二つ上だった野田《のだ》だ」

名前を聞いた途端、古賀の頭の中でにきび面で坊主《ぼうず》頭の先輩の顔が浮かんだ。同時に、眼前の男と、記憶の中の顔が重なった。

「ご無沙汰《ぶさた》しとります、野田先輩。あの……」

「見違えたか」

野田が胸を張り、得意げに言った。

「たしか就職されて大阪に行かれたと聞いておりまして」

「そうだ。それより、妹か？」

野田が睦美に目をやり、言った。

「ええ。たまには外で飯食おうと思いまして」

「二人とも親子丼だったな」

「はい」

古賀が答えると、野田が厨房《ちゅうぼう》の方向に歩み寄った。

「さっきの親子丼、取り消しだ。特上カツ定食二つに変更してくれんね」

オーダーし直した野田は、得意げな顔で古賀の前に戻った。

「先輩、俺たちそんな金は……」

「久々に会《お》うたけん、奢《おご》っちゃる。遠慮することなか」

「でも」

古賀が固辞すると、席に座り直した野田がいきなりビールのコップを差し出した。

「金の心配なんかせんでよか。俺はたんまり稼いどる」

「でも、やっぱり悪かばい」

「もう注文出したけん」

野田がもう一度コップを差し出した。古賀はなんども頭を下げ、断ろうとしたが、野田の勢いに押され渋々受け取った。古賀は一口だけ、ビールを喉《のど》に流し込んだ。強烈な苦味であやうくむせそうになった。

「先輩、大阪ではなんの仕事しとうとですか？」

「証券会社に勤めとる。支店でもトップの成績上げる営業マンたい」

「証券会社？」

「そうたい。今は株式投資の時代たい。俺はその最前線で体張って稼いどる」

真新しいシャツを誇示するように、野田が胸を反らせた。

「こんな寂れた炭鉱町で燻《くすぶ》っとるこたぁない。どうだ、おまえも証券マンにならんね？」

「そげん儲《もう》かるとですか？」

「ああ、儲かると。この辺りじゃ、高卒やったらせいぜい月給七、八万円やろ？」

「そうですね」

古賀の通う商業高校で、就職担当の教師が地元企業の求人票を見せてくれた。アルバイト中のスーパーは初任給が七万円、残業代を入れても雀《すずめ》の涙ほどだ。忌々《いまいま》しい荒井の勤める信金でも一〇万円にも満たなかった。

「先輩はいくらくらい貰《もろ》うとるとですか？」

「稼ぎは歩合制たい。少ない月でも三〇万円以上は堅い。要は才覚たい。学歴なんか関係なか。炭坑夫と一緒で、腕っ節で稼げる世界たい」

地元のスーパーも信金も腕っ節とは無縁の企業だ。野田の言う腕っ節とは、自分の工夫や他人よりも努力することで道が拓《ひら》けるという意味に他ならない。スーパーはマニュアルが徹底され、自分のアイディアを組み込んだところで、給料が上がるわけではない。信金はもっとがちがちの規則に縛られる。野田が従事する証券会社というところなら、大牟田では絶対に実現不可能な仕事で、自分の才能を開花させることができるのではないか。

「どうすれば、証券マンになれると？」

すると、野田が財布を取り出し、睦美に言った。

「こんな時間やけん、定食食ったら車で帰り。兄ちゃんの分は土産にしたらいいけん」

睦美に無理やり千円札二枚を手渡したあと、野田がテーブルに五千円札を置き、席を立った。古賀は後に続いた。

「先輩、そこまでしてもろたら悪いたい」

古賀はなんども頭を下げた。

「もっと話を聞きたいっちゃろ？　なら場所《ショバ》変えて、ダゴでも食わんね」

野田はそう言うと、さっさと店を出た。古賀は睦美に必ずタクシーを使うよう言い残すと、野田を追って暗い商店街を歩き始めた。

「どこのダゴ屋に行くとですか？」

「駅前に行けば、何軒か開いとるやろ」

ダゴはこの町独特の形をしたお好み焼きのことで、安価で腹持ちが良い食べ物だ。

古賀は野田と連れ立って四、五分歩いた。

「あそこにするばい」

大牟田駅西鉄側の改札近くの暖簾を指すと、野田は足を速めた。

「ミックス二人前とビール」

店に着くなり、割烹着姿の中年女性店主に向けて野田が言い放った。踏切を見渡せる窓辺の席に、野田はどっかりと腰を下ろした。

「はい、ビール」

女性店主がビールの大瓶とコップを二つ、古賀の目の前にある鉄板の脇に置いた。

店主は割烹着を着ているが、目元の化粧はどぎつい。七、八年前に母と妹と連れ立ってこの店を訪れたことはあるが、店主は客足の減りを補うように化粧が濃くなっていた。

「あんた、まだ高校生やなかとね」

鉄板に油をひき始めると、女性店主が古賀の顔を覗き込んだ。

「そげんことよかろうが。金なら持っとる」

野田は黒の長財布から千円札を引っ張り出すと、店主の割烹着のポケットに入れた。

店主は露骨に顔をしかめながらも、黙って金をポケットに押し込んだ。その後、野田と二言三言、世間話していた店主が、古賀に顔を向けた。

「あんた、年金通りのスナックの倅《せがれ》やなかと?」

「そやけど」

「親が親なら、倅も倅やね。あんまり悪さしたらいけんよ」

鉄板の火加減を強めた店主は、吐き捨てるように言った。

年金通りは石炭化学工業に従事する労働者や、三交代制で炭坑に入っていた男たちが昼前から酒を飲むスナック街だ。古賀の母はここで今も小さな店を切り盛りしているが、息子が考える以上に、町の住民たちの評判は芳《かんば》しくない。

塗った油が温まると、店主は焼きそばやキャベツ、豚肉やイカが入ったダゴの種を鉄板と同じ長方形に広げ、空いたボウルを戻しに店の奥に消えた。

「なんや、知り合いね?」

店主の消えた方向を見やり、野田が言った。

「あん人の亭主も、ウチの親父《おやじ》と同じ事故で死んだとよ」

「そうか、ここは未亡人ダゴの店たいね。まあ、なんでんよか」

手酌で注いだビールをぐいと飲むと、野田が手の甲で口元をぬぐった。

「それで、どうやったら先輩みたいな証券マンになれると?」

熱くなり始めた鉄板テーブルの縁に手をかけ、古賀は身を乗り出した。

「なんや、随分と熱心やね」

「お袋のせいで、俺だけやのうて睦美まで白い目で見られるったい。こんな町、睦美を連れて早う出ていかんと」

年金通りにある店の二階で、母は馴染《なじ》み客や新規の客に対して売春まがいの接客をしている。エネルギー政策の転換で石炭需要が急減してから、町の中に回る金が急速に収縮した。その結果、スナックもダゴ屋も少ない客を奪い合っている。

ステンレス製のコテを手に取ると、野田はダゴの端を持ち上げ、焼き加減を調べ始めた。キャベツの水分が飛んで、ダゴが焼きあがるまで一〇分ほど時間がかかるが、せっかちなのか野田は何度も焼き具合をチェックする。

「白い目で見られようとは、おまえのせいじゃなかろうもん」

「こん店のおばちゃんまであげんこと言うと。睦美にはこれ以上の苦労はさせとうなか」

古賀の言葉に、野田が頷いた。

「昔バスケを教えてくれたように、この町から抜け出す方法をもっと教えて欲しいったい」

古賀が頭を下げると、対面で野田がわざとらしく咳払《せきばら》いした。

「そこまで覚悟が出来とるなら、本当のこと教えちゃる。金っちゅうもんはな、やり方次第で勝手に膨れるもんたい」

「膨れる？」

「そうたい。どんどん膨れるったい」

野田がそう言い切ったとき、アルマイト缶に入った自家製ソースを携え、女店主が鉄板テーブルに歩み寄った。同時に、テーブルの周囲に肉とイカが焼ける香ばしい匂《にお》いが強く漂い始めた。

「あんたら、どうせ悪い相談しとるっちゃろ」

女店主は缶をテーブルの縁に置くと、両手にコテを持ち、広げた地図帳ほどもあるダゴを器用にひっくり返した。綺麗に焼き目がついた面が目の前に広がる。香ばしい匂いを嗅《か》ぎ、古賀の腹の虫が騒ぎ始める。

女店主が刷毛《はけ》にたっぷりと甘辛いソースを付け、鉄板いっぱいに広がった平たいダゴに塗り始めた。ダゴから溢れたソースが鉄板の上で跳ね、強く香ばしい香りを立ち上らせる。

「どんな具合に膨れるか知りたい。やけん教えてくれんね？」

古賀はこぶしを強く握りしめた。

「だったら、教えちゃる。少ない元手で、大きく相場を張るこっちゃ。自分の相場観が正しければ、儲けは何倍にも膨らむとたい」

野田は自慢げに話を続け、古賀は必死にその言葉を頭に刻み込んだ。金が膨らむ……初めて聞く言葉が、古賀の胸に突き刺さった。

3

二〇一五（平成二七）年九月、東京都渋谷区。

幹部捜査員専用の車両を駅前通りで降りると、小堀はスマホの地図アプリを頼りに住宅街に続く小路を歩いた。

新宿から急行でわずか一駅の私鉄の駅、そこから徒歩で五、六分かかる小さなスペインバルで午後九時……先輩の指定した小さな店だ。

車一台がようやく通れる細く暗い道を進むと、薄い青色のネオン管に照らされた看板が目に入った。その下には、ぴかぴかに磨き上げられた古いベスパがある。

住所と店名を確認した小堀は、真鍮《しんちゅう》製のドアノブを押し開けた。カウンター席が五、六席のほか、六、七人も座れば満員となるスツール席がある。先客は一組の中年カップルとキャリアウーマン風の女性だが、先輩の姿はない。空いた丸テーブルの上には、イベリコ豚の生ハム原木が無造作に置かれている。店の奥には無数のワインやシェリーのボトルが見える。薄暗い店の中で目を凝らすと、ドアの陰となるカウンターの角から声がかかった。

「こっちだ、小堀」

「いきなり呼び出してすみません、境《さかい》さん」

小堀はカウンター席の恰幅《かっぷく》の良い男に頭を下げた。

「海外出張から戻ったばかりで、時差調整中だ」

小堀は白ワインを飲んでいた境の隣の席に腰掛けた。境は東大法学部の二期先輩で、大手商社の菱光《りょうこう》商事に勤務している。仕立ての良いスーツを着ているが、ネクタイは外している。

会うのはほぼ一年ぶりだ。境は柔道部に所属し、七帝大対抗戦に出場した猛者《もさ》だ。今もトレーニングを続けているのか、引き締まった体型は一〇年前と同じだ。商社という仕事柄、世界中を飛び回っているようだが、時差調整という割に顔に疲れの色は見えない。以前は化石燃料の買付やプラント輸出部門と花形部署を転々としていた境だが、今の仕事内容は知らない。

「現在のご担当は？」

小堀が訊《き》くと、境が名刺をカウンターに置いた。

〈ビジネスソリューション部　投資アドバイザリー課長〉

「具体的な中身は？」

「相変わらず質問魔だな。菱光のグループ会社や取引先企業に潜り込んで、強引なコンサルやった挙句、お仕着せのシステム投資を買わせる阿漕《あこぎ》な商売だ」

財閥系の菱光グループには数百の傘下《さんか》企業があるといい、系列ピラミッドの頂点に君臨する菱光商事が経営コンサルタントを務める機会が多々あるらしい。

「今、調べ始めようとしている企業がありましてね」

「まさか菱光商事じゃないだろうな？」

白ワインを飲み干した境が快活に笑った。

小堀は慌《あわ》てて首を横に振り、スマホをカウンターに載せた。画面の中には、深々と頭を下げる三田電機産業の中谷社長の写真がある。

「また随分とエグい会社に興味を持ったな」

境が肩をすくめた。境も今井と同じ反応を示した。小堀は声を潜めた。

「様々な企業に詳しい先輩の本当の見立てはいかがですか？」

たちまち境が眉根を寄せた。

「俺から情報取って、三田電機に家宅捜索《ガサ》でも打つのか？」

「可能ならそうしたいと思っています」

「おいおい……」

境はさらに顔をしかめた。

「東京地検の特捜部とかも狙《ねら》っているのか？」

「特捜部の動きはわかりません。ただ、一般論としておかしいと思いませんか？」

小堀はスマホの画面を下方向にスクロールした。深く頭を下げる中谷社長の写真の下には、〈三田電機、不適切会計の闇《やみ》〉との見出しがある。

「こんな噂《うわさ》があることを知っているか？」

境は背広の胸ポケットからスマホを取り出し、なんどか液晶画面をタップした。

「未確認情報だが、奴《やつ》ら、まだ隠していることがあるらしいぜ」

境はメール画面を小堀の前に差し出した。メールの本文には刺激の強い文字があった。

〈三田電機、米原発子会社の減損を未《いま》だ決算に反映していない公算が大〉

細かい文字を目で追ったあと、小堀は顔を上げた。

「商売で付き合いのある証券アナリストからの情報だ。昨日発表した三田電機の業績修正だが、プロの目から見て、到底信用できないそうだ」

小堀は記憶をたどった。パソコンや液晶パネル事業がここ一〇年の国際的な市況低迷で採算が悪化した結果、三田電機は業績不振に陥った。しかし、歴代経営陣の指示で売上高と利益がかさ上げされ、結果として七年間で一五〇〇億円もの数値をごまかしていた。小堀はもう一度目をやった。

〈米原発子会社の減損〉

九年前、三田電機は米国の原発専業企業を買収し、国際的な市況に左右されやすい主力商品群の補完を試みた。だが、四年半前の東日本大震災で主要顧客である関東電力の福島第一原発が爆発した上、炉心のメルトダウンを引き起こす大事故を起こした。これ以降、状況は一変した。さもありなん、と小堀は思った。

「近々、あるビジネス誌がこのネタを扱うらしい」

メールの画面をスクロールした境が、小堀のよく知る雑誌の名を指した。

「先輩はこの手の情報を使って仕事を取っているのですか？」

小堀が訊くと、境が目を見開いた。

「おまえ、随分と生臭い事を訊くようになったな」

「これでも知能犯担当の管理官ですからね」

小堀が告げた途端、境の目付きが変わった。優しい大学の先輩ではなく、ライバルを躊躇《ちゅうちょ》なく蹴落《けお》とす商社マンの目だ。

「どうやったらこの手の情報にアクセスできるようになるのですか?」

「そんなもんは、現場のノンキャリ刑事に任せておけばいいじゃないか。キャリアの管理官様が一々小さな情報を取っていたんじゃ、組織全体を俯瞰《ふかん》する本来の仕事ができなくなるだろう」

日頃、キャリアの先輩である二課長や警察庁幹部から言われる小言と一緒だ。だが、自分は他の官僚臭の強い管理官ではない。そうならぬよう、二課で世話になった現場捜査員から鍛えられたのだ。

「僕は両方やりますから」

キャリア警官の仕事は、圧倒的多数のノンキャリ刑事たちの統率、そして警視庁内部や警察庁との折衝がメインとなる。

だが、二課に配属されてから二年半で小堀の見方は一八〇度変わった。もちろん、組織全体を俯瞰する役割はこなしている。一方、己で端緒をつかみたいという欲求が日増しに強まってきたのだと境に告げた。

「この程度のネタなら、証券アナリストや気の利いた新聞、雑誌の記者連中はつかんでいる。東証一部の老舗電機に天下の捜査二課が家宅捜索かけようって言うなら、もっとコアな情報が必要になるだろう」

「どうすればいいでしょうか?」

「焦《あせ》るなよ。せっかく隠れ家に来たんだ。ゆっくりメシを食べてからでも遅くはないさ」

白ワインのおかわりをオーダーしたあと、境は矢継ぎ早にピンチョスや生ハム、魚介のアヒージョを店のスタッフに頼んだ。

「メシが済んだら、面白いところに案内してやるよ」

境が腕時計を見ながらいった。

「それならすぐにでも」

「だから焦るなって。もっと夜が更《ふ》けてから、情報は歩き出すもんさ」

「歩き出す?」

小堀の問いかけを無視し、境は白ワインをうまそうに喉に流し込んだ。

4

私鉄沿線の住宅街で食事を済ませたあと、小堀は幹部捜査員専用車両に境を招き入れた。

「いったいどこへ？」

「だから情報が歩いている場所だ。兜町《かぶとちょう》の証券取引所を目指して」

境は運転手役の若い捜査員に道順を告げたあと、忙《せわ》しなくスマホで会社の同僚や取引先との電話連絡に没頭した。

車両は西新宿のビル街と新宿駅を抜け、都内中心部を東に進んだ。その後は、お堀端の警視庁本部の傍も通り過ぎた。

小堀は運転手の肩越しにダッシュボードのデジタル時計に目をやった。時刻表示は〈二三：三〇〉……あと少しで日付が変わる。境の言う情報が歩き出すという深夜の時間帯になんとかたどり着いた。

手元のスマホに入った連絡は、振り込め詐欺の一味を追っている数班の捜査員たちからのもので、今日明日に弾《はじ》けそうな様子はない。

「東京証券取引所の近くまで来ました」

運転手がルームミラー越しに境へ声をかけた。境はスマホから目を上げ、窓から周囲の様子を見回した。

「もう少しで鎧橋《よろいばし》という小さな橋があります。そこを渡ったあと、蠣殻町《かきがらちょう》の交差点を左折して、すぐに停めてください」

境はてきぱきと道案内した。なんども来ているのだろう。指示は的確だった。

「ここでよろしいですか？」

蠣殻町の五差路を左折した直後、若手捜査員がハザードを灯しながら車を停めた。

「ご苦労様でした。おい小堀、ついてこいよ」

停車するやいなや、境が自らドアを開け、人気《ひとけ》のない通りに降りた。小堀も後に続く。

「こんなところで、本当に情報が歩き出すんですか？」

小堀は周囲を見回した。

「もう少しで答えがわかる」

境がそう言ったあと、表通りから小路に曲がった。すると、民間のマンションや古い雑居ビルの前に、黒塗りのハイヤーが停まっていた。赤坂や築地《つきじ》、あるいは向島《むこうじま》のように政治家や財界人が密会する料亭はこの辺りにはない。

「こっちだ」

小堀がハイヤーに乗り込む人影を見つめていると、境に肩をつかまれた。境は強い力で小柄な小堀を古びた雑居ビルの入り口に導いた。

「ちょうど先客が帰った直後だ。タイミングいいぜ」

走り去るハイヤーを見やったあと、境がビルの入り口傍のポストを指した。ステンレス製のなんの変哲もない古い型のポストには、〈内外情報通信社〉のネームプレートが貼ってある。

「通信社ですか?」

「おまえが知っている二大通信社とは違う。ここは水面から絶対に出ない情報を扱う専門の通信社でな」

そう言ったあと、境がポスト横のインターホンを押した。

「菱光の境です。一人連れがいますけど、大丈夫ですか?」

〈入れよ〉

インターホンのスピーカーから、嗄《しゃが》れた声が響いた。境が顎《あご》をしゃくり、階段を上がり始めた。どんな人物が待ち構えているのか。大きな体の割に軽やかに階段を上がる境の後を、小堀は早足で追った。

二階に上がると、二つのドアが見えた。一つは食品加工会社の東京支社との看板がある。右側に問題の表札がかかっていた。

〈内外情報通信社〉

軽くノックすると、境はドアを開けた。

「失礼します」

ドアから中に入ると、古い映画で観《み》た貧乏弁護士の事務所のような煤けた部屋だった。薄暗い玄関には近所の定食屋の名入りカレンダーが貼り付けてあり、その奥には主要紙の縮刷版やノンフィクション作家が書いたハードカバーの単行本が詰まった書架がある。小堀は狭い通路を抜け、明かりが灯る応接スペースに向かった。

「つまらん物ですが、夜食にどうぞ」

境はアルミ箔《はく》の包みを応接テーブルに置いた。スペインバルで土産用に作ってもらったポテトや玉ねぎがたっぷり入った特製オムレツだ。テーブルの後方には簡素な事務机があり、老眼鏡を鼻の先まで下げた老人がいた。

「ちょうど小腹が空いたところだった。飲むか？」

老人は椅子《いす》を回転させ、戸棚からスコッチのボトルとショットグラスを取り出した。

「いいですね、やりましょう」

境がグラスとボトルを受け取り、それぞれに琥珀《こはく》色のスコッチを満たした。

「さっきまでいたのは週刊誌ですか？」

「ああ。どこかは言えんがな」

「後ろ姿から察するに、神楽坂《かぐらざか》の老舗ですか？」

「知っているなら訊くな」

境が世間話を始めると、小堀は老人を密《ひそ》かに観察した。

ごま塩頭に老眼鏡。定年退職した老人か、老舗料亭の番頭といった容姿だ。量販店の安物と思《おぼ》しきワイシャツと細いネクタイはそれぞれ襟や縁が黄ばんでいる。ただ、漫然と余暇を過ごす定年世代と違うのは、その目だ。

小堀の周囲には目付きのきつい捜査員がたくさんいる。今井は笑顔が似合うベテランだが、終始その両目は醒《さ》めている。常に人を疑ってかかる習性が沁《し》みついた刑事《デカ》の目の典型だ。一方、この老人の両目も醒めている。ただ、今井ら二課の捜査員と違い、どこか愛嬌《あいきょう》がある。

「おい若いの、乾杯するぞ」

ごま塩頭の老人がショットグラスを目の高さに持ち上げ、言った。

「よろしくお願いします」

小堀も同じくグラスを掲げ、一気に琥珀色の液体を喉に流し込んだ。あやうくむせそうになるのを堪《こら》えていると、老人がテーブルに名刺を置いた。

〈内外情報通信社　主筆　相楽優一郎《さがらゆういちろう》〉

「相楽だ、おまえさんは？」

空いたショットグラスに手酌でスコッチを満たしながら、相楽が訊いた。

「……あの」

先手を打たれた。正体不明の人物には名刺を出すな……警察庁の研修を受けた際、こんなことを教官に言われた。警察官、特にキャリアの名刺は、マル暴やその取り巻きに悪用される場合があるからだ。

「おまえさん、官僚だね。財務省や外務省、経産省とはちょっと毛色が違うな。そうか、警察か検察だな」

相楽が歯をむき出しにして笑ったが、小堀は反射的に体を強張《こわば》らせた。

「図星、だな」

「なぜわかったのですか？」

小堀が訊き返すと、相楽が表情を一変させた。

「あんたは境の後輩、東大法科の出身だ。だがうかつに名刺を出さない。境がいるのに、初対面の俺を信用しない。一方、わざわざこんな蠣殻町の外れまでノコノコ来るとなりゃ、情報《ネタ》が欲しい警察のキャリアか検察の人間だと察しがつく」

「失礼しました」

小堀は一礼し、名刺を相楽に差し出した。

「ほお、捜査二課の管理官ねぇ。それで、なぜこんな所に来た？」

相楽は膝《ひざ》に肘《ひじ》をつき、下から小堀を見上げている。

「こちらはどのような記事を？」

「ちんけな会員制タブロイド紙を発行していてね」

相楽は応接テーブル下のラックから、夕刊紙と同じサイズの薄い新聞を取り出し、テーブルに置いた。看板と同じ名前が縦書きで刷られ、その横には、与党の政治家と癒着するパチンコ業者を糾弾する扇情的な見出しが載っていた。総会屋の生き残りか……見出しを一瞥《いちべつ》した小堀は瞬時にそう思った。

「今時、総会屋なんて儲からんことはしないんでね」

小堀の心の内を察したように、相楽が笑った。

「では、どのような仕事を？」

小堀がいつもの癖で問い返したとき、境が慌てて口を開いた。

「相楽さんは、長年こうした情報を会員に送り届けている。にわかには信じられないだろうが、裏表のない人だから一部上場企業の総務部やらマル暴の世界にも人脈がある」

「にわかに信じられん、は失礼だろう」

境の言葉に、相楽が大笑いした。

「ウチの会社も何度かお世話になった」

境は、菱光商事が手がけた大規模な液化天然ガスプラントの輸出案件を口にした。輸出先は中東の某国だ。

「要するに、ここは様々な企業や国、役人もヤクザも情報を流し、探っていく。情報が歩くというのはそういう意味だ」

境が真面目《まじめ》な顔で言った。情報の見返りに不当な数の会員紙を購入させれば、恐喝に問われる可能性がある。だが、相楽はそんなことはしないという。境という社会の裏表に通じた一流の商社マンが信用している……ならば、思い切って訊け。小堀は口を開いた。

「三田電機産業に興味があります」

小堀が言うと、相楽の窪《くぼ》んだ両目が鈍い光を発した。

「原発の減損を隠しとる件かね?」

「いえ、もっと根本的なことを」

小堀が答えると、相楽が境に顔を向けた。

「子供みたいな顔して、三田電機に家宅捜索《ガサ》かけたいと言っているんです」

相楽が声高に笑った。だが、その笑いは醒めていて、すぐに相楽は顔を引き締めた。

「しゃぶりたい骨つき肉の当てでもあるのか?」

「まだ、何が隠れているのかもわからない段階です。ただ、明確な粉飾である以上、内偵を進めます。同じようなスキャンダルを起こした企業は軒並み上場廃止になっていますから」

ここまで明かして大丈夫か……小堀は密かにそう思った。

「大丈夫、ここでの話は、そう簡単に外には出ん。それに大事な菱光商事の境の紹介だ。約束するよ」

またも心の内を見透かすような言葉を相楽が吐いた。

「原発子会社の減損隠しのような玉は、あといくつか残っているようだが、三田電機の株式は上場廃止にはならんよ。これだけは確かだ」

豪快に笑っていた相楽が、強い口調で言い切った。

「株式が紙くずになることで、融資したメーンバンクが多大な損害を被《こうむ》るから？　それとも例の原発事故の関係で潰《つぶ》すに潰せない理由でも？」

「いずれも当たっている。ただ、あんたは根本的なことが見えていない」

そう言うと、相楽がテーブル下のラックから在京紙の夕刊を二つ三つ取り上げ、乱暴にテーブルに置いた。

「どの新聞、どのテレビでもその答えを扱っている。こんな簡単なことがわからんのか？」

小堀は新聞を手に取り、見出しを一瞥《いちべつ》した。

依然として三田電機産業絡《がら》みの記事が多い。その他には、大阪で発生した通り魔事件や、中国経済減速に関する分析記事が並ぶ。別の新聞の一面には芦原《あしはら》総理が近く発表する戦後七〇年談話に関するものもある。

「わかりません」

「お勉強ができても世の中の本当の仕組みが分かっていない。今日はこれくらいにしよう」

そう言うと、相楽はさっさと新聞を片付け、境が持参した包みを開け始めた。

「ヒントだけでも」

小堀は食い下がったが、相楽の態度は変わらなかった。

「境が連れてきたということは、融通の利かない官僚ではない」

「その通りです。俺の違反切符もすぐに揉《も》み消してくれましたし、キャリアの枠をはみ出してまで仕事を取りにいくようなところがありますから」

境が淡々と告げると、相楽は身を乗り出した。

「食えない商社マンをどう手懐けたかは知らんが、俺は簡単じゃないぞ」

相楽の両目が鈍い色で光った。先ほどからショットグラスで五、六杯飲み続けているが、目の前の老人の目付きは鋭さを増すばかりだ。

相楽が発した一言を小堀は噛《か》み締めた。ふと、ベテラン捜査員の今井の顔が浮かんだ。

〈情報屋《ネタモト》とは、互いに腸《はらわた》を晒《さら》して信頼関係を作ります。一年や二年でネタは取れません〉

境はこの場所を〈情報が歩き出す〉と喩《たと》えた。境が会社のために情報を取ったあとは、相楽のために別の話題を差し出すのだ。互いに持ちつ持たれつ、ギブアンドテイクがルールになっているというわけだ。

「次回はお土産を持ってきます」

「もうオムレツはいらんぞ。血糖値が上がるから、カミさんに叱《しか》られる」

相楽は軽口を叩《たた》いたが、相変わらずその両目は醒め切っていた。

5

一九七九（昭和五四）年三月、東京都中央区。

「ノッポ、よくやったな」

肩越しに聞こえた声に、古賀は振り返った。ネクタイを緩めた先輩の小山内《おさない》が満面の笑みを浮かべていた。小山内の右耳には赤の色鉛筆が挟まり、左手には一〇枚程度の伝票が見える。

「だてにバスケやっていたわけじゃありませんよ」

古賀は胸元でガッツポーズを作ってみせた。

「昼飯奢ってやるからついてこいよ」

小山内は左手を丼《どんぶり》に見立て、右手を箸《はし》のように動かしながら言った。古賀と小山内の周囲にも同じそぶりをする人間が増えている。この場所では、すべての会話はジェスチャーで表現する。

午前一一時、前引《ぜんび》けのベルが鳴ると同時に、体育館ほどもある東証の立会場から古賀や小山内のような若手の場立《ばた》ち要員がぞろぞろと昼食へ向かう。五、六〇〇人ほどの人間が一斉に動くと、地鳴りのような靴音が木製の床全体に響く。取引時間中は、広い立会場で激しい怒号が飛び交うが、一旦《いったん》商いが閉じれば軽やかな笑い声に変わる。

「天ぷら蕎麦《そば》でいいか?」

「きょうは大分押し合いへし合いやりましたから、おにぎりもつけてください」

「わかったよ。お前が一番早く注文をつないだからな」

関東風の真っ黒で塩辛い蕎麦つゆには依然として慣れない。だが、小山内が奢ってくれるというのだ。安月給の身の上だけに、好みを言える立場にはないし、なにかと気遣ってくれる先輩の面子《メンツ》を潰すわけにもいかない。

高校の先輩・野田から株式市場の存在を知らされ、自分なりに必死に知恵を蓄えた。信金の荒井や炭鉱の総務部の課長らスナックの常連客に頭を下げ、一週間ごとに古い日本実業新聞をもらい、株式欄を食い入るように分析した。大企業を自分で三〇社選び、それぞれの株価を株式欄から拾い出し、ノートに書き留めた。

株式市場の用語を噛み砕いたメモのほか、三〇銘柄の始値《はじめね》と終値《おわりね》を方眼紙に折れ線グラフで描いていくと、それぞれの線が生き物のように動いていくのがわかった。その後、古賀は就職活動を証券会社一本に絞った。最大手の村田《むらた》証券など大手と呼ばれる他の三社のほか、準大手を含め一〇社に履歴書を送った。最終的には、何度も県大会の上位に食い込んだバスケットボール部での活躍が評価され、国民証券に採用された。中学校時代から急激に伸びた身長は、高校を卒業する頃には一八五センチに達していた。学科試験は満点に近い点数を出した自信があったが、採用担当者は学力ではなく、古賀の体躯《たいく》の頑丈さを買ったようだ。

一年前、高校を卒業して上京した。社会人としてのマナーを簡単にレクチャーする一週間の研修を経て最初に配属されたのが、兜町にある東京証券取引所の立会場だった。

全国各地の個人投資家の商いを受け持つ支店や、生命保険会社など機関投資家から集められた売り買いの注文は、証券会社の本社株式部に集められる。

本社株式部の担当者は、数千に上る銘柄ごとの売り買い注文を捌《さば》き、受話器を取り上げるだけでつながる場電《ばでん》と呼ばれる直通電話を使って、取引所の中にいる専門の社員に伝える。

場電を受けた社員は、立会場の中で待機する古賀のような紺ブレザーの場服を着た場立ち要員に指示を飛ばす。

立会場には国民証券だけでなく、あらゆる証券会社から送り出された若手社員が待機し、注文を受け、立会場の中心に設《しつら》えられた一段高いカウンター、通称ポストの中にいる茶色いブレザーを着た才取《さいとり》会員に注文をつなぐ。

注文をこなす間、東証内では手振《てぶ》りと呼ばれる独特の仕組みが使われる。通勤ラッシュ時のターミナル駅以上の喧騒《けんそう》の中で、互いの会話がほとんど聞き取れないためだ。

東証に上場する主力株にはそれぞれ固有の手振りがある。

総合商社の「佐藤忠」の場合、〈忠〉のちゅうという文字を投げキッスに喩える。右手で口に手を当て、アメリカのブロンド女優が大げさに投げキッスをするように手を使うという寸法だ。大手百貨店の「二越《ふたこし》」は、右手の指を二本顔の前に出し、これを後方に投げる仕草が銘柄のサインとなる。

それぞれの銘柄を買う場合は、掌《てのひら》を自分に向ける、売りの際はこれを相手にという具合だ。株数も手を使う。一〇〇〇株単位ならば手を横に、万単位であれば一旦一、二万を表す指を立てたあと、これを握ることになる。

野球でコーチや監督が選手に送るサインがチームごとに違うように、銘柄によって手振りも変わる。ここに売り買いの別、株数ごとの手振りも加わる。

場立ち要員には、古賀のような若い高卒社員だけでなく、大学の体育会ラグビー部やサッカー部でならした猛者が集う。よって三田電機やイヨタ自動車などの大型株は、文字通り押し合いへし合いを経て注文がつながれる。

東証では午前の取引を示す前場《ぜんば》の二時間、午後の商いとなる後場《ごば》の二時間半の間、己の会社の注文をいかに早く通すかをめぐって、揉み合いが繰り広げられている。いや、巨額の金が動いているだけに、格闘といえるほど状況は荒っぽい。

古賀は小山内の後を追い、一階の立会場フロアから中二階にある食堂へ向かう階段を上がった。

「飛び込み部隊も楽じゃないよ。最近はノッポみたいなデカいのが多すぎる」

小山内は二四歳で、古賀と同じ高卒で場立ち要員として配属され五年が経《た》っていた。体育館のような場所で全力疾走と揉み合いを繰り返せば、知らぬ間に疲労が蓄積する。

「村田や山屋《やまや》なんかの大手はラグビーやサッカーだけでなく、相撲部まで入れていますからね。先輩みたいな華奢《きゃしゃ》な人は辛《つら》いでしょう」

「一週間前は場服の袖《そで》を破られたし、三日前は鉛筆で腕を刺された」

場立ち要員として古賀が知り得たのは、あくまでも自分が高卒枠で採用されたその他大勢、体力勝負の駒《こま》の一つだということだ。一生の仕事ではない。古賀は手振りを覚えた頃からそう考えてきた。野田も大阪証券取引所の場立ち要員は二年で卒業し、支店勤務に転じた。古賀としても、なんとか這《は》い上がる術《すべ》をつかまねばならない。

「おまえは誰かアテはあるのか？」

濃い目のつゆを啜《すす》ったあと、小山内が言った。

「いえ、九州から出てきたばかりなので、社内にはこれといって」

「なんとかコネを作って、引っ張ってもらうんだ」

急いで蕎麦を食べ終え、傍らの小皿に置かれた握りめしを頰張った。そんなことはわかっている。五年もこんな単純労働を続けてたまるか。

大卒で本店採用だった五〇人の同期たちは、場立ちは研修として一、二日行ったのみで、すでに支店の最前線で営業活動に従事している。

「俺はちょっとコーヒー飲んでくるからな。後場も頼むぜ」

蕎麦を平らげた小山内は、右手を上げて食堂を出ていった。小山内が向かったのは、同年輩の場立ちたちがたむろする取引所近くの喫茶店だ。一度だけ付いていったが、小山内たちは、競馬や安い飲み屋の女の話ばかりしていた。空気を壊さぬよう適当に相槌《あいづち》を打ちながら、古賀は冷静に周囲を観察した。場立ち要員の大半は激しい職場に身を置きながらも気が優しく、常に気を遣ってくれる。だが、交わす会話は、常に大卒社員を羨《うらや》み、露骨な給与の差を妬《ねた》む愚痴ばかりだ。

蕎麦の丼と小皿をカウンターに戻すと、古賀は食堂を出て立会場を見下ろすテラスに向かった。眼下には注文伝票の切れ端や株式市況を伝える専門紙が床一面に散らばっている。

株式に値付けをする重要な業務の一翼を担《にな》ってはいるが、あくまでも市場の端役《はやく》にすぎない。野田のように歩合を稼ぐ身分まで這い上がり、自分の手で金を膨らませる必要がある。そうしなければ、大牟田にいる妹の睦美を呼び寄せることができない。

立会場の壁に埋められた大きな時計に古賀は目をやった。時刻は午前一一時三五分。後場の取引開始前、国民証券だけでなく、全国の証券会社から集まる寄り付き前の成り行き注文が出始めるまで、あと三〇分以上ある。

テラスの欄干にもたれ、古賀は尻《しり》のポケットに入れた小さなノートを取り出した。それを広げ、耳に挟んだ鉛筆で前場の取引の様子をメモした。

昨夜の米国市場は、自動車や電機の好業績見通しを背景に全体相場が上伸《じょうしん》した。この流れを受け、東京も同じような業種や、重工業などの大型株に買いが入った。古賀はもう一度、立会場の壁に目をやった。出来高上位銘柄の電光掲示板を見つめ、気になった銘柄を手元のノートに書き取る。

昨日と今日、どんな銘柄が上位に来たのか。何が入れ替わったのか。上位に位置していても、値を上げてランクインしたのか、それとも叩き売られたことで出来高が膨らんだのか。ここ三カ月の間、ずっと場の雰囲気や目に見えるデータを記録し続けてきた。

出来高八位の銘柄を書き取ったときだった。傍らから掠《かす》れた声が聞こえた。

「次に上げそうな業種はなんだ？」

振り返ると、取引所詰めのベテラン社員が真顔で立っていた。佐々《さ さ》という小柄な四〇代の無口な男だ。

「電機ばかり上げている感があります。そろそろ内需の百貨店や小売業界が出遅れ感から買われるのではないでしょうか？」

「根拠は？」

佐々のぶっきらぼうな問いに、古賀はノートのページをめくった。ページの間に、広告の裏白で作った手製の罫線《チャート》がある。三田電機や他の主力銘柄別に描いた折れ線グラフを広げた。

「機関投資家が買いを入れる業種《セクター》に一定の周期があると考えました。専門紙では、ファンドの銘柄入れ替えが近いとも触れていましたし」

「先を続けろ」

佐々は立会場の掲示板に目をやったまま、呟《つぶや》いた。

「ここ半年、ファンドの入れ替えでは百貨店の業界二位や、タイエーなどの流通株が大口注文で値をあげました。村田証券の場立ちの話をチラッと聞きましたが、これは大手投信の買いのようでした」

「それから、どうなった？」

佐々はいつのまにか身を乗り出していた。

6

一九八〇（昭和五五）年八月、東京都武蔵野《むさしの》市。

「榊原《さかきばら》さま、どうもありがとうございました。またよろしくお願いします」

玄関先で古賀が頭を下げると、上《あ》がり框《がまち》に立った老婦人が笑った。

「今度は本当に儲《もう》かる銘柄を、よそより早く教えてちょうだいね」

古賀が頭を上げると、先ほどまで上品な声で話していた老婦人の目だけが笑っていなかった。出来かねます、そう言いかけて古賀は曖昧《あいまい》な笑みを返した。

「すみません、日本実業新聞ですが、今月分の集金お願いします」

古賀と入れ違いになる形で、スウェットの上下に集金鞄《かばん》をたすき掛けにした中年男が榊原家の玄関に現れた。

「ちょっと待ってくださいね」

老婦人の声を聞き、もう一度丁寧にお辞儀して玄関の扉を閉め、古賀は吉祥寺《きちじょうじ》駅北側の住宅街に足を向けた。

瀟洒《しょうしゃ》な邸宅に住み、高そうな和服に身を包んでいても、人間は金が絡《から》むと目の色が変わる……ここ数カ月で身に沁みて感じた。

半年前、場立ち卒業を告げられ、古賀は国民証券吉祥寺支店に配属された。個人投資家相手の店で、支店長以下社員は二〇人。新入りの古賀は末端の営業マンとなった。千代田区の番町、大田区の田園調布、目黒区の青葉台のような超高級住宅地ほどではないが、吉祥寺は会社の重役や芸能人、作家など富裕層が暮らすお屋敷町として知られる。

親会社系列の村田投信投資顧問が発売した投資信託のパンフレットや、国民証券の投資情報部が発行した推奨銘柄リポートが詰まった鞄を提げ、古賀は成蹊《せいけい》学園近くの住宅街から、支店のあるサンロード商店街方向に歩いた。

「契約は取れたのか？」

五日市街道沿いの歩道を重い足取りで歩いていると、後ろからダミ声が響いた。足を止め振り返ると、唇を曲げ、古賀を見上げる男がいた。

吉祥寺支店次長の中野哲臣《なかのてつおみ》だ。支店の中で極端に口数が少なく、無愛想な上司だ。一、二回ライターを貸したことはあるが、ほとんど会話らしい会話を交わしたことはない。

「中野次長……」

「その様子だと、大した戦果はないいな」

中野が顔をしかめた。いつもは支店長に怒鳴られるが、無口な中野にまで追い立てられると、小さな支店の中で居場所がなくなる。両肩ががちがちに強張っていく。

「申し訳ありません……投信の新規契約一本だけです」

日本に大小数百社あると言われる証券会社は、営業マンに対して常に過酷なノルマを強いる。

吉祥寺支店に配属されて以降、古賀も他のセールス担当者と同様、毎朝七時前に出社し、営業課長から怒鳴られている。新人だけでなく、四〇歳を過ぎたベテランも同様で、常時数字がついてまわるのだ。古賀は配属されて以降、一回も月間ノルマを達成していない。

「謝ることはない。支店《みせ》に帰ってもバカな支店長と営業課長にどやされるだけだ。お茶でもして行こうぜ」

そう言うと、中野は街道沿いの古びた喫茶店を顎《あご》で指し、さっさと歩き始めた。古賀は渋々後を追った。

「小腹減っただろ、サンドイッチでも頼めよ。奢《おご》ってやるよ」

煤《すす》けた窓際《まどぎわ》の席に着くなり、中野が言った。

古賀は毎日午前六時半に出社し、社員全員の机を拭《ふ》いたあと、日本実業新聞や株式市況に特化した専門紙に目を通し、回覧用のスクラップと自分用のメモを作り、午前七時半からの朝礼に出る。この席でもノルマ未達を支店長と営業課長に罵倒《ばとう》され、午前九時の前場寄り付きに備えるのだ。場が開いてからも、営業課長の怒声はやまない。

株好きの客たちに電話をかけ続け、注文をつないで手数料を落とせと迫られる。午前一一時に前場が閉まっても、昼食時間は一〇分から一五分のみで、後場が開く午後零時半まで心当たりの顧客へアプローチしろと発破が続く。

後場が始まっても前場と同じことの繰り返しで、大引《おおび》け後にやっと営業課長の金切り声から解放される。しかし今度は新規顧客の開拓という高いハードルが待ち構えている。

「お言葉に甘えて、ミックスサンドを……」

恐る恐る切り出すと、中野が大声でオーダーした。

「ノルマなんて、頭を使えばなんとでもなるぜ」

テーブル横のマガジンラックから夕刊紙を取り出し、中野が言った。古賀は中野の顔を見つめた。三五歳だと支店の女性事務員から聞いたが、後退した額の生え際がずっと老《ふ》けた印象を与えている。別の古株に聞いたところでは、中野は国民証券の親会社に当たる業界最大手の村田証券本社にいたのだという。どういう理由があったのかは知らないが、系列の準大手証券に飛ばされてきた訳ありの人物だ。

「俺がバカな支店長に怒鳴られているところを見たことあるか？　それに俺が旗振っているところも知らないはずだ」

「ありません」

〈旗を振る〉とは、達成できる当てもないのに、営業課長や支店長に対して手数料の獲得目標金額を口から出まかせに申告することだ。

一日一〇〇件近い電話勧誘、二〇軒ほどの自宅訪問、一〇〇〇枚単位のチラシ撒《ま》きと胃液を吐くほどのストレスを感じながらノルマをこなそうと踏ん張っている。

他のセールスとは違い、中野は毎朝きちんと目標の獲得手数料の金額を告げ、夕方遅くに開かれる報告会できっちりと達成した額を申告し、実際に伝票を課長に手渡していた。

「新規で投信の契約取った客はどんなやつだ?」

「成蹊学園近くの豪邸にお住まいの榊原さんですが……」

前任の営業マンが長年つきあってきたという飲食チェーン店のオーナー宅だ。

「がめつい婆《ばあ》さんがいる家だな」

「前任の方が推奨銘柄の割り当てをすると言って勧誘されていたようで、きょうもいつ分けてくれるのかと訊《き》かれました」

「推奨銘柄って、仕手《して》銘柄のことか?」

「私なんかにその手の話を振ってくれる支店の人はいませんから」

古賀が肩を落とすと、中野が鼻で笑った。

仕手銘柄とは、値動きの荒い曰《いわ》く付きの銘柄群を指す。仕手本尊と呼ばれる投資家集団が株数の少ない銘柄に目をつけ、胡散臭《うさんくさ》い新商品の発表や他社との提携話、含み資産が隠れているなどと様々な理屈をつけ、株価を吊《つ》り上げるのだ。

「新人が仕手株を客にはめようなんて一〇〇年早い。それより、どこを回ってるんだ？」

コップの水を一口飲み、中野が鋭い視線を投げてきた。

「受け持ちの吉祥寺駅北口のお屋敷エリアです」

「どうやって回ってるかを訊いている」

「一丁目の若い番地からひたすらローラー作戦でやっています」

古賀がそう答えたとき、中野が口を歪《ゆが》め、笑った。

「支店にいるその他大勢のバカと一緒だな」

吐き捨てるように言うと、中野がセブンスターに火を灯した。

「一足早く場立ちから足抜けしたんだろ。ちょっとは見込みがあると思っていたがな」

足抜けという言葉を聞き、古賀はもう一度下唇を噛んだ。古賀は自分なりに株式市況を読み解き、メモを作り続けた。周期的に入る機関投資家の注文傾向や、海外市場の動向次第で動きが良くなる業種を予測する術をつかみ、これを場立ちの仕事に活《い》かした。

二カ月ほど経ったとき、佐々が人事部に推薦してくれる形で、支店に出るきっかけをつかんだ。考えろ……古賀は必死で自分に言い聞かせた。頭の中に広大なお屋敷町の地図が浮かぶが、一向に答えは浮かんでこない。

「ローラー作戦で戦果は何割だった？」

「一割いくかいかないかです」

呼び鈴を鳴らし、証券会社と名乗った瞬間に拒絶されるケースが大半だった。

「株屋と商品先物会社は世間で毛嫌いされているからな。一割でも当たれば上出来だ」

「だから株好きな人を見つけるのはそう簡単では……」

「そこまでわかっているなら、ノルマなんて簡単だろ」

中野が侮蔑《ぶべつ》的な口調で言った。簡単ではない。だからこんなに苦しんでいる。

「株好きって今、自分で言ったじゃないか。山っ気のあるカモを見つければ、ノルマなんて楽勝でクリアできるぜ」

中野が言ったとき、目の前にミックスサンドが置かれた。色鮮やかな野菜サラダが挟まっているサンドイッチが目に入った瞬間、腹の虫が騒いだ。だが古賀は堪えた。この感覚は野田に話を聞いたときと一緒だ。中野の言葉の中に、なんらかの答えがある。

「そうか、株式投資の実績のある家を回ればいいんですね！」

古賀は膝を打った。眼前の中野がかすかに頷《うなず》いた。

「では、どうすれば実績のある家がわかるんですか？」

すかさず訊くと、たちまち中野が顔をしかめた。

「それを考えるのがおまえの仕事の第一歩だ。おまえが回った家々の中に、犬を飼ってるところがあったよな？」

突然、中野が話を変えた。真意が分からず首を傾《かし》げていると、中野が言葉を継いだ。

「犬を飼っている家のドアには、保健所からもらった〈犬〉のステッカーが貼《は》ってあるだろ。あれと同じだ。株好きの家にはウチは株式投資やっていますってステッカーが貼ってあるのも同然なんだよ」

成蹊学園周辺はくまなく回ったが、そんなステッカーは見たこともない。

「おまえ、毎朝どんな新聞読んでる？」

「日本実業新聞と株式……」

自分の口から新聞の名を出した途端、頭の中に光が灯った。つい先ほども榊原家の玄関で日本実業新聞の集金スタッフと出会ったばかりだ。

「投資をしていれば市況欄が必要になる、さらに専門紙の情報も欲しくなるわけですね」

「だからステッカーが貼ってあるって言ったろうが」

深く煙を吸い込んだあと、中野が面倒くさそうにセブンスターを灰皿に押し付けた。

古賀は慌てて席をたった。店の公衆電話を使い、古賀は日本実業新聞の吉祥寺販売所の住所と電話番号を訊いた。幸いなことに、喫茶店を出て五日市街道を五、六〇〇メートルほど三鷹方面に進んだ場所にあることがわかった。

「わかりましたよ!」

興奮した面持ちで席に戻ると、すでに中野は勘定を済ませて店を出たあとだった。テーブルに残されたサンドイッチを勢いよく口に運ぶと、またアイディアが浮かんだ。もう一度公衆電話の場所に戻って、メモした電話番号をダイヤルした。

〈はい、日本実業新聞吉祥寺販売所です〉

電話口に女性の事務員らしき人物が出た。

「株式情報新聞や市況通信新聞の購読をしたいのですが」

いつも支店で手に取る専門紙の名を告げる。

〈市況通信新聞は大和《やまと》新聞さんの扱いになりますが、株式情報新聞はウチが扱っております。明日からでも配達できま……〉

事務員の言葉を最後まで聞かず、古賀は受話器を置いた。先ほどと同じ要領で、今度は大和新聞の販売所の住所を調べた。

メモを片手に席に戻り、古賀は考えを巡らせた。これならいけるかもしれない。

7

二〇一五（平成二七）年一〇月、東京都中央区。

「しばらく携帯を鳴らさないでください」

今井にそう指示したあと、小堀はスマホの通話を終えた。安物のデジタル腕時計に目をやると、時刻は午後一〇時四五分と表示されていた。すっかり人気のなくなった東京の下町、蠣殻町の街を歩きながら、小堀は周囲を見回した。

境とこの街を訪れてから三週間経過した。老舗鰻屋《うなぎや》、喜代松《きよまつ》の脇を流れる運河には、賃貸マンションの灯りが反射している。薄暗い小路に目を凝らすと、内外情報通信社の入居するビルの近くに黒塗りのハイヤーが見えた。

〈ナンバー照会願います。品川　さ　３３０……〉

ハイヤーの脇を通り過ぎ、蠣殻町交差点の方向に曲がった直後、小堀は今井の携帯にメールを送った。その後は近くのコンビニの前でハイヤーを観察した。

二年半前に二課の三知に配属されたとき、嫌がるノンキャリ捜査員に頼み込んで行動確認の現場になんども出た。とにかく気配を消すこと……年長のベテラン捜査員たちにそう教え込まれた。若いサラリーマンや女子高校生らが頻繁にコンビニに出入りするのを眺めながら、小堀はひたすら時間が経過するのを待った。

メールを送ってから一五分ほどすると、手の中のスマホが震えた。

〈大和新聞のハイヤーです〉

メールの文面をチェックした直後だった。

「お待ちどおさま。国会記者会館に戻ってください」

静まり返った下町の小路に、よく通る記者の声が響いた。国会記者会館は、その名の通り国会議事堂と通りを隔てた場所にある大手マスコミ各社が入居するビルだ。相楽の元を訪ねていたのは、政治部の記者だった。国会の議運の動向でも探りにきたのだろうか。

ハイヤーが走り去ったことを確認すると、小堀は足早に雑居ビルに向かった。前回と同じように、インターホンを押した。

〈はいはい、誰だい？〉

「夜分にすみません。桜田商事の小堀です」

〈おお、一人か？〉

「先客が帰られたようなのでお邪魔したいのですが」

〈鍵《かぎ》は開いている〉

小堀は階段を上がり、錆《さび》が浮いたドアノブを回した。部屋に入るなり、煙草《たばこ》の強い匂いが鼻を刺激した。先ほどの政治記者が吸ったのだろう、玄関先まで紫煙が漂っていた。

「こんな時間にキャリア様が一人歩きして平気なのかい？」

以前に会ったときと同じように、鼻先に老眼鏡を乗せた相楽が小堀をじろりと睨んだ。

「これでも三四歳です。怪しい客引きにはしょっちゅう声をかけられますが」

小堀が軽口で返すと、相楽がニヤリと笑った。

「少しゆっくりしていったらどうだ」

小堀はビニールレザーのソファに腰を下ろした。

「まずは一杯どうだね」

相楽はテーブルのショットグラスを下げ、お盆に載っていた別のグラスを小堀に差し出した。

「頂戴《ちょうだい》します」

小堀が小さなグラスを手に取ると、相楽がスコッチのボトルを傾けた。

「今までは政治談義でも？」

小堀が切り出すと、相楽が鼻で笑った。

「桜田商事はそういうところまで調べるのか。さすがだな」

相楽は自分のグラスにスコッチを注ぎ、一気に飲み干した。小堀もグラスの苦い液体を喉に流した。

「独り言を言っても構いませんか？」

強い酒にむせそうになるのを堪えながら、小堀は相楽の目を見据えた。

「どうぞお好きなように」

相楽が素早く二つのグラスにスコッチを満たす。

「恵比寿《えびす》方面のアレですが、立件は見送りになります。雑魚《ざこ》にもノータッチです」

相楽がわずかに顎を上げた。

「ご存知かもしれませんが、恵比寿のトップは相変わらず脇が甘いのです」

小堀はスコッチをほんの少しだけ舐《な》めた。

恵比寿とは公共放送の本拠地がある場所だ。相楽ならば、あの一件の存在などとうに知っているはずだ。ただ、その落としどころまでは知るまい。

二年半前、公共放送のトップである理事長が替わった。大手商社ＯＢで現政権と極めて近しい人物が職に就いたが、放言癖のある理事長は常にマスコミに叩かれた。今回の一件も、処理の仕方を間違えれば一大スキャンダルに発展しかねない代物《しろもの》だった。

「やはり、立件なしか」

相楽が細い肩をすくめて言った。公共放送の訳あり理事長の不始末の顚末《てんまつ》はこうだ。

国会で予算を審議される立場なだけに、公共放送の予算、特に支出は厳正に審査される。通常ならば経営理事会の審議と了解を経て購入されるべき土地が、トップの独断で系列子会社六社の名義を密かに使って購入されそうになっていたのだ。

だが、やはり裏があった。土地の価格だ。問題の土地は、大方の不動産業者の見立ての三倍の金額だった。三知のベテラン警部補のチームが三カ月前にいち早く情報を仕入れ、密かに公共放送理事長とその取り巻きの局長や怪しげな不動産ブローカーなど一〇人の動向を行動確認した。

「立件するとなりゃ、放送法違反だけでなく、特別背任あたりも狙っていたのかね？」

相楽の目付きが険しくなった。小堀は頷いた。

特別背任、あるいはトップが私的に売買資金を流用した気配もあったので、横領の線でも行けるのではないかと、二課長や警視庁刑事部長、警視総監までも一時は立件に向けて鼻息が荒かった。

だが、東京地検刑事部に相談を持ちかけた段で、情報が永田町に漏れ出し、公共放送は臨時の経営理事会を開催した。この際、過去の損失を緊急発表して、担当者を処分するという荒技に出たのだ。一連の顛末は、複数の週刊誌が追っているとの情報もつかんでいた。トップとまでは行かずとも、せめて関係した局長や理事クラスを放送法違反で摘発したいと二課内では依然不満がくすぶっている。

「二課のカウンターパートは、地検特捜部から刑事部に替わったばかりだよな？」

「そうです」

東京や大阪の特捜部によるシナリオ捜査や強引な取り調べが社会問題化した結果、検察庁は組織の大幅な見直しを行った。今まで二課と歩調を合わせていた特捜部はその担当を外れ、地検刑事部がその任に就いていた。

「刑事部で骨のある検事はいなかったのか？」

「地検は完全に国会や官邸の顔色をうかがっています。公共放送のトップはどうやら永田町の相当な人物と通じているフシがあります」

腕組みした相楽が、天井を見上げた。

「こういう事態を予想されていたのですか？」

「何人かのOBを使って現職検事たちに発破をかけるように囁《ささや》いた。俺はあの政権べったりで、批判精神のかけらもない理事長が大嫌いだ」

相楽はテーブルのグラスを取り上げ、スコッチをまた一気に空けた。

「ところで、今日の本題はなんだ？」

鋭い音を立ててグラスをテーブルに戻した相楽が言った。小堀は密かに胸をなでおろした。ギブアンドテイクの「ギブ」の部分は、相楽に評価されたということだ。

「まだ三田電機にご執心ってわけか。どうしても三田株式を上場廃止にしたいのか？」

「そうしたいと考えています」

「前にも言ったはずだ。三田電機の株式は絶対に上場廃止になどならん」

「上場廃止に追い込むのが無理でも、それ相応の報いは受けねばなりません」

小堀が強い口調で言うと、相楽も身を乗り出した。

「それは正義感から言っているのか？」

「これでも官僚の端くれです。手柄を立ててナンボだと割り切っていますから、正義感など二の次です」

「いい心がけだ。正しいとか、許さないとか、最上段から屁理屈《へりくつ》をこねる奴が大嫌いでね」

相楽が口元に笑みを浮かべた。だが、その窪んだ両目には鈍い光が宿っている。

「ちょっと待ってろ」

相楽はテーブルの下から老舗煎餅屋《せんべいや》のロゴが入ったアルマイトの缶を取り出し、蓋《ふた》を開けた。中には小さなメモ帳や鉛筆や万年筆が詰まっていた。相楽はメモ帳と万年筆を取り出し、テーブルに置いた。相楽の狙いはなにか。小堀が見つめていると、相楽は書架に向かい煤けたスクラップブックをめくり始めた。二、三分ページを繰ると、相楽はスクラップを携えてテーブルに戻った。

「この男を知っているか?」

インクで黒ずんだ人差し指で、相楽が古い写真を指した。四、五人の背広姿の男たちとにこやかに笑うスナップ写真だ。相楽の指先には、背の高い、体格の良い中年の男がいた。知らない顔だ。だが、人差し指の隣にある顔は知っている。

「この男は、三田電機の中谷社長の知り合いですか?　どういう素性の人間でしょう?」

　矢継ぎ早に訊くと、相楽が舌打ちした。次いで大和新聞のまっさらなメモ帳から一枚紙を引きちぎると、相楽はさらさらとなにかを書き始めた。

「この男の名前だ。教えられるのはこの程度だ。俺にも仁義ってもんがあってな」

「裏の世界特有の持ちつ持たれつという意味ですか?」

「違う。この男とは会ったこともないし、ここに来たことさえない」

　万年筆を動かしながら、相楽が言った。

「三田電機の裏を知り得る人物なんですね?」

「そうかもしれんし、違うかもしれん。いいから、持っていけ」

　達筆で書かれたメモを相楽が小堀に差し出した。

〈古賀　遼〉

「『こが・りょう』というのが名前だ。本名かどうかは知らんがな」

「ありがとうございます。恩にきます」

　両手でメモを受け取ると、小堀は深く頭《こうべ》を垂れた。

「勘違いするな。これは境の紹介だからだ。それに、今後二課のネタも聞けそうだから先行投資という意味合いもある」

「いずれにせよ、助かります。これで一歩前に進めます」

「もう一度言うぞ。三田電機の周辺をいくら掘り返そうが、株式の上場廃止なんて無理だ」

「いえ、やってみなければわかりません」

小堀は相楽を睨んで言った。その途端、相楽がため息を吐《つ》いた。

「あんた若いから知らんだろうが、昔は誰の体の中にも一匹や二匹寄生虫がいたもんだ」

突然、相楽が話題を変えた。

「サナダ虫や回虫だの、そんな類《たぐ》いの寄生虫だ。なにせ日本中が不衛生だったからな。俺の兄貴の世代なんか、みんな川で用を足して、その近くで野菜を洗ってる農家の婆ちゃんがいたらしい。そりゃ、寄生虫があちこちに広がるはずだ。俺だって頻繁に虫下しを飲まされた」

「それと今回のお話はどう関係するのでしょう？」

小堀は首を傾げた。話の腰を折るにしても、あまりにも唐突だ。

「あんた、花粉症かい？」

またただ。元々相楽は捕らえどころのない男だが、今晩はその傾向が一際《ひときわ》強い。今は古賀遼という男が何者なのか、そして三田電機をどうやって追い込むかという話をしているのだ。寄生虫や花粉症の話は一切関係がないではないか。

「若いからすぐに考えが顔に出る。それじゃあ、キャリアとして大成しない」

顎を引き、小堀をまっすぐ見据えた相楽が低い声で言った。

「よく上司に注意される点で、自分でも承知しています。しかし……」

小堀が抗弁すると、相楽が右手を差し出しこれを制した。

「悪ぶってはいるが、根は正直で真面目だ。だからあえて年寄りとして注意している」

「真面目ではありません。綺麗事を言っても知能犯捜査の仕事は回りませんから」

「分かった分かった。俺の話を最後まで聞くんだ」

小堀は渋々、頷いた。

「昭和の終わり頃まで、寄生虫はそんなに珍しい存在ではなかった。だが、最近は世間が潔癖を求めるから、寄生虫が入り込む余地がなくなった」

「私の親世代の人間から同じような話を聞いていますが、それと今回の話は……」

「あんた、花粉症だよな」

もう一度、相楽が同じことを尋ねた。

「そうです。毎年二月くらいから鼻水が止まらなくなり、困っています」

「一説によれば、寄生虫やらがいなくなったおかげで、現代人の間に花粉症が蔓延《まんえん》し始めたらしいじゃないか。要するに、寄生虫がいるおかげで日本人はストレスへの耐性があったんだ」

「たしかに、そんな話を聞いたことがあります」

「ヤクザはどうだ？」

「マル暴は暴対法の完全施行以来、すっかり勢力が落ちています」

「おまえさん、さっき阿漕《あこぎ》な客引きに声をかけられるって言っていただろう。昔、繁華街でそんな奴らがいたら、ヤクザが真っ先に排除していたんだ」

「しかし、法律は法律ですから」

「だからおまえさんは真面目だって言うんだ。怪しげな街で酒を飲み、女と遊ぶから繁華街と呼ばれるところは人を惹《ひ》きつけていた。街のルールや一般的な決まりごとを守れない奴はヤクザにボコボコにされたさ。あいつらは、街の用心棒でもあった」

「その手のお話は組対《そたい》のベテランから聞いたことがありますが……」

「ヤクザを徹底的に追い詰めてどうなった？　街には半グレや中華系のチンピラが急増した。新興勢力には昔のような仁義はないし、警察も全容をとらえていないだろう」

相楽の言葉に、小堀は黙り込んだ。以前、鳥取県警で世話を焼いてくれた組対のベテランと同じことを相楽が言った。

「相楽さん、話を本筋に戻してください」

小堀は焦《じ》れた。一方、対面の相楽は薄ら笑いを浮かべている。

「イライラしたところで、三田電機を追い込むことはできんぞ」

「ですから、本当のことを教えてください。なぜ三田電機の株式は上場廃止に……」

小堀がまくし立てたとき、相楽の後方の机で固定電話が鳴った。相楽は器用に腕を伸ばし、受話器を取り上げた。

「はいはい、俺だが」

電話の応対をしながら、相楽は次の客の来訪が近いと目で合図した。大和新聞の政治部記者の後に小堀が滑り込んだように、また誰かがこの事務所を訪れる。これ以上長居はできない。小堀は立ち上がり、頭を下げて事務所を後にした。

8

一九八〇（昭和五五）年八月、東京都武蔵野市。

株式市況専門紙の購読者を狙い撃ちする作戦が功を奏し、古賀はわずか一カ月足らずの間に若手営業マンの中でトップの営業成績を叩き出すようになった。

残暑厳しい八月下旬の週末、夕方の会議で古賀は支店長に褒められ、さらに売り上げを伸ばすよう叱咤《しった》激励された。

その後、冷静に見ていた中野に誘われ、吉祥寺駅北口近くにある小さな飲食店が密集するハーモニカ横丁に向かった。

横丁の中でもとりわけ古い〈のれん小路〉にある小さな居酒屋のカウンターでビールを頼んだあと、中野が切り出した。

「おまえの切り札は市況新聞だけじゃないだろう?」

中野に頭を使えと叱咤され、古賀は新聞販売所という糸口を見出《みいだ》した。その他にも重要な手段を見つけた。

「駅前にある同業他社のセールスマンを利用しました」

「そこを思いついたか。俺も大昔にやった手だ」

そう言うと、中野が美味《うま》そうにビールを喉に流し込んだ。吉祥寺駅前には村田証券や山屋証券など大手のほか、国民証券のような準大手三社が支店を構えている。

「大引けのあと、村田や山屋の支店に駆けつけました。それぞれのセールスマンの後を追い、株好きなオーナー社長や漫画家さんを二〇名以上つかみました」

「博打《ばくち》好きなのは、社長も文化人も変わらんからな。それからどうした?」

モツ煮の小鉢をつつきながら、中野が淡々と言った。

「奥の手がありました」

古賀は偶然通り掛かった家庭の話を始めた。古賀が、お得意になってくれたばかりの家を辞した直後、隣の家の玄関から怒声が聞こえたのだ。

「商品先物会社の営業マンとその家の奥さんが揉《も》めていました」

「それで?」

「甥《おい》になりました」

中年の女性が、依頼していない先物取引の約定《やくじょう》を巡って営業マンと揉めていたのを立ち聞きし、古賀は翌日その家を訪問した。

証券会社の人間だと名乗った上で、商品先物業者との取引内容を聞き出した。その上で、夫人の甥だと偽って先物業者の担当者と対峙《たいじ》し、違約金と詫《わ》び金を入れさせることで決着させた。おかげで、その夫人からは新発売の投資信託のほか、割引国債など計八五万円の新規契約を取り付けることができた。

「これでようやく一人前の営業マンとして扱ってもらえそうです」

古賀が本音を漏らした途端、眼前の中野が舌打ちした。

「その程度か」

「は？」

「おまえはその程度の人間だったのかと言ったんだ」

「その程度とは？」

「たかが支店のノルマを達成して嬉《うれ》しがっている器の小さな男だってことだ」

ビールを飲み干し、中野が乱暴にグラスをカウンターに置いた。

「ノルマなんてものはな、本社が勝手に決めた数字でしかない。バカな支店長にしたって、おまえと同じ営業マンの一人だ。本店に旗振って虚勢張っているだけだ」

中野に言われ、古賀は項垂《うなだ》れた。支店長に褒められたことで、舞い上がっていた。

「もっと大事なことに気づいていると思ったんだがな」

「まだなにかあるんですか？」

「ほらな、やっぱり分かってないじゃねえか」

「教えてください」

「それなら、もう少し付き合え」

中野は札入れから一万円札を取り出し、カウンターに置いた。

吉祥寺駅近くのハーモニカ横丁を出たあと、古賀は中野と連れ立ってアーケードの商店街を南の方向に進み、関西の電鉄系百貨店近くまでたどり着いた。

「どこへ行くんですか？」

「大人の世界だ」

百貨店の近く、表通りから一本奥まった小路にはカラオケやスナックの電灯が光る雑居ビルが連なっている。中野はそのうち一つのビルに進み、地下へと向かう階段を下り始めた。

大人の世界と言うからには、飲み屋に違いない。支店と独身寮を行き来するだけの毎日を過ごしている古賀には、ハーモニカ横丁の居酒屋かチェーンの牛丼屋以外は縁がない。

薄暗い階段を下りると、地下一階に六軒ほどの飲食店が連なる薄暗い一角があった。カラオケや雀荘《ジャンそう》の煤けた看板が通路に出ている。階段から一番奥まった店に向け、中野は歩き続けた。

「ここだ」

看板の前で足を止め、中野が言った。

〈ＳＰＲＥＡＤ〉

紫色に光る看板には横文字が並んでいた。焦《こ》げ茶色の木製のドアには〈会員制〉のステッカーが貼られている。

「スプレッド？　ナイトクラブでしょうか？」

「そんな上等な店じゃない。場末のスナックだ」

そう言うと、中野はゆっくりとドアを開けた。

「入れよ。なにも取って食われるわけじゃない」

背中を押され、古賀は店に足を踏み入れた。薄暗い店内にはミラーボールが天井から吊るされ、間接照明の灯りを反射させていた。店に入って右側には、五、六人座ることのできる小さなカウンター、その奥には多数のグラスとボトルが陳列された戸棚が見える。左側には、四、五人座れるボックス席が三つ。そのうち、一つのボックスでは三人の男とホステスらしき女が二人、水割りを飲んでいた。

故郷の大牟田にも同じような店はあるが、どこか埃《ほこり》っぽく、垢《あか》抜《ぬ》けなかった。一方、眼前の店はどこか小洒落《こじゃれ》ている。

古賀が周囲を観察していると、カウンターの奥の扉が開き、背の高い男が顔を出した。白いワイシャツに蝶《ちょう》ネクタイ、ベストを着たオールバックの男が恭《うやうや》しく頭を下げた。

「飲めるかい?」

「もちろんでございます。さあ、こちらへどうぞ」

蝶ネクタイの背の高い男は、店の一番奥のボックス席へと中野と古賀を促した。

「いつものシーバスリーガルでよろしいですか?」

「そうしてくれ。それから、初めての坊やを連れてきたから、一本、泡も頼む」

古賀はシーバスリーガルという銘柄を思い起こした。支店長へのお中元の検討で百貨店に行ったとき、シーバスリーガルには八五〇〇円の値札が付いていた。リザーブやオールド《ダルマ》の倍以上の値段だった。この手の店でボトルをキープするには、一万円以上するのは間違いない。

「ママは?」

「他のお客様と同伴中でして、あと一〇分程度でまいります」

「それなら適当に姉ちゃんつけてくれ」

蝶ネクタイの男は笑顔で店の奥へ消えた。古賀は眼前のテーブルを見た。レースの敷物の上に小さな花瓶が置かれている。その脇にはクリスタルの小ぶりな灰皿が三つ。

これが大牟田ならばアルマイトの安物だ。

「こんな高級そうなお店、若造が大丈夫なんですか?」

「スナックだって言っただろう。ここは吉祥寺だ。銀座や六本木ってわけじゃない」

中野がそう言った直後、店の奥から淡いピンクのワンピースを着た女が席に近づいてきた。淡い色合いの服とは裏腹に、どぎつい赤の口紅が光っている。年の頃は、古賀よりも少し上、二三、四歳くらいか。ゆったりしたサイズの服だが、胸の膨らみがはっきりわかる。目のやり場に困った。女は中野の隣に座り、手慣れた様子で中野と古賀におしぼりを差し出し、口を開いた。

「中野さん、ご無沙汰《ぶさた》です。こちら、新人さんかしら?」

「まあな」

「中野さんにはいつもお世話になっております。私、ルミです」

ルミと名乗った女は、角の丸まった名刺を古賀に差し出した。名前の下には、小さな文字で電話番号が手書きされていた。古賀は慌てて名刺入れを鞄から取り出した。

「お若いのに証券マンなのね。中野さんみたいにお金儲けがうまくなるといいわね」

「いつも勉強させていただいています」

古賀が答えたとき、先ほどの蝶ネクタイの男が席に細長いグラスを三つ置き、深緑色のボトルのコルクを抜いた。

「古賀、泡を飲むのは初めてか？」

「泡って、なんですか？」

「シャンペンだ」

蝶ネクタイの男が手際よく琥珀色の液体をグラスに注いでいく。たしかに細かな泡がグラスの中で躍っている。

「いらっしゃいませ、中野さん、古賀さん」

真っ赤な唇のルミがグラスを上げ、乾杯を促した。

「あとは適当に乾き物でも出してくれ」

中野がグラスの液体を一気に空けた。古賀は恐々とシャンペンという飲み物を口に含んだ。舌の上でプチプチと無数の泡が弾け、口の中から鼻の奥に爽《さわ》やかなブドウの香りが通り抜けた。

「おいしいですね。中野さんはいつもこれを？」

「こんなもん毎日だって飲めるさ」

先ほどまで鷹揚《おうよう》だった中野の口調が一変した。この場所に連れてこられたのには、きちんと理由がある。甘辛い飲み物をもう一口だけ飲むと、古賀は細長いグラスをテーブルに置いた。

「先ほどの続きを教えてください」

古賀は膝に手をつき、中野に頭を下げた。そのときだった。頭上から掠《かす》れた女の声が聞こえた。

「あらあら、こんな時間までお仕事なの？」

顔を上げると、紺色の細身のスーツを着たロングヘアの女が微笑《ほほえ》んでいた。

9

二〇一五（平成二七）年一〇月、東京都千代田区。

午前七時四五分、小堀が警視庁本部四階の捜査二課の大部屋に出勤すると、自席の脇に今井が立っていた。

昨夜、蠣殻町の相楽の事務所を出たあと、念のためと思い今井席の固定電話を鳴らした。午後一一時半近かったが、今井はまだ残っていた。今井の自宅は東京西部、電車で一時間近くかかる立川だ。電話を受けたあと退勤したのは終電近くのはずだが、今井はすでに出勤している。ネクタイもワイシャツも昨日と違うということは、ちゃんと帰宅したのだ。

「おはようございます。随分早いですね」

小堀が声をかけると、今井が頭を下げ、口を開いた。

「ひとまずご報告しようと思いまして」

今井はクリアファイルから一枚の紙を取り出し、小堀の机に置いた。

「なんですか？」

「昨晩、蠣殻町から連絡をいただいたじゃありませんか」

内外情報通信社の相楽から、三田電機の粉飾に関して、古賀遼という鍵を握る男の存在を聞かされた。

「調べの途中ですが、簡単な経歴は入手しましたので、先にお知らせしようと思いまして」

今井は捜査二課の在籍年数がトータルで二〇年以上になるベテラン捜査員だ。様々な業界に特別協力者という名の情報源を持つ。特殊な情報を入手するスキルは、三五〇名ほど在籍する二課の中でも十指に入る。小堀は紙を凝視した。

〈古賀遼こと古賀良樹〉

古賀遼というのは通名なのか。

〈一九六〇年、福岡県大牟田市出身。同市内の商業高校を卒業後、国民証券に入社……〉

〈国民証券で支店勤務を経たのち、同本社法人営業部に異動。その後一九九〇年に退社〉

〈同年、自らが代表を務める金融コンサルタント会社「コールプランニング」を設立〉

「金融コンサルタントですか……」

裏社会の人間と睨んでいただけに、小堀はやや拍子抜けした。

「どのようなコンサルを？」

小堀が訊くと、今井が首を振った。ひとくちに金融コンサルタントと言っても、個人の資産運用への助言、大企業同士のＭ＆Ａ《合併・買収》など専門分野は多岐にわたるはずだ。

「とりあえず、今のところは簡単な経歴とこちらの写真です」

今井が写真を取り出し、小堀の前に置いた。望遠でとらえた二人の男が写っていた。一人はスーツの男性だ。相楽の事務所で目にしたものとは別の写真だ。

「三田の中谷社長と古賀ですね？」

「そうです」

中谷の右横に、背の高い男が立っている。切れ長の鋭い目付き、痩《こ》けた頬。髪は七三分けで、地味な背広を羽織っている。

「情報源は？」

「……すみません」

今井が頭を下げげた。貴重な情報源は上司にも明かさない。代々二課で培《つちか》ってきた手法だ。

「とんでもない。昨日の今日でこれだけ判明すれば十分です」

頭を下げ、今井が自分の席に戻っていった。

「あの……。ちょっといいですか」

突然、今井が振り返った。

「なにか？」

「まだぼんやりとした段階なのですが……かつて捜査研修で警視庁に来た九州の捜査員から聞いた話なのですが」

今井によれば、福岡県警の仲の良い刑事が気になる話をくれたという。その刑事によれば、獄中で死んだヤクザ者が同房の盗犯《どろぼう》にメッセージを残していたらしい。仮釈放で娑婆《しゃば》に出た盗犯は、出所後わずか一カ月で県警の盗犯担当に再び逮捕された。再犯性が高いのは盗犯の特徴だ。この際、取り調べの過程で出た話だというのだ。

「その話は古賀とどう関係するのですか？」

「獄中死したヤクザは、大牟田出身で古賀の高校の後輩にあたります」

「メッセージとはなんでしょうか？」

「同房だった盗犯はこんなことを言っていたそうです」

今井はさらに声のトーンを落とした。盗犯が福岡の刑事に語ったのは、獄中死したヤクザは、出所後にまとまった金を誰かから強請《ゆす》り取る腹づもりだった……同房で仲が良かった盗犯は、そのおこぼれに与《あずか》るはずだったという内容だ。

「おこぼれとは？」

「その盗犯は、ヤクザ者からはぶりの良さそうな誰かの住まいを訊き出し、自分で盗みに入るつもりだった、というのです」

ばく然とした話だが、なにか気になる。小堀は腕を組んだ。

「それで、ヤクザはどうして収監されたのですか？」

「酒気帯び運転で人を轢《ひ》き殺しました」

小堀は首を傾げた。ベテラン今井の胸にどのような点が引っかかったというのか。

「轢き殺されたのは、古賀の母親です」

今井が短く告げた。

「……ということは古賀がヤクザに殺人を依頼した?」

「真っ先に浮かんだのはその筋です」

真剣な眼差《まなざ》しで今井は言い、席へと戻った。姿勢の良い後ろ姿を見ながら、小堀は考えを巡らせた。

近い将来、今井が基礎捜査の結果を携えて報告に来るだろう。古賀の家族構成や詳しい学歴、証券会社での様子などの情報も上がってくる。まして、母親が不審な死を遂げた。古賀という人物を徹底的に掘り下げる必要がある。古賀については今井や福岡県警の刑事がさらに調べてくれるはずだ。自分の役割はなんだ……小堀が自問したとき、一人の女性の顔が頭に浮かんだ。

10

一九八〇(昭和五五)年八月、東京都武蔵野市。

ロングヘアの女が中野の隣に滑り込むように座った。その瞬間、中野の口元が一瞬だけ歪んだ。古賀の横には、ルミが座り直した。

「鉄は熱いうちに打てって言うからな。こいつ、思ったよりも鍛えがいのある小僧なんだ。それより、同伴のお客さん放っておいていいのか？」

「大丈夫よ。ほらね」

ロングヘアの女がカウンターに顔を向けた。その方向を見ると、禿頭《とくとう》の老人がカウンターに突っ伏していた。

「強いお酒をたくさん飲まれたから。少し休ませてあげないとね」

「無理やり飲ませたんだろ。店に連れてくれば、寝ていても売り上げになるからな。こいつは怖い女だから、気をつけろ」

中野の言葉に、女は大げさに頬を膨らませてみせた。

「それに、あの爺《じい》さんはなかなかの人物だ。カモの品定めには定評のある女だ」

女は中野の太腿《ふともも》を叩いた。顔は愛嬌《あいきょう》たっぷりに笑っているが、女の両目は醒《さ》めていた。

同じような目付きは、大牟田でなんども見たことがある。男の懐《ふところ》具合と酒量をしたたかに、そして瞬時に天秤《てんびん》にかける夜の女の目付きだ。ロングヘアの女が名刺を差し出した。

「同じ支店で中野さんの下におります、古賀です」

古賀が名刺を渡すと、女は両手で受け取った。

「良樹さんか。素敵なお名前ね。強いおじさんについて行けば、もっと幹が太くなるわよ」

女の名刺には、〈SPREAD　ママ　遠藤響子《えんどうきょうこ》〉と刷ってあった。

「おまえの名前に樹って文字が入っているから、関係する幹って言葉を重ねてヨイショしてるんだ。笑点の大喜利《おおぎり》じゃあるまいし」

「そんなんじゃありませんから。中野さんって、本当にいじわるなんだから。古賀さん、いつも大変でしょう?」

「徹底的に仕事を教えてもらっています。それにしても、素敵なお店ですね。名前もスプレッドって、どこかクールな感じがします」

古賀が言うと、響子が嬉しげに笑みを浮かべた。

「お店の名前は、昔の洋楽のヒット曲から取ったのよ」

そうですかと古賀が応じたとき、カウンターの方向から低い呻《うめ》き声が響いた。

「お目覚めだぜ。ボトル追加のチャンスだ。せいぜい金持ちの爺さんからボッてこいよ」

中野の言葉に、古賀もカウンターを一瞥した。次の瞬間、響子は中野の太腿をピシャリと叩き、席を立った。

「良樹さんに誤解されちゃうでしょ。ちょっとだけ失礼します。どうぞごゆっくり」

響子が席を離れた直後、中野がルミに顔を向けた。

「少しだけ二人で話をする」

中野は低い声で言った。ルミは戸惑っていたが、中野の口調は有無を言わさぬ冷徹な響きがあった。

カウンターに突っ伏していた老人の客が目を覚まし、ろれつの回らぬ口調で話し始めた。響子が優しげな声音で相手をしている。二人の姿を一瞥すると、古賀は中野に顔を向けた。

「綺麗なママですね。九州の飲み屋とは全然違います」

古賀が切り出すと、中野がわずかに首を傾げ、口を開いた。

「俺のコレだからな。ブスじゃ困るだろう」

小指をわずかに動かしながら、中野が言った。その表情には気負いは一切感じられない。

「中野さんは結婚されていて、お子さんもいるんですよね？」

「女房子供がいて、その他に女がいちゃ悪いか？」

「いえ、そんなことは僕がとやかく言うことでは……」

古賀は口籠《くちご》もった。愛人を自慢するためだけに、中野はこの店に連れてきたのか……いや、そんなくだらないことを中野がするはずがない。

考えろ……古賀はカウンターに目をやった。

先ほどまで低い声で唸《うな》っていた禿頭の老人が再び静かになった。ちらりと見ると、真新しいブランデーのボトルの横で、老人は寝息をたてているようだ。

「そろそろお迎えがくるころだ。お爺ちゃんを起こしてやれよ」

古賀の視線に気づいたのか、中野が意味深な笑みを浮かべていた。

「僕がですか？」

「いつか役にたつかもしれん」

古賀は首を傾げながらも席をたち、カウンターに歩み寄った。老人はかすかに鼾《いびき》をかき、カウンターで寝入っていた。

「そろそろ、お帰りになったほうが」

禿頭で、皺《しわ》だらけの横顔だった。

「もしもし、起きられたほうが……」

古賀がそう告げたときだった。店のドアが開き、仕立ての良いスーツを着た背の高い中年男性が現れた。古賀は一八五センチと人並み以上に背が高いが、中年男性はもっと高い。一九〇センチ近くあるのではないか。中年男性は古賀に一礼すると、口を開いた。

「失礼いたしました……会長、そろそろ」

中年男性が言うと、会長と呼ばれた老人が体を起こした。その拍子に老人の肘《ひじ》がグラスに当たった。

「おっとっと……」

老人が慌《あわ》ててグラスを支えようとしたが、薄いブランデーが古賀のスーツにかかった。

「申し訳ありません」

背の高い中年男性が慌ててボトル横のおしぼりを取り上げた。

「少し濡《ぬ》れただけです」

中年男性がなんども頭を下げた。古賀は老人の肩に手をかけ、口を開いた。

「お迎えの方がいらっしゃいましたよ」

古賀の言葉に老人が頭を振った。不思議そうな顔で、古賀と中年男性を見比べている。

「ん、これは失礼した」

ようやく正気に戻ったのだ。安堵《あんど》した古賀は老人の体を支え、立たせた。背の高い中年男性が恐縮した。

「お手数をおかけいたします。どうか、こちらで会ったことは御内密に。あとで連絡をいただけますと幸いです」

そう言うと、中年男性が名刺を古賀のポケットに滑り込ませた。

中年男性は老人を抱えるように店を出ていった。二人の後ろ姿を見送り、古賀は中野のいる元のボックス席に戻った。

「爺さんの取り巻き、大事にしろ」

一連のやりとりを見ていたのだろう。中野が低い声で告げた。

「さてと、さっきの続きだ。あっちの席はどうなんだ?」

もらった名刺を確認する間もなく、中野が言った。古賀は耳を澄まし、ボックス席の会話に神経を集中させた。

「社長、そろそろあの曲歌ってくださいよ」

七三分けの若い男が揉み手しながら言った。露骨なおべっかだが、社長と呼ばれた男はまんざらでもなさそうだ。

「社長、上手《うま》いからね。私も聞きたいなぁ」

ホステスが調子を合わせると、作業服風のジャンパーの中年男が満面の笑みを浮かべた。社長と呼ばれているからには経営者だ。頬と鼻の頭がうっすらと赤い。酔いだけではない。日焼けしているのだ。外で仕事をする男なのか。

「それじゃ、歌っちゃおうかな。いつものアレ、カラオケに入れてよ」

「了解、社長」

社長と呼ばれた白髪頭の男はミラーボールの下にある小さなステージに歩み寄り、蝶ネクタイの男に差し出されたマイクを握った。七三分けの男がボックス席から囃《はや》すと、イントロに合わせ、社長は得意げにリズムを取り始めた。

直後、力強いドラムの音が響き、オリジナルにそっくりなハスキーな声で社長が歌い出した。もんた&ブラザーズが大ヒットさせた「ダンシング・オールナイト」だ。

社長が熱唱する間、カウンターの奥から別のホステスが現れ、ボックス席に加わった。ボックス席の様子を見ていたルミが口を開いた。

「うるさくてごめんね。あの社長さんったら、いつもこの調子なのよ」

「構わんですよ。僕は九州出身です。酒の席はいつも賑《にぎ》やかでしたから」

「私もシャンペンおかわりいいかしら？」

中野が鷹揚に頷いた。古賀はルミのグラスにシャンペンを注ぎつつ、尋ねた。

「あの社長さん、どんなお仕事なんですか？」

「地元の建築会社の三代目よ。先代から結構手広く商売をやっていて、吉祥寺だけでなく、多摩地区全域に支店も持っているらしいわよ。でもね、ちょっとエッチなのが玉に瑕《きず》」

「お連れさんは？」

「駅前の不動産屋の専務さん、それに調子の良い若い人は協立銀行の融資担当者よ」

これが答えなのか……琥珀色のグラスを一瞥し、古賀は考えを巡らせた。依然として、店の中は社長の独演会が続いている。

「ルミ、おまえ腹減ってないか？　よかったら寿司《すし》の出前でも頼めよ」

「ラッキー！　昼間の仕事終わってから、何も食べていなかったの」

ルミが席を立ち、カウンターに向かった。出前のリストでも常備してあるのだろう。

「わかったのか？」

ルミの艶《なまめ》かしい後ろ姿を目で追っていると、突然中野が言った。

「地元の建築会社の社長さんを攻略せよ、あるいは同じように羽振りの良さそうな新規の客をつかめ、ということでしょうか？」

古賀が答えると、中野が首を傾げた。

「五五点ってところだな」

「……及第点ではない、そういうことでしょうか？」

「鈍いおまえにしちゃよく観察している。でもな、まだ大局が見えていない」

「大局とは、囲碁のアレですか」

「囲碁もそうだが、世の中の趨勢《すうせい》とでもいうか、世間の流れ全体っていう意味だ」

大局という言葉を聞き、古賀はもう一度ボックス席を見た。歌い終えた社長が、やんやの喝采《かっさい》を浴びながら席に戻った。

「握りの上と巻き物を頼んじゃった」

ルミが弾んだ声で隣に戻ってきた途端、古賀は閃《ひらめ》いた。

「あの社長さんみたいなお客さんは他にも？」

「近くの百貨店の店長さんやら売り場長さんも景気いいみたいよ。ほら、あの子なんて」

ルミが社長の横に付いた女を顎で指した。

「ブランド物をかなり貢《みつ》いでもらっているらしいの……あっ、この話はママには内緒よ」

ルミが口を手で覆《おお》い、中野に目配せした。

「もっと教えてやれよ」

中野の声にルミは頷き、小声で話し始めた。

「あとはね、クルマ屋って、自動車の販売店のこと？」

「クルマ屋さんかな」

古賀が訊くと、ルミが頷いた。

「高いセダンやスポーツカーが売れ始めているって、営業マンの人が言っていたわ」

「百貨店にしても、クルマ屋さんにしてもお客さまは吉祥寺の人たちだよね？」

「店長さんも高級なブランド物やアクセサリーが売れ行き好調だって言っていたし、なんかこれから景気がよくなるんじゃないかって、みんな言っているわよ」

「景気が良くなる……」

「ルミも古賀に取り入って、ハンドバッグでも買ってもらえばいいさ」

二本目のセブンスターを中野が取り出すと、ルミがすかさず百円ライターで火を点《つ》けた。

「本当？」

そう言った途端、ルミが古賀の腕を強くつかんだ。

〈大局〉〈景気が良くなる〉……。古賀の頭の中で二つのキーワードがぐるぐると巡った。百貨店で高額な品物が売れ行きを伸ばしている、自動車も高級なセダンや割高なスポーツカーが売れている……。頭の中で、二越百貨店の手振りが浮かぶ。同時に、他の百貨店や自動車メーカーの手振りも交錯する。

次いで、古賀の脳裏に、東証の立会場にある電光掲示板が現れた。商いを伴って値を上げた二越やイヨタ自動車のボードが点滅している。

「どういう仕組みかはまだわかりませんが、景気が良くなりつつある、そして企業の業績が上がりそうだというのが、大局ということでしょうか」

「そうだ」

中野がセブンスターの煙を吐き出し、言った。

「それでは、高額品を買うようなお客様をつぶさに当たり、新規の顧客になってもらうよう営業をかけます」

古賀が答えると、中野が首を傾げた。眉間《みけん》には深いシワが刻まれている。

「まあ、目先はそうするんだな」

「目先、ですか?」

「博打好きの客のほかに新規開拓すりゃ、ますますノルマ達成は楽になるし、歩合分のサラリーも増える」

歩合分のサラリーという言葉を中野が言った瞬間、腕をつかむルミの力が強まり、ふくよかな胸の感触が一段と古賀を刺激した。

「おまえ、だんだんわかってきたな」

「……そうでしょうか？」

「そうだ。これから大事な話を教えてやる。よく聞いとけよ」

「はい」

中野がセブンスターを灰皿に押し付けた。中野と古賀の間に紫煙が広がっていたが、徐々に煙幕が消えていった。

11

二〇一五（平成二七）年一〇月、東京都新宿区。

四谷荒木町の小さなトラットリアのテーブル席で今井との連絡を済ませたとき、目の前に人の気配がした。

「へえ、小堀君にしては素敵なお店知っているじゃない」

小堀は慌てて立ち上がった。

「急なお願いなのに、恐縮です。どうぞおかけください」

小堀が席を勧めると、岡田加津美《おかだかつみ》が薄いグレーのストールを外した。白いシャツ姿の女性店員が素早くストールを受け取る。

ストレートのショートカット、ネイビーのスーツ。今まで何度となく会ってきたが、岡田はいつもシンプルなスーツスタイルだ。

「この辺りも随分新しい店が増えたのね。以前はおじさんばっかりの街だったのに」

岡田は店のカウンター席に座る三人組の女性客を見やり、言った。

「残業は大丈夫ですか？」

「優秀な部下がたくさんいるから。お飾りの上司はさっさといなくなった方がいいのよ」

岡田はサバサバした口調で言った。小堀は名刺入れを取り出した。

「肩書きが変わりましたので」

「また偉くなっちゃったの？　どれどれ……捜査二課第三知能犯捜査係筆頭管理官か。私も名刺が新しくなったから、渡しておくわね」

岡田がハンドバッグからステンレス製の名刺入れを取り出した。

〈証券取引等監視委員会　次長　岡田加津美〉

女性店員がワインリストを携え、テーブルの横に立った。なんとかあの男につながる端緒を岡田からつかまねばならない。

虚勢を張らず、さっぱりとした性格だが、岡田は約八〇〇名の大組織のナンバー2だ。私大の法学部を卒業したあと司法試験に合格し、弁護士になった。金融に関する知識を磨くため、私費で留学したのちアメリカの投資銀行の法務部門で社内弁護士を一〇年務め、帰国。その後は強く検事を志望し、法務省に中途入省した異色の経歴を持つ。

証券取引等監視委員会は、株式市場や金融市場全般の取引をチェックし、インサイダー取引や違法な増資など経済犯罪の端緒をつかむ市場の番人だ。

岡田が最高検察庁に在籍していた頃、小堀は大学時代の先輩に誘われて勉強会に出席し、岡田を紹介された。その席で互いにプロレスが好きだということがわかり、仕事終わりになんどか一緒に後楽園ホールに通った。

岡田に引き合わせてくれた先輩が先月教えてくれた噂によれば、岡田は次期委員長の有力候補だという。

「今日の用件はなんなの？」

スパークリングワインを一口飲み、岡田が口を開いた。

「まだ物になるかどうかわからない案件ですが……」

そう言って小堀はテーブル下の鞄からクリアファイルを取り出した。

「まずはこの写真をご覧になっていただけますか？」

小堀は三田電機の中谷社長と古賀遼という男をとらえた写真をテーブルに載せた。

「三田の中谷さんね。あとの人は知らない」

写真を一瞥すると、岡田が肩をすくめた。

「背の高い男の名前は古賀遼、本名は古賀良樹。年齢は五五歳になります」

「……知らないなあ」

岡田が首を振った。市場の番人でも無理か。小堀がそう思ったとき、岡田が言った。

「中谷社長の写真ってことは、もしや小堀君は……」

「そうです。三田電機を狙っています」

「でもねえ、会社が不適切会計に関する中間報告を発表したし、継続的に内部調査をしているわ。あまり詳しい話は言えないけど、今は動きづらいの」

今井や相楽と同様、岡田も小堀の考えに否定的だ。

「でも、不公平じゃないですか」

以前今井に説明したように、小堀は三田電機よりも少額の粉飾決算で株式市場からの退場を命じられた企業の名を挙げた。

「東証が現状では上場廃止にしないって公式にアナウンスしたのよ。とにかく、意図的な株価操作や重大な粉飾の証拠でもない限り、私たちが公式に動くわけにはいかないの」

岡田が肩をすくめ、言葉を継いだ。

「色々と裏があることくらい小堀君にも理解できるでしょう？　三田の背後になにがあるかは知らないけど、あまり波風立てないほうがいいわよ」

「しかし、三田電機はあまりにも金額が大きい。詳細を掘り起こして質《ただ》してみるべきです。それに、岡田さんはいま重大な粉飾とおっしゃいました。証拠を見つけてきます」

小堀が強調すると、対面の岡田がため息を吐いた。

「一つだけ、知恵を貸してほしいのです」

「どんなこと？」

小堀は先ほどの写真を指した。

「この男と三田の関係を探っています。この男に関する情報をもっと集めたいと思っています」

力んで言うと、岡田は肩をすくめた。

「まったく、言い出したら聞かないんだから」

小堀は写真の上に今井が調べてきた古賀の簡単な経歴メモを載せた。

「古賀という人物は、準大手の国民証券にいたことがあります。岡田さんの部下で、どなたか事情に詳しい人を紹介してもらえませんか」

「いいわよ。でもあまり期待しな……」

メモに目をやっていた岡田の口の動きが止まった。

「どうしました？」

「これ、どこかで聞いたことがあるかも」

〈同年、自らが代表を務める金融コンサルタント会社「コールプランニング」を設立〉

岡田の細い指が一箇所を指した。

「このコンサル会社のことですか？」

「時間かかってもいいかしら？」

「もちろんです」

「私がアメリカの投資銀行で弁護士をしていたころ、ニューヨークの本社で聞いた名前だったと思うの」

今まで快活な笑みを浮かべていた岡田の顔がにわかに曇った。

「日本で裏の仕事を専門にこなす男がいるとか……東京オフィスからニューヨークの本社に戻ってきたセールスマンが言っていたはずだわ。調べてみる」

自分で掘り起こしたネタに、鉱脈が埋まっている……小堀は密かにそう確信した。

12

一九八〇（昭和五五）年八月、東京都武蔵野市。

「今日の平均株価の終値はいくらだ？」

突然、中野が言った。なぜそんな単純なことを訊くのだ。

「今日の終値は、六九三〇円六六銭でした」

古賀が答えると、中野はゆっくりと頷いた。

「今年に入ってから、ずっとボックス相場が続いている」

独り言のように、中野が言った。たしかに、平均株価は一定のレンジ内での動きに終始し、「チャート」は固い岩盤のようなボックス圏での推移が続いていた。

「一九七三年一月八日の記憶があるからだ」

一九七三年一月といえば、自分はまだ中学一年生で、株のかの字も知らない年頃だった。

「かじょうりゅうどうせい相場が死んだ日だ」

かじょうりゅうどうせい……中野が吐き出した言葉を、古賀は懸命に頭の中で反芻《はんすう》した。どんな字が当てはまるのか、イメージがつながらない。

「過剰な流動性だ」

心の内を見透かしたように、中野が言った。流動性が過剰とはどういうことなのか。

「流動性ってのは、金のことだ。過剰な金、ジャブジャブに溢《あふ》れ出た金が一九七三年の一月八日にかけて、化け物みたいな相場を作った」

ミラーボールの怪しい光線が交錯する店の天井を見上げ、中野が小声で告げた。古賀は足元に置いた安物の鞄から電話帳ほどの厚みがある黄色い表紙の冊子を取り出し、勢いよくページをめくった。鉄鋼や自動車、銀行や商社など大型株の値動きを罫線《チャート》で綴《つづ》った業界紙発行のチャートブックだ。

平均株価の足取りを月ごとに記した「月足《つきあし》」のページを探し出すと、中野が言った一九七三年前後の動きを凝視した。

「すごい上げ方ですね」

古賀はチャートブックの月足表を見ながら頷いた。

一九七一年八月一五日、金とドルの兌換《だかん》を止めると当時のニクソン米大統領が突然宣言し、世界中の金融市場がパニックになったのが「ニクソン・ショック」だ。八月一四日、平均株価は二七四〇円九八銭だったが、発表後の一六日は二五三〇円四八銭と急落。二三日には、二一六三円七九銭まで下げていた。

「スターリン暴落もひどかったが、ニクソン・ショックは当時最大の急落だった。平均株価が一日で一〇％近くも下がったからな」

中野が吐き捨てるように言った。

「しかし、その後は騰勢《とうせい》を強めていますね」

急激な右肩上がりのカーブを描くチャートを指でなぞりながら古賀は言った。

「日本は底力がある。円の対ドル相場の切り上げで円高になったが、クルマや電機の輸出は増え続けた。輸出が増えるとどうなる？」

「日本企業の業績が上がります……海外から売り上げが還流しますよね」

「世界的にも問題になるほど、日本の貿易黒字が膨らんだ。黒字が膨らむってことは

「どういうことだ？」

「円が余る……そうか、それで過剰流動性ってことですね」

中野が口を真一文字に結び、頷いた。古賀はチャートブックの解説欄に目をやった。

〈貿易黒字の急増により、円資金が国内に還流した結果、平均株価は七二年に初めて五〇〇〇円の大台を突破。年間上昇率は九二％に達し、朝鮮戦争特需のあった五二年の二・二倍に次ぐ歴代二位の上昇を演じた……〉

解説を読んだあと、古賀は再度折れ線チャートに目をやった。翌年一月には平均株価が五三〇〇円を突破したが、あとは徐々に下げ基調に転じている。

「予兆があった」

腕を組み、店の天井を睨んでいた中野が言った。

一九七三年といえば、中野は二八歳だったはずで、すでに証券マンとしてキャリアを積んでいた。過剰流動性相場の勃興《ぼっこう》とその変遷《へんせん》は肌身で知っているのだ。

「当局《おかみ》だ。つまり、大蔵省が待ったをかけた」

国民証券のような準大手でも、数年に一度の割合で大蔵省の検査を受ける。支店長や本社の偉いさんが〝当局《おかみ》〟と呼ぶことは古賀でも知っている。

「世間に金がジャブジャブ余っているときに、証券会社がなにをしでかすかくらい想像がつくだろう」

　中野によれば、七三年の一月八日に当時の大蔵省のトップである吉田《よしだ》事務次官が村田や山屋など大手証券の社長を一斉に次官室に呼び出し、過度な勧誘を自粛するよう迫ったのだという。

「あの時点で読み切れないバカな証券マンと、金の臭《にお》いばかりに気を取られていた間抜けな客が一斉にやられた」

「大蔵省は注意しただけですよね。行政処分とかあったわけではないでしょうに」

　古賀が言うと、中野が鼻で笑った。

「おまえはバカか？　次官が呼び出したのには、ちゃんと裏があった。阿吽《あうん》の呼吸で、近い将来日銀が動くとそれとなく教えてやったんだよ」

「日銀ですか？」

　そう言うと、古賀は手元のチャートブックに再び目を落とした。七三年四月に平均株価の曲線が凹《へこ》んでいた。その脇には吹き出しで〈日銀、公定歩合〇・七五％引き上げ年五％に〉との記述があった。

「次官が大手の社長連を呼びつけた翌日の一月九日には、日銀が預金準備率の引き上げを発表した。表向き、大手の連中を叱《しか》るポーズを取ったが、裏ではこっそり逃げろって教えてたも同然だ。プロレスのレフェリーと一緒だ」

中央銀行である日本銀行が公定歩合という金利を決めることで、市中の民間銀行がこれを基準に預金金利や貸出金利を動かす。景気が過熱し、株式市場の投機色が強まれば中央銀行は金融市場の熱を冷ますために、公定歩合を引き上げる。

中央銀行が金利を引き上げれば、市中銀行の預金金利や郵貯の貯金金利も上がる。他の金利系の金融商品の利率も連れて上がるので、相対的にリスクの大きな株式から資金が逃げる。

金融の入門書で得た知識によれば、中央銀行は、毎月民間銀行に対して強制的に日銀内の当座預金に無利子で預金をさせている。市中に出回る金の量を民間銀行への資金供給を通じてコントロールするためだ。準備率の引き上げとは、金がだぶついているのが明白だから、意図的に無利子の当座預金を増やせ、ということだ。

「水割り作ってくれ。薄《う》っすら色が付いてりゃそれでいい」

「いつもたくさん飲まれるのに、どうしました?」

「飲みすぎたら、店がはねたあとにやれなくなるだろうが。最近ご無沙汰だったからな、半端《はんぱ》なことになったら奴に殺される」

中野が舌打ちした。

「それで、過剰流動性相場の終焉《しゅうえん》は理解できたのか?」

中野の問いかけにより、古賀は気づいた。

〈大局〉〈景気が良くなる〉……先ほど頭の中をグルグルと回っていたキーワードが、急に手元の印刷物にくっきりと刷り出されたような感覚を覚えた。

もう一度、チャートブックの平均株価の月足に目をやった。平均株価は七〇〇〇円の大台を前に随分と長い期間足踏みをしている。

「今のところ日銀が利上げに動くような気配はありません。新聞の経済面にも話は出ていません」

「だから、大局を見ろと言った」

過剰流動性相場が死んで以降、株式市場は燻《くすぶ》っていた。だが、吉祥寺の夜の店でも景気の良い話が聞こえ、ルミのような女もそのおこぼれに与《あずか》ろうとしている。古賀が経験したことのない〝大相場〟が迫っている。

「肝に銘じます」

チャートブックを見ていると、新たな営業プランが頭に浮かぶ。そのとき、中野がポツリと言った。

「今度はしくじらねえぞ……」

チャートブックから目を上げると、中野は薄い水割りを舐《な》め、シーバスのボトルを睨んでいた。

「なにか仰《おっしゃ》いましたか？」

古賀が訊くと、中野は大きく息を吐き出した。

「なんでもねえ」

「ママはどうしますか？」

古賀は建築会社社長の席で水割りを作っている響子を一瞥した。中野は首を振った。

「あとで嫌になるほど裸を見せられるから、俺は一人でいい。それより、おまえ、童貞だろ」

場立ちの頃は見栄《みえ》を張って女を知っていると嘯《うそぶ》いたが、中野はやはり見抜いていた。

「ルミに筆下ろししてもらえ」

先ほど過剰流動性相場を解説してくれたときと同じで、中野の表情は有無を言わさぬ圧力を持っている。

「金も女も、早いところ根っこの部分を知っておいた方がいい。くだらない操《みさお》なんて捨てちまえ。次のステップに行くためだ」

中野は少し離れていたルミに顔を向けた。ようやく自分に注目が集まったのがうれしかったのか、ルミが笑みを浮かべた。

「中野さん、ごちそうさまでした。おかげで夕食代浮いちゃった」

ルミが愛嬌を振りまいた。

「食欲満たしたあとは、性欲の番だな」

中野がセブンスターを一本取り出し、言った。

「もう、中野さんったら」

古賀の太腿に膝を押し付けながら、ルミが笑った。中野が咥《くわ》えた煙草《たばこ》に向け、ルミが百円ライターを差し出した。ほのかに細い指から酢飯の匂いが漂った。

13

「で、どうだった？」

〈ＳＰＲＥＡＤ〉を訪れた翌日の夕刻、支店横の煤けた外階段で、煙草をふかしながら中野が訊いた。支店の中は営業課長や他のスタッフの目がある。ここが古賀と中野の落ち着く場所だ。

「おかげさまで、なんとか卒業しました」

「バカ、そっちのことじゃねえよ。根っこの部分はわかったのかよ」

中野にもらったセブンスターの強い刺激にむせながら、古賀はなんとか頷いた。

「推奨銘柄はないかと尋ねられました」

「大方そんなことだろうと思ったよ。上品な婆さんも若い姉ちゃんも、金の匂いを嗅ぎつけるとたちまち本性をあらわす」

眉間に皺を寄せながら、中野が言った。

「いずれ、もっとデカい仕事させてやる。それまで女は遊びだと割り切れ」

「デカい仕事とは？」

「今にわかるさ。それまでに周囲にガタガタ言われないように、圧倒的な実績を作っておけ」

「わかりました」

手元の煙草を見つめていると、不意に中野が口調を変えた。

「それより、コイツのこと知ってるか？」

背広から手帳を取り出した中野は、背表紙の裏に挟まった一枚のメモを指した。目を凝らして見ると、名刺のコピーだった。

「あっ」

思わず声が出た。

〈白川水徳《しらかわすいとく》証券　営業本部　野田誠二《せいじ》〉

「高校の先輩です。今は大阪にいるはずです」

三年前に大牟田の大衆食堂で再会を果たし、古賀に証券界への道筋をつけてくれた野田だ。なぜ中野が名刺の写しを持っているのか。

白川水徳は東証近くに本社を構える地場証券だ。少ない元手で大きな資金を動かすことのできる信用取引が得意で、自社のディーリング部門が派手な動きをする投機色の強い会社として知られる。

「知り合いだったか。九州の生まれだって聞いていたんでな。それで、おまえの先輩だがな、一部の関係者の間で回状が出ているらしい」

「回状とは?」

「ヤクザの絶縁状みたいなもんだな」

古賀は首を傾げた。絶縁状は、ヘマをやらかして組との縁を切られたヤクザに対し、その組が他の組織に対して己の代紋《だいもん》とは関わり合いがないことを周知させる文書だ。証券業界で同じような文書が回るとは知らなかった。

「関西の仕手筋のお先棒担《かつ》いであちこちから資金を集めたらしいが、肝心の本尊がトンズラしたから、パンクしちまったらしい」

「野田先輩が仕手戦の勧誘に来ても絶対に乗るな、そういう意味の回状ですか？」

「そういうことだ」

古賀は腕を組んだ。

「関わっていた銘柄はわかりますか？」

「二部の安斎《あんざい》建設らしい」

古賀の頭に、右肩上がりで急激なカーブを描くチャートが浮かんだ。安斎建設は東証二部に上場するオーナー系中堅会社で、スーパーゼネコンと呼ばれる大手建設会社に吸収合併されるとの噂がしきりに流れていた。

仕手本尊が参戦する前、二〇〇円前後で商いは活発ではなかったが、わずか半年で一三〇〇円を超えた。しかし、ここ二、三日の商いでは出来高を伴って急速に値を下げた。業界紙や営業マンの間では、本尊が売り抜けたとの観測が伝えられていた。

「野田先輩は、利用されたのでしょうか？」

「大阪辺りのタチの悪い仕手本尊は、若くて山っ気のある証券マンを尖兵《せんぺい》に使うケースが多いからな。北浜《きたはま》では面が割れているから、わざと兜町に送り込み、歩合外務員として資金を集めさせ、都合のいい噂を流す要員として使うわけだ」

得意になって株の儲け話の裏を語った野田の顔が浮かんだ。

「マル暴の金を集めていたって話も聞いている。事実なら、東京湾に浮かぶ」

「まさか……」

「まさかじゃねえよ、ヤクザ相手の取引は絶対にだめだ。面子の次に大事な金がかかってる。奴らはもともと債権回収のプロだ。どんな手段使ってもやるからな」

中野が淡々と話す間、古賀の頭の中には東映のヤクザ映画のシーンが流れた。

「目先の金を稼ごうと思えば、この業界いくらでも儲けの種が転がってる。ただし、生き死にと裏返しだ。そのあたり肝に銘じておくんだな」

中野の言った言葉が重く心にのしかかってきた。

「ところで、昨夜もらった名刺の主には連絡したのか？」

突然中野の声が響き、古賀は我に返った。

「今夜、九時半から一緒に食事することになっています」

「それだけか？」

いつものように、課題の理解度を試している目つきだった。

「あの方は六五〇九の秘書室の課長さんで、東田《ひがしだ》さんという方でした」

古賀は大手電機メーカーの六五番台で始まる四桁《けた》の証券コードと、背の高い課長の名を告げた。

「それで？」

「歴代の秘書課長経験者を調べました。皆さん、例外なく役員に昇進されています。秘書課長という役職は、出世ポストに間違いありません」

「せいぜい可愛《かわい》がってもらえ」

そう言うと、中野はセブンスターを灰皿に押し付け、支店の中に戻っていった。

昨夜、響子の店のカウンターで泥酔《でいすい》していたのは、老舗の大手電機メーカー、三田電機の会長だった。

秘書課長の東田章三《しょうぞう》は週に二、三度の割合でお守り役に駆り出されているのだと、昼間に名刺の電話番号に連絡して確認した。

中野が残した言葉を噛み締めながら、古賀も煙草の火を消した。

14

「そろそろ食べごろですよ。思う存分食べてください」

テーブルの上に無造作に置かれた七輪と金網の上では、古賀が見たこともないような分厚い骨付きカルビが煙をあげていた。

　武蔵野市立美術館にほど近い雑居ビルの四階。三田電機の東田に連れられ、老舗の焼肉屋に入った。予約を受け付けないと噂の店だったが、なぜか東田は顔パスで、店員は奥にある小上がり席に二人を案内した。

　会長の威光か、はたまた大手電機メーカーの隠然たる力なのかは知り得ないが、古賀には無縁の店だった。

　対面の東田は、キムチをつまみになんども生ビールをおかわりしたあと、器用にトングとハサミで焼けたカルビを切り分けた。顔の真ん中にでんと構える大きな鼻、そして脂気《あぶらけ》のある広い額が酒で真っ赤に染まっている。

　昼間の電話で、互いに高校時代バスケットボールに興じたという共通点が見つかり、店に入ってからは厳しい練習の話に花が咲いた。

「若いうちはいくらでも食べられるでしょう」

「こんなぜいたくな焼肉は初めてです。本当によろしいのでしょうか」

「今日は御大《おんたい》のお守りから解放されました。私も会社の経費で腹をいっぱいにしたいのです。古賀さんはある意味で口実ですよ」

　いたずらっぽく笑うと、東田は自分の皿に骨付きカルビを取り、手づかみで食べ始めた。遠慮する古賀の気分を和らげようと、大げさに振舞っているのだ。

古賀は、カルビにたっぷりと醬油《しょうゆ》ダレを付け、口に運んだ。一口嚙みしめた瞬間、口中に芳醇《ほうじゅん》な肉汁が広がった。

「とても美味《うま》いです」

「お口に合ってよかった」

「郷里でこんなに美味い焼肉を食べたことはありませんでした。焼肉といえば、もっぱら安いホルモンばかりでしたから」

「お国はどちらですか？」

「九州の大牟田です」

古賀がそう告げた途端、眼前の東田が目を丸くした。

「奇遇だなぁ。弊社がとてもお世話になっている土地です」

故郷の商店街には三田電機系列の町の電器屋がいくつかあるが、エリートの東田とはあまり縁がなさそうだ。

「大牟田と言えば炭鉱です。弊社の掘削用重機や坑道を走るトロッコなど何十台も三井三池炭鉱で活躍しています。新しい機材を納入する際、社長や担当部門のトップが連れ立って挨拶《あいさつ》に行きました。私も昔、鞄持ちで二度行きましてね」

「父は炭坑マンでした。きっと御社の重機のお世話になったと思います」

「お父様はお元気ですか？」

屈託のない笑みを浮かべながら東田が言うと、古賀は首を振った。

「一七年前の三川炭坑の炭塵《たんじん》爆発事故で死にました」

古賀が答えた途端、東田は手で口を覆《おお》った。

「大変失礼しました。それではあの五〇〇人近い犠牲者の中にお父様が？」

「正確には四五八人の犠牲者のうちの一人でした」

東田はテーブルに両手をつき、頭を下げた。

「軽率な話をしてしまって……」

「親父《おやじ》は運がなかったんです。三歳のときでした」

「それで高校卒業後すぐに就職を？」

「出来が悪かったので進学は考えませんでした。それに妹がまだ国にいます。母親と折り合いが悪いので、早いところ東京に呼びたいのです」

古賀が言うと東田は洟《はな》をすすり、ジョッキを持ち上げた。

「弊社の現場にもたくさん高卒社員がおりますが、古賀さんのように立派な人間は少ない」

「体力勝負の場立ち要員で雇われたその他大勢の一人にすぎませんから」

偽らざる本音だった。証券会社に就職していなくとも、同じように体力を活《い》かした仕事に就いていたはずだったと古賀は告げた。

「場立ちとは、東証のあの手振りで仕事をする方々のことですか？」

「そうですよ、御社の手振りはこれです」

そう言うと、古賀は両手の指を筒状にして、両目の前に当てて遠くを覗《のぞ》くジェスチャーをしてみせた。

「弊社はそんな形なんですね。コント番組に登場するギャグみたいだ」

次いで、古賀は二越や佐藤忠の手振りを説明し、売り買いの違いや注文数を交えて実演して見せた。

「わかりやすさが第一ですからね」

目の前で東田が目を丸くしている。

「ニュースで皆さんが押し合いへし合いしているのは見たことがありますが、実際に弊社の株式がどのように売買されているかまでは全く知りませんでした。勉強になりますよ」

東田は身を乗り出して古賀の話に聞き入った。

手振りを体で知っているのは、証券会社の中でも一段も二段も低く見られている場立ち要員だ。だが、目の前の東田は目を輝かせて聞いている。嫌味のない人、いやエリートと呼ばれるサラリーマンは、不思議な魅力を持った人種なのだと思った。

国民証券の中で古賀を評価してくれたのは中野や佐々など少数だが、ずいぶんと人当たりと人柄が違う……そう思った瞬間、後頭部で中野の掠れた声が響いた気がした。

人の良い東田に取り入って、投資信託を買ってもらうか。いや、多額のボーナスのうちの何割かで株を売買してほしいと頼み込むか。店員をつかまえ、韓国焼酎《しょうちゅう》をオーダーする東田の横顔を見ながら、古賀は考えを巡らせた。

「そうだ、忘れていました。会長から預かったものがあります」

突然、東田が手を叩き、テーブル脇に置いた鞄から封筒を取り出した。

「こちらを古賀さんに渡すよう指示されておりました」

差し出された封筒には、関西系百貨店のロゴが刷られていた。

「なんでしょうか?」

「中身は知りません。本人から直接手渡されましたから」

封筒を受け取った古賀は、恐る恐る封を切った。

〈紳士服　お仕立券〉

綺麗な包装紙に包まれていたのは、百貨店の紳士服売り場で使える商品券だった。数えてみると、五万円分入っていた。分不相応だ。日がな一日住宅街や商店街をセールスで歩く身の上で高級紳士服など逆に不便だ。

商品券をもらった上で換金すれば、蓄えになる……睦美に小遣いを送ることも可能だ。このまま受け取るべきか。ビールを一口飲むと、古賀は顔を上げた。

「こんなに高額なものをいただくわけには参りません」

丁寧に商品券を包み直し、古賀は封筒を東田の手元に押し戻した。

「困るなあ、それじゃ私が会長に叱《しか》られてしまいます」

「店に居合わせたのは偶然です。会長さんであろうとなかろうと、お手伝いしました」

「しかし……」

「私は吉祥寺の街の皆さんのおかげで証券マンをやらせてもらっています。これが魚屋の親父さんだったら、こんなに多額のお礼をくださるでしょうか？」

「でもね、古賀さん」

東田の言葉を手で遮り、古賀は言葉を継いだ。

「課長の面子を潰してしまうのは承知しています。ただ、私のような若造がそのようなご厚意に甘えるわけにはいきません」

そう言うと、古賀は頭を下げた。これでどうだ。可愛がってもらえという中野の言葉の真意は、ただ単に知り合いになって奢《おご》ってもらうのではなく、相手の懐《ふところ》に入れという意味だ。下手な芝居かもしれないが、目先の金を返すことで、東田にはその他大勢の営業マンとは違った人間に自分は映るはずだ。

「偉い。偉いよ、古賀さん。あなたの気持ち、私が受け止めましょう」

恐る恐る、古賀は顔を上げた。東田は満面の笑みを浮かべていた。東田の表情を見た瞬間、中野の正しさが証明されたと思った。

「先ほど会社の経費に便乗すると言いましたが、この席は私の奢りです。嫌という程食べて、飲みましょう」

「生意気なことを言って申し訳ありません。しかし、このまま食事代を出していただくというのもどうにも気が引けてしまいます」

古賀が言うと、東田は首を傾げた。

「これ以上、私の面子を潰すつもりですか?」

「そんなわけではありませんが、ひとつだけ、ご厚意に甘えてもよろしいでしょうか?」

「私にできることならなんでも」

東田が身を乗り出した。

「今後、折をみて世の中の仕組みを教えてくださいませんか？」

古賀が言うと、東田は肩透かしを食ったように肩の力を抜いた。

「仕組みとは？」

「経済紙や業界紙を通じてしかメーカーや経済全体の動き、そして世間のことを知る術《すべ》のない卑《いや》しい人間です。課長のような一流企業にお勤めの方から、何気ないお話を聞くだけでも仕事に活かせる気がするのです」

「そんなことでいいのですか？」

古賀は深く頭《こうべ》を垂れた。

「私なんかでお役に立つのであればいくらでも。それに、頭を上げてくださいよ。これじゃどちらがお礼をしているのかわからない」

東田の言葉に、古賀は顔を上げた。この日何度目かの満面の笑みが眼前にあった。

「それにしても、場立ちを経てから、立派に営業を務めている。響子ママにこっそり聞いたら、やり手のベテランに可愛がられているとか」

「たまたまです」

「ここだけの話ですが、私も自分のキャリアに劣等感があるんですよ」

東田は、仕立ての良いスーツに身を包み、自分のような若造にも丁寧な言葉遣いを貫いている。

「私は秘書課長のポストで初めての私大出身者なんですよ」

そう言うと、東田が難関私大の名をあげた。

「超がつくエリート校ではないですか」

「秘書課が所属する本社総務部は、ほぼ全員が東大か京大、あるいは一橋などの超一流国立大出身者でしてね。いつも肩身の狭い思いをしているんですよ」

古賀には想像すらできない世界の話だ。

「失礼ながら調べさせてもらいましたが、前任の課長さんは電子部品事業部の部長さん、その前任の方は半導体営業本部に異動されましたよね？」

古賀が言ったとき、店員が韓国焼酎と水割りのセットをテーブルに置いた。

「今後はどのポストへ栄転されるのですか？」

素早く水割りを作りながら、古賀は訊いた。

「そこまで調べられたのですか？」

「上場企業の情報は株価だけでなく人事に至るまで、支店には売るほど揃《そろ》っています」

古賀が言うと、東田は苦笑いした。

「一本取られましたな。実は、半導体製造の管理部門への異動内示を受けたばかりです」

「半導体ですか……」

古賀の頭の中に、業界紙の見出しが浮かんだ。内外の電機メーカーが新型のVTRやファクシミリ、そしてパーソナルコンピューターの開発にしのぎを削っているという内容だった。最新機器を制御する心臓部が半導体だ。東田は時代の最先端分野のトップを走る部門、いや三田電機という巨大メーカーの収益の半分以上を稼ぎ出す花形部署へ栄転するのだ。

「世の中の仕組みを知りたいという意味は、証券マンだから発表前の情報をください、そういうあさましい考えで言っているのではありません」

「とっくにわかっていますよ」

東田が鷹揚《おうよう》に笑った。

「それでは、約定《やくじょう》ということで」

「約定とは？」

「商いが成立したということです」

古賀は、場立ち時代になんどもやった手振りを東田に見せた。左右の人差し指を交差させ、バツ印を作るのだ。

「ほお、それが契約成立ということですね」

古賀の手振りに倣《なら》い、東田も同じように左右の人差し指を交差させた。

「そうです。今後、我々だけの合図にしませんか？」

古賀が言うと、東田が相好《そうごう》を崩した。

「ならば響子ママの店で密かに使いましょう。暗がりでも手振りならお互いに分かりますからね」

東田が水割りの入ったグラスを掲げると、古賀は両手でグラスを支え、改めて乾杯した。

第二章　過熱

1

一九八七（昭和六二）年一月、東京都新宿区。

「私の権限でどうにかなるものではありません。第二次募集までお待ちください」

真冬だというのに、古賀は額に浮き出た玉のような汗を拭《ぬぐ》い、受話器を置いた。

「しつこいドブを相手にしてるヒマはねえぞ」

対角線上のデスクで、中野が鋭い視線で見ていた。古賀が頷《うなず》いた瞬間、再び目の前の電話のランプが光った。反射的に受話器を取り上げる。

「国民証券新宿支店、古賀でございます」

〈こんばんは、西落合の羽入《はにゅう》です〉

電話口で甲高い女の声が響いた。

「いつも大変お世話になっております。本日のご用件は？」

〈実はね、同級生が例の申し込みに当たったたって言うの。ご存知の通り、私は外れちゃったでしょう。なんとかならないかしら〉

電話口に響く猫なで声は、区内で一番の高級住宅街に住む開業医の妻だ。古賀は受話器のコードを指に巻きつけながら、努めて丁寧に話し続けた。支店長席にいる中野に顔を向けると、露骨に眉根《まゆね》を寄せているのがわかった。

「第二次募集まではどうにもなりません。はい……」

欲に目がくらんだ夫人に言ったとき、視線の先で、中野の席の直通電話が鳴った。舌打ちしながら中野が電話を取り上げた。

「はい……申し訳ありません。ですから、無理なものは無理です」

吉祥寺支店で三年、その後は目白支店で二年の個人向け営業担当を務めたあと、一九八五年春、古賀は都内で二番目に大きな新宿支店に異動した。

目白時代、中野は赤坂支店にいたが、月に二、三度の割合で酒食を共にしてきた。国民証券の大型店では史上最年少となる四〇歳で中野は新宿支店長に就任した。着任早々、支店長特権として目白支店から古賀を引き抜いた。常にトップの営業成績を上げる中野は、四番打者を兼務するプロ野球の青年監督のようだった。

「もう七時だ。みんなドブからの電話は出なくていいぞ」

受話器を叩《たた》きつけるように置いた中野が、営業担当チーム一五名に向かって叫んだ。古賀を含め何人かは電話中で、慌《あわ》てて受話器を塞《ふさ》ぐ者が相次いだ。

古賀もようやく受話器を置いた。デスクには、日本実業新聞や業界紙、そして週刊誌のコピーが広がっている。

〈値上がり確実！　NTT株上場の狂想曲が始まった！〉

日頃、ヤクザや芸能人のスキャンダル専門の実話系週刊誌まで株式投資企画をこぞって取り上げるようになった。

古賀がデスクを呆然《ぼうぜん》と見ていると、自分の席、そして隣や向かいの営業マンの電話が再び鳴り出した。

旧電電公社のNTT株式が民営化企業として初めて東証に株式公開することが決まった。民営化とはいえ、通信事業を独占的に仕切っている半官半民の銘柄だ。潰《つぶ》れる心配が万に一つもないだけに、日頃株式投資など見向きもしなかった個人客が一斉に証券会社と営業マンに色目を使うようになった。

かつて吉祥寺支店にいたころ、中野が予言したことが現実のものとなった。その一つの契機がＮＴＴ株の上場という一大事だった。

大蔵省はＮＴＴ株式を一株当り一一九万七〇〇〇円で売り出すと発表し、八六年一一月の一〇日間に募集を開始したが、日本中の証券会社の予想をはるかに超える一〇五八万件の申し込みが文字通り殺到した。

証券会社の名前を出しただけで電話を切られるようなセールスを経験した古賀にとって、主従が完全に逆転した瞬間だった。同時に、中野の鋭い洞察力に舌を巻いた。

「俺が持っている枠はあと二〇だ。ぶっとい客を見つけてきた奴《やつ》には特別に分けてやる。こんな楽な商売はないぞ、早くカモ連れてこいよ」

支店長席のデスクに両肘《りょうひじ》を突き、中野が下っ腹に響くような発破をかけた。

新宿支店には支店長専用個室があるが、中野は営業チームを見渡せる平場に席を作っている。どうやって二〇もの枠を押さえたのかは不明だが、有言実行の中野の言葉に嘘《うそ》はないだろう。親戚《しんせき》やかつての取引先、顧客企業の関係者に片っ端から応募させ、自分の思うようになる分を確保したのだ。

古賀は、行きつけのキャバレーやスナックの従業員、その家族や友人らの名義を動員し、なんとか三つだけ購入枠を確保した。中野の言うぶっとい客とは、年間に一〇〇〇万円近く手数料を落としてくれる客か、すでに株式や債券を一億円以上保有している富裕な客という意味だ。

「俺は帰る。くだらん残業なんかしなくていい」

中野は椅子《いす》にかけていた背広を羽織り、さっさと支店を後にした。古賀が中野の後ろ姿を見送っていると、隣の席から声が聞こえた。

「古賀ちゃん、これから思い出横丁《しょんべん》あたりでどう？　カラオケで少年隊の歌も練習したいしさ」

三〇代半ばの先輩営業マンの柿原《かきはら》が、猪口《ちょこ》を空ける手振りをしていた。

「あと少しだけ、歌舞伎町《かぶきちょう》を回って客を開拓してきますので」

「大発会《だいはっかい》からまだ二日目だ。松の内くらい付き合ってもいいじゃないか。思い出横丁が嫌なら、歌舞伎町のフィリピンパブはどう？」

柿原が本音を漏らした。フィリピンから出稼ぎに来る女たちがこのところ歌舞伎町に急増しているのだ。羽振りの良い証券マンと不動産業者の営業マンは、日本人の女だけでなく、必死で稼いで故郷に送金する外国の女にももてる。

「すみません、先方と約束がありますので」

古賀は軽く頭を下げ、席を立った。同僚と安酒を酌《く》み交わしたところで手数料が落ちてくるわけではない。人事の噂《うわさ》や、社内恋愛だのゴシップばかりのつきあい酒には全く興味がなかった。

古賀はデスクに散らばった書類の整理を始めた。酔客が増え続ける線路の向こう側、歌舞伎町で太い客が口を開けて待っている。

〈NTT株の枠を持ってきてくれたら、五〇〇〇万円ほど運用してやる〉

ナイトクラブを一〇軒、ホスト、サパークラブをそれぞれ三軒、ラーメン屋や定食屋を計一二軒持つ新興飲食チェーンのオーナーと八時半に約束していた。

〈社長ほどの方でしたら、キリの良い一本でどうですか。それでしたら一口ではなく三口ほど割り当て可能です〉

昨年末、大納会《だいのうかい》後に歌舞伎町の真新しい商業ビルの社長室で交わした言葉を思い出していた。社長が一億円を出してくれるのならば、自分の保有する三口に加え、中野からもう一口、計四口割り当ててもよい。書類を鞄《かばん》に詰めながら、古賀はどう駆け引きするか考えを巡らせた。

突然、隣席のデスクの電話が鳴り響いた。同僚が素早く受話器をあげた。間違いなく購入枠をなんとかしろという個人客の電話だ。古賀は鞄に手をかけた。

「少々、お待ちください……おい、古賀。電話だ」

隣席の柿原の顔が曇っていた。やはり、客の対応だ。舌打ちを堪《こら》えながら、古賀は目の前にある受話器を取り上げた。

「はい、古賀です」

〈古賀良樹さんですね？〉

担当する顧客の声は全《すべ》て把握している。電話口に響く冷たいトーンに聞き覚えはない。

〈福岡県警大牟田署地域課の碇《いかり》と申します〉

「どのような御用でしょうか？」

〈古賀睦美さんは、あなたの妹さんで間違いないですか？〉

なぜ地元の警察が睦美のことを訊《き》いてくるのか。意味がわからない。

「そうですが、どうしました？」

睦美は地元のスーパーに就職し、時折母の店を手伝わされているらしい。稀《まれ》に届く手紙で、いつ東京に呼んでくれるのかと書いてきた。また、酔客の相手が嫌で仕方ないと触れていた。

〈一時間前、大牟田港で発見されました。お母さんの良美さんと連絡が取れなくて、苦労してあなたのことを探しました〉

「港で発見とはどういう意味ですか？」

〈検視官立会いの下、入水《じゅすい》自殺であることが判明しました〉

受話器を握る左手が、冷水に浸《つ》けたときのように硬直していくのがわかった。

2

二〇一五（平成二七）年一一月、福岡県大牟田市。

「これが古賀氏の育った社宅ですか？」

サイコロのような形をしたコンクリート造りの朽ちた建物を指し、小堀は大牟田署の署長に訊いた。すると署長は即座に傍の元警官のガイドに顔を向けた。

「こちらは管理職用の社宅ですたい。一般の坑夫たちは木造平屋のタンジュウに住んでおったとですたい」

定年退職したあと、旧三井三池炭鉱のボランティアガイドを務めているという元警官が、肩をすくめて言った。タンジュウとはなにか。小堀が口を開きかけると、禿頭《とくとう》の署長が慌てて割って入った。

「タンジュウとは、炭坑夫とその家族が住んでいた炭鉱住宅の略称です。この辺の者は皆、炭住と縮めて言います」

「その炭住が木造平屋だったということは、この建物よりもっと粗末だったという意味でしょうか？」

小堀が尋ねると、元警官のガイドはなんども頷いた。

今、小堀は真四角の形をした四世帯が入居可能な簡素な建物の脇《わき》に立っている。長年風雨に晒《さら》され、炭鉱の煤《すす》を浴びたのだろう。所々壁面が黒ずんでいた。

正方形の建物は二階建てで、それぞれの四隅が一世帯分に割り当てられている。今風に言えば、真四角の箱を四等分したメゾネットタイプの集合住宅だ。

「一般の炭坑夫用の住宅はどこにあるのですか？」

元警官のガイドは深く頷き、携えていたクリアファイルを開いた。

目をやると、白黒の航空写真だった。世界遺産に認定された旧三井三池炭鉱の中心部、宮原坑《みやのはらこう》を上空からとらえた一枚だ。写真にはかつて日本でも有数の炭鉱だった宮原坑を中心に無数の小さな箱状の社宅、炭住が幾重にも連なっているのがわかる。

「炭鉱《ヤマ》が閉山したあと、みんな壊されたとです」

元警官のガイドがすまなそうに言った。

「炭鉱がフル操業だったころは、さぞ賑《にぎ》やかだったんでしょうね」

地中深くから採掘した石炭を巻き上げるために作られた巨大な鉄のタワーを見上げ

ながら言うと、元警官のガイドがたすき掛けにした鞄から小型のタブレット型端末を取り出し、口を開いた。

「これはガイド用のアプリっちゅうもんですたい。このボタンを押すと、今いるところと昔の風景がダブって見えるとです」

得意げにガイドが画面をタップすると、小堀の前方に聳《そび》え立っている鉄塔が色鮮やかに画面に現れた。塔の下には、ランニングシャツや作業着姿の屈強な炭坑夫たちがせわしなく動き回るCGが表示された。

社会科の教科書でしか知らなかったこの古い炭鉱町で、古賀遼こと古賀良樹は生まれ育った。九州という先入観から薄手のコートしか用意していなかったが、古い炭鉱跡の平原を吹き抜ける風は存外に冷たく、空も鉛色の雲に覆《おお》われていた。

「せっかくやけん、宮原坑の内部を案内しますけん」

ガイドは小堀の腕をつかみ、煉瓦《れんが》造りの建屋の方向へ進み始めた。

「よろしくお願いします」

物珍しそうな視線を装《よそお》いつつ、小堀は考えを巡らせた。

小堀は大牟田という古賀の出身地に着目した。今井が福岡県警の盗犯担当捜査員から聞いた情報はさらに確度を増していた。

古賀の母親を酔っ払い運転で轢《ひ》き殺したのは、堀口光輝《ほりぐちこうき》という指定暴力団の構成員だ。業務上過失致死罪に問われた堀口は、実刑判決を受け中国地方の刑務所に入った。そこで同房だった盗犯《どろぼう》と意気投合し、儲《もう》け話を企《たくら》んでいた……。

先に出所した盗犯《どろぼう》は、福岡の百貨店に忍び込み、貴金属を奪おうとして逮捕された。この際、今井の旧知の捜査員が取り調べを担当し、雑談の中で儲け話が出てきたというのだ。

〈儲け話は確実だったが、目先の金が必要だったのでデパートの企画展を狙《ねら》った〉

〈堀口は酒を飲んでわざと車を暴走させ、婆さんを轢き殺した〉

今井が福岡県警の捜査員から得た話はここまでだったが、堀口というヤクザと古賀が商業高校のバスケット部のチームメイトで、比較的仲が良かったというところまでは福岡県警が調べてくれた。

今井が行くと言ったが、小堀は自らの目で古賀の故郷を確かめてみたいと主張し、わざわざ出かけてきた。

大牟田と言えば、かつて石炭が日本のエネルギーを背負っていた時期の一大産地だ。実際に古賀という男が育った町を見れば、なにか手がかりが得られるのではないか。

そう考えた小堀は、福岡へ飛び、警察庁の後輩が捜査二課長を務める福岡県警に捜査協力を仰ぎ、新大牟田駅まで九州新幹線で出かけてきた。

警視庁から捜査二課の管理官が来るという連絡を受け、新大牟田駅では地元の大牟田署の署長自らが出迎えてくれ、元警官のガイドまでつけてくれた。

だが、手がかりらしいものは今のところ何も得られていない。「コール」という社名は、古賀が故郷を思って付けただけなのかもしれない。

「小堀さん、これを見らんね」

鉄塔の足元に来た時だった。元警官のガイドが腰を曲げ、地面に転がっていた黒い石ころを拾い上げ、小堀の目の前に差し出した。

「これはなんですか?」

「石炭とボタですたい」

「ボタ?」

小堀が首を傾《かし》げると、署長が慌てて口を開いた。

「石炭を採掘する際、ゴミのような捨て石が発生します。その石を総称して九州ではボタと呼びます」

定年間近と思《おぼ》しき署長は、姿勢を正して言った。

「ほら、見てみんしゃい」

元警官のガイドは腰を屈《かが》め、手にした黒い石をコンクリートの地面に何度か打ち付けた。するとぱっくりと石の塊が簡単に二つに割れた。一つは真っ黒で、一方は外側こそ黒く煤けていたものの、中身は薄い灰色だった。

「黒い方が石炭、こっちがボタ」

元警官のガイドは二つを手に乗せ、得意げに言った。ボタという言葉を聞き、小堀はあることを思い出した。

「福岡にはボタ山というものがあると聞きました。大牟田にはどこにあるのでしょう?」

周囲を見回し、小堀は言った。歴史の教科書で学んだ九州や北海道の炭鉱町では、ほぼ例外なく炭坑夫たちとボタ山の風景が写真に載っていた。

「ここにはボタ山はなかとです」

元警官のガイドが得意げに言った。

「大牟田は国内有数の石炭の採掘地なのに?」

「答えはあっちですたい」

元警官のガイドは、風が吹き付けてくる港の方向を指した。

「海ですか?」

「そうたい。筑豊《ちくほう》やらの方は内陸やけん。大量のボタを町外れの空き地に積み上げるしかなかったとです。でも、大牟田は海の近くたい。ボタは有明海の沖に運んで、埋め立て用に捨てたとです」

「なるほど……」

頭の中にある記憶で物事を決め付けると、思わぬ勘違いをすることがある。かつてノンキャリアの二課の捜査員に聞いたことがあるが、今回が正《まさ》しくそうだった。福岡の炭鉱町イコールボタ山という常識は、この町に限っては当てはまらないのだ。

「次はこっちを見らんね」

元警官に導かれるまま、小堀は別の煉瓦造りの建屋の方向に歩いた。後輩キャリアの手配により、所轄《しょかつ》署で古賀に関する情報を集めてもらったが、優秀な成績で商業高校を卒業し、バスケットボールに秀《ひい》でていたという以外、これといって小堀のセンサーに引っかかってくるものはなかった。父親は古賀が三歳のとき、炭坑爆発事故で死亡。母親は女手一つで古賀、そして妹の睦美を育てた。兄である古賀は上京し、ほとんど帰郷していない。妹の睦美は、二五歳のときに港に飛び込んで自殺した。大牟田署の署長が駅前で手渡してくれたメモには、その程度の情報しか載っていなかった。

「この滑車は、今でも動くとです」

建屋の中心部にある巨大な歯車を指し、元警官のガイドがにっこりと笑った。小堀は愛想笑いを返しながら、次のプランを考え始めた。キャリアの業務を潰してまで大牟田に出向いてきたのだ。何かしら古賀という男の手がかりをつかまねばならない。

3

二〇一五（平成二七）年一一月、福岡県大牟田市。

旧三井三池炭鉱宮原坑を見たあと、小堀は大牟田署の署長にJRと西鉄の線路沿いに立つ鄙《ひな》びたアーケード街に案内された。

眼前には、トタン葺《ぶ》きの外壁に覆われた二棟の飲食店街がある。その真ん中が通路になっていて、通路の入り口には奇妙な看板が掲げられている。

〈有明商店街　年金通り　低料金〉

「年金通り？」

小堀が思わず口にすると、署長が顔をしかめた。

「不景気で年寄りくらいしかこないので、こんな名前が付いたとです。低料金は本当ですたい」

小堀は説明を聞きながら、薄暗い通路に足を踏み入れた。

〈居酒屋　華華《はなはな》〉〈居酒屋　やわらぎ〉〈居酒屋　みきちゃん〉……。片側に八軒ほど小さな居酒屋やスナックが軒を連ねている。

〈居酒屋　つぐみ〉〈小料理　唄子《うたこ》〉〈飲み処　ゆかり〉〈スナック　霙《みぞれ》〉……。同じように、通路を挟んで向かいには八軒の小さな飲食店が隣り合っていた。

「昔の長屋みたいな造りになっとります」

署長の言葉に耳を傾けながら、小堀は先を歩いた。モツ煮込みや揚げ物の匂《にお》いが周囲に漂う。腕時計を見ると、まだ午後三時だ。スナックの看板がかかった店からは、演歌のカラオケに興じる男性客の声が漏れ聞こえる。

「こんな時間から？」

小堀が訊くと、署長が顔をしかめた。

「暇を持て余した年寄り連中が昼から飲んでおりまして」

署長の言葉を聞き、小堀は一軒の暖簾《のれん》の陰から店の中を覗《のぞ》き込んだ。小堀の父親世代と思しき老人が、カラオケのモニターを見ながらマイクを握っていた。

「この辺りは、以前は賑やかだったのですか？」

「昼夜交代のシフトが終わるたび、炭坑夫たちが頻繁に飲み食いしておりました。それに、港の近くの工業団地から化学メーカーの従業員もたくさん来ましたので、ここだけでなく、町中の飲食店街が繁盛《はんじょう》しておりました」

捜査や会議を通じて全国各地の町を訪れたが、東京やその他大都市への人口集中が災いしたのか、大半が寂れていた。ここ大牟田も同様だと思った。煤けた暖簾とひび割れたコンクリートの歩道は地方の代名詞のようなものかもしれない。

「こちらがかつて古賀の母親が切り盛りしていた店ですたい」

〈バー＆スナック　彰子《あきこ》〉の看板がかかった店の前で、署長が足を止めた。

「店の名前は？」

小堀が尋ねると、署長はメモ帳を取り出し、ページをめくった。

「〈スナック　良美〉ですね」

「すでに古賀氏の母親は亡《な》くなったのですよね？」

「そうです。市内で起きた交通事故により、即死でした」

署長の説明を聞いていたとき、店の中で戸棚か引き戸を開閉する音が聞こえた。表の灯りは点《つ》いていないが、すでに店の人間が出勤しているようだ。

「入ってみましょう」

「しかし、小堀さんにはふさわしくない店ですたい」

「まあまあ」

署長の制止を振り払い、小堀はドアノブを回した。

「いらっしゃい」

薄暗い店の中から嗄《しゃが》れた声が響いた。

「少しだけ、ビール飲めますか？」

小堀が言うと、蛍光灯が点いた。店はカウンターが五、六席。その奥に小さなボックス席が二つあるだけの簡素な造りだった。

「何人？」

カウンターの奥から、ファンデーションで真っ白な顔をした金髪の老婆《ろうば》が顔を出した。

「二人です。いいですか？」

「適当に座って」

ぶっきらぼうに言うと、老婆はカウンターにおしぼりを二つ置いた。小堀は署長を促し、カウンターの真ん中の席に座った。すると、老婆がグラスを二つ、そして栓を抜いたビール瓶を小堀の目の前に置いた。

「この辺の人じゃなかね？」

「ええ、出張で東京から来ました」

小堀は恐縮する署長のグラスにビールを注ぎながら言った。

「よかったら、お姉さんもどうですか？」

ビール瓶をカウンターの反対側に差し出すと、老婆が素早く空いたグラスを手にした。

「どうしてウチの店を選んだと？」

「感じがよかったから」

「ウソたい」

小堀が注いだビールを一気に飲み干し、老婆が言い放った。

「誰の紹介ね？」

「いえ、本当に飛び込みなんですよ」

目の前の老婆が首を傾げ、眉根を寄せた。

「あんたら、インターネットで変な書き込み読んできたんやなかと？」

「ネット？」

小堀が訊き返すと、老婆が思い切り顔をしかめた。

「一人一万五〇〇〇円で中国かフィリピンの女抱けるとか、嘘八百書いたやつがおると。えらい迷惑しとる」

突然、老婆が訳のわからないことを言い始めた。その途端、隣の席の署長が胸のポケットから警察手帳を取り出し、老婆に向けた。

「ちっきしょう……噂に乗せられて警察まで来よったわ」

二人のやりとりを見て、小堀はようやく合点がいった。このスナックは売春の仲介をしているとの噂を流されたのだ。後ろめたいところがあるのかどうかは不明だが、一見《いちげん》客を警戒して誰の紹介か尋ねたのだ。店は二階建てだ。きっと上のフロアに床の用意があると勘違いする客もいるのだろう。

「まあ、署長。ここは穏便に」

小堀が言うと、署長は渋々手帳を胸にしまった。

「今日は摘発なんかじゃありません」

「警察の言うことやら、信じられんたい」

露骨に舌打ちしながら、老婆が言った。

「信じられないかもしれませんが、私の顔に免じて。それで、一つお尋ねしたいことがあります」

「ほら、やっぱり警察は汚か」

　老婆が毒づいたが、小堀は構わず先を続けた。

「このお店、以前は古賀良美さんが切り盛りしていましたよね？」

「ああ、私が店を居抜きで買《こ》うた。それがどげんしたとね？」

「彼女のことを教えてほしいのです」

「ずいぶん前に死んどるよ」

　カウンターのビールを手酌で飲みながら、老婆が言った。

「交通事故だったそうですね」

「ちがう、あれは殺されたんよ」

　小堀が署長に目をやると、違うとその顔が強く否定していた。

「ヤクザもんが運転する車がハンドル操作誤って良美さんに突っ込んだと。ありゃ、倅《せがれ》がやらせたに違いないわ」

　ビールをちびちび飲みながら、老婆がうわ言のように告げた。

「あん事故は、もう解決済みたい。酔っ払い運転でハンドル操作誤ったと」

　隣の署長が気色ばんだが、老婆は動じない。

「表向きはそうやろうて。でもあの事故のすこし前、倅がこっそりこの町に帰ってきたこと、警察は知っとったん?」

「そうなのか?」

署長が言葉を詰まらせた。小堀は老婆の顔を凝視した。ふてくされた表情は変わらないが、大風呂敷《おおぶろしき》を広げている感じはない。小堀は財布から一万円札を二枚取り出し、カウンターに置いた。猫が獲物をさらうような素早さで、老婆が札を受け取った。

「その話は本当ですか?」

「目立たんようにしとったけど、倅はノッポやけんね。西鉄の駅を降りて、地回りの男とコソコソとダゴ屋行ったんを直接見とる」

小堀は署長に顔を向けた。署長は首を傾げ、眉間《みけん》に皺《しわ》を寄せていた。

「それに、良美さんはいつも言うとった。〝いつか倅に殺されるかもしれん〟ってな」

「親子なのに、なぜそんなことを?」

「きっとアレやな」

天井に向かって呟《つぶや》いたあと、老婆が小堀に顔を向けた。

「アレとは?」

訊き返すと、老婆が署長にきつい視線を投げた。

「ここんとこ、警察の指導がやかましか」

「指導？」

小堀が訊き返すと、老婆が頷いた。

「店開けるのが早いだの、看板下ろすのが遅いだの、重箱の隅を突つきすぎたい」

狡猾《こうかつ》な女だ。所轄署の署長と小堀の力関係を理解した上で、自分に有利となるような取引をもちかけている。

「もちろん、今後このお店をうるさく指導するようなことはありません」

小堀は老婆を凝視しながら言った。

「昔、良美さんのコレが自殺したと」

親指をくいくいと動かしながら老婆が言った。愛人のことだろう。

「その人の名前は？」

「荒井って男たい。地元の信金で理事長までいった男でな」

「なぜ自殺を？」

「良樹が殺したって、良美さんは言うとった」

良美という古賀の母親は、身持ちの良い方ではなかったのだろう。荒井という地元の名士の愛人となり、なんとか糊口《ここう》をしのいでいたのかもしれない。

「ご存知ですか？」

小声で署長に訊くと、渋々頷いた。

「今から一五年前、たしかに信金の理事長が首を吊《つ》って自殺しました」

「他殺の可能性は？」

「ありません。本職も当時は刑事課長として臨場しましたし、県警本部から検視官も来られました。見立ては覚悟の上での自殺でした」

「良美さんの家族は、因果な人ばっかしたい」

顔をしかめ、老婆が言った。

「たしか、娘さんも亡くなったんですよね？」

「あれは、良美さんが悪いたい」

手元のビールを一気に飲むと、老婆が眉根を寄せた。

「どうしてですか？」

「太客にいい顔するために、娘を差し出した」

老婆が忌々《いまいま》しそうに言った。

「こげんな商売しとると、色々あるたい。でも、自分の娘を客に抱かせるなんて、神経がわからん」

「ちなみに相手はわかっているんですか？」

「首吊って死んだ信金の荒井たい。だから、あの一家に関わると、ろくなことにならんて、この辺のもンは皆言いよるたい」

小堀は背広から小さなメモ帳を取り出し、老婆の言葉を懸命に書き留めた。

4

二〇一五（平成二七）年一一月、福岡県大牟田市。

西鉄の線路脇にある年金通りを発《た》った小堀は、署長とともに専用車で大牟田署に入った。

署長室に通されると、すでに古賀の母良美が即死した事故に関する資料が応接セットに用意されていた。このほか、古賀の妹、睦美の資料もあった。車中で署長が部下に指示を飛ばしていただけに、対応は完璧《かんぺき》だった。

「拝見してもよろしいですか？」

部屋に入るなり、小堀は革張りのソファに腰を下ろし、クリアファイルに手をかけた。

「どうぞ」

キャリア警官に戸惑いながらも、署長は真摯《しんし》に相手をしてくれている。出された緑茶に手をつけることなく、小堀はまず睦美の資料のページを繰った。

「港の岸壁から入水……」

資料には睦美が飛び込んだとみられる地点の写真、そして遺体写真があった。

「綺麗《きれい》ですね」

「発見が早かったので、典型的な水死体になるようなことはありませんでした。基礎捜査の結果、事件性はなく自殺と断定されました」

「遺書は？」

「ありませんでした。ただ、地取りした結果、どうやらたちの悪い男に乱暴されたショックがあったようで……」

「わかりました」

小堀は次いで古賀の母、良美のファイルを手にとった。

事故の処理番号、臨場した交通課員や機動鑑識班の係員の名前が載っている。その下には事故現場となった大牟田市内の住所と簡単な手書きの見取り図があった。

「見通しの良い交差点で、信号無視のセダンが突っ込んできました」

「そのようですね」

同様の書類は鳥取県警にいたころ何度も目にした。細かな書式は違うが、事故処理に関するありふれた報告書だ。

大牟田駅近く、道幅の広い交差点の横断歩道に古いタイプのセダンが突っ込んだ。

ページをめくると、鑑識の写真係が撮った現場写真があった。

交差点脇の信号にセダンのボンネットがめり込んだのだろう。無残に歪《ゆが》んだスクラップ同然のセダンを何枚も写真係は詳細に撮影していた。

白いセダンのボディには無数の血しぶきが飛び散っていた。過去に目を通した資料から考えるに、時速六〇キロ程度は出ていたのではないか。古賀の母親がほぼ即死だったことは写真を通してすぐに理解できた。

「被疑者はマル暴でしたね」

ページをさらにめくった小堀は、署内で撮られた被疑者の写真に目をやった。角刈りに尖《とが》った銀縁のメガネ、薄い瞼《まぶた》に細く剃《そ》り上げた口髭《くちひげ》。額には薄く血の滲《にじ》んだ絆創《ばんそう》膏《こう》が貼《は》られている。エアバッグのおかげで、加害者はかすり傷で済んだようだ。

〈堀口光輝 大牟田市出身……〉

地元の商業高校時代から暴走族グループに所属し、暴走行為や他の不良グループへの暴行、万引きで補導歴が計五回。その後は広域暴力団の三次団体に入ったと簡単な手書きのメモが添付されていた。

「ヤクザ稼業《かぎょう》になってからは、あまり目立つ存在ではなかったようです」

古賀の母を轢き殺したあと、堀口は実刑判決を受け、控訴《こうそ》せずに刑が確定した。悪質な飲酒運転による死亡事故だった。

「このあと堀口は獄死したんですよね?」

「刑務所内で肺炎を患《わずら》い、そのまま……」

署長は申し訳なげに告げ、テーブルにあった別のクリアファイルを取り上げた。中から書類を取り出した署長はそれを小堀に向けた。法務省矯正局担当者の印がつかれている。堀口が中国地方の刑務所から医療刑務所に移送されたあと、亡くなった旨《むね》が淡々と記述されていた。

わかっていたことだが、年金通りの〈バー&スナック　彰子〉の店主が言った言葉を確かめる術《すべ》はすでにない。

資料をテーブルに戻すと、小堀は署長に切り出した。

「お手数ですが、古賀親子のことを知る人たちに、先ほどのスナックのママの証言を裏付けるような情報がないか調べてもらえませんか?」

「もちろんです。刑事課の人間を中心に当たらせます」

「助かります」

「それはそうと、その古賀良樹という男はなにをやったのですか？」

署長が探るような目付きに変わっていた。

「申し訳ありませんが、捜査二課の仕事は保秘が命でして、まだ詳細を明かすことはできません。ただ、大それたことをやっている公算が高い、それだけは言えます」

「大それたこととは？」

「私の調べがもう少し進捗《しんちょく》したころにでも」

そう言うと、小堀はもう一つテーブルに載せられていたファイルに目線を向けた。

素早く署長が反応し、取り上げた。

「こちらは大牟田合同信用金庫の元理事長、荒井氏の自殺に関するものです」

「拝見します」

先ほどの事故処理の書類と同様、警察組織の中ではありふれた自殺に関するものだった。薄青色の表紙をめくると、ファイルには現場検証を行った日時や担当した捜査員の名前などが淡々と綴《つづ》られていた。

「それ以上はちょっと……」

小堀がページをめくろうとしたとき、署長が遠慮がちに制した。

「なんですか？」

「現場検証したときの、生々しい写真が載っております。先ほどのものとは違います」

「平気です。鳥取県警にいたとき、現場になんども臨場しましたから」

そう言って小堀はページを繰った。署長が言ったように、様々な角度から撮影された故人の写真があった。

生前の荒井という人物を知る由《よし》もない。港近くの倉庫で首をくくった荒井は、両目を大きく見開き、これでもかというほど舌を突き出して絶命していた。別の写真を見ると、空中に浮かんだ下半身を写していた。ジャージの下腹部からつま先にかけてどす黒く変色している。首を吊った直後に失禁と脱糞《だっぷん》したのだ。

小堀は鳥取県警に赴任し、初めて自殺の現場に臨場したときのことを思い起こした。繁華街の外れにある安い飲み屋が軒を連ねる一角だった。廃業した焼鳥屋の鴨居《かもい》を使って自殺したサラリーマンがいた。

当時の県警刑事課長は必要ないと強調したが、現場を知りたいと臨場したのは今からもう一〇年以上も前だった。

目の前の写真と同じように、鳥取の自殺者も失禁していた。このとき、臨場した県警の検視官に自殺と他殺の見分け方を簡単にレクチャーされた。

縄状のもので首を他人に絞められた場合、必ず被害者が抵抗した痕跡《こんせき》が残ると教えられた。無理矢理紐《ひも》を外そうと激しく抵抗するので、首元には被害者自身がつけた無数の引っかき傷がある。名鑑識マンの名から取った吉川線《よしかわせん》だ。

荒井の首元を接写した鑑識写真にはそのような跡は見て取れない。福岡県警の検視官も臨場したうえで精査したのだ。荒井は間違いなく自殺した。ファイルを閉じ、小堀は口を開いた。

「羽振りのよかった人と聞きましたが」

「この町は県内でも一番景気のよかった時期があります。そこで最大の信金の要職を歴任し、最後は理事長にまで登り詰めましたから」

今は他の地方都市と同様に寂れているが、大牟田は、石炭という日本の産業界の動力源を一手に担《にな》っていた炭鉱町だった。様々な関連企業に融資を行い、多数の従業員たちの口座を預かっていれば、自《おの》ずと地域金融機関の幹部の鼻息は荒くなる。

「荒井さんですが、人に恨まれるようなことは？」

署長が唇を噛《か》んだ。

「正直に申し上げますと、本職は苦手な人物でした」

「どういう意味ですか?」

「地元の名士とでもいうのでしょうか。それなりの功績も残している。でも、そういう立場を利用して駐車違反や速度超過を取り消せとか、その手の要求を恥ずかしげもなく、なんども言ってくる人物でした」

「その他には?」

「〈スナック 良美〉のママのほかに、水商売の女たちと何人も関係を持っていたと聞いたことがあります」

「なるほど」

鳥取に赴任していた際、あるいは捜査で全国各地に赴いたときも荒井という男と似たような人物に何人か会ったことがある。

「自殺の動機は?」

「仕事上のストレスが溜《た》まっていた……家族や信金に聞いてもストレスではという一言のみでした」

「遺書は」

「特には。本職も随分自殺に立ち会いましたが、大概は家族への詫《わ》びや、会社や組織への恨み言が綴ってあるメモが残っておりますが……」

そう言うと、署長が口を閉ざした。小堀が視線を向けると、腕を組んでなにかを思い出そうとしているようだった。

「どうされました？」

「遺書というほどのものではありませんが、たしか、書きなぐったようなメモがあったと思います」

小堀は再度ファイルをめくった。

現場写真や検視官の所見、地元医師の死亡診断書のあとに、鑑識係が撮った写真が添付されていた。

「これですね」

小堀が写真を指すと、署長が大きく頷いた。

「仏が残したのはこれだけです」

小堀は写真を凝視した。踏み台を蹴《け》る直前にでも書いたのだろうか。信金の名入りメモ用紙にペンで殴り書きされたものだ。筆圧が一定していないので読みづらい。小堀はさらに目を凝らした。

「〈不発弾を背負って死ぬ〉……そう書いてあるのでしょうか？」

「そうです」

「不発弾とは？　なにか心当たりはありますか？」

小堀が訊くと、署長は強く首を振った。

「信金にも問い合わせましたが、全く心当たりがないと言われました」

「なにか仕事上のトラブルでも？」

「自殺という明確な見立てがありました。事件性が認められなかった以上は我々としてはさらに事情を聴くことはありませんでした」

署長が言葉を濁した。

「わかりました」

生返事をしたあと、小堀は荒井という男が遺《のこ》したメモを睨《にら》んだ。

〈不発弾を背負って死ぬ〉

自殺という見立てに間違いはない。不発弾を背負うとはどういう意味なのか。自爆するのであれば、炭鉱町に馴染《なじ》みのあるダイナマイトが自然だ。実際にダイナマイトを抱えて死ぬのは今のご時世無理だとしても、なぜ不発弾なのか。爆発しない爆薬をなぜ背負うのか。小堀は遺書めいたメモをずっと睨み続けた。

5

一九八七（昭和六二）年一月、東京都中野区。

母親は小倉《こくら》の競輪場か競馬場にいる。それでも姿を見つけられなければ、大牟田市内のパチンコ屋か雀荘《ジャンそう》にいるはず……職場にかかってきた大牟田署の電話に、古賀はそう伝えて電話を切った。三日前だった。

睦美の遺体が発見されてから半日後、結局、母は雀荘で常連客と賭麻雀《かけマージャン》をしているところを発見され、最終的に水死体を睦美と確認した。

警察から独身寮の電話番号を聞き出した母はなんども帰郷を促し、睦美の死に顔を見るようにと懇願したが、古賀はこれを全て拒否した。

睦美が死んだ。警察の巡査部長が教えてくれたのは、やはり母の無理強いが死因につながったという点だった。直接、名前は伝えてくれなかったが、母のスナックの常連客が、店の運転資金を融通する見返りに、強引に体の関係を迫り、睦美はこれに抗議するため飲めない酒を大量に摂取し、発作的に港から身を投げたというのだ。

金を工面してくれるのは、不景気な町ではあの男、荒井しかいない。年金通りの薄汚れたスナックを守るため、睦美は人柱になったも同然だ。間接的に娘を殺した母は、どんな顔で自分に帰郷を迫ったのか。その神経が理解できなかった。万が一顔を合わせれば、首を絞め、睦美の仇《かたき》を討ったかもしれない。その場に荒井がいたら、目に入った物全てを凶器に変え、殴り殺していたはずだ。

それにも増して、睦美の死に顔に接したら、自分の心が砕けてしまいそうで、恐ろしかった。

「少しは落ち着きましたか？」

古賀が小さなコップを見つめていると、左隣の席で優しい声音が響いた。

「すみません、こんな酒に付き合ってもらって。本当に申し訳ありません」

古賀は東田に頭を下げた。

「私でよければ、なんでも言ってください。力不足かもしれませんが、大きな体は壁と同じです。こういうときは思いを全て吐き出した方がいい」

「ありがとうございます……」

東田の言葉を聞き、自然と涙が滲んだ。

睦美の死を知ってからの三日間、古賀はがむしゃらに仕事に没頭した。いや、仕事に逃げるしかなかった。金曜の夜、支店で無我夢中で伝票整理をしているとき、東田から食事に誘われた。電話口で古賀の異変を感じ取った東田が誘ってくれたのが、自宅のある中野だった。

「ここは例の会長お気に入りの寿司屋《すしや》でしてね」

古賀のグラスにビールを満たし、東田がぽつりと言った。古賀は改めて周囲を見回した。寿司屋といっても、白木のカウンターがあるわけではなく、ひっきりなしに商店街の買い物客が訪れる土産物が専門の小さな店だ。間口の狭い店の奥に、申し訳程度に四人分のカウンターが備えられている。体の大きな古賀と東田が座ってしまえば、ほぼ他の客が席に着くことは不可能だ。

「あの名物会長にはお世話になったねえ」

白い調理服を身に纏《まと》い、高下駄《たかげた》で厨房《ちゅうぼう》を行き来する中年の主人が言った。

「飲んだあとの仕上げは、親父《おやじ》さんの干瓢《かんぴょう》巻きといなり寿司がなければだめな人でしたから。秘書課長時代、親父さんにはなんどわがままを聞いてもらったか」

東田が朗らかに主人とやりとりし始めた。古賀は手元にある寿司下駄に目をやった。干瓢巻きが並んでいる。一切れつまんで口に放り込むと、甘い煮汁が広がった。

「優しい味です」

睦美の死をしらされてからろくに食事が喉《のど》を通らなかっただけに、緩めに巻かれた海苔《のり》巻きがじんわりと体に沁《し》みていくのがわかった。

「東田さんはさ、超エリートなのにこんな店を使う変な人なんだ。お兄さん、きつそうだけど、今晩くらいは甘えちゃいなよ」

中年女性が注文した鯖《さば》の棒寿司を作りながら、高下駄の主人が言った。忙《せわ》しなく土産物の寿司を買いにくる客がいる中で、主人は古賀を気遣ってくれた。

「すみません、変な客で」

「東田さん、もっと飲ませちゃいな」

「そうするよ」

東田は空になったビール瓶を主人に戻し、熱燗《あつかん》をオーダーした。

「こんなことを言ったら怒られるかもしれませんが、聞いてください」

東田が古賀に体を向け、言った。

「古賀さんは、妹さんのために懸命に頑張ってきた。そうですよね」

「……はい」

「今は、なんのために働いているかわからない状態のはずです」

「ええ」

古賀が答えると、東田がゆっくりと頷《うなず》いた。主人が無言で熱燗の入った徳利をカウンターに置き、また厨房の奥に消えた。

「ありきたりですが、今後はご自分のために働いたらいいと思います」

東田は古賀の手元に猪口を置き、酒を満たしながら言った。

「私が若手のペーペーだったころ、三田電機に名物社長がいましてね。彼が良いことをいったんです。『幸せは自分で作れ。そんなもんは他人からもらうもんじゃない』ってね」

東田は自分の猪口に酒を満たし、一気にあおった。

「猛烈社員が当たり前のご時世でした。残業続きで若手中心に不満がたまっていたとき、社長がそんな訓示をしたんですよ。なぜか今もあの言葉を覚えています」

古賀は東田の声を聞き、一口日本酒を舐《な》めた。新聞や書籍で同じ言葉を目にしていたら、青臭い話に苦笑いしていただろう。

だが、親身になって話を聞いてくれた東田が言うと、古い時代の経営者の訓示が腸《はらわた》に効いてくる。

「この話にはオチがありましてね。我々ペーペー社員が感心して聞き入っていると、当時の社長はこんな追い討ちをかけたんです。『社員は今までの三倍働け。部長や常務は一〇倍は働け。俺はそれ以上に働くから』とね。要するに、働いた分だけやりがいが生まれ、業績も上がる。そしたら給料も上昇して幸せになれる、そんな風に社員を鼓舞したわけです」

「猛烈なお話ですね」

古賀はおもわず口にした。

「今、同じようなことを現社長が言ったら新聞のネタにされますよ。でも、それくらいの気概で働けば、物事はなんとかうまく回るものです。私は常にあの名物社長の言葉を思い出し、仕事、いや自分の生き方と向き合っています」

東田は照れ臭そうに笑った。

「まだまだ古賀さんの傷は癒《い》えないと思います。私はいつでも相手になります」

「ありがとうございます」

古賀は猪口をカウンターに置き、頭を下げた。不意に涙が溢《あふ》れた。睦美の死を受け入れられず、堪《こら》えてきた分だけ、とめどなく涙が流れた。

「古賀さんは頑張りすぎたんです。今度は自分のことだけ考えればいい」

古賀の左肩を、東田が強くつかんだ。

「ありがとうございます」

古賀は洟《はな》をすすり、取り出したハンカチで目元を拭《ぬぐ》った。

「もう、大丈夫です」

なんとか顔を上げると、東田が頷いた。

「約束ですよ。もう後ろを向いたらだめだ」

そう言うと、東田が突然両手を挙げ、左右の人差し指を交差させた。

「ほら、古賀さんも」

東田の言葉に、古賀も両手を挙げて人差し指を交差させた。

「約定です」

古賀は、腹の底から声を張り上げた。

6

二〇一五（平成二七）年一一月、東京都千代田区。

「大牟田はいかがでしたか？」

福岡から戻った小堀が旅費の精算をしていると、出勤したばかりの今井巡査部長が声をかけてきた。

「色々と新たな手がかりが出てきましたが、肝心なことはわからず終《じま》いでした」

小堀は古賀の母の死に不審な点があること、そしてその愛人だった信金の理事長が自殺していたことを明かした。

「古賀の妹も自殺しています。死に取り憑《つ》かれたような男ですね」

小堀が言うと、今井が首を傾げた。

「所轄署の調べに落ち度でも？」

「警視庁管内でも見抜けなかったでしょう」

「古賀が母親と理事長の死に関わっていたら、よほど狡猾な男ということになりますね」

今井の言葉に小堀は頷き、大牟田で調べた事柄を記した手帳を開いた。

「一つ、とても気になることがありました」

小堀は手帳をめくり、大牟田署の鑑識係で焼き増ししてもらった写真を指した。

「〈不発弾を背負って死ぬ〉……そう読むのでしょうか」

目を凝らした今井が首を傾《かし》げている。

「そうです。自殺した荒井が理事長を務めていた信用金庫にも寄りました。ただ、けんもほろろに追い返されました」

「金融機関お得意の守秘義務ってやつですね」

「少し調べてみました」

小堀は手帳のページをめくった。福岡県警の捜査二課長の後輩から入手した古い地元紙のコピーだ。

〈大牟田合同信金、特損四〇〇億円計上へ〉

「だいぶ前の記事です。本業の儲《もう》けを示す業務純益が毎年三〇億から四〇億円の信金がこれだけの特別損失を出せば、生死の境をさまようことになります」

「この信金は破綻《はたん》したのですか？」

「隣町など四つの信金と合併して事なきを得たようです」

「〈不発弾〉という言葉は、この特損のことを指しているのでしょうか」

「そう読むのが自然ですね」

小堀はもう一枚、ページをめくった。

「こちらはなんですか？」

今井が手帳を覗き込んだ。

「私が鳥取県警にいたころ、スクラップしていた地元紙のコピーです」

〈山陰共同信金、特損二〇〇億円発覚〉

「業務純益が二〇億円に届けば御の字だった信金です」

「大牟田の信金となにか共通点でも？」

今井の言葉を聞き、小堀はさらに手帳のページを繰り、クリップで留めていた書類を取り出した。

「検視官の報告書ですね……」

目を細め、書類を読んでいた今井が低い声で唸《うな》った。

「前田《まえだ》憲宗《のりむね》、山陰共同信金財務課長……」

「私が初めて自殺の現場に臨場したのはこのときでした。当時は単なる自殺案件として処理されました」

小堀は腕を組んだ。県警の刑事二課長として、地元の首長選に絡《から》む買収事件の指揮を執っていたこともあり、当時は全く気に留めなかった。

「地方の信金の線で調べてみましょうか？」

両目を光らせながら、今井が言った。

「すでに手配は済んでいます」

「ご学友の線ですか？」

「そんなところです」

昨晩、福岡空港から飛行機に乗った直後に鳥取の自殺の一件を思い起こした。東京の官舎に戻ったあとは、ひたすらインターネットを使って過去記事を引っ張り出した。

今朝、山陰共同信金が開店したあと、問い合わせを入れたが大牟田と同様に守秘義務を盾に情報を開示してもらうことはできなかったと今井に告げた。

「金融庁にいるゼミの後輩にメールを打っておきました。近く、連絡があるでしょう」

「山陰と九州……二つの信金に特につながりはないはずです。どうして同じような時期にとんでもない損失を計上したのでしょうか?」

「わかりません。ただ、調べてみると、同じようなケースは他にもあったのです」

小堀は手帳をさらに繰った。

「地方の信金だけでなく、信用組合や農協、あとは個別企業の厚生年金基金などが二〇〇〇年くらいから特損を計上し始めていました」

小堀は昨夜ネットソフト検索で調べた結果を表計算ソフトに打ち込んだ。簡単な検索で引っかかった案件だけで六〇近くの事象が見つかった。

「こんなにたくさん?」

「なにか異様な感じがします」

二課のベテラン捜査員たちから、獲物が手元に近づくと不意に武者震いを感じることがあると何度も教えられたが、昨晩の小堀がまさしくそうだった。

机に置いた小堀のスマホが震えた。液晶モニターには、後輩の名が表示されていた。素早くスマホを取り上げ、小堀は画面の通話ボタンを押した。

「小堀です。久しぶりだね」

〈先輩、役所のメールにこんなことを書くのは勘弁してください〉

「どういうこと？　コンプライアンスに抵触するようなことは書かなかったはずだけど」

〈『不発弾』なんて物騒な言葉はやめてください。寝た子を起こすようなもんです〉

「どういう意味？」

〈電話ではちょっと、話しにくいです〉

「それでは、近いうちにご飯でもどう？」

〈いいですよ。こちらから先輩の個人のメアドに連絡しますから、教えてください〉

「了解」

小堀は小声で携帯端末専用のアドレスを伝えた。

7

一九八七（昭和六二）年一〇月、東京都新宿区。

歌舞伎町で顧客と飲んでいると、中野に電話で呼び出され、古賀は新宿支店に駆け戻った。支店のドアを開けると、フロア中の照明が煌々《こうこう》と灯り、中野のほか支店の主要な営業スタッフ一〇人程度が集まっていた。

新宿支店の面々は、導入されたばかりの衛星放送の画面に釘付《くぎづ》けとなっていた。

「遅くなりました」

古賀が告げると、中野が振り返りわずかに頷いた。

「いま、ダウ平均はどのくらい下げているんですか？」

「三〇〇ドルを超えた」

中野がぶっきらぼうに言った。その視線は画面のCNNニューヨーク支局からのリポートを凝視している。

古賀は自席に着き、鞄《かばん》からノートを取り出した。前週末のダウ指数の終値は二五〇〇ドル程度だった。今の東京の時刻は午前零時半過ぎ、現地は午前一〇時半過ぎで取引開始直後に三〇〇ドルの下げとは異常だ。

「戦争でも起きたんですか？」

株価は極端にリスクを嫌う生き物だ。突発的な紛争のほか、大規模な飛行機事故が起こったときも売りが加速する。

「材料らしい材料がない。だから不気味だ」

画面を見たまま、中野が言った。

「強いていえば、貿易収支の赤字が膨らみそうだ、金利が上がりそうだ、それくらいしか思い当たらんと記者が言っている」

中野が不機嫌そうに言ったとき、古賀の席で固定電話が鳴り始めた。反射的に受話器を取り上げた。

「国民証券新宿支店、古賀でございます」

〈古賀さん、どうなってるの？〉

聞き覚えのある声が耳元で響く。西落合に住む羽入夫人だった。

「私もまだ事態を把握できておりません。とにかく落ち着いてください。あすの朝までに、こちらとしても対応できるよう情報を集めます」

古賀はそう言って、無理やり電話を切った。

「みんな、集まれ」

衛星放送に見入っていた中野が突然声をあげた。

「『登り百日、下げ三日』の格言は知っているな？」

古賀を始め、デスクの周りに集まったスタッフ一人ひとりに目をやりながら、中野が言った。ジリジリと値を上げてきた株価は、いざ下降局面に入ると下げ足が速まるという古くから言われている格言だ。

「これからどうなる？ 古賀、言ってみろ」
二、三秒考えを巡らせると、古賀は口を開いた。
「米国株の下げに明確な理由がない以上、日本の株価の調整は短期間で済むと予想します。明日の下げは必至ですが、底値を見極めた上で、売られ過ぎの銘柄をピックアップして押し目買いを勧めます」

「同感だ。信用取引で問題のある客を抱えた者以外は、今のうちにお薦めの銘柄リストでも作っておけ。以上だ」

一方的に告げると、中野は再び衛星放送の画面に目をやった。古賀ら営業マンたちは一斉に自分の席に戻り、黙々と作業を開始した。

米国でダウ平均が五〇八ドル安と大暴落、史上最大となる下落率二二・六%を記録し、メディアが一斉に「ブラックマンデー」と見出しを付けた日から二日後、一〇月二二日の夜、古賀は久々に中野から声をかけられ、夜の新宿の街に繰り出した。

歌舞伎町の焼肉屋で生ビールを一口飲むなり、中野が口を開いた。

「お疲れだったたな」

「なんとか無事に大波を乗り切りました」

古賀は羽入夫人ら、三〇名近い得意先に真っ先に押し目買いを勧め、結果的に全員が史上最大の下げを難なく切り抜けることができた。

ブラックマンデーの翌日、一〇月二〇日の東京市場は大方の予想通り大荒れとなった。ニューヨークと同様、東京市場の主要な株価指数は史上最大の下げ率を記録した。平均株価は三八三六円四八銭安と一五%も暴落し、二万一九一〇円〇八銭となった。東京と同様にイギリスでもFT指数が二五%も下げ、ブラックマンデーという言葉のほかに、世界同時株安という見出しが主要メディアを賑わせた。

だが、混乱はわずか一日で収束した。すぐに押し目買いや買い戻しが入った。二一日、平均株価は二〇三七円高と急反発し、今日二二日も四五七円高と続伸した。

「今日は俺の奢《おご》りだ。好きなだけ食べろ」

ジョッキ脇のキムチを突《つつ》きながら、中野が言った。

「ブラックマンデーのきっかけは、プログラム売買の暴走らしい」

運ばれてきたタン塩を炙《あぶ》りながら、中野が聞き慣れない言葉を告げた。

「コンピューターが自動的に売買を執行するシステムだ。最新兵器を使っている機関投資家が結構いるそうだ」

「自動売買ですか？」

「売りと買いの値段をあらかじめ銘柄ごとにインプットしておき、個別銘柄の値動きに連動させる仕組みらしい」

「そんなことが可能なんですか？」

「古巣の村田証券のシステム部門にいる同期から聞いた。間違いないだろう」

中野の言葉を聞き、古賀の両腕が一気に粟立《あわだ》った。

「そんな時代が来ているんですね」

「お前は場立ち出身だもんな」

古賀は深く頷いた。八年前、古賀は場立ち要員として東証の広いフロアを駆け回っていた。現在も東証では、各証券会社の場立ちが手振りでポストと場電の間で売買をつないでいる。

中野は店のスタッフを呼び、韓国焼酎をオーダーした。

「それより、今日呼んだのは、別に慰労が目的じゃない。先々の話をする」

穏やかだった中野の表情が一変した。

「俺は元の仕事に復帰できるよう上層部に掛け合う。ドブ相手を卒業するという意味だ」

古賀は中野の顔を見つめた。特段気負っている様子はない。

「村田証券ではなにを担当されていたのですか？」

「法人営業だ」

短く、そして力強い口調で中野が言った。

「ブラックマンデーはちょうどいいガス抜きになった。これから過剰流動性相場どころじゃない一大相場が始まる」

中野が低い声で告げた。

同じことを古賀も薄《う》っすらと考えていた。

日銀による連続利下げ、原油安、そして企業の好決算と株式市場を取り巻く好循環は続いている。ブラックマンデーという特大の下げを経験したものの、わずか二日で下げ幅の半分以上を取り戻している。

「それでは、丸の内の本店に移るというのですか？」

古賀の頭の中に、東京駅近くに居を構える国民証券の白い本社ビルが浮かんだ。会社の収益の半分近くを叩き出す花形部署の法人営業部は、一〇階に入っている。

「株価はまだ上がり続ける。ちまちました個人を相手にするより、余資運用に色気を出している法人客をつかまえた方が割はいい」

そう言うと、中野は一気に焼酎のグラスを空けた。

「デカい会社の年金基金なら五〇億円以上の運用規模がある。中堅企業でも三、四億円以上がゴロゴロだ。付いてくるか？　嫌ならこのままドブ相手を続けても構わない」

「連れていってください」

古賀はテーブルに両手を突き、頭を下げた。

「それなら、来春までせいぜい成績を伸ばしておけ。それに勉強も怠るな」

古賀は頷いた。

「法人客は、個人より百倍手強《てごわ》いぞ。大企業の莫大《ばくだい》な資金を運用する連中だからな、強欲の度合いが個人とは段違いだ」

中野が発した強欲という言葉が、古賀の胸に突き刺さった。

「俺が村田証券を追われたくらい、タチが悪い」

中野が怒りを含んだ声で言った。古賀は唾《つば》を飲み込んだ。

「伺ってもいいですか？」

口を閉ざしたまま、中野はグラスに氷を落とし、韓国焼酎を注ぎ始めた。

「過剰流動性相場の話をしたことがあったよな。当時、俺はドブ相手の個人営業から花の法人営業に這《は》い上がった」

グラスにたっぷり満たした韓国焼酎を喉に流し込み、中野が言った。

〈今度はしくじらねえぞ……〉

吉祥寺のクラブで中野が不意に呟《つぶや》いた言葉が頭をよぎった。中野は村田証券法人営業部時代、なにかに躓《つまず》き、系列子会社の国民証券へと左遷《させん》されたのだ。

「法人客はどのくらい強欲だと思う？」

古賀は首を横に振った。

「古賀、おまえは相場観外した客を何人くらい扱った？」

見通しを外した客ならば何人も心当たりはある。

「一〇人くらいでしょうか。何人かは商売を畳み、別の数人は夜逃げしました」

恐る恐る答えると、中野が鼻で笑った。

「かわいいよな」

「前任者から引き継いだ札付きの不良客がほとんどでした」

「でも、そいつら責任取ったんだろ?」

「はい」

「法人客の何割かはな、損をこいても責任なんてとらない。無論、商売やめたり夜逃げもしない」

中野がドスの利《き》いた声で言った。

「どういう意味ですか?」

「相場観外しても損を出さねえってことだ」

「意味がわかりません」

中野は瞬《まばた》きもせず、グラスを睨んでいた。

「証券会社が損を被《かぶ》るんだよ」

「投資は自己責任だという大前提はどうなるんですか?」

「そんな理屈は法人客には通じない。太客に逃げられないために、村田は奴らの損を被った。今もその体質は変わらん」

にわかには信じがたい話だった。

「国民証券の歴代の法人営業部長ポストは村田からの落下傘《らっかさん》部隊の指定席だ」

「ということは、本社も損失補塡《ほてん》を？」

「間違いなくやっている」

中野が吐き捨てるように言った。

「しかし、それでは法令を……」

「真面目《まじめ》に決まりを守っていたら、仕事なんか務まらない。目の前にいる俺がその証拠だ」

ほとんど生《き》に近い焼酎を飲み干し、中野がグラスをテーブルに叩きつけた。

「それでは……村田時代に中野さんは損失補塡を断った？」

「その結果が格下の国民証券でのドブ板回りだ」

中野は常にきつい言葉で部下を鼓舞し、要領の悪い後輩を叱咤《しった》してきた。その中で、人間の心の奥底に潜む本質を抉《えぐ》り出すような鋭い言葉を何度も言った。その背景には、痛烈な挫折《ざせつ》体験があったのだ。

「今度はしくじらない、そう言ったのは腹を括《くく》ったからだ。これから有史以来最高の上げ局面がくる。昔の負けを清算する」

中野が古賀を睨んでいた。

「ドブ相手よりはるかに汚い世界だ。生真面目にやっていたら客に食い殺される世界だ。それでも付いてくるか？」

中野の顔が紅潮していた。

不意に大牟田の薄汚い炭鉱住宅の外観が浮かんだ。あの町に居続けたら、こんな焼肉を食べることはなかった。個人相手の商売に慣れ、いつしかぬるま湯に浸《つ》かっていたのではないか。そんなことを考えた瞬間、脂《あぶら》ぎった荒井の顔が焼酎のグラスの底に現れた。睦美を死に追いやり、今ものうのうと大牟田で名士面《づら》している。法人営業になれば、荒井や、全国に数多《あまた》いる同じような強欲な連中を手玉にとり、弄《もてあそ》ぶことができるのではないか。

野田に誘われ、思い切って証券業界に踏み出し、自分の人生を変えた。煤《すす》けた町で人生を終えた睦美の分まで、己の運命を切り拓《ひら》いてみせる。依然、グラスの底には荒井の顔が張り付いている。古賀は一気に焼酎を飲み干し、言った。

「連れていってください」

古賀はもう一度テーブルに両手を突き、中野に頭を下げた。

第三章　破裂

1

一九八九（平成元）年八月、福岡県福岡市。

「わざわざ大牟田からご足労いただきまして、ありがとうございました」

ＪＲ博多駅にほど近い高級ホテルのレストランで、古賀は腹にたっぷりと脂肪を蓄えた男に深々と頭を下げた。

一年半前、古賀は中野に引っ張られる形で丸の内にある国民証券本社の法人営業部に異動した。

異動を契機に新調した鞄《かばん》に目をやった。様々な商品の説明書が詰まっている。法人担当になって以降、中堅メーカーや専門商社の余資運用を担《にな》ってきた。本業のほかに株式や債券への投資を勧める。あるいは土地投資などで得た不労所得を再投資し、金をひたすら動かすよう誘導する。

ほかにも、後発薬メーカーや自動車部品メーカーなど大手が回らない中堅企業を中心にセールスに歩き、既に一〇社以上との契約を取り付けた。

この日、古賀は以前から狙《ねら》いを定めていた地方の金融機関に直接アタックをした。手始めは、顔馴染《かおなじ》みだ。

顔馴染みとはいえ、当初は電話でアポイントを入れることをためらった。子供の頃から徹底的に見下されてきた上に、なにより睦美を死に追いやった張本人だ。だが、仕事だと割り切った。いや、無理にでも商売だと言い聞かせた。取引をまとめれば、成果に応じて歩合給となって返ってくる。今まで散々嫌な思いをさせられてきた分、金を吸い上げるカモだと考えると、不思議と腹は立たなかった。いや、怒りを腹に収め、作り笑いを浮かべられるようになったのがこの一年半の成果だ。

古賀はそっと胸のポケットを押さえた。中には睦美が笑顔を浮かべる写真が入っている。二年半前、睦美の葬式には結局出なかった。死に顔を見てしまえば、東京で働く気概が一気に崩れてしまうような気がしたからだ。自堕落な母の元を離れ、必死に働き睦美を呼び寄せる、その一念が古賀を突き動かしてきただけに、睦美の死を直接実感する葬式に出るわけにはいかなかった。

「堅苦しい挨拶《あいさつ》はあとにして、まずは酒を飲まんね」

荒井が大声で言った。睦美を死に追いやった当事者だが、古賀は営業マンの顔でやりすごした。手数料をごっそり抜く。いずれ、荒井の方から、新たな商品を売ってくれと頭を下げるまでひたすら耐える。古賀はそう自分に言い聞かせた。

白いコック帽を被《かぶ》った料理人が愛想笑いを浮かべ、二人を席に促した。

料理人の前にはピカピカに磨き上げられた鉄板がある。高級な鉄板焼き店だ。古賀はこの日のために、個室を予約した。

「随分久しぶりやね。良樹は元気にしよったね？」

「おかげさまで、ようやく一人前の仕事を任せてもらえるようになりました」

古賀は大牟田合同信金の財務本部長に昇進した荒井に席を勧め、もう一度深く頭を下げた。

今の自分は、他人からは満面の笑みを浮かべたサラリーマンに見えるはずだ。仕事を通じて、本音を顔に一切表さぬ術《すべ》を自然と身につけた。

「そりゃ、お袋さんも鼻が高い。大牟田では、いつもおまえのうわさしよるばい」

豪快に笑うと荒井は料理人の真ん前の席にどっかりと座った。典型的な田舎の名士面《づら》だ。

「大牟田だと何かと人の目がありますので」

「かまうことはなかと。飯を食ったら、中洲《なかす》に繰り出さんとな」

和服姿の店員が差し出した生ビールをぐいぐいと喉《のど》に流し込んだ。

「荒井本部長。ご自宅にお送りさせていただいた資料はご覧いただけましたか？」

古賀は荒井に目をやり、笑みを浮かべて言った。

「もちろんたい。国民証券は随分とにぎりをしてくれるんやね」

荒井が声のトーンを低くした。

「昔からお世話になっとりますので、大牟田合同信金さんには特別な商品をご提案させていただきました」

古賀が言うと、荒井は満足げに頷《うなず》いた。

「今はどんな業界も財テクブームたい」

商業高校の同級生を通じ、一年かけて地元での荒井の評判を集めた。荒井は郊外店の支店長を務めたあと本店勤務となり、折からの株式投資ブームを積極的に大牟田合同信金にも取り入れ始めたという。

ただ、村田証券など大手は地方の信金や信組レベルをほとんど相手にしない。荒井はなんどか福岡にある村田証券の支店に足を運んだようだが、提案されたのは、あまり旨《うま》みのない一般的な営業特金だったという。

「上司はいい顔しませんでしたが故郷のためと思って、頑張ったつもりです」

そう言うと、古賀は足元の鞄から荒井に送った提案書と同じ書類を取り出した。表紙をめくり、利回りが記された一点を指す。

信金は顧客からの金集めはうまくとも、これを効率よく運用する術を知らない。炭鉱が閉まり、町の景気が冷え込み始めたタイミングでもある。預金で集めた金を融資に回し、利鞘《りざや》を稼ぐことも難しくなっている。それだけに、一般的な営業特金ではなく、幾分利回りが高い商品を提案した。

〈取引一任勘定のご案内〉

「年九%なんて、どこの証券会社も提案してくれんかったばい」

荒井が感心したように言った。

「こちらに提示したのはあくまでも目標で、確定した数字ではありません。その辺りをお含み置きください。ですので資料も信金ではなく、ご自宅にお送りさせていただきました」

古賀はわざと勿体《もったい》つけた言い方で告げた。

「万が一大蔵省検査の際に見つかってしまえば、証券取引法違反ですから」

声のトーンをさらに落として言うと、荒井が殊勝に頷いた。

「そうだな、それが今流行《はや》りのにぎりたい」

荒井は満足げに言った。村田証券で全く相手にされなかっただけに、他の財テク企業のように「にぎり」という特約をつけてもらったことで、自尊心をくすぐられ、内心嬉《うれ》しくて仕方ないのだ。

「ご理解いただきまして、ありがとうございます」

古賀が頭を下げると、荒井が唇の端を吊《つ》り上げ、気味の悪い笑いを浮かべた。

「それで、いくら任せればよかと？」

すでに中野の了解は取り付けてある。大牟田合同信金の余資運用規模はどんなに背伸びをしたところで、たかだか年に三〇億円レベルだ。

「一五、いや二〇億いただけますと、にぎりの部分で色を付けることが可能になります」

古賀が答えると、荒井が目を丸くした。

「ついこの前まで子供やったのに、きさん、随分と大胆なことを言うようになったな。それじゃ、二〇億円分任せてみるかな」

荒井が胸を張った。母の店で新しいボトルを入れるときと同じだった。周囲に虚勢を張り、精一杯自分の存在感を押し出す。醜く太った荒井は、昔と変わらない。

「もう一つ、お願いがあります」

古賀は揉《も》み手しながら荒井に顔を近づけた。ここからが本当の狙いだ。荒井は単純でおだてに乗りやすい。営業マンに徹しろ。自らに言い聞かせると、古賀は言葉を継いだ。

「荒井さんは顔が広い方です。県内だけでなく、熊本や大分の信金にもたくさんお知り合いがいるとうかがいました」

「そりゃ、おるたい。みんなゴルフ仲間たい」

荒井が胸を精一杯反らせた。

「ご紹介いただけませんか？　もちろん、にぎりの部分は荒井さんのところを一番分厚くやらせていただきます。我々も九州の信金に食い込みたい、その一心でありまして」

「あの洟垂《はなた》れ小僧やった良樹がそこまで言うとか。わかった。俺も大牟田の男たい。近いうちにコンペで話をつけてやるたい」

「ありがとうございます。ただし、にぎりの件は皆さまにはご内密に」

古賀はずっと頭を下げながら、密《ひそ》かにほくそ笑んだ。

炭住で乱暴に母を抱いたあと、荒井は威圧するような目線で古賀を睨《にら》んだ。そして、いつも千円札を古賀に握らせ、気味悪く笑った。あのときの見下すような視線は一生忘れない。だが、今は立場が変わった。表向き頭を下げているが、こんな有利な商品を田舎の信金に提案してやるのだ。取引一任勘定という高リスク高リターンの商品は、それだけ特別なのだ。

「それでは、東京に戻り次第詳しい手続きの書類を用意させていただきます」

「頼んだぞ」

古賀は料理人に目をやった。商談終了を感じとった料理人が鉄板の上で小刻みにステンレス製のコテを叩《たた》き始めた。

「それでは海産物から焼きましょう」

料理人が言うと、即座に荒井が答えた。

「魚なんかより、肉をたっぷり出してくれ。これから中洲に繰り出すからな」

「かしこまりました」

料理人がコック帽を深々と傾けた。それを合図に、和服姿の店員が二人、荒井と古賀の前に箸《はしお》置きや小皿をテキパキとセットし始めた。

「ビールのあとはいかがいたしましょうか？」

「そら、焼酎《しょうちゅう》たい。芋でクセの強いやつをロックで」

荒井がそう言った直後、古賀は料理人の背後にある戸棚を指した。

「それでは、鹿児島のあれはどうですか？」

古賀は地元でもなかなか入手困難とされる限定芋焼酎の名を告げた。

「おお、めったに飲めんやつたい。それにしよう」

荒井が言うと、和服の店員が素早くロックグラスとアイスペールを載せた小さなワゴンを古賀の傍に運び入れた。

「本当にステーキからでよろしいですか？」

料理人が訊《き》くと、荒井が大げさに頷いた。

「血が滴《したた》るようなレアで頼むたい」

「承りました」

料理人が答えると、再度荒井が口を開いた。

「中洲のクラブで飲んだあとは、南新地《みなみしんち》に繰り出すたい」

荒井は得意げに博多の風俗街の名を口にした。

「もちろんご案内します」

古賀が告げると、荒井は勝ち誇ったように芋焼酎のグラスを空けた。大牟田の炭住でなんども見た欲深い荒井の両目が鈍く光っていた。

作り笑いを浮かべたあと、古賀は殊勝に頭を下げた。高リターンの商品は、高いリスクを伴う。株価が上昇し続ける昨今、多くの投資家はリスクに対する意識がきわめて希薄だ。もちろん、荒井が取引一任勘定が持つ危険な一面を理解しているとは考えられない。いつか破裂させてやる。頭を下げ続ける間、古賀は胸のポケットを強く押さえた。

2

一九八九（平成元）年八月、東京都千代田区。

九州から戻って二日後だった。内幸町のランドマーク的な商業ビル街、日比谷シティの前に立ち、古賀は大手企業や著名な法律事務所が入居する高層階を見上げた。

これから訪問するのは、村田を始め、大手・準大手のほぼすべてが食い込もうと躍起になっている財テク企業だ。

鞄からA4のノートを取り出すと、古賀はページを繰った。ずっと記録し続けている全体相場のメモやチャートの欄外に、これから訪問する企業に関する細かいメモを加えてきた。半年前から狙ってきたのは、大正期に創業した老舗《しにせ》飲料メーカーのノアレ食品だ。農学博士が特殊な乳酸菌を発見し、これを飲料に用いることを発明。国民的な健康飲料「ノアレ」を誕生させた有名企業だ。ノアレに目をつけたのは、大手証券のみならず、日本中の金融機関が取引したいと押しかける財テク企業の一面を持っているからだ。ここを陥《お》とせば、自分の成績は一気に跳ね上がる。

ノアレは堅実経営の見本のような会社だったが、ここ一〇年で経営スタイルは大きく様変わりした。大蔵省ＯＢの熊田《くまだ》章吾《しょうご》の入社がきっかけだ。国際局や理財局、関税局を経た熊田は、歴《れっき》とした元キャリアだ。四五歳で退官し、ノアレに入った。

著名な与党政治家の斡旋《あっせん》で、資産運用部門の強化を図っていたノアレに請《こ》われたという。熊田はここ二、三年で急に世間に名が知られ始めた。他社と同様に財テクを始めたノアレが、中途入社した熊田が牽引《けんいん》する形で運用実績を伸ばし始めたからだ。

高給と運用益によるボーナスで、熊田はブランド物の高級スーツを常に新調し、自家用車もメルセデスやジャガーなど外車ばかりを所有しているという。財テクという言葉が生まれて四、五年経過したが、熊田はその恩恵を一番わかりやすい形で享受《きょうじゅ》しているというのが法人営業マンの間でもっぱらの評判だった。

地方では、大牟田の荒井のような欲の皮が突っ張った人間を何人も見てきたが、実際の熊田はどうなのか。ずっと興味を抱いていた。前回、非公式な形で熊田と顔を合わせたが、身なりがスマートな分、欲望剝《む》き出しの荒井より強欲な印象を受けた。会社での顔はどうなのか。

ノートを鞄に戻すと、古賀は日比谷シティのホールに入り、ノアレが入居する一五階行きのエレベーターに乗った。

財テクを本格化させる前、ノアレの運用残高はわずか二〇億円ほどだった。主幹事証券の村田とのおつきあい程度だったが、これが熊田の指揮の下で漸次増え続け、昨年は節目となる五〇〇億円の大台を超えた。

残高の増加と運用実績の向上を後ろ盾に、熊田は社内での発言力も強め、入社当初の財務部顧問から、今では財務管理部長兼副社長の肩書きを持つまでになった。経済誌のコラムに度々登場し、「財テクの神様」と称されるほどになった。

エレベーターを降りると、古賀は受付に出向き、アポがある旨を告げた。すると細身の受付嬢が重厚なオークの扉へと先導してくれた。

「熊田はまもなく参ります。お待ちください」

オークの扉を開け、柔らかそうな革の応接セットを指しながら、ワンレングスの受付嬢が言った。

古賀は受付嬢の後ろ姿を見送り、秘《ひそ》かに息を吐いた。この部屋に辿《たど》り着くまで三カ月を要した。熊田の元にはひっきりなしに営業マンが訪れる。村田や山屋証券のような大手だけでなく、最近は日本市場に進出を始めた欧米の証券会社も熱心に勧誘していた。

古賀がネクタイの緩みを直したとき、ドアが開く音が聞こえた。

「待たせたね」

フサフサの白髪をオールバックにまとめた背の高い男が部屋に入ってきた。ストライプのダブルのスーツ、そしてブルーのワイシャツにオレンジのネクタイ。とても元官僚とは思えない出《い》で立《た》ちだ。

「お時間をいただきまして、まことにありがとうございました」

応接セットの傍に立ったまま、古賀は深く腰を折った。

「そう硬くならずに。また頼むよ」

「その節は、あのような場所にご案内して、大変失礼しました」

古賀が言うと熊田は鷹揚《おうよう》に頷き、ソファに座るよう促した。

「それにしても、古賀さんは考えたね」

白髪の下、熊田の額と頰には五五歳とは思えぬ艶《つや》があった。

「どういうことでしょうか？」

「他社の接待攻勢とは一味違うと思ったからさ」

「なにぶん、新宿支店の勤務が長かったものですから」

古賀が自嘲《じちょう》気味に言うと、熊田が口元を歪《ゆが》めて笑った。

古賀は地の利を生かし、独自の営業をかけた。正面玄関から入れるとは思っていなかっただけに、裏口をいかにこじ開けるかに腐心した。

ここでドブ板の個人担当だった経験が活《い》きた。一五人いるノアレの若手財務部員のうち、何人かの顔を覚えたのち、彼らが退社するのを待ち構え、飲みに誘った。そこで熊田の行きつけの赤坂の料理屋や麻布のフランス料理店、銀座の高級クラブを聞き出したのだ。

あとは熊田の退社時間帯になると秘かに日比谷シティの車止めに向かい、タクシーを使って追尾した。

ある晩、ホステスと別れた直後の熊田を直撃した。ほろ酔い加減の熊田に名刺を渡し、偶然を装《よそお》って近づいた。週末の夜だった。飲み足りないと言う熊田をタクシーに乗せると、勝手知ったる歌舞伎町に赴き、旧知の飲食店オーナーの店に入った。顔なじみのスタッフは熊田好みの、ケバい化粧の太めのホステスを土産につけてくれた。

「先日の店は、私がかつて担当したお客様が経営されています。話を通しておきましたので、いつでもご利用ください。もちろん、お代は結構です」

「甘えても構わんのかね？」

「もちろんです」

熊田を籠絡《ろうらく》していることは、中野に報告済みだった。歌舞伎町のクラブの飲食代がかさんでもノアレとの取引ができるのであれば全く問題なしとの言質《げんち》を取っていた。加えて、国民証券の法人営業部が一括して仕入れている百貨店の商品券もふんだんに使える。

「こちらは、先日お渡しした物と同じバスの回数券です。他社に比べれば見劣りするかもしれませんが、どうかご査収ください」

古賀は厚みのある封筒を応接テーブルに置き、熊田の手元にゆっくりと押し出した。中身は百貨店の商品券五〇万円分だ。今までニヤついていた熊田だが、素早く封筒を回収すると表情が変わっていた。

「いくつかご提案を持ってまいりました」

古賀は鞄から資料を取り出し、応接テーブルに置いた。

「CBやWBの引き受けは村田でなければ無理だよ。それに、通常の営業特金も村田が仕切っているから、国民さんが出る幕はない」

熊田の言うCBとは、転換社債のことだ。ノアレが発行時に決めた転換価格で株式に換えることのできる債券だ。

WBは新株引受権付社債のことで、CBの発展系とも言える社債だ。ノアレが将来の一定期間内に発行する新株を受け取ることのできる権利を内包する債券だ。いずれも財テクブームに乗って開発されたもので、村田のような大手が発行を引き受ける主幹事証券となり、大口の顧客を探して販売する。

熊田のいう営業特金とは、正式名称「特定金銭信託」のことだ。本来はノアレのような財テク企業が信託銀行や投資顧問会社に運用を委託するのだが、財テクブームが過熱するにつれて投資顧問料を節約したい企業が、直接証券会社に依頼するケースが主流となった。

「信託」という名前が付いているとおり、最終的には信託銀行の口座でファンドを管理・決済するのだが、ブームとともに信託側への運用報告は適当になった。

古賀のような営業マンに対し、投資する銘柄と株数、価格や売買のタイミングを一任するのが特徴だ。

「営業特金ではなく、弊社独自の取引一任勘定をお願いできないかと思いまして。ご検討をいただくため、大切なお時間を頂戴《ちょうだい》した次第です」

古賀の言葉に熊田が反応した。

「どのくらいにぎってくれるの？　おたくにも相当な旨味があるはずだからね」

熊田が唇を歪ませ、言った。

一番の特徴は、証券会社と顧客企業の間で暗黙の「にぎり」があることだ。例えば、一〇〇億円の資金を年六％で運用すると口約束を交わすのだ。書面に残せば証券取引法違反になるため、あくまでも口頭での契約が前提となる。

株価上昇のサイクルが効いているだけに、古賀を含めた国民証券の営業マンたちは年六％どころか八％程度で契約を取っていた。

企業にとっても、煩雑《はんざつ》な手続きを省略して巨額の運用益を享受できる。一〇〇億の六％なら黙っていても六億円の儲《もう》けになる。利の薄い商品が主力の企業にとって、数千人の従業員が額に汗して稼ぎ出す利益を、証券会社の営業マンと口約束を交わすだけでいとも簡単に手に入れることができる。それだけに、本来身持ちのよかった企業までが相次いで財テクを始め、古賀のような営業マンを受け入れた。

一方、証券会社にとっても、期間内で大量の銘柄の売買を繰り返すことで多額の手数料を得ることが可能となる。熊田はこの証券会社側のメリットも知り尽くしているのだ。

「そこはこれからのご相談ということでして」

古賀は携えてきた資料ファイルの表紙をめくった。

〈取引一任勘定のご案内〉

「ほお、思い切ったことをやるね」

古賀は資料の中にある年一二％の文字を指した。

「ここの数字は操作できるのかな？」

「操作とは？」

「年一二％のうち、一％、いや二％分を切り離すのは可能かな？」

「切り離すとは？」

「本体の運用とは別に、不測の事態に備えるため、別に勘定を作ろうと考えていてね」

熊田が低い声で言った。顔を見ると、唇が歪み、左の頬がわずかにひきつっていた。

その表情を見た瞬間、古賀は操作という意味を理解した。

「もちろん、可能でございます。その手配もこちらでやらせていただきます」

「そうか、わかってくれるかね」

熊田の声音が変わった。歌舞伎町のクラブで肉付きの良いホステスを手配したときと同じだった。

なにが不測の事態なものか。熊田本人へのキックバックを用意しろと暗に求めているのだ。熊田に手渡した商品券の合計はすでに一〇〇万円を超えた。だが、熊田の要求はこんな端金《はしたがね》ではなかった。仮にノアレが一〇〇億円分の取引一任契約を交わしてくれたら、熊田のポケットにはあっという間に一、二億円の金が転がりこむ。勘定の運用益の一部を懐《ふところ》にするという大胆な要求だ。強欲という言葉を体現したような男に向かい、古賀は口を開いた。新宿のすき焼き専門店で霜降り肉を六人分も頬張り、太めのホステスばかりを物色する熊田は、金についても一切の遠慮がなかった。

役人時代にどのような約《つま》しい生活をしていたのかは知らないが、民間に来て金のシャワーを浴びた途端、熊田は自らの欲求をストレートに満足させることしか考えていないのだ。大牟田の荒井とは別格な欲の塊だというしかない。高価な牛肉ばかり好む連中は、食を通じて得たエネルギーを金に執着する集中力に変えているとしか思えない。強欲とは関係ないが、中野や東田も進んで肉を摂《と》る。仕事に邁進《まいしん》する糧《かて》を肉から得ているのは間違いない。

「今のお話を社に持ち帰ってもよろしいでしょうか？」

「極秘裏にやってもらいたい。村田や他の大手証券に見つかると色々と面倒だからね」

熊田の顔が醜く歪んだ。内緒にしろと言ったのは、他社でも同じようなことをやっている裏返しかもしれない。

「別勘定向けには系列のノンバンクなどを通すよう手配するつもりです」

「その辺りも慎重に頼むよ」

応接ソファの背もたれに体を預け、熊田が言った。

「もちろん、正式な書面を残すことは憚《はばか》られます。私どもをより信頼していただけますよう、近々、懇親の場を設けさせていただきたいのですが」

「銀座や赤坂はあちこちに顔が知られていて面倒だな……」

熊田が笑みを浮かべ、言った。

「もちろん、新宿で個室を用意させていただきます。食事のあとは、副社長お好みのお店へご案内させていただきます」

「話が早いね。それで、懇親の席はいつにするかね？」

熊田の声に、古賀は顔を上げた。いつの間にか、熊田が親指を舐《な》めながら手帳のスケジュール欄をめくっていた。

3

二〇一五（平成二七）年一二月、東京都港区。

スマホの地図アプリを頼りに、小堀は人気《ひとけ》のなくなった麻布十番の街を歩いた。スマホの画面上に表示されている時刻は午前零時三〇分だ。

ゼミの後輩で、金融庁の総務企画局企画課に勤務する大森剛《おおもりつよし》が指定したのは、麻布十番の小さなスナックだった。

地下鉄駅近くでタクシーを降り、十番通り商店街を逸《そ》れて住宅街の方向に三、四分のところにあると教えられた。

小堀はスマホから顔を上げ、周囲を見回した。マンションに囲まれた児童公園脇《わき》に立つ雑居ビルの二階から、薄明かりが漏れている。目を凝らすと、磨《す》りガラスの向こう側にカウンターが見える。

改めてスマホに目をやる。画面の中で、現在地を示す青い矢印と目的地の赤いピンがほぼ一致していた。二階のガラス窓に店の名前が出ている。目的の店ではない。二階から一階に目を転じると、ドアに小さな看板が見えた。

〈elcueva《エルクエバ》〉

地上から地下への階段を降りながら、おぼろげな記憶をたどる。クエバとはスペイン語で洞窟《どうくつ》を意味したはずだ。小洒落《こじゃれ》た店が多く集まる麻布十番の中で、少し訳ありげな店構えだ。小堀は恐るおそるドアを開けた。

オレンジ色の壁紙が目に飛び込んできた直後、ドア近くのカウンターでマイクを握った中年の男がダミ声でサザンオールスターズの往年のヒット曲を熱唱しているのが目に飛び込んできた。

「いらっしゃいませ」

小堀が立ち尽くしていると、目鼻立ちのくっきりした細身の女が小堀の前に現れた。

「大森さんのお連れさまですよね？　あちらでお待ちです」

小堀は一歩、店の中に足を踏み入れた。入り口からは死角になる小さなボックス席に、顔を真っ赤にした大森が座っていた。

「先輩、お先にやってます」

小堀は大森の対面、壁を背にして席に着いた。

「初めまして、オーナーの梓《あずさ》です。エルクエバにようこそ」

先ほどの細身の女が名刺を差し出した。

「梓ちゃん、この人は名刺なかなか出さない人だから、勘弁してね。小堀さんっていうちょっと怖い人なんだ」

大森が言うと、梓が肩をすくめてみせた。

「怖い人って、まさか警察とか？」

「そんなところかもしれません。まずビールをください。あとはしばらく二人にしてくれませんか」

小堀はそう言うと名刺を片付け、おしぼりで手を念入りにふいた。

「ここに霞《かすみ》が関《せき》の住人はいません。カラオケやっているのは、近所のレストランのシェフや料亭の花板《はないた》さんたちばかりですから、安心して内緒話できますよ」

大森は赤ら顔で言った。下地を作っていたようだが、酔いの程度は浅いようだ。

「それで、例の件だけど」

小堀が切り出すと、大森が笑った。

「久しぶりなんだから、乾杯くらいしましょうよ」

大森がそう言ったとき、梓が小堀の前に細身のビアタンブラーを置き、カウンターの方向に行った。小堀は大森とグラスを合わせた。

「早速だけど、不発弾ってのはそんなにヤバいことなのか？」

「まだ日本中至る所に埋まっています」

大森が水割りをちびちび飲み始めた。不発弾といえば、太平洋戦争中に米軍が大量に落とした焼夷弾《しょういだん》くらいしか思いつかない。宅地造成や高速道路の工事中にしばしば都内でも発見される。地上戦が激化した沖縄でも頻繁に見つかる厄介ものだ。もちろん、大森のいる金融庁の所管ではない。どうして大牟田や鳥取のありふれた信金に、金融庁の役人が気にするような物騒なものが埋まっていたのか。

「高校の同級生で防衛大に行き、幹部自衛官になった奴《やつ》がいます。そいつによれば、不発弾は、何十年も地中に埋まっていますが、ほんのわずかな振動をきっかけに爆発してしまうそうです」

「そうだろうな。だから都内でも結構頻繁に住宅地や商業地が封鎖される」

「金融界に埋まっている不発弾もたいそう危険なものです」

もう一口、水割りを口に含んだ大森が言った。

「ショベルカーが宅地造成しているとき、うっかり不発弾の信管を刺激したら大爆発するように、金融の不発弾も非常にデリケートです」

大森の目は笑っていなかった。

「金融機関や一般の事業法人が即死するようなケースも多々あります」

大森が物騒な言葉を使った瞬間、小堀の脳裏に首を吊って死んだ鳥取の信金の課長、そして大牟田の理事長の変わり果てた姿がよぎった。

「金融の場合、ショベルカーはなんにあたる?」

「様々な要因があります。例えばこれが信管に触れた途端に爆発することがあるそうです」

大森がスマホを取り出し、海外経済紙のホームページを画面に表示させた。小堀は思わず首を傾《かし》げた。

「アメリカの株価じゃないか」

小堀の目の前で、ニューヨーク市場の代表的な株価指数が点滅していた。

「こちらもそうです」

今度はドル円のリアルタイムの数字が画面に現れた。先ほどの株価指数にせよ、ドル円のレートにせよ、毎日テレビのニュースや新聞の見出しで馴染みのあるものだ。

「どういうことだ?」

「不発弾を爆発させる引き金は、様々な形があるという意味です」

大森はテーブルの上に置いたアイスペールに手を伸ばし、自分でグラスの中に氷を放り込んだ。

「株価や為替レートだけでなく、金利も引き金になります」

「金利とは？」

「日本の一〇年物国債金利、アメリカの政策金利のほか、民間企業の社債利回りなど、星の数ほどあります」

「詳しく教えてくれ」

「少し時間がかかりますが、大丈夫ですか？」

「もちろんだ」

ビールを飲み干すと、小堀は大森との間合いを詰めた。

4

一九八九（平成元）年一一月下旬、東京都千代田区。

師走《しわす》を目前に控えた月曜の朝、古賀は重い体を引きずるように丸の内の国民証券本社に出社した。顧客獲得のための営業活動のほか、旧来の客と酒宴が続き、中々疲れがとれない。

エレベーターを一〇階で降り、法人営業部に向かって歩き出したとき、古賀は異変を察知した。大部屋にはいつも一番乗りだ。だが、部屋の中から電灯の光が漏れている。古賀は歩を速めた。ドアを押し開けると、机に両手を突いていた中野が振り返った。

「どうしました?」

「とんでもない記事が出た」

中野が大和新聞の朝刊を掲げた。記事とはなにか。鼓動がわずかに速くなっていくのを感じた。

一九八九年、昭和六四年はわずか七日で終わった。昭和天皇崩御とともに元号が平成に改められ、世間は追悼ムードに包まれた。やがて沈痛な空気は薄れ、株価は上昇基調を強めていった。

古賀も全国に散らばる法人顧客の対応に追われ、あっという間に時間が経過した。だが、日本だけでなく、世界中の仕組みも変わったのがこの年の特徴だった。

特に一一月に入ってから世界情勢が大きく動いた。九日には、東西ドイツを隔て、そして資本主義と共産主義を分断していたベルリンの壁が崩れた。これを皮切りにブルガリア、チェコスロバキアの共産政権も崩壊した。

海外情勢が大きくうねる度、欧米の株式市場の値動きは激しくなった。当然、外部要因に敏感な日本市場の変動率も上昇した。だが、いずれのタイミングでも中野が早朝出勤するようなことはなかった。

大和新聞は在京紙第三位、発行部数は約四〇〇万部のメディアだ。独自取材に基づくスクープが多いことで知られる。古賀は中野から新聞を受け取り、一面トップの大見出しを凝視した。

〈大光《たいこう》証券、有力顧客との間で不透明取引〉

大光証券は大手四社の一角だ。不透明取引とはなにか。また、有力顧客という文字が古賀の視覚を鋭く刺激した。古賀はサブ見出しに目を転じた。

〈損失補償で一〇〇億円単位の穴か＝ダミー会社悪用の疑惑〉

古賀は損失補償という文字に吸い込まれるような錯覚を覚えた。

「まずいぞ……」

中野が唸《うな》った。古賀は紙面を睨み続けた。

〈証券業界第二位の大光証券が有力顧客二、三〇社を対象に、事実上の損失補償の契約を行っていたことが二六日までに明らかになった。一般企業が余資運用を活発化させる財テクブームが過熱する中、大光は株式投資で損失を被《こうむ》った有力顧客に対して事

実上の補償を与えていた。関係筋によれば、証券取引法に違反する公算が極めて高いとされ……〉

「大蔵省に内部告発でもあったのですか？」

記事を読んだ直後、古賀は思わずそう口にした。

「社会面読んでみろ」

中野がぶっきらぼうに言った。心底不機嫌そうだ。古賀はテレビ欄裏の社会面を開いた。見開きの左側、いわゆる社会面トップにさらに刺激的な見出しが躍っていた。〈大光証券、系列のダミー会社に損失を移転＝「預け損失」「飛ばし」の悪習が露呈〉

社会面には、具体的な内容が載っていた。記事によれば、大光証券の有力な取引先二、三〇社は、勧められて購入した株式が値下がりし、含み損が発生した。取得した際の株価が一〇〇円で、これが七〇円まで値下がりすれば、三〇円の損失が生じる。本来ならば、この三〇円分の損失を決算に計上すべきところを、大光に対して暗に補償を求めていたのだという。

どの銘柄でいくら程度の損失が発生したのかは記事では触れられていないが、大光が主幹事証券を務める企業を考えれば、財閥系のメーカーや商社など一流企業ばかりのはずだ。合計で一〇〇億円単位の損失を穴埋めしたと記事は触れている。

「今後、他の新聞が追随したら……」

「マスコミ的に言うなら、世論が沸騰《ふっとう》する、となるだろうな」

中野が眉根《まゆね》を寄せた。大光など大手証券のみならず、国民など準大手証券の法人営業部隊は同じようなことをやっている。それが世間に知れ渡るとしたら。

「おまえが担当する客に損は出ているのか？」

「幸いゼロです」

「粛清が始まるかもしれん」

中野の言葉を聞き、両腕が粟立《あわだ》った。

「粛清されるのは、我々証券業界ということでしょうか？」

「そうなるだろう」

中野にしては、抽象的な言いぶりだ。古賀が黙っていると、中野が言葉を継いだ。

「潮時かもな」

天井に視線を向けたまま、中野が言った。

「どういう意味です？」

「終わりの始まりだ」

常に相手の胸の肉を抉《えぐ》るような物言いをする中野が、悟りを開いた禅僧のようなことを言った。中野の目はなぜか醒《さ》めていた。そして中野が発した〈終わりの始まり〉という言葉が古賀の心臓を鷲掴《わしづか》みにした。

5

一九八九（平成元）年一二月下旬、東京都新宿区。

一二月二四日の日曜日、古賀は早朝から自宅で顧客宛《あて》の年賀状を書き上げ、コーヒーを淹《い》れて一服した。

一カ月前、証券会社の法人担当の営業マン全員を震わすようなスクープを大和新聞が放ったが、世論が沸騰するほどの混乱は生じなかった。

年賀状の束を輪ゴムで留めると、古賀は鞄《かばん》からノートを取り出し、本社調査部の顔見知りのアナリストから調達したリポートを小さな文机《ふづくえ》に置いた。

〈近年のエクイティ・ファイナンスの概要〉

エクイティ・ファイナンスとは、普通株式のほか、転換社債（CB）や新株引受権付社債（WB）など、なんらかの形で株式を発行することだ。つまり、一般企業が株式発行を通じて資金調達したことの総称だ。古賀はリポートの細かいマス目を凝視した。

〈八六年度　国内：五兆二〇〇〇億円　海外：四兆二〇〇〇億円〉

〈八七年度　国内：八兆円　海外：五兆四〇〇〇億円〉……

小型の電卓を引き出しから取り、直近八九年一一月までの国内、そして海外の数値を足した。

〈七〇兆五〇〇〇億円〉

電卓の小さなモニターに途方もない数字が並んだ。右肩上がりの株価を背景にエクイティ・ファイナンスは強烈に膨張していた。直近八八年の概算は二八兆円を超え、二年前の三倍に達していた。八九年の先月末までの七〇兆円といえば、日本の一年間の国家予算に並ぶ規模だ。

電卓のクリアボタンを押したとき、耳元で中野の掠《かす》れた声が響いた気がした。個人消費の高まりとともに企業業績も堅調さを維持してきた。業績が上がれば個人の給与が増え、これが株式市場の値上がりや、土地転がしへと向かった。

企業も本業だけでなく資金運用専門の部署や子会社を設け、ノアレのように財テク収益が本業の利益を上回るまでに達する企業さえ出てきた。

その結果が、わずか三年余で七〇兆円という途方もない新たな金を産んでしまったのだ。株式絡《がら》みで資金調達した一般企業は、市場で調達した金をさらに鉄火場のような市場へと再投入した。これが株価の上昇を牽引してきた。山頂で転がり始めた小さな雪の玉が、山肌を転がり落ち、麓《ふもと》で巨大な塊になったようなものだ。

低金利と企業の好業績という錦《にしき》の御旗《みはた》を誰もが信じて疑わないが、中野が警告したことが近く実現するのではないか。

古賀は文机に置いた日本実業新聞を手に取った。一面には、史上最高値を更新する主力銘柄が相次ぎ、これに連れて平均株価も上昇を続けているとの解説が載っていた。総合面、経済面、市況面を見ても、先日の〈粛清〉を予感させるような記事は出ていない。

〈二二日平均株価終値　三万八〇四〇円三七銭〉

先週は小刻みに利益確定売りが出たものの、株価の上昇基調は変わらなかった。終わりの始まり……。

今、山頂から転げ落ちてきた大きな雪の塊は、そのままの大きさを維持している。だが、所詮《しょせん》は雪でしかない。春が訪れ、気温が上がるにつれてその容積は減っていく運命にある。中野の言葉が再度頭の中で響いたときだった。リビングダイニングに置いた電話が鳴り始めた。

古賀はコードレス電話の小さな液晶画面で点滅する数字を凝視した。本社からだ。

古賀は文机の隣にある子機を取り上げた。

6

古賀は丸の内の国民証券本社に駆け込んだ。クリスマス商戦で銀座や京橋に人を吸い取られたビジネス街は閑散としていたが、一〇階の法人営業部には既に五、六人の部員が出社していた。

「遅くなりました」

古賀がドアを開けると、部屋の中央で腕組みしていた中野が振り返った。

「目を通しておけ」

ぶっきらぼうに言うと、中野がデスクの上を指した。A４の用紙がホチキスで留められ、無造作にデスクの上に置いてあった。古賀は中野の傍に駆け寄り、用紙を取り上げた。

〈「取扱注意」全国財務局長殿　日本証券業協会長殿　通達　大蔵省証券局長……〉

古賀は標題に釘付《くぎづ》けとなった。

〈平成元年　一二月二六日〉

　証券業界を所管する大蔵省の証券局長の名前で、二日後の日付が文書に記されている。

「どういうことですか？」

「村田のMOF《モフ》担から入手した。明後日、正式に証券各社に通達される文書だ」

　中野が感情を排した声で告げた。

　MOF担とは、ミニストリー・オブ・ファイナンスの頭文字から取ったもので、村田など大手証券各社が大蔵省証券局に日参させている専属社員のことだ。

　銀行や証券は箸の上げ下ろしまで大蔵省の指導を仰がねばならない。少しでも業務を円滑に進めるため、省令の改正や各種の通達がいつ出されるか、各社選りすぐりのエリートが銀行局や証券局に出入りし、当局《おかみ》の動向を探る。村田出身の中野が、ツテをたどっていち早く文書を入手してきたというわけだ。

「いいから、先を読んで対応策を考えるんだ」

　中野の声には凄《すご》みがあった。

〈以下のような取引を顧客との間で行うことを禁止し、既存の取引を清算するよう通達する〉

〈一、事後的な損失補塡《ほてん》や特別の利益提供
二、特定金銭信託（特金）を使った取引は、顧客と投資顧問業者との間に投資顧問契約が締結されること
三、顧客の信用を失うことにつながりかねない投資（取引）一任勘定〉

古賀は目を疑った。大和新聞が放ったスクープの見出しがなんども頭の中を駆け巡る。古賀は強く首を振った。証券局長通達は、粛清と言うよりも皆殺しに近いニュアンスを持っている。

一つ目の「損失補塡や特別の利益提供」は、中野が村田証券の法人営業担当だった頃、既に二〇年以上前から隠然と証券業界に存在していた。中野が顧客を「強欲」と切って捨てたのは、まさしくこの事柄だった。

二つ目の「特金」は、法人営業担当になった古賀自身も手がけていた。本来であれば、投資顧問業者を顧客との間に立て、きちんと契約書を取り交わさねばならないが、株価が急騰を続ける中、古賀のような営業担当者が銘柄を選定し、売買のタイミングまで決めて顧客のために利益を上げてきた。

今後はこれを改め、顧客ごとにそれぞれ投資顧問業者と契約を結び直さなければならない。その事務量だけで半年や一年近くかかってしまうだろう。

三つ目が一番きつい禁止事項だ。財テクが一般企業の間に浸透する中、営業特金よりも利回りを高く設定した取引一任勘定を国民証券は売りまくった。

「梯子《はしご》外しじゃないですか」

思わずそう口走ると、中野が舌打ちした。

「当局《おかみ》はいつだってそうだ」

中野が冷静に言った。怒りを抑えながら、古賀は通達の文書の先を読んだ。主な禁止事項を羅列したあとは、業界団体である日本証券業協会長が主導する形で、鋭意通達を遵守《じゅんしゅ》するよう記されているだけだった。

「これは明後日から新規の取引ができなくなるという意味ですよね」

資料を手に取り、古賀は中野を見た。中野は黙って頷《うなず》いた。通達を二日早く入手した分だけ、顧客への対応が楽になる。だが、文書には肝心なことが記されていない。

「取引を清算せよというからには期限が必要じゃありませんか？」

古賀が訊くと、中野が再び舌打ちした。

「そこは阿吽《あうん》の呼吸だ。特金やら取引一任勘定の残高がいくらあるかわかっているか？」

「七〇兆円ほどです」

そう告げた途端、古賀は我に返った。

「そんな莫大《ばくだい》な売りをそのまま市場につないでしまったら……」

「東証一部の時価総額は約五九〇兆円、一日当たりの売買代金は約一兆五〇〇〇億円にすぎん。七〇兆円の売りが一気に出たら暴落どころか東証そのものが粉々に砕ける」

期限を設けてしまえば、個人投資家の売りも交えて市場はパニックに陥る。日本だけでなく、米国や欧州など海外市場にも危機が伝播《でんぱ》する。

古賀はもう一度、通達に目をやった。

「村田の担当者は期限を聞いたのでしょうか？」

古賀は思い切って中野に訊いた。

「来年の三月三一日だとよ」

吐き捨てるように中野が言った。

「期限を通達の書面に記さないなんて、我々の取引一任勘定と一緒じゃないですか」

古賀は本音を吐き出した。高利回りで運用すると顧客を集めてきた証券業界の梯子を外す大蔵省にしても、自ら発した正式な文書には期限という明確な〝利回り〟を記していないではないか。だが、中野はあくまで冷静だった。

「当局《おかみ》の言うことは絶対だ。従うしかない」

そう言うと、中野は自席に腰を下ろした。

「早いところ、顧客回りのリスト作っておかんとな」

椅子《いす》に座った中野は、ジロリと古賀を見上げた。

「急いで取り掛かります」

「早くしないと、売れる物も売れなくなるぞ」

中野が発した言葉に、古賀は両腕が一気に粟立つのを感じた。同時に、ノアレの熊田や大牟田の荒井など何人もの顧客の顔が浮かんだ。今の所、担当している顧客に損をさせてはいない。

だが、古賀個人にとっては歩合給という打ち出の小槌《こづち》がなくなってしまう。今後、この要因が自分を苦しめることになるだろう。

古賀は強く頭を振り、一旦《いったん》心の中に浮かんだ懸念《けねん》に蓋《ふた》をした。やらなければならないことは山ほどある。落ち着け、自らにそう言い聞かせてメモにペンを走らせたときだった。対面の中野のデスクの方向から鋭い機械音が響き始めた。

音の方向に目をやると、顔をしかめた中野がポケベルの小さな画面を睨《にら》んでいた。

「古賀、少しだけ付き合え」

「今ですか？」

「そうだ、すぐにだ」

中野は一方的に告げ、席を立った。マフラーをつかむと、古賀は後を追った。法人営業部の大部屋を出ると、中野がエレベーターの前にいるのが見えた。

「ついてこい」

中野はエレベーターに乗り込んだ。ポケベルが鳴ったということは、誰かに呼び出されたのか。エレベーターの中で色々と考えを巡らすが答えは見出《みいだ》せない。

エレベーターが一階に着くと中野は無言で夜間通用口に向かう。

「どこかに行くんですか？」

古賀が中野に声をかけたとき、丸の内の大通りに通じる小路に一台のメルセデスのセダンが急ブレーキをかけ、停まった。

「中野さん、こちらです」

後部座席の窓が開き、銀縁メガネの男が声をかけてきた。

「連れがいても構わんよな？」

中野が訊くと、銀縁メガネの男が頷いた。

「古賀は助手席に」

そう言うと、中野は後部座席に乗り込んだ。古賀が戸惑っていると、背広姿の運転手が車から降り、助手席のドアを開けた。

7

丸の内を発《た》ったメルセデスは有楽町を経て日比谷に向かった。古賀は助手席に座り、後部座席の中野と若いメガネの男の会話に耳を傾けた。左隣のドライバーは無口そうなスーツ姿の中年男だ。

「さすがに御社は動きが速いね。どこで情報《ネタ》仕入れたの？」

中野の言葉に、隣の銀縁メガネの男が答えた。

「こういうときのために、無能な役所ＯＢを受け入れています」

中野が御社というからには一般企業なのだろう。加えて官僚の天下り先となっている。ＯＢとは大蔵省出身者のことのようだ。

「相変わらず口が悪い」

銀縁メガネの男は、古賀と同世代かあるいは少し若いくらいだろう。年長の中野に対して臆《おく》することなく毒気の強い言葉を吐いているが、淡々と告げるのでその口調には嫌味がない。法人担当になって多くの他社の営業マンと会ったが、今まで古賀が会ったことのない人種だった。大手と呼ばれる証券会社や銀行には何人もの天下り人材がいる。しかし、休日にメルセデスを持ち出すような金融機関に心当たりはない。

「いつものホテルにつけてください」

後部座席から銀縁メガネの乾いた声が響くと、運転手が応じる。メルセデスはいくつもの劇場の間を通り抜け、老舗《しにせ》ホテルの裏口の車止めに吸い込まれるように入った。タキシード姿のドアボーイやホテルのスタッフが恭《うやうや》しく銀縁メガネの男に頭を下げる。古賀はだまって銀縁メガネの後について歩いた。

日比谷公園や皇居方向を見渡せる老舗ホテルの最上階ラウンジは、時間が早いせいか人もまばらだった。タキシードのスタッフに導かれ、古賀らは窓際《まどぎわ》のボックス席に着いた。

「日曜ですし、少し飲みましょうか?」

銀縁メガネの男が水を向けると、中野がバーボンのロックと答えた。古賀はグラスビールを頼んだ。

「自己紹介が遅れました。私、杉本《すぎもと》と申します」

オーダーを済ませた銀縁メガネの男が名刺を出した。古賀も慌《あわ》てて名刺を渡す。

〈ヘルマン証券東京支店　債券営業本部　ヴァイスプレジデント　杉本匠《たくみ》〉

アメリカの大手証券会社だ。他の多くの大手外資と違って株式非公開企業で、本社や世界中の主要都市の支店にパートナーと呼ばれる経営幹部がいる。

パートナーに昇進すれば、経営全般のリスクを負う一方、会社の業績に連動した莫大な給与やボーナスを得る特殊な組織だと聞いたことがある。

ヘルマンは東京市場で株式ディーリングや債券部門を拡大させているようだが、日系大手証券の陰に隠れ、日本での存在感は乏しい。しかし、なぜ中野と杉本が知り合いなのか。

「杉本さんは近い将来、日本の金融界を根底から変える人だ」

中野がバーボンを舐めながら言った。たしかに杉本は聡明《そうめい》そうな顔をしている。銀縁メガネの奥の一重の瞼《まぶた》は切れ上がり、鼻梁《びりょう》が高い。色白のため、歴史の教科書で目にした公家《くげ》を思わせる。

「杉本さんは京大理学部の宇宙物理学科卒業の金融マンだ。古賀より若い、二七歳だ」

中野がもう一口、バーボンを口にして言った。

京都大学というだけで、高卒の古賀にとっては雲の上の人で面食らってしまう。それにも増して理学部出身、しかも宇宙物理学専攻とは、金融との関わりが薄いのではないか。

「ニューヨークの本社には、MIT卒の連中がごろごろいますし、NASAから何人もヘッドハントしています。理系出身はいまどき珍しくはありません」

杉本はスパークリングワインを飲み、言った。NASAは知っているが、MITとはなにか。古賀が首を傾げると、中野が口を開いた。

「どうせマサチューセッツ工科大学を知らねえんだろう。アメリカで一番偏差値の高い理系大学の総本山だ。優秀なエンジニアを多数輩出することで知られている」

そうですかと答え、古賀は黙り込んだ。

「仕事の中身をお伝えしておいたほうがよいでしょう。大学卒業後、私は新卒としてヘルマンの東京支店に就職しました。配属されたのは債券のトレーディング部門でした」

杉本がすらすらと言った。京大のような超が付く一流大学ならば、なぜ傍流とも言える外資に行ったのか。最大手の村田証券が三顧の礼で迎え入れたのではないか。

「日本の金融機関には一切興味がありませんでした。体育会のような営業研修が一、二年あると聞かされましたからね。このご時世に、兎跳《うさぎと》びは時間の無駄です」

場立ち出身の古賀とは全く違う経歴だ。

「債券と言っても、日本国債や米国債ではありません。私募債《しぼさい》のトレーディングを二年間やりました」

私募債とは、大企業や公共団体が五〇人未満の機関投資家を対象に長期資金を調達するために発行する債券のことだ。

東証で流通する日本国債のように、公共の場で取引が成立するわけではなく、企業と投資家が相対《あいたい》で売買する。企業や公共団体の対外的な信用度が高ければ、銀行からの融資よりも低いコスト、つまり低い利率で債券を発行して資金を得ることができる。

目の前の杉本は、売り手と買い手をマッチングするのが難しいとされる私募債売買の仲介をしていたとさらりと言った。

取引所を通さない分だけ、価格や利回りの交渉は難しくなる。いくら優秀でも、大学を卒業したばかりの杉本にそんな高度なことができたのか。

「なにも私が鞄を持って営業したわけではありません。ヘルマンや数社の外資系証券会社と海外通信社の間でネットワークを張り、その中で私設マーケットを作ったのです」

杉本は背広の胸ポケットから小さなメモ帳を取り出し、高価そうなボールペンで図を書き始めた。ヘルマンのような米系のほか、欧州系証券会社の名を四角で囲い、その間を線で結ぶ。それぞれの外資系証券会社の間に、米国の市況専門通信社ゴールドバーグの名前が加わり、各証券会社と結ばれた。

「ある自動車会社の私募債を売りたいと思えば、利率や価格をシステムに入力します。すると、ネットワークでつながった他社の営業マンが問い合わせをしてくるという寸法です」

描かれた図を見ながら、古賀は舌を巻いた。

二年前、ニューヨーク株式市場が暴落したブラックマンデーでは、原因の一つがプログラム売買の暴走だったと聞かされた。投資家が一定の価格条件をシステムに入力したのち、あとはコンピューターが売買の指図を出すという仕組みだった。

あれからわずか二年足らずで、商いの薄い私募債をマッチングさせるシステムが出来上がり、大卒直後の若手金融マンが取引を行っていたというのだ。東証では、未《いま》だに株式売買は場立ちを通じて行われる。眼前にいる涼しい顔の金融マンからみたら、東証の場立ちは石器時代に映るはずだ。

「システムを使っての仲介には、理系の頭脳が必要というわけですね？」

古賀が訊くと、杉本が頷いた。

「本社では特に珍しいことではありませんし、文系出身者だって同じようなシステムで仕事をしています」

そう杉本が答えると、中野がいきなり咳払《せきばら》いした。

「杉本さんはな、トレーディングの経験を積んだあと、新しいビジネスを任されたヘルマンの若きエースだ」

「どんな仕事でしょうか？」

古賀が尋ねると、杉本が口を開いた。

「よりきめ細かな顧客ニーズを汲《く》み取り、オーダーメイドの債券を作ることです」

「オーダーメイドとは、背広のようなという意味ですか？」

古賀の言葉に杉本が頷いた。

「良い喩《たと》えです。人間はそれぞれ体型が違います。古賀さんのように背が高い人、中野さんのようにやせ型の人。高級テーラーで仕立てる以外、皆さんはスーツの既製品を着ているわけです」

私募債は大量生産が利《き》かない。このため、投資家の需要を勘案し、利率や発行額など詳細な条件を主幹事証券が詰めていく。だが、条件が合えば確実に売れる。主幹事証券にとっては、顧客企業と投資家双方にメリットを与えることができる上に、手数料収入が入る。三者が得をすることができる仕組みだ。

古賀はさらに考えを巡らせた。杉本の名刺には〈債券営業本部〉と刷ってある。杉本が扱ってきたのは、個別企業の資金需要を反映させた私募債だ。そして営業とある。私募債に絡んだ新たなビジネスを興《おこ》し、これを伸ばそうとしているのだ。そして、大蔵省証券局長の通達が正式発表される直前、わざわざ中野を訪ねてきた……薄《う》っすらと古賀の頭の中でイメージが浮かび始めた。

「営業特金に関連する新しい私募債を発行されるのですか？」

思い切って古賀は訊いた。すると、目の前の杉本が頷いた。

「我々は仕組債《しくみさい》と呼んでいますが、これを本格的に日本に導入します」

仕組債……杉本が告げた聞き慣れぬ単語が古賀の心を鷲摑みにした。

「特殊な仕組みを使って顧客の需要に合った債券を作るということですね」

「その通りです。営業特金が禁止され、残高を一掃するよう指示されれば、新たな需要が生まれます。それも膨大な数が見込めます」

仕組債と新たな需要……。古賀は思わず膝《ひざ》を打った。

「来年の三月末までに、七〇兆円規模の営業特金や取引一任勘定が全部解消されるとは思いませんが、相当数の顧客は突発的な損失に直面しますよね？」

古賀は自らに言い聞かせるように告げた。隣の中野、そして目の前にいる杉本が頷いた。

「もしや、営業特金の損失を一時的に穴埋めする債券を作るのですか？」

古賀が訊くと、杉本が口元に笑みを浮かべた。

「例えば半期だけ損失を計上しないようにすることも可能ですし、一〇年、二〇年先に株価が元通りになるまで、仕組債を使って損失をホールドする方法だってありますよ」

　杉本が手元のメモ帳をめくった。「√」や「γ」など数学の授業で習った記号が手書きでびっしりと刻まれていた。

「こうした数式を仕組債に埋め込めば、顧客の需要に応《こた》える商品ができるのです。このためにはデリバティブを使います」

「デリバティブ？」

　新しい単語が杉本の口から飛び出すたび、古賀は身を乗り出した。

「一部のマスコミは金融派生商品という訳語を当てているようです。デリバティブが日本の金融の仕組みを一変させます」

　杉本はなんの気負いもなく、さらりと言った。一方、古賀は掌《てのひら》にじっとりと汗が滲《にじ》んだのを感じた。

8

二〇一五（平成二七）年一二月、東京都港区。

麻布十番のスナックには近所のレストランから仕事を終えたシェフやスタッフらが続々と集まってきた。梓という細身のオーナーママに請われ、小堀と大森はボックス席から四人掛けの小さなカウンター席へと移動した。

「デリバティブという言葉をご存知ですか？」

楽しげに乾杯する客たちを見渡したあと、大森が切り出した。

「たしか、金融派生商品とか訳される専門用語だよね？」

小堀が答えると、大森が頷いた。

「具体的な中身は知っていますか？」

「二〇〇八年にリーマン・ショックがあったとき、何度か聞いた気がする。投機的というか、賭《か》け事みたいなネガティブなイメージがあるね」

「大概の人はそうでしょうね。しかし、そう難しい話ではないのです。自動車会社が使う為替予約をご存知でしょう？」

「どこかで聞いたことがあるな」

「大雑把にいってしまえば、先物取引は為替予約と同じ仕組みですよ」

大森が噛《か》んで含めるように話し始めた。

大手自動車メーカーが日本国内でクルマを生産し、一台一〇〇万円でアメリカに輸出したとする。代金の受け渡しは、クルマが陸揚げされた段階となる。現時点でのドル・円のレートは一ドル＝一一〇円。船便の関係で、商品が現地に到着するまで約一カ月かかる。万が一、この間に為替レートが円高方向に五円動いて一ドル＝一〇五円になってしまえば、本来自動車会社が受け取るはずだった代金は大きく目減りしてしまう。

「こうしたリスクを回避《ヘッジ》するために、為替予約すなわち先物取引を使い、現時点でドル円の交換レートを固定してしまうわけです。もちろん、仲介する銀行に手数料を払わねばなりませんが、無防備なまま円高のリスクを一カ月放置するよりはましです」

「クルマの損害保険のようなものか」

「簡単に言うとそんな感じですね。万が一、無保険のクルマで事故を起こしてしまえば刑事罰のほかに莫大な賠償金支払いのリスクが生じます。だから損害保険に入って掛け金を払う。これで事故というリスクに備えるわけです」

「そうか、一概に危ない物ではないのか」

「ただし、本来の意義を間違えなければの話ですがね」

今まで快活に話を進めてきた大森の声が、突然低くなった。

「どういう意味だい？」

「小堀先輩のように頭の回転の速い人でも、デリバティブ、先物という金融の専門用語が出てくると躊躇《ちゅうちょ》したり、敬遠しがちです」

図星だった。警視庁捜査二課で扱う詐欺《さぎ》事件は比較的仕組みがシンプルだ。

〈絶対に損をしない商品を作ったので買ってください。あなたは特別に選ばれた顧客です〉

〈国有地がまもなく売りに出されるので、周辺の土地の値上がりは確実。他の人に買われぬうち、今のうちに手付金を払ってください〉

ありもしない儲け話を言葉巧みに繰り出す詐欺師たち、そして胡散臭《うさんくさ》いと思いながらも深みにはまっていく被害者を何人も見てきた。

被害が増え続ける「振り込め詐欺」にしても、高齢者を狙《ねら》った心理的な揺さぶりが犯罪の根っこにあり、複雑な金融取引というような胡散臭そうな詐欺話は案外少ない。

「本来の意義を間違えなければというのは、悪用する輩《やから》がいるということなのか？」

先物取引をはじめとする金融派生商品、すなわちデリバティブは本来、将来の損失を回避するのが目的で生まれたものという点は理解できた。だが、これがどうして不発弾の信管を刺激するような事態につながるのか、未だに理解できないし、小堀にはその危険度が想像もつかない。

「かつて素人《しろうと》の無知につけこんで大量に怪しげな商品を売りつけた連中がいました」

大森が苦々しげに言った。

「それなら告発すればいいじゃないか？　判例はあるんだろ？」

「一九九〇年代のバブル経済崩壊時、判例どころかそうした商品を規制する法律もありませんでした。近いうちに、資料をお送りしますよ」

そう言うと、大森がグラスの水割りを一気に空けた。

9

一九九〇（平成二）年三月下旬、東京都品川区。

「約束と違うじゃないか」

「我々証券会社としては、当局《おかみ》の通達に従うしかありません」

古賀は後発薬メーカーの財務部長の小峰《こみね》に深々と頭を下げた。国民証券の法人営業担当として、営業特金一五億円分を任されていた顧客だった。

「昨年末にウチのファンドは一七億円で回っていたのに、なぜ今は一一億円なんだ」

古賀は手元の資料に目を落とした。端から見れば、怒鳴られて項垂《うなだ》れているように映るだろう。だが、古賀の本心は違った。

局長通達が出る直前、おたくには二億円の益が出ていた。下げたといってもたったの四億円だ。この段階で保有銘柄を売り切り、ロスを最小限にとどめてやったのだ。

下唇を嚙みながら、古賀は言葉を絞り出した。

「昨年一二月二四日、通達の発出に先んじてご案内させていただいた通りです。しかし、御社のような事情を抱えたお客さまが多く、売りの確定がなかなかできませんでした」

「だから、なぜウチの売り注文を優先しなかったのか、そう訊いているんだ」

「マーケットが売り一色になっておりました。御社の注文は、弊社の売買担当者に頼み込み、いの一番で処理いたしました。その辺りの事情はすでになんどもご説明させていただいた通りです」

古賀が担当する一五社のうち、八社が一二月二五日から二九日までになんとかファンドを解約した。このうち、六社は古賀が伝えた〝粛清〟の意味を理解し、計七〇億円近い銘柄の処分に同意してくれた。このため、辛うじてわずかに運用益を得た顧客があったほか、大体が損を出さずに解約することができた。

この間、年末最後の商いである大納会に向けて平均株価は上げ続けていた。これから大量の売りが出てくることを肌で理解していたのは古賀のような法人担当の営業マン、それに一部の法人客だけで、金余りで株価が上がり続けることを信じて疑わなかった個人の買いは俄然《がぜん》入り続けた。

大納会二九日、平均株価の終値は三万八九一五円八七銭と史上最高値を更新した。この日の夜のニュース、あるいは夕刊は株価の好調さを賛美する見出し一色だった。中には、年明け早々に平均株価が四万円の大台に乗り、さらに上げ基調を強めるとの論調で解説記事を書いた新聞さえあった。

年が明け、九〇年最初の取引となった大発会一月四日の平均株価の終値は史上最高値からわずかに二〇三円安となった。小峰は目先の利食い売りが出ただけと主張し、古賀の助言に耳を貸さなかった。

古賀が予想した通り、営業特金や取引一任勘定の解消という特大の売り要因は着実にマーケットを圧迫し続けた。五日は四三八円の下落と基調は明確に下げ方向に向かっていた。

結局、一月も終わる頃になってようやく小峰は解約にゴーサインを出した。この頃になると株価の下げ足は日に日に速まり、この会社向けに組み込んだ大型株、そして成長株もほとんど二束三文の状態となった。

決定打となったのは、古賀が最後にすべての銘柄を売り切り、損失を確定させた日、三月二〇日だった。

日銀が昨年以来四度目の利上げに動いたのだ。その上げ幅は一・〇%となり、公定歩合は年五・二五%となった。

古賀が小峰に最終報告に赴いた三月二二日まで、平均株価は史上最高値からわずか約三カ月の間で九〇七二円も下げてしまった。いや、まだまだ下がるだろう。

「あんたの誘いなんかに乗らなければよかった」

古賀が解約手続きの最終的な確認書類をチェックしていると、小峰が唸った。

「会社の金庫に四億円も穴を空けたのは、創業以来俺が初めてだ」

「お役に立てず、まことに申し訳ありませんでした」

古賀は資料を応接テーブルに置き、深く頭を下げた。

「俺は北海道の奥地にある販売拠点に異動だ。二度と顔を見せるな」

テーブルの上の書類をひったくるように取り上げた。ついで、小峰は背広から名刺入れを取り出した。今さらなにをするというのか。古賀が様子をうかがっていると、小峰は名刺入れの中から古賀の名刺を取り出し、テーブルに置いた。

「良樹なんて善人ぶった名前のくせに、とんでもない野郎だよ」

小峰は吐き捨てるように言った途端、古賀の名刺をビリビリに引き裂き、テーブルの上に撒《ま》き散らした。今までなんども客に罵倒《ばとう》されたが、小峰の取った行動が一番感情的だった。

「失礼いたしました」

小峰はさっさと席を立った。古賀はその後ろ姿に深く頭を下げた。

10

一九九〇（平成二）年四月上旬、東京都大田区。

東急東横線の田園調布駅で電車を降りると、古賀は西口に向かった。日曜日の昼過ぎ、駅構内や駅前ロータリーには白いテニスウエアを着た家族連れや、上質そうなジヤケットを羽織ったカップルがゆったりと歩いていた。

駅舎を出ると、バス発着場を中心に放射状に街路が延びている。事前にファクスでもらった地図を頼りに、古賀は西北の方向に歩き出した。

駅から一〇分ほど歩いたとき、古賀は再びメモに目をやった。「田園調布三丁目……」番地を確認するため、番地表示を見たあと、古賀は二軒先の邸宅に目をやった。メモには「コンクリート打ちっ放しの二階建て」とある。近づくと、生け垣の端に〈熊田〉の表札が見えた。

一昨日の金曜日、熊田から直接電話が入った。日曜日の昼過ぎからホームパーティーを開くので来て欲しいという内容だった。

一介の営業マンだと固辞したが、熊田は強引だった。断りきれず承諾すると、家までの地図が記されたファクスが届いたのだ。

ノアレとの間では、取引一任勘定の契約が八五億円ある。先月末までに清算してほしいと古賀は頼み続けたが、熊田はのらりくらりと話をはぐらかした。結局、契約清算は期をまたぐ格好になってしまった。

目下、大蔵省が目くじらを立てて清算状況を証券各社に確認している様子はないが、証券局長が業界に暗示した期限を過ぎてしまったのはたしかだ。

加えて、ノアレの取引一任勘定は折からの株価急落のあおりを受け、設定時の銘柄購入額の合計である八五億円から現状五〇億円程度と大きく目減りしてしまった。パーティーにどんな人間が招待されているのかは知らされていないが、熊田がトイレにでも立ったときに、清算の確約を得ようと古賀は考えていた。

綺麗《きれい》に整備された歩道を行き、古賀は生け垣の脇《わき》に立った。熊田の表札の横には警備会社のステッカーが貼《は》られ、その横にインターホンがある。ネクタイの緩みを直したあと、古賀は呼び鈴を押した。すると木製のドアが開き、ロングヘアで化粧の濃い熊田夫人が古賀を家に招き入れた。きつい香水のあとに続く。古賀は周囲を見回した。

外壁と同じく、熊田邸は内部もコンクリート打ちっ放しのモダンな造りだった。廊下やリビングには近代画が飾られ、スチール製の家具が無造作に置かれている。

「古賀さん、お休みの日なのにごめんなさいね」

熊田夫人が笑みを浮かべ、リビングから芝生の庭につながるデッキスペースへと案内してくれた。夫人はデニムのシャツをラフに着こなし、カジュアルな雰囲気を醸《かも》し出しているが、エプロンには高級ブランドのロゴが付いていた。

「こういう席に慣れていないもので」

古賀は渋谷駅前の百貨店で買った白ワインを夫人に手渡した。

「主人のわがままに付き合ってもらうのに、こんな高価なものを」

夫人はにこやかに言い、ワインを受け取った。何を買っていいのか皆目見当がつかなかったので、売り場担当者に勧められるまま二万円もするフランス産を買った。

「古賀君、こっちでビールをどうかね」

バーベキューセットの前で、柄物のニットを着た熊田が言った。目を凝らしてみると、夫人と同じブランドのロゴが織り込んである。

「この機会に、古賀君にこの人を紹介しようと思ってね」

熊田は、ウッドデッキの隅から炭を運んできた男を指した。

「あっ、これはどうも」

アイビーリーグのロゴ入りパーカーとジーンズ。ラフなスタイルの杉本だった。

「杉本君、知り合いだったのか？」

「ええ、狭い業界ですからね」

バーベキューコンロに炭を足しながら、杉本がさらりと言った。

「ご両人、少しだけ仕事の話をしてもいいかな」

古賀の対面のデッキチェアに座り、熊田が切り出した。

「僕は構いませんよ」

杉本が古賀の隣に座った。すると、今まで良き家庭人然としていた熊田がノアレの副社長の顔になった。

「二人とも知っていると思うが、ノアレは営業特金と取引一任勘定を清算していない」

ビールを一口舐《な》め、熊田が言った。

「古賀君のところだけでなく、村田や大光の分もそのままにしてある」

熊田が低い声で言った。

「証券局長通達は知っている。だが、三カ月で清算できるはずはない。不可能だ」

どういうつもりで熊田はこんな話を始めたのか。隣の杉本をこっそり観察した。相変わらず杉本は冷静で、表情を変えることなく熊田の話を聞いていた。

「他にもウチと同様に多額の残高を有している企業は山ほどある」

たしかにその通りだが、古賀は口を挟むことはできない。

「平均株価が短期間で九〇〇〇円以上も下げた。大蔵省だって局長通達のインパクトが強すぎたことを後悔している。清算に関して、これ以上の無理は言えないはずだ」

そう言うと、熊田が口を噤《つぐ》み、古賀と杉本を睨んだ。

「大蔵省が処理を強要すれば、下落スパイラルが止まらなくなります」

黙っていた杉本が口を開いた。

「その根拠はなんだね？」

「今後損失を計上する企業が続出すれば、予想外に日本企業の傷が深いという認識が国内だけでなく海外投資家にも定着します」

「なるほど、杉本君も俺と同じ読みだな」

満足げに熊田が言った。

「大蔵省としても、通達がもとで世界同時株安の引き金を引くのは本意ではないはずです」

杉本が明確な口調で言った。

「今回の急落局面で社長から釘を刺された。〝新規の運用は禁止、当分静観すべし〟とな」

初耳だった。ある意味、素人である社長にしてみれば当然の措置かもしれない。

「村田など大手は、解約に応じない客、あるいは損失計上して本業の決算に多大な影響が出るような客には、事実上補塡を行うそうじゃないか」

「そのような話は薄っすらと聞いております」

古賀はようやく言葉を発した。

証券会社が客の注文によって預かっていた株式を紛失した場合などは、事故として処理できる特例が認められるとの噂《うわさ》が流れていた。解約を渋る客に対しては、証券会社のミスで大量の株券を紛失したことにして、損害金という形で提供するという荒技だ。事実上の損失補塡であり、大蔵省も多少の不正に目を瞑《つむ》るということだ。

「同じような話は後輩経由で情報が入っている。だから、今さら正直者になるつもりはないよ」

熊田がビールを飲み、口元に不敵な笑みを浮かべた。

「俺はもっと知恵が働く。だから、杉本君に新規で取引してもらう」

熊田の言葉に、杉本が軽く頷いてみせた。

「古賀君の分は、事故扱いにしなくてもいい。今後、杉本君とうまく連携してやってくれ」

熊田が一方的に言った。

「あの、どういうことでしょうか？」

古賀が問い返したとき、リビングの奥から熊田夫人が声をあげた。

「あなた、五人いらっしゃったわよ」

「お通ししてくれ」

そう言うと、熊田が立ち上がった。その直後、リビングの方向からガヤガヤと話し声が響き始めた。声の方向を見ると、知った顔がいくつも見えた。

「副社長、遅くなりました」

ボーダー柄のニットを着た背の高い男が得意げに高級シャンパンを熊田に差し出した。ノアレの受付でなんども会ったことのある村田証券の法人担当営業だった。その背後には、村田の同僚、そして大光の営業マンの姿が見えた。

「こちらへどうぞ」

古賀は素早く席を空けた。すると、杉本も立ち上がった。朗らかに笑いながら、村田の二人が熊田の対面の席に陣取った。

「私は奥様のお手伝いしてきます」

そう言うと、古賀はリビングの奥に向かった。熊田は、各社の対応を見極めるためにわざわざ休日を利用したのだ。

「古賀さん、このあと少し行きませんか」

背後にいつの間にか杉本が立っていた。杉本はジョッキを空ける手振りをしている。

「いいですね。大手の皆さんがいらっしゃったら、私なんかは出る幕がありませんから」

「外資組の私もです。用件はある程度済みましたから」

杉本が醒《さ》めた目で言った。

11

古賀は杉本を誘って渋谷駅で電車を降り、西口にある古い長屋状の飲食店街に足を向けた。休日の夕方前だったが、細い小路を埋めるマッチ箱のような飲食店街からは、肉を焼く煙やモツ煮の匂《にお》いが立ち込めていた。

「こういう場所に来たことはありません」

珍しそうに周囲を見回しながら、杉本が言った。

「駅の反対側に場外馬券売場がありますから、日曜でも需要があるんですよ」

古賀は〈小料理〉の煤《すす》けた看板を指した。吉祥寺や新宿、そして渋谷でも昼間から酒の飲める場所が残っている。故郷の大牟田に似た雰囲気を持つ飲み屋街だ。ハイソな田園調布に赴き、肩が凝っていただけに煙と脂《あぶら》にまみれた小路は妙に落ち着く。

「このあたりでどうですか?」

店先の焼き台からもうもうと煙が立ち上る焼鳥屋を指すと、杉本が頷いた。

「おまかせします」

杉本がこの日初めて笑顔を見せた。古賀は縄のれんをくぐり、鉢巻姿で鶏《とり》を焼いていた親父に会釈《えしやく》した。適当に座ってという声を聞き、カウンターの奥に杉本を導いた。ビールと焼鳥の盛り合わせ、お新香を頼む。

「よくこういうお店に？」

杉本が煙で煤けた店を見渡しながら言った。焼き台の近くに競馬新聞を持った男が二人いるだけで、店はまだ空《す》いていた。

「九州の炭鉱町の出身でしてね。小綺麗な店なんて一軒もありませんでした。こういう場所のほうが落ち着きます」

杉本は依然、店の中や、小路の方向を珍しそうに眺めている。

「私は世田谷生まれですが、こういう場所には縁がありませんでした」

古賀がビール瓶を差し出すと、杉本が恐縮したようにコップを持った。

「お誘いしたのには、訳があるのです」

杉本はハンカチで口元を拭《ぬぐ》い、言った。先を続けてくれと古賀は目で合図した。

「ノアレの熊田さんに呼ばれたのは、きちんとした理由があるんです」

「以前お話ししていただいたデリバティブを使うということですね？」

「彼は確信犯です。元々大蔵官僚だっただけに、役所がどのような落とし所を考えているのか、憎いくらい知っています」

大蔵省の検査と聞けば、あの荒井でさえ声を失うだろう。だが熊田は違う。元々ルールを作り、運用する立場だっただけに、その図々しさは筋金入りだ。居直り強盗のような図太さと言い換えることもできる。

「どのように使うのですか？」

「結論から言うと、国民さんのファンドの損失を海外に飛ばします」

「飛ばす？」

「カリブ海のケイマン諸島に設立したペーパーカンパニーが損失の移動先です。もっともケイマンは登記だけでして、実質的には私のデスクの引き出しに入ります」

杉本がすらすらと言った。

「ケイマン諸島は、タックスヘイブンの筆頭格です。要するに税金がほとんどかからない租税回避地です。ノアレが抱えた株式運用の損失は、ケイマンで塩漬《しおづ》けにするのです」

「しかし、株価下落が一息つけば、大蔵省が再度営業特金や取引一任勘定を清算せよと求めてくるのでは？」

「その可能性は大です。しかし、ノアレはもう関係ありません」

「なぜです？」

「古賀さん、なにか書くものをお持ちですか？」

杉本の求めに応じ、古賀は鞄からメモ帳とボールペンを取り出した。杉本は焼鳥の皿を脇に押しやり、ペンを走らせ始めた。

「古賀さんがノアレ向けに設定した取引一任勘定は、仕組債に丸ごと売却されます」

メモ帳に〈古賀・一任勘定〉〈仕組債〉と書くと、杉本は顔を上げた。

「仕組債に売ってしまえば表向き大蔵省証券局の通達に従って清算した形式が整います」

〈古賀・一任勘定〉と〈仕組債〉の間に、杉本は矢印を書き加えた。たしかに、理屈の上では売却という形式で清算したことになる。だが、肝心なことが抜け落ちている。

「しかし、売却してもノアレには運用損が残ったままです」

ノアレが三カ月以上も営業特金や取引一任勘定を清算しなかったため、株価急落局面の到来とともにファンドの損失は雪だるま式に膨らんだ。古賀が運用している分だけでも既に三五億円以上損失が出ている。

「運用損は表面化しません。表面化させないと言った方が正確かな」

コップのビールを軽く口に含み、杉本が言った。

「そんなことができるんですか？」

「そのために、僕はヘルマン証券東京支店の債券営業本部を任されました。表面化させないための仕組債を作ればいいのです」

そう言うと、杉本が再びメモ帳にペンを走らせた。

〈古賀・一任勘定〉の下に、杉本が新たな項目を加えた。

〈運用損　三五億円〉

古賀は新たなメモに目を凝らした。そうだ、この数字が問題なのだ。大手自動車や大手電機メーカーではこの運用損の桁《けた》がもう一つ多い。清算を強行すれば株式市場全体の動揺が収まらぬうえに、個別企業の業績懸念《けねん》も急浮上する。

「単に売ってしまえばロスが移動しただけです。すなわち、評価損をどうするか揉《も》めることになります。そこでデリバティブの出番です」

〈デリバティブ〉〈五年後〉……杉本が新たに二つの言葉をメモ帳に記した。

「仕組みは案外シンプルですよ」

〈先物〉〈オプション〉……また別の用語が加わった。

「先物はご存知でしょうから省略します。オプション取引の仕組みはわかりますか？先々の取引の権利を売買するものです」

「オプションには買う権利、売る権利があり、それぞれの組み合わせによって無限に商品を作ることができます。これが仕組債の大まかな見取り図です」

杉本の説明を聞き、理屈はなんとか理解できた。しかし、本当にノアレの運用損をなんとかできるというのか。

「僕の考えた商品のイメージはこんな感じです」

先ほどの〈先物〉〈オプション〉の文字の下に、杉本が〈γ〉〈δ〉などの記号を用いて複雑な数式を書き加えた。

杉本は鼻歌混じりに数式を書き続けているが、古賀にとっては凄腕《すごうで》のスパイが使う暗号か異教徒の経文のように思えた。

所々に株価先物、債券先物など馴染《なじ》みのある用語が混じっているが、やはり杉本のメモは複雑だ。読み解く解読表がなければ、古賀にはとても理解できそうになかった。

「結論から言うと、この数式を組み込んだ仕組債を作ることによって、ノアレが抱えた運用損三五億円はケイマンに飛び、今後五、六年間は表面化しません」

大好きな玩具《おもちゃ》を与えられた子供のように、杉本の表情が生き生きしていた。だが、古賀にはさっぱりイメージがつかめない。先物やオプションの原理や応用方法はなんとかわかるが、デリバティブという最先端の技術をどのように使えば、三五億円の損失がケイマンに飛んでいくのか。

「日本の平均株価の先物、そしてロンドンの銀行間金利のオプション、その他いくつかの指標金利のオプションを組み合わせた仕組債です。これをヘルマン証券が発行してノアレに売却すれば、今後五、六年間ノアレは業績でガタガタすることはなくなります」

「なぜそんなことが可能に？」

「答えは簡単です。日本は未だに時価会計が導入されていないためです」

杉本が言った時価会計という言葉を、古賀は頭の中でなんども繰り返した。記憶の隅に、経済専門誌で読んだ解説記事が浮かんだ。時価会計とは、企業が自らの資産として保有する株式などの有価証券を決算期末ごとに値洗いすることだ。

つまり先の期末のように、ノアレが三五億円の損失を株式運用で被ったとしたら、これをストレートに企業決算に反映させる決まりだ。

だが、ノアレを始めとした日本企業の大半が時価会計を導入せず、株式を購入した時点での価格を決算に反映させる原価法を採用している。

「日本では原価法と、価格が下がった数値を厳正に評価する低価法の二つのうちどちらかを採用すればいい決まりになっています。企業人だって人の子です。みすみす落第点を世間に晒《さら》そうとする生真面目《きまじめ》な人はいません」

杉本が強い口調で言った。企業だけでなく、緩い基準を採用しても良いとする政府がいる。証券局長通達の中に、清算の期限が入っていなかったように、この国の基準はどこまでも緩いのだ。杉本はその緩みに着目した。緩み、いや制度の歪《ひず》みを逆手にとることが、仕組債という複雑な商品のキモのように思えてきた。

「もっと簡単に言えば、仕組債は一種の賭け事です」

「賭け事？」

「ヘルマン証券も商売をしています。ノアレは大事な顧客ですが、こちらとしてもメリットがなければ仕組債など販売しません」

「どういう意味ですか？」

古賀が訊くと、杉本がまたメモ帳を引き寄せ、ペンを走らせた。

〈平均株価：一万円〉〈ロンドン銀行間金利：三・五％〉

「これらは仕組債に組み込んだ目安です」

「つまり、これらの値段や金利が一定の条件になるわけですよね？」

「そうです。目安というよりも導火線といった方がわかりやすいかもしれません」

〈賭け事〉に続き〈導火線〉という物騒な言葉が杉本の口から飛び出した。

「先物は、定められた期限や値段によって強制的に売買が清算されたり、追加の証拠金を求められることをご存知ですよね？」

「もちろんです」

株式の信用取引も賭け事の側面がある。値上がり確実と予想した株式があれば、少額の保証金を積み、証券会社やノンバンクから金を借りて株を買う。実際に株価が上がれば、買いを入れた時点の値段と、値上がりした分のサヤが利益となる。

値下がりが見込める株式を事前に売るのも同じ理屈だ。いずれにせよ、将来の値動きに賭けるという要素が生まれる。

「三五億円の損失を五年間も表面化させない、裏返せば、五年後は株価が昨年末並みの市場最高値レベルに戻っているだろう、そんな見通しを前提に仕組債は作られています」

「なるほど」

古賀が答えると、杉本が頷いた。

「我々は生き馬の目を抜く海外で一〇〇年もの間生き残ってきた企業です。商品をボランティアで提供するはずはありません。裏側には顧客の潜在的なリスクが潜んでいます」

杉本が感情を排した声で告げ、平均株価やロンドン銀行間金利の枠をペン先で叩いた。

「数式の中に埋め込みましたが、平均株価が一度でも一万円の大台を割り込んだり、ロンドンの金利が三・五％を下回った場合は、五年という期限に関係なくノアレはヘルマンに五〇〇億円の支払いをするという契約になっています」

杉本の口調はいつもと変わらない。

「一応、今の平均株価の水準やロンドンの金利動向を勘案すれば、設定した条件は実現しない数字に見えます。ただ、経済に絶対はありません。株の信用取引だって、損することを見越して手掛ける人はいませんからね」

昨年末、日曜にもかかわらず杉本が中野を呼び出した背景には、今後こうした案件が次々と持ち込まれることをヘルマン証券が予想していたからに他ならない。

「市場は生き物です。設定した数字は、本社のスーパーコンピューターで導き出したものです。実現の確率は三割程度との結果が出ました。私はいずれ市場が暴発し、ノアレが多大な金額を弊社に振り込まざるを得ない日がくると思っています。いや、その公算があるからこそ、あの仕組債の提案をしたのです」

杉本の口調はいたって冷静だった。だが、銀縁メガネ越しの両目は鈍い光を発していた。

「そうか、こういう仕組みですね。石炭と一緒だ」

「石炭？　ああ、そういえば炭鉱町のご出身だとか」

難しい数式や複雑な経済指標ばかりで頭が混乱しかけたが、自分の身近な物に仕組債を置き換えるとわかりやすい。

「石炭を採掘したあとは、選別作業が必要となります」

古賀は石炭を掘り出したあと、石炭とこれに付着している普通の岩石を粉砕する必要があると説明した。

「その昔、石炭は黒いダイヤと呼ばれました。一方、付着していた岩石はボタと呼ばれ、捨てられます。故郷の大牟田では海に捨てていました」

杉本は感心したように頷《うなず》いていた。

「損失を表面化させなければ、株式そのものは黒いダイヤです。デリバティブを使って運用損というボタを切り離すわけですね」

「おっしゃる通りです。仕組債の中身はそれほど難しいものではありません」

杉本が笑みを浮かべた。だが、そのとき不意に疑念が古賀の胸を這《は》い上がってきた。

「なぜ、そんな大事な話を私に？」

古賀は一番疑問に感じていた事柄を訊いた。杉本に会うのはまだ二回目だ。中野の紹介ということもあり誠実に接してきたつもりだが、いきなりヘルマン証券の本心を明かされるとは思いもしなかった。

「大切なビジネスパートナーだと判断したからです」

杉本の口調は変わらない。だが、その両目の光がドス黒さを増したように感じた。

「なにが狙《ねら》いですか？」

杉本は腹の底を晒している。こちらも本音で訊く番だと古賀は思った。

「営業特金や取引一任勘定を清算していない企業のリストが欲しいのです。我々東京支店の所帯は小さい。まして法人取引を始めたばかりです。日本中の需要をすくい上げるには限界があります」

「ということは、私を利用する？」

「ただとは言いません。我々が顧客と契約を結ぶたびに、適正な手数料をお支払いします」

杉本がぺこりと頭を下げた。古賀は面食らった。手数料と言われても、自分はあくまでも国民証券の人間だ。顧客の情報を他社に流すことは絶対的なタブーだ。

「ノアレさんの件は熊田さんが承知済みでしょうが、他社の分はちょっとできかねます」

古賀が答えると、杉本が首を振った。

「このままずっと、沈みゆく証券会社に操《みさお》を立て続けるのですか？」

「操と言われても、私には他に居場所がありません」

「この際、移ったらどうですか？　株式含み損のほか、今後は大手銀行の不良債権問題が確実に噴出します。負の遺産を海外に飛ばす需要は高まる一方です。早い段階でこちら側に移られた方が得策だと思います」

こちらの店の方が出玉が良い、パチンコ屋の台を替われとでも言うように杉本が軽い調子で言った。

「国民証券にはキャリアを積ませてもらった恩義があります。それに中野に相談しなければ」

古賀が答えると、杉本が目を丸くした。

「ということは、古賀さんも？」

杉本が意外なことを言い始めた。

「私も、とは？」

「もちろん、中野さんにもお声がけしました。ですが、一足先にクレディ・バーゼル証券が手をつけていました。古賀さんもご一緒なんですね」

杉本がスイス系の老舗証券会社の名を口にした。

「クレディ・バーゼル証券はデリバティブ専門の子会社を設立予定です。中野さんは初代の東京支店長に就任されます」

「本当ですか？」

古賀が身を乗り出すと、杉本がバツの悪そうな顔をした。

「すみません、てっきり話が通っていると思いました」

「そのお話は中野から直接聞かれたのでしょうか？」

「他社の営業マンが情報源《ソース》です。お気を悪くされたらお許しください」

「構いませんよ。出来の悪い人間に声をかけるような人ではありませんから」

古賀は密かに息を吸い込み、呼吸を整えた。中野が移籍する。しかも欧州系の老舗だ。このところ、中野の姿を見かける機会が減っていたのは、こんな理由があったのだ。なぜ自分に声をかけてくれなかったのか。手元にあるビール瓶がぐにゃりと曲がったような気がした。

第四章　潜行

1

二〇一六（平成二八）年一月中旬、東京都千代田区。

警視庁本部捜査二課の自席で、小堀は食い入るように古い資料に見入った。手元にあるのは大手信用調査会社が一七年前に発行したリポートだ。

〈倒産速報：「(株）冨田精工　自己破産申立　負債総額約四〇〇億円」〉

金融庁に勤務する大学の後輩、大森が送ってくれた資料には、ごくごく普通の見出しが載っていた。だが、その横にあるサブ見出しが小堀の目を奪う。大森が蛍光マーカーで注意喚起《かんき》してくれたものだ。

〈デリバティブで多額の損失〉

信用調査会社の説明によれば、冨田精工は昭和四〇年代に創業した金庫製造の老舗《しにせ》だ。銀行や郵便局などの業務用金庫を製造し、これらの保守と管理が主業務だと記されていた。金融機関の支店数の伸びが鈍化するとともに売り上げが減少したとある。ここまではありふれた話だ。堅実そうな企業になにが起こったのか。リポートはホチキスで何枚か綴《と》じられていた。ページをめくると、冨田精工の社長名で文書が添付されていた。

〈債権者の皆さまへ　お詫《わ》び状〉

細かく印刷された文字を人差し指でなぞり、小堀は先を読み進めた。

〈さて、当社では経理担当役員が独断でデリバティブ投資を行い、巨額の損失が発生し、その資金の大半を金融機関借入金等で賄《まかな》っていることが二カ月前に判明しました。困難な問題を解決するためにお取引先とともに最大限の努力をして参りましたが、資金繰りが逼迫《ひっぱく》するに至り、東京地裁に自己破産の……〉

もう一枚ページをめくると、大森の手書きメモが付いていた。

〈有価証券含み損先送りスキームによる破綻《はたん》例　扱い：CBFS銀行東京支店〉

有価証券含み損とは、本業そっちのけで株式運用にのめりこみ、生じた巨額のロス計上を迫られたことを指す。

〈ＣＢＦＳ銀行清算により、冨田精工が保有していた損失先送り型商品は急遽《きゅうきょ》清算を迫られ、従来隠れていた二〇〇億円の損失が一気に表面化した。取引銀行や有力取引先の支援がないまま、損失確定からたった二カ月で経営破綻に至る〉

小堀は机の隅にある別の資料に手を伸ばした。薄緑色の表紙に綴じられていたのは、一九九九年七月に発表された金融監督庁の記者向け資料だ。一昨日、警視庁に届いた荷物の中で、小堀が真っ先に開いたファイルだ。その一ページには、金融庁の前身である金融監督庁が作ったリリースがあった。

〈クレディ・バーゼル・グループ等に対する行政処分に関連する検査結果について

一、クレディ・バーゼル・フィナンシャル・ソリューション銀行東京支店〉

冨田精工倒産の引き金となったのは、長い横文字名前の銀行が提供した金融商品だった。クレディ・バーゼル・フィナンシャル・ソリューションの頭文字を取り、ＣＢＦＳ。小堀は再度、古い資料に目を凝らした。

〈ＣＢＦＳ銀行東京支店：免許取消〉

〈金融機関や事業法人等の不正な決算対策に利用されるおそれのある著しく不適切な金融商品の組成・提供を大量に反復継続して行い、その業務運営は我が国金融市場及び金融機関の健全性を損なわせ、免許を受け公共的性格を有する銀行として極めて不

適切であり、銀行法二七条に規定する「公益を害する行為」に該当する……〉

ＣＢＦＳ銀行は、冨田精工に対して財テクで生じた損失を隠すための商品を販売していた。〈財テクで生じた損失を隠すための商品〉が〈著しく不適切な金融商品〉とイコールだ。

小堀は財テクという言葉を競馬に置き換えた。

株式投資は値上がりを見込んだ銘柄を買う。魅力的な新商品が近く発売される、高配当の実績がある等々の企業の動向を分析する。競馬では好みの厩舎《きゅうしゃ》や調教師、そして血統を見て馬を選ぶ。だが、予想が外れてしまえば勝馬投票券は紙くずと化し、注ぎ込んだ金は一円たりとも返ってこない。しかし、ＣＢＦＳという外資系銀行は、株式投資での損失を補う商品を売っていたというのだ。博打《ばくち》好きで借金にあえぐ輩《やから》には、この銀行の存在が救世主のように映ったにちがいない。

小堀は再度、資料に目をやった。

〈金融監督庁は検査忌避を東京地検特捜部に刑事告発。ＣＢＦＳ東京支店長だった中野哲臣は逮捕・起訴された。一審は懲役四月、執行猶予《ゆうよ》二年……〉

検査忌避という罪状に関しては、ほぼ妥当な判決内容だと思った。この種の犯罪は多分に逮捕起訴することが大事なのだ。要するに、被告人の素性を世間にさらし、社会的制裁を加えるのが主目的だ。

「管理官、よろしいですか？」

顔を上げると、今井が封筒を抱えて立っていた。

今井が封筒から書類を取り出した。クリアファイルに入った書類は二種類ある。小堀はカラーのパンフレットが入っている一つを手に取った。

〈高井戸ヘルシーフードコンサルタント〉

淡い水色の表紙にゴシック文字で社名が印刷されている。ページをめくると、オーガニック食品をネット通販するとのサービス内容が載っていた。パスタやオリーブオイルの写真が並んだ最後の欄に、頬の肉がげっそりと落ちた口髭《くちひげ》の男の顔が載っている。

〈代表取締役・中野哲臣ご挨拶《あいさつ》〉

「中野は一審後に控訴《こうそ》せず、有罪が確定しました。その後金融から足を洗ったようです。一〇億円近い蓄財を起業に充《あ》てました。健康ブームやらでそこそこファンがついているようです」

「この男が古賀のことを知っているのですか？」

「外資系銀行の支店長に就任する前、中野は国民証券で古賀の直属の上司でした」

「客を装《よそお》って高井戸のリアル店舗を覗《のぞ》いてきました。時間をかけて向き合えば、なんらかの話を聞き出すことはできそうです」

「会えそうですか？」

「わかりました。近いうちに、私と一緒にいかがですか？」

「了解です。もう一つの収穫がそちらです」

今井がもう一方のクリアファイルを指した。小堀がファイルを開くと、望遠レンズで撮った写真があった。人混みの中に写っていたのは、髪をアップに結った和服の女性だ。瓜実顔《うりざねがお》で上品そうな佇《たたず》まいの女性で、年の頃は四〇代の半ば程度か。写真の隅に付いたクリップを外すと、戸籍謄本《とうほん》があった。

〈村田佐知子《むらたさちこ》 昭和四〇年、北海道美唄《びばい》市出身……〉

「古賀の内縁の妻です」

「どうやって見つけたのですか？」

「若い衆を二、三人、古賀の行確《こうかく》につけていたところ、あっさりと」

「彼女の行確もやっているのですか？」

「もちろんです。江戸川橋のマンションと神楽坂上の自分の店を行き来する程度ですので、行確は楽なようです」

「自分の店とは？」

「和装小物を扱う小さな店です。東京を離れるのは月に一、二度。東北の漆《うるし》や九州の焼き物の職人の元へ通っています」

部下から綿密な報告を受けていたのだろう。今井は淀《よど》みなく答えた。

「タイミングをみて、こちらも当たってみましょう」

「いつでも指示してください」

「私はもう少し、このいかがわしい銀行とデリバティブのことを調べてみます」

そう言うと、小堀は金融庁の大森から送られてきた大量の書類をバンバンと叩《たた》いてみせた。

2

一九九〇（平成二）年四月下旬、東京都世田谷区。

東急東横線自由が丘駅から緩やかな坂道を上り、古賀は閑静な住宅街に入った。土曜日の昼下がりで混み合う商店街とは裏腹に、別世界のような静けさが周囲を覆《おお》っていた。

坂道を上りきると、古賀は手書きのメモに目をやった。目黒通り近くの高級スーパーの一つ手前の道を左に曲がれという指示があった。

表通りを左折して三分ほど歩くと、白い壁の大きな家が見えた。玄関脇《わき》には「中野」の表札がある。呼び鈴を押すと、インターホン越しに長年聞き慣れた掠《かす》れ声が響いた。

「せっかくの休日なのに、呼び出して悪かったな」

古賀はリビングとつながった三〇畳ほどのテラスに案内された。日当たりの良いテラスには、テーブルと椅子《いす》がセットされていた。すでに三名の先客がラフな格好でビールを飲んでいた。古賀はブレザーを椅子の背にかけると、先客の顔を見回した。

「おまえが知っている奴《やつ》らばかりだ」

中野が軽い調子で言った。新宿支店で一緒だった先輩の柿原、そして本店でデスクの近い先輩が二人、愛想笑いを浮かべていた。呼び出された理由は予想がつく。

「早速だが、込み入った話をさせてもらう」

ビールやサラダ、骨付きの鶏唐揚げを配膳する夫人の横で、中野が切り出した。いつもは朗らかな夫人の顔が少しだけ引きつっているような気がした。

「俺は思い切って転職することにした」

籐《とう》製の椅子に腰掛けるなり、中野が言った。古賀の隣で同僚たちがかすかに頷《うなず》く。

「スイス系のクレディ・バーゼル・グループがデリバティブの専門銀行を作ることになった。名前はクレディ・バーゼル・フィナンシャル・ソリューション銀行東京支店だ」

「ということは、みなさんも？」

古賀はゆっくりと周囲の同僚の顔を見回した。事前に杉本から話を聞いていただけに、動揺はない。しかし、わざと素《す》っ頓狂《とんきょう》な声をあげて一同の反応を見た。

「そういうことだ。営業特金や取引一任勘定の後始末をやる。日本は時価会計が導入されていない。デリバティブを使って顧客ごとにオーダーメイドの債券を作れる」

そう言うと、中野は手元にあったビールを一口飲んだ。オーダーメイドという響きは、背広や住宅のように高級で、どこか小洒落《こじゃれ》た響きがある。だが、杉本から聞いていた通り、その内実は世間に晒《さら》したくない物を隠す汚れ仕事ではないか。

「この御宅はクレディ・バーゼルとの契約金で購入されたのですか？」

古賀が嫌味で切り返すと、中野が目を見開いた。

「そんなところだ。中古で出物があったからな」

照れ隠しなのか、中野が後ろ頭を掻《か》きながら言った。この瞬間、古賀は言い様のない違和感に襲われた。

　吉祥寺時代のママとは切れているようだったが、自分の利益につながらない金を一切使わない中野の態度が一八〇度変わった。

「お子さんは？」

　中野にはゆかりという名の娘がいる。今までに五、六回高井戸の家に招かれたときは、人当たりの良い夫人とともに娘も古賀を歓待してくれた。

「ちょっとな、用事で出かけている」

　一瞬、中野の顔が曇った。だが、中野はすぐに表情を引き締め、ビールを飲み始めた。

「古賀、来てくれるよな」

「少し考えさせてください」

「あと一年、いや二年は客との綱引きが続くぞ。付いてこいよ」

　営業特金などバブルの残骸《ざんがい》処理は難航必至だ。古賀はなんとか自分の顧客分の処理を終えつつあるが、同僚たちの応援が残っている。

「他の外資も続々乗り込んでくる。早く客に食らいつかんと旨味《うまみ》が減る」

　中野が言葉を吐き出すたび、古賀は腕や首筋の皮膚を切り刻まれるような感覚を覚えた。

「外資の営業マンになれるチャンスだ。給料だって年収一〇〇〇万円を楽々と超えるぞ」

新宿支店の先輩が苛立《いらだ》った声をあげた。中野にいきなり億単位の契約金を渡すのだ。担当営業マンにも気前よく給料を払うのが外資流なのだろう。杉本から話を聞く以前であれば、一〇〇〇万円という途方もない数字にぐらついていた。

「クレディ・バーゼルはスイスの老舗だ。F1のモナコ・グランプリも専用のクルーザーの上で、ドンペリ飲みながら観戦できる。泡が弾《はじ》けちまった日本の金融機関にいてもつまらん。もっとステージを上げるんだ」

中野が唇を舐《な》めた。

「もう少し待ってください」

古賀が頭を下げると、新宿支店の先輩、柿原が露骨に舌打ちした。

「いいじゃないか。それより、一応会社には黙っていてくれよ」

中野が気味の悪い声で言った。

「あの、今日はこれで失礼します」

椅子の背にかけたブレザーに手をかけると、古賀は立ち上がった。

「ゆっくりしていけよ。これからローストビーフを食わせるから」

いつもモツ焼き専門の中野が高級な食べ物の名を口にした。その途端、胃液が喉元《のどもと》まで這《は》い上がってくるような感覚に襲われた。バブル景気に踊らされず、周囲を冷徹に分析する中野だったが、その本人が浮ついた言葉を吐き続けている。これ以上は耐えられそうにない。粗暴な荒井、一見紳士然とした熊田は、二人とも一皮むけば欲望むき出しの人間だ。金というフィルターを通すことで、二人は強欲という言葉がしっくりくる。一方、中野は二人とは対極にいた男だ。金の本質を理解していたはずの中野が高額のサラリーに踊らされている。従来の冷静な姿との落差が大きい分だけ、嫌《けん》悪感《おかん》が募る。

「二、三日前から熱があるようなんです。本当にすみません」

中野や他の同僚たちの視線が全身に突き刺さるのを感じながら、古賀は燦々《さんさん》と日差しが降り注ぐテラスを後にした。

3

「急に連絡してすみませんでした」

「構いませんよ。ヘルマンは猛烈社員ばかりですからね、休日出勤は当たり前です。電話をいただいたときは、仕事のキリがよいところでした」

白木のカウンターに置いた涼やかなガラスの徳利を持ち上げると、杉本が古賀に冷酒を勧めた。

中野の家を出たあと、不意に杉本の顔が浮かんだ。ダメもとで電話をかけると杉本が夕飯に誘ってくれた。

神楽坂の石畳小路の奥にある小さな料亭は、杉本が新人時代からなんども通う店だという。黒塀に囲まれた古い日本家屋はかつて芸者置屋だったといい、花街の賑《にぎ》わいを体現するような華やかな佇まいを纏《まと》っている。料亭の人間とは顔馴染《かおなじ》みのようだ。

仕事もプライベートも全く別の次元にいる人間なのだと思った。

ゆったりとした間取りのカウンター席は一〇人分ほどあり、隅に着流しの中年男と和服の女がいるだけだ。杉本との会話が聞かれるような心配はない。

「それで、中野さんはすでに移籍の人選を済ませていたのですね？」

「ええ、本店の営業二名と新宿支店時代の同僚一名でした」

「噂《うわさ》通り、クレディ・バーゼルの動きは速いようです」

一瞬だが、杉本が眉根《まゆね》を寄せた。

「御社も体制を強化するのですか？」

「古賀さんならいつでも歓迎します。なんでしたら、ここに支店の幹部を呼び出して即座に面接してもらいますよ」

杉本は悪戯《いたずら》っぽく笑ったが、銀縁メガネの奥の目は笑っていない。

「そんなつもりはありません」

古賀は中途半端《はんぱ》な形で抜けるわけにはいかないと告げた。

「国民証券が古賀さんを最後まで守ってくれますか？　私はそうは思いません」

杉本の言葉を聞いた直後、法人営業担当常務の顔が浮かんだ。親会社の村田証券出身で、小役人のような男だ。中野が抜けてしまえば、古賀や他の同僚があの常務と直接対峙《たいじ》することになる。

「中野さんがいなければ何もできないのですか？」

杉本の射出した言葉が胸に突き刺さった。

「あなたが持つ顧客リストだけが欲しいわけではありません。あなたが金融マンとしてとても優秀だから、チームに加わって欲しいのです」

「私は高卒、それも偏差値の低い商業高校の出身です」

古賀が強く首を振ると、杉本が口を開いた。

「外資では実力がモノを言います。前回、渋谷であなたはとても的確に私の商品の中身を理解された。大変頭の回転の早い、賢い人だと思いました。学歴など無関係です」

「以前話したのは、石炭の話でしたね」

「古賀さんは、コールマンです。それがいい」

突然、杉本が言った。古賀は首を傾《かし》げた。

「コールマンとは？」

「コールとは石炭のことです。古賀さんの故郷は石炭の町ですから、コールマンなんですよ。外資の組織ではニックネームをつけることが日常的で、私は匠《たくみ》という名前から海外スタッフの間ではティミーと呼ばれています。コールマンは、どこかクールな響きがあると思いませんか？」

「気恥ずかしいです。勘弁してください」

「真面目《まじめ》に言っています。英語に『carry coals』という言い回しがあります」

「どういう意味ですか？」

「汚れ仕事をする、汚名をかぶる……そんな意味合いです」

汚名という言葉に古賀は反応した。元々、営業特金や取引一任勘定など証券取引法違反の商品を売って飯を食ってきたのだ。その後始末ならば、汚れ仕事や汚名という言葉がしっくりくる。いや、汚名をかって出る気概や心意気がなければ、これから人生を生きていく張り合いがないのかもしれない。

「私に合っているかもしれませんね」

「真剣にヘルマン入りを考えてもらえませんか？」

杉本が古賀との間合いを詰めたときだった。カウンターの内側で主人が口を開いた。

「お話の途中だけど、まずはお刺身をどうぞ」

そう言うと、主人は色鮮やかな丸皿に載せた白身魚の薄造りを差し出した。

「なんのお魚ですか？」

皿を受け取った杉本が訊《き》く。

「アイナメです。ちょうど脂《あぶら》が乗ってきています。歯応《はごた》えと旨味を楽しんでください」

主人が得意げに答えたあと、古賀も尋ねた。

「あまり食べたことのない魚です。築地で仕入れを？」

「市場を通さない特別なルートです。プロの釣り師と取引がありましてね。三浦の磯《いそ》で釣った逸品です。こういう商売ですので、あちこちにルートを作っています」

プロの釣り師という言葉が、古賀の胸の中に引っかかった。

「釣りで生計を立てている人がいらっしゃるのですか？」

「料亭やレストランのシェフと契約して、その日最高の獲物を提供してくれます」

プロの釣り師の次は、市場を通さないという言葉が耳の奥でなんども響いた。

「どうしました？　うまいですよ」

薄造りに箸《はし》をつけた杉本が声をかけた。だが、古賀は薄造りを睨《にら》み続けた。

「魚の値段は？」

「釣り師の言い値です。お客様に喜んでいただけるのであれば、高くてもお出しする価値はあります」

主人が告げた言い値という言葉が再度耳に響いた。古賀は薄造りに箸をつけ、口に放り込んだ。薄いのに絶妙な歯応えがある。と同時に、口中に旨味が広がっていくのがわかる。

「釣りたてがうまいわけじゃありません。独自のやり方で昆布締《こぶじ》めの仕事を施していきます」

古賀はもう一切れ、薄造りを食べた。ついで冷酒を口に含んだ。魚の旨味とさっぱりとした日本酒の切れ味がさらに絶妙のバランスで溶け合っていく。同じやり方が、金融の世界でも応用できるのではないか。不意にそんな考えが浮かんだ。

古賀は薄造りの皿と主人を見比べた。要するに魚の持ち味、酒との相性を主人が知り尽くしているからこそ表現できる特別な味なのだ。

釣り師はどこの磯にどんな大物が潜んでいるのか熟知している。今の自分もそうだ。全国に散らばる財テク企業や中堅中小の金融機関の存在、そして傷《いた》んだ帳簿の中身も知っている。様々なパズルのピースが、次第に一枚の絵画のように組み合わされてきた。

「杉本さん、アイディアが浮かびました。私がプロの釣り師になればよいのです」

「はあ？」

古賀の言葉に、杉本が目を見開いていた。

「ちょっと失礼します」

古賀は仲居にトイレの場所を尋ね、磨き上げられた廊下を歩き始めた。

日本に時価会計が導入され、運用損を一気に開示せよと大蔵省が言い出したらどうなるか。同じようなことが今後も起こるはずだ。いや、クレディ・バーゼルにせよ、ヘルマンにせよ、稼げるときに稼いでしまおうというのが本音だろう。外資系金融機関は、日本に時価会計が導入されておらず、その間隙《かんげき》を突いた商品を売り出すことになんの後ろめたさも感じていない。大蔵省なり他の規制当局が商売の危うい一面に気づいた瞬間、我先に逃げ出すかもしれない。綺麗《きれい》に磨き上げられたトイレで用をたしたあとも古賀は考え続けた。

クレディ・バーゼル、ヘルマンが財テク企業の損失先送りビジネスを食い尽くした場合はどうか。

真っ先に要らなくなるのが営業マンだ。ならば独立する。自分で自分を養うというリスクはあるが、組織に所属せずフリーで生活する術《すべ》があるはずだ。脛《すね》に傷を持つ財テク企業は嫌という程知っている。個別の企業をクレディ・バーゼルやヘルマン、あるいは今後進出してくる外資系の金融機関につないだらどうか。その都度紹介料やコンサルティング費を徴収する形であれば、自分一人ならなんとか食べていけるはずだ。〈プロの釣り師〉ならぬ〈プロの紹介師〉、いや、それらしい肩書きで〈金融コンサルタント〉とでも名乗ればいい。

トイレを出ると、廊下を歩く足取りが軽くなっているのを感じた。板張りの廊下を歩き、あと少しでカウンター席のあるフロアに着く。

古賀は歩みを遅らせ、呼吸を整えた。今後、杉本はお得意様となる。古賀がもう一度深呼吸したとき、廊下の奥の方向から女の低い声が響き始めた。

〈いつになったら 幸せを エー 掘り当てるネ エンヤコラショ エンヤコラシヨ〉

振り返ると、お膳《ぜん》を抱えた割烹《かっぽう》着姿の女がいた。かすかな鼻歌だが、懐《なつ》かしいメロディーに古賀は足を止めた。

4

二〇一六（平成二八）年二月初旬、東京都新宿区。

冬晴れの昼下がり、小堀は神楽坂の毘沙門天《びしゃもんてん》前でタクシーを降りた。周囲は買い物袋を下げた婦人たちや、バゲットやワインの包みを抱えたフランス人の家族らで混み合っていた。

混み合う表通りを横切り、小路に足を向けた。表通りはごった返しているが、一歩石畳の道に足を踏み入れると、周囲の喧騒《けんそう》が嘘《うそ》のように遠ざかっていく。

小路を進みながら、小堀は周囲に目をやった。左側は料亭の壁、右側は雑居ビルの外階段がある。その先は小さな喫茶店と古い民家だ。

京都や鎌倉のような古都を凝縮したような街並みだ。捜査でなければじっくりと散策したい。小堀は強く首を振り、先を急いだ。喫茶店からはコーヒー豆を焙煎《ばいせん》する香ばしい匂《にお》いが漂い、鼻《び》腔《こう》を刺激する。その先で小路が直角に右方向に折れる。先には小さなスナックや猫の小物を専門に扱う店が並んでいる。

〈和装小物　さち〉

猫の小物屋の先に、目的の看板があった。小堀はスマホの画面に写真ファイルを出した。

液晶画面に紬《つむぎ》を着た小柄な女性の姿が現れた。村田佐知子、五〇歳。古賀遼こと古賀良樹の内縁の妻だ。

今井はあまり良い顔をしなかったが、小堀は直接佐知子に会うことを決めた。フリーの金融コンサルタント、いや、筋の悪い金融ブローカーの妻に接することで、一歩でも古賀の本性に迫る。そして摘発の端緒をつかまねばならない。

小堀はゆっくりと佐知子の店に近づいた。古い長屋のような造りの商店には、木枠の窓、そして大正ガラスがはめてある。厚いガラスは出窓になっており、ショーウインドーを兼ねていた。古く独特の歪《ひず》みのある大正ガラスを通して、色あざやかな帯留めや、櫛《くし》、扇子がぼんやり見える。門外漢だがどれも現代的なセンスがあるように見えた。

「よろしければ、店の中でご覧になってください」

小堀がショーウインドーを眺めていると、突然真横から声をかけられた。髪をアップに結った瓜実顔の女性、佐知子だった。

「構いませんか？」

小堀は慌《あわ》てた。目の前の佐知子がたおやかな笑みを浮かべている。

「贈り物でもお探しですか？」

「ええ、母の誕生日が近いものでして」

小堀は辛うじてそれだけ答えた。もちろん口から出まかせの嘘だ。だが、このまま相手の懐《ふところ》に飛び込まねば捜査は前に進まない。

「それでは、中でお茶でも飲みながら、一緒にどうでしょう」

年齢の割に、佐知子の声は幼い響きがある。柔らかい物腰と吸い込まれるような優しい眼差《まなざ》しが印象的だ。

引き戸を開けた佐知子に続き、小堀は店に足を踏み入れた。扇子や足袋、草履などが小さなテーブルや出窓、戸棚などに展示されている。品数は多くない。だが、色味や素材ごとに丁寧に並べられ、素人目《しろうとめ》にも楽しさが伝わってくる。

「母の好みがわからなくて、なにを贈ればいいのか見当がつかないのです」

小堀が言うと、小上がりに向かった佐知子がくすりと笑った。

「男性は皆さんそうですよ。失礼ですが、お母様のお歳《とし》は？」

小さな火鉢に置かれた鉄瓶を取り上げ、佐知子が言った。

「今年六〇歳になります。友人たちと月に二、三度和服で食事に行くのが楽しみだと言っています」

「普段はどんなお着物をお召しに？」

「詳しいことはわかりませんが、紬や小紋だと聞いたことがあります」

定年退職した父とともに秩父の里山に引っ越した母とは、ここ半年以上会っていない。佐知子の様子を観察した。色あざやかな伊万里《いまり》焼の急須《きゅうす》に湯を注ぐ仕草は緩やかだ。

「よろしければ、どうぞ」

急須と同じ柄の小さな茶碗《ちゃわん》を茶托《ちゃたく》に置き、佐知子が言った。

「失礼ですが、ご予算は？」

「毎年、二、三万円の予算でプレゼントを贈っています」

何年も手渡しすることはできていないが、昨年はストール、一昨年は籐で作られたバッグを贈った。

「それなら、ウチの商品は大概大丈夫ですよ。そうですね……」

佐知子が顎《あご》に人差し指を当てて考え始めた。商売気満載の百貨店の店員やアパレルショップのスタッフとは印象が違う。買わせることが前提ではなく、母のために真剣に考え始めた様子の佐知子に対し、小堀は好感を抱いた。いや、その素朴な仕草に惹《ひ》かれたと言った方が正確かもしれない。

「帯留めなんていかがかしら？　こちらは若い作家が作ったものですよ」

佐知子が腰を上げ、火鉢の後ろにある棚から桐《きり》の箱を取り出した。

桐の箱の内部は小さな正方形に仕切られ、その中に焼き物や塗り物、金細工された小さなブローチのような帯留めが並んでいた。

「きれいですね」

「津軽塗です。若い職人さんが丹精込めて作ったもので、素材は青森名産のヒバです」

桐の箱から、佐知子は扇形の帯留めを取り出した。朱をベースにした漆塗りで、黒や深緑の模様が描かれている。

「若い作家さんの作品なので、手頃なお値段ですよ」

佐知子は帯留めの裏側についた値札を見せてくれた。一万八〇〇〇円のタグがあった。

「たしかに」

「こちらはいかがですか？」

佐知子は別の小箱を取り出した。今度は丸いバッジのような形で、緑色がベースとなっていた。先ほどと同じように、黒や朱など複雑なグラデーション状の漆が光っている。

「九谷焼や唐津焼など産地に自ら出向いて直接買い付けているんですよ。そうすると、どんなお客様に使ってもらいたいか、わかってくるんです」

別の箱から陶器製の帯留めを取り出し、佐知子が言った。今井の部下の報告の通りだ。佐知子は定期的に全国を回る。内縁の夫である古賀とはビジネス上の接触はほとんどないのかもしれない。

「お母様の着物姿の写真とかお持ちじゃありませんか？」

色鮮やかで様々な形をした帯留めを凝視していると、佐知子が小堀の顔を覗き込んでいた。左手に持っていたスマホを見ていた。

「機種変更するときに、データを消してしまったんです」

「それは残念でした」

「母の好みはこんな感じです。こちらをいただいていきます」

小堀は緑色がベースとなった丸い津軽塗の帯留めを手に取った。

「リボンはどうされます？」

「お願いします。還暦祝いらしい感じで」

小堀が告げると、佐知子が屈託のない笑みを浮かべた。小堀は財布から二万円を取り出し、佐知子に手渡した。

「今後ともご贔屓《ひいき》にお願いいたします」

「今度、母を連れてきます。色々と相談に乗ってやってください」

「おやすい御用です」

両手で札を受け取ると、佐知子は深々と頭を下げた。ゆったりとした和装の女の表情を見つめながら、小堀は捜査のためと自らに強く言い聞かせた。

5

一九九〇（平成二）年四月下旬、東京都新宿区。

「一カ月以内に私のプランを聞いてください。よろしくお願いします」

「お待ちしております」

神楽坂の料亭、黒塀の脇で古賀は杉本に深々と頭を下げた。黒塀が続く小路を表通りに向かって杉本が遠ざかっていく。

古賀は腕時計に目をやった。時刻は午後一〇時過ぎだ。杉本をいきなり呼び出してから、三時間以上も料亭のカウンター席で話し込んだ。

杉本の後ろ姿が表通りに消えたときだった。背後に人の気配があった。

「お待たせしました」

薄手のグレーのカーディガンを羽織り、地味な茶色のスカートを穿《は》いた女がぺこりと古賀に頭を下げた。

「ご主人や女将《おかみ》さんは大丈夫なの？」

古賀が訊くと、女がこくりと頷いた。神楽坂の中心部から坂道を飯田橋方向に下り、古賀は外堀通り近くの郷土料理屋の縄《なわの》暖簾《れん》を女とともにくぐった。

「こういう店でも平気？」

古賀が訊くと、女はにっこりと笑った。山形弁の店員に案内されテーブル席に着く。古賀は日本酒とお新香、唐揚げや青菜の煮浸しなど簡単なつまみを頼むと、女に顔を向けた。

「改めまして、古賀良樹です。国民証券という会社で営業マンやっています」

古賀が姿勢を正して名乗ると女が口元を押さえ、笑った。

「さきほど聞いたばかりですよ」

そう言うと、女は掌《てのひら》サイズの小さな手帳を取り出し、ページをめくった。

古賀が覗き込むと、確かに自分の名前が小さな文字で綴《つづ》られていた。

「私は名刺を持つような人間ではないので、こちらで」

女は手帳の空きページにスラスラとペンを走らせた。

〈村田佐知子〉

佐知子は自分の名の下に、電話番号を記した。番号の横には（呼び出し）と小さく書かれていた。どこかに下宿でもしているのかもしれなかった。

「私なんかをナンパする人は初めてです。どうしてですか？」

小首を傾げながら、佐知子が言った。

「あんな鼻歌聞いたからさ。懐《なつ》かしいっていうか、反射的に声をかけてしまった」

自分でもよくわからない行動だった。杉本と話すうち、自分の身の振り方が次第に見えてきた。もやもやとした不安が徐々に消えていった段階で、不意に佐知子の鼻歌が耳に入った。

「佐知子さんは二〇代だよね。よくあんな古い歌を知ってたね」
「もう二五歳で、四捨五入したら三十路《みそじ》です。郷里で寄り合いがあると、必ずあの歌を歌う年寄りがいたんです。すり込まれたのかもしれません」
目の前の佐知子は決して美人ではない。はっきり言って地味で、存在感の乏しい女だ。なに不自由なく美女たちを抱いて捨ててきたのは、金の臭《にお》いに勝手に惹《ひ》きつけられ、向こうから寄ってきたからだ。しかし、佐知子は全く違う。結局、原因はあの歌だ。古いメロディーが、古賀の心を鷲掴《わしづか》みにした。
〈おいらはナァ　生まれながらの　炭坑夫　身上はつるはし　一本さ
でっかいこの世の　炭坑を　掘って掘って　また掘って
いつになったら　幸せを　エー　掘り当てるネ　エンヤコラショ　エンヤコラシヨ〉
炭住で暮らしていた頃、夕暮れになるとどこからともなく大昔の歌謡曲が聞こえてきた。民謡風にアレンジされたサビの部分を、佐知子は膳を運びながら小さな声で口ずさんでいた。その歌声を聞いた途端、古賀は佐知子に声をかけていた。そのとき、九州の炭鉱町出身だと告げた。
「福岡県の大牟田でしたよね。私は北海道の美唄生まれです」

「俺の親父《おやじ》は炭坑夫でね。三井三池炭鉱三川坑の爆発事故で死んだ。親父が歌っていたかどうかは知らないけど、周囲の炭坑夫たちはいつも口ずさんでいた」

「奇遇ですね」

運ばれてきた銚子《ちょうし》を取り上げ、佐知子は酌をした。

「家族の誰かが炭坑夫だったの？」

「父は地元の団体職員です。でも一七年前に炭鉱が閉じてからは景気が極端に悪くなって」

佐知子の話を聞き、古賀は何度も相槌《あいづち》を打った。北海道と福岡。遠く離れてはいるが、国の産業エネルギー政策の転換とともに、炭鉱《ヤマ》と町、そしてそこに暮らす人間は日本という国から強引に切り離され、見捨てられてしまった。

佐知子の声が萎《しぼ》むと、古賀は自らの生い立ちを話し始めた。自堕落な母に育てられ、妹とともに町を離れることばかり考えていたこと。そしてようやく証券マンとして一人前となったとき、妹が自殺したのだと明かすと、佐知子の両目に薄《う》っすらと涙が滲《にじ》んでいた。

「私も両親と喧嘩《けんか》して、家出同然で美唄を離れました」

「いつ？」

「地元の高校を卒業してすぐです。コツコツと地元でアルバイトしてお金を貯《た》め、東京に来てからも住み込みの家政婦をしたりして、なんとか生活してきました」

古賀は猪口《ちょこ》を持つ佐知子の指に目をやった。爪先に小さなひび割れが見える。人差し指と親指に火傷《やけど》の跡もある。様々な仕事を経て、女が大事にする指先が傷ついてしまったのだ。今まで抱いたホステスたちは一様にマニキュアを塗り、細い指ばかりだった。佐知子の指は正反対で、故郷を出てからの足取りをそのまま体現していた。

「あの料亭はアルバイトで？」

「服飾の専門学校に通うために、いくつか掛け持ちしているうちの一つです」

佐知子は気丈に顔を上げた。涙ぐんでいた両目には、強い意志が宿っている。

「服飾とは？」

「子供の頃から和服に興味があって、いつかはその方面の仕事をしたいと思っていたのですが、両親はすぐ金にならないような仕事のために、東京に出すわけにはいかないと……」

寂れ切った炭鉱町ではどこにでもある話だ。死にそうな故郷、似たような境遇。そして派手な行動や服装とは無縁の生活を送ってきた佐知子の話を聞き、古賀は急速に距離が縮んでいくのを感じた。

「勉強のためだったら、仕事は苦になりません」

佐知子の言葉を聞き、古賀は猪口の酒を一気に飲み干した。九州と北海道。互いの郷里は遠く離れてはいるが、田舎特有の息苦しさ、閉塞感《へいそくかん》は嫌というほどわかる。仕事は苦にならない……佐知子が言った言葉がじわりと体に染《し》み込んでくるような気がした。

猪口をテーブルに置くと、古賀は割り箸の入った箱の横にあるメニュー表を手に取った。

「腹が空いとったら、好きなもん頼んでよか」

猪口を持っていた佐知子がぽかんと口を開けている。

「ごめん、つい田舎の言葉が出てしまって」

すると、佐知子が肩をすぼめ、下を向いた。

「なんか気に障《さわ》ること言ったね？」

古賀の言葉に、佐知子が強く首を振った。

「みんな田舎者なのに、綺麗な言葉でしゃべる人ばっかりだったから。古賀さんのお国言葉を聞いて、なんだか嬉《うれ》しくなって」

佐知子の顔を覗き込むと、頬が真っ赤に染まっていた。

6

一九九〇（平成二）年七月下旬、東京都中央区。

京橋の焼鳥屋で古賀が名物のランチ丼《どん》を半分ほど食べたときだった。

「昨日の夕方、部長に退職願を出しただろ」

低い声で中野が言った。法人営業部の面々が席にいないタイミングを見計らい、古賀は退職願を提出した。部長は強く慰留し、二、三日は熟考するよう促した。

「正式に受理されたわけではありませんが」

古賀が答えると中野が舌打ちし、丼の脇にある鶏《とり》スープを啜《すす》った。

「俺に話がなかったってことは、ヘルマンへ行くのか？」

やはり、中野はその点を気にしているのだ。自由が丘の中野邸で移籍を打診されてから三カ月が経《た》った。

「ヘルマンには行きません。それに中野さんのご期待にも添えません」

古賀の言葉に中野がため息を吐《つ》いた。

「業界から足を洗うのか？」

「いえ、フリーの金融コンサルタントとして起業します。屋号も決めました。今、司法書士と相談して登記の準備を進めています」

古賀は一月前から水面下で動き出していたことを淡々と明かした。この間、中野は古賀の話を聞きながら黙々と焼鳥丼を食べ続けた。

「それで、コンサルの中身は？」

「中野さんや杉本さんに客をつなぐ仕事です」

「なるほど、そこに目をつけたか」

「どこの企業や金融機関で損がシコっているか熟知しています。彼らの需要に合わせ、中野さんや杉本さんに特製の仕組債を提供していただけるよう橋渡し役になります」

「フリーは不安定だぞ。いずれおまえも所帯を持つときが来るだろう。そのとき、商売が燻《くすぶ》っていたらどうする？」

いつも古賀の目を見据え強い光を発する中野の瞳《ひとみ》が、一瞬曇ったような気がした。

「気になる人はいますが、結婚は考えていません。私みたいな子供が生まれてくるのは真っ平です」

少しおどけた口調で答えたが、中野の表情は冴《さ》えない。

「ヘルマンには行きません。営業特金解消の特需が無くなったあと、私のような商業高校卒の人間は真っ先にお払い箱になりますから」

　佐知子に初めて自分の胸の内を明かしたときと同様、古賀は言葉に力を込めて言った。すると、普段は畳み掛けるように威圧する中野が肩の力を抜いたのがわかった。

「そうか。なら俺のところにガンガン客を紹介しろ。絶対にヘルマンより先だぞ」

　中野がおどけた口調で言った。

「ここからは内緒ですが、すでに担当顧客の感触を探っています」

　古賀が声を潜めると、中野の目付きが変わった。

「どんな感じだ?」

　中野も声のトーンを思い切り落とした。そうだ、この目付き、そして低く掠れた声が中野本来の姿だ。

「まずはノアレです。私が担当した一任勘定ですが、仕組債の話を振ったところ、熊田副社長は乗り気でした」

　古賀が言うと、中野が身を乗り出した。

「ノアレは、大手証券分の営業特金や一任勘定を解約していないよな?」

「ここからは推測ですが、村田など大手分を含めると、軽く四、五〇〇億円分の残高があるはずです。年初からの下げを勘案すれば含み損は二割強、もっと多いかもしれません」

「熊田のおっさんは果敢な運用で社内の発言力を増した。みすみす損を確定させるようなことはしない。博打は負けを認めないかぎり続くことを奴は知っている」

ノアレだけでなく、財テク企業と呼ばれた多くの企業で未《いま》だ営業特金や取引一任勘定を清算していない。

「大牟田をはじめ、地方の中堅中小の金融機関も資産運用の損失が膨らんで焦《あせ》っています」

ちょうど一カ月前、古賀は九州を回った。大牟田では、財務本部長の荒井が血相変えて西鉄駅近くの年金通りに現れた。古賀の手前虚勢を張っていたが、その額には脂汗が浮かんでいた。同時に、他の信金や信組の様子を必死で探ってきた。

財テクの実績で威張っていたのが一転、組織の中で針のむしろに座らされているのだ。信金という地元の有力企業で働き、三〇年以上も肩で風を切ってきた荒井は、気の毒なほど萎《しお》れていた。いや、その落胆ぶりは秘《ひそ》かに古賀を狂喜させた。だらしのない母はいいとしても、睦美を弄《もてあそ》んだ荒井が右往左往する姿を見るのは、爽快《そうかい》だった。荒井と同じように、顔色を失《な》くした中小の金融機関担当者に仕組債の話を振ると、例外なく身を乗り出した。需要は強い。

「クレディ・バーゼルやヘルマンが回り切れない地方の需要、すべて私がつなぎますよ」

そう言うと、古賀は農業系の金融機関が全国規模で株式の運用損を抱えている実態を中野に明かした。また、教職員や中堅中小企業の年金運用をまとめて担当する機関など、潜在的な客が膨大な数に上ることも説明した。中野が満足げに頷いた。

「おまえの手数料はどうする？　金融コンサルの稼ぎの柱だろ」

「欲をかくと、綻《ほころ》びが出ます。仕組債の販売額の〇・一％、あるいはそれ以下の水準を考えています」

「随分と殊勝なことを言うんだな。俺のところに旨味のある取引を独占的に供給してくれれば、もっと弾むぞ」

「私の真似《まね》をする輩が必ず出てきます。強欲が過ぎると、必ず足許《あしもと》をすくわれます。業界の中で反感を買わない程度に、そして地味にコツコツとやっていくつもりです」

「わかった。とにかくヘルマンには負けられん。なにせ、初代支店長だからな」

茶碗の番茶を一気に飲み干し、中野が言った。

「今後とも、よろしくお願いします」

テーブルに両手をつき、古賀は深く頭を下げた。

7

二〇一六（平成二八）年三月初旬、東京都千代田区。

小堀が自席で書類をチェックしていると、真正面に立つ人影があった。顔を上げると、丸顔の女性捜査員が困惑の色を浮かべていた。

「島本《しまもと》さん、どうされました？」

小堀が訊くと、島本弘恵《ひろえ》巡査部長が手を広げた。

「本当にこの帯留めをいただいてもよろしいのですか？」

島本の手の中には、神楽坂の佐知子の店で買った津軽塗の帯留めがあった。

「母はほとんど和服を着ないので、宝の持ち腐れです。島本さんはよく着られると聞きましたので、そのまま差し上げます」

「でもお高いんでしょ？」

「これがレシートです。気になさるような金額ではありません」

「それにしても、津軽塗なんて高級品を持ったことがありません。私なんかに似合うかどうか」

「もちろんお似合いですよ」

小堀の言葉に、島本が嬉しそうに頷《うなず》いた。

「それで、礼状は出していただけましたか?」

「わざわざ返事がきましたので、その報告にうかがいました」

島本の口調が急に改まった。目の前には、和紙で作った淡い黄色の封筒がある。

「読んでもよろしいですか?」

「もちろんです」

封を開け、小堀は便箋《びんせん》を取り出した。封筒とお揃《そろ》いの柄が付いた和紙の便箋だ。時候の挨拶《あいさつ》と買い物の礼が筆ペンで書かれていた。

前回神楽坂の佐知子の店を訪れた際、小堀の頭の中には母の顔と、ベテラン巡査部長の島本の顔が浮かんだ。島本は元々捜査一課のSIT、特殊犯捜査係に所属していた女性刑事だった。誘拐、企業恐喝や立てこもり対応の専従を一五年も務めた。

だが、六年前に転機が訪れた。大田区で誘拐事件が解決した際、人質となっていた女子中学生が解放されたときだった。現場に駆けつけた新聞一社、民放二社のカメラに島本の顔が映し出されてしまった。

SITの仕事は常に極秘が求められる。当時の捜査一課長、そして刑事部長の判断により、世間に面が割れた島本はＳＩＴの第一線の仕事から外されたのだ。

そんな島本が異動してきたのが、捜査二課の第三知能犯捜査係だった。引っ張ったのは小堀の前任だったギョロ目で背の高いキャリア管理官だ。ＳＩＴで豊富な経験を有する島本は即戦力に成り得るとして前任者が他課に先駆けて確保した逸材だ。

小堀は佐知子の店で、自分の母の代わりに島本が使えると瞬時に判断した。小堀の母は今年還暦になる。島本は三つ年下の五七歳。小堀がプレゼントした帯留めを気に入った母が、佐知子の店に礼状を出す……。几帳面《きちょうめん》そうな佐知子は、礼状を返してくると踏んでいたが、その通りとなった。

「管理官、次の指示をお願いします」

「アポを取った上で店を訪れ、着実に距離を縮めるというのはいかがでしょうか？」

「当然、和服ということになりますね」

「そうしてくださいますか」

「次に店を訪れる際は、帯留めのほか、扇子や下駄《げた》などもチェックしてみます」

「その後、お茶に行くなり、食事に誘うなりしてさらに距離を縮めてください」

「この間、古賀という男についても訊き出します」

「自然な形でお願いします」

島本が自席に戻ると、入れ替わりに今井巡査部長が小堀の前に立った。

「随分と手の込んだことをなさっているようですね」

「前任者の引き継ぎメモに島本さんに関する記述がありましたから」

小堀の言葉に今井が苦笑した。

「私からは新たなネタを提供します」

そう言うと、今井がクリアファイルを小堀の机に置いた。取り出してみると、北海道の地元紙、北海道新報の古い記事が入っていた。

「島本さんの獲物に関係した記事が載っています」

今井の言葉を聞き、再び記事に目を転じた。新聞の日付は二〇〇〇年二月、今から一六年前のことだ。

〈道の福祉年金基金関係者が失踪《しっそう》か〉

古い記事によると、北海道の道庁や関係出先機関の職員の年金運用に携わる基金の財務課長が家族や知人と一切の連絡を絶ち、一週間行方が分からなくなっているという主旨だった。夫人が捜索願を出し、地元警察が公開捜査に踏み切ったという。小堀の胸になにかが引っかかった。小指の先のささくれにニットの繊維が絡《から》んでしまったようなひりひりとした心地の悪さだ。再度、顔を上げてスクラップ記事をめくる。すると見慣れた書式の紙が現れた。

〈死体検案調書〉

北海道警の担当捜査員の印の横には、地元大学病院の医師のサインが入っていた。死因は溺死《できし》、発見された場所は札幌市内の豊平川《とよひらがわ》の橋げたとある。事件性は乏しく、後に発見された遺書とも併せ、自殺で処理された。

「失踪した課長さんですね」

「そうです。ここに注目してください」

今井が遺体の身元欄を指した瞬間、小堀は自分の肩が強張《こわば》っていくのがわかった。次いで、年金基金の財務課長という肩書き、そして北海道という地名が次々と頭の中でジグソーパズルのように繋《つな》ぎ合わさった。

「島本さん、ちょっといいですか！」

自分でも驚くほど甲高い声が出た。小堀の声に反応した島本が慌てて立ち上がったのが見えた。

8

一九九〇（平成二）年一〇月上旬、東京都千代田区。

「古賀さんの門出に乾杯だ！」

「ありがとうございます」

東京をすっぽりと覆《おお》っていた熱気が抜け、ようやく秋めいてきた頃、古賀は有楽町のガード近くの老舗《しにせ》中華料理屋の二階で三田電機の東田と向かいあった。

二カ月前に国民証券を退職し、金融コンサルタント会社「コールプランニング」を立ち上げた。杉本につけてもらったニックネーム、コールマンをもじった社名だ。事務所は神田神保町の古い雑居ビルの三階、日当たりの悪い角部屋に入居した。中古の事務机と簡単な応接、そしてスチール製の書架がわずかな商売道具だ。

生ビールのジョッキをあっという間に飲み干すと、東田が口を開いた。

「その若さで一国一城の主《あるじ》とは大したもんです。今日は盛大に船出を祝いましょう」

東田は額が後退したものの、分厚い胸板と朗らかな声は健在だった。

「着の身着のままで切り盛りする事務所です。東田さんのように東証一部上場企業の海外事業本部長に言われると恥ずかしい限りです」

　追加の生ビールが届くと、東田は早速一口喉《のど》に流し込んだ。

「それにしても、株式の世界は去年までのお祭り騒ぎが嘘《うそ》のようですね」

　東田が顔をしかめた。株式に無縁の東田のような人間にも、経済の潮目が急転回したことは知れ渡っていた。

　加えて、株式市場とともに世の財テクブームを牽引《けんいん》した不動産市場が弾《はじ》けてしまった。三月に大蔵省が出した御触れが原因だった。銀行の不動産向け融資に総量規制をかけたのだ。湯水のような融資を受けて活況を呈していた不動産業界が、土地転がしの原資を失った。株式と同様右肩上がりだった地価も急激に下げ始めた。

「不謹慎ながら、株価の急落様々の商売を始めました」

　小さく頭を下げると、古賀は手短に事業の中身を説明した。

　二週間前、東田には会社を辞めた旨《むね》と簡単な事業内容に触れた手紙を出した。それだけに、古賀の説明を聞いた東田の飲み込みは早かった。

「法的に問題がないのであれば、思う存分やるべきです。ただし、ほどほどの力加減が肝心ですよ。半導体営業本部にいた頃、嫌というほど煮え湯を飲まされました」

　東田は海外事業本部長に就任する以前、半導体事業の重責を担《にな》っていた。東田は日米の通商摩擦の最前線にいただけに、その言葉には説得力があった。

「失礼ながら、事務所やご自宅は賃貸ですか?」

東田が古賀の顔をのぞき込みながら言った。

「三〇歳の若造には分譲なんて分不相応です。それに出張ばかりですから」

つい一週間前、神谷町にあるクレディ・バーゼル・フィナンシャル・ソリューション銀行東京支店を訪れ、中野に会った。

仕事の話が済むと、中野は、自由が丘の豪奢《ごうしゃ》な自宅に大型のアメリカ製キャンピングカーが新たに加わったと自慢げに語った。

「豪邸や高級外車には興味がありません。実用に足る住まいがあれば十分ですし、東京に住んでいる限りクルマはほとんど必要ありません」

江戸川橋に2LDKの賃貸マンションを借り直し、佐知子と暮らし始めた。財テクや土地転がしとともに成金たちが始めた贅沢《ぜいたく》な暮らしを、どこか別世界のようにとらえていた佐知子とは、不思議とウマが合った。佐知子と江戸川橋の古い商店街を二人でそぞろ歩くのがとりわけ心地よかった。

「結婚は未定ですが、同居人も見つけました。派手なワンレンボディコンではありませんが、互いにマイペースで、仕事を尊重し合える人です」

「それは良い心がけです。長くサラリーマンをやっていると、人間のやっかみや嫉妬《しっと》の凄《すさ》まじさを肌身で知っています」

古賀が頭を下げると、東田が快活に笑った。

「ところで、今日はあと二人呼んでいるんですが、構いませんか？」

「東田さんのお知り合いならば、是非お会いしたいです」

「一人は古賀さんが以前なんどか会っている私の悪友です」

東田がそう言った直後だった。ギシギシと古い店の階段が軋《きし》む音が聞こえた。

「遅くなった。上司の説教が長引いた」

額に浮き出た汗を拭《ふ》くメガネの背広男だった。

「古賀さん、久しぶり。覚えていますか？」

メガネ男が手を差し出した。

「ゼウス光学の桜川《さくらがわ》さん。こちらこそ、大変ご無沙汰《ぶさた》しておりました」

東田の大学の同期で、なんども麻雀《マージャン》の卓を囲んだ大手光学機器メーカーの営業マンだった。以前会ったときよりも太っていたが、笑わない醒《さ》めた目つきは変わらなかった。

「商売始めたんですって？」

「細々ですが」

東田の隣に座ると、桜川が古賀に名刺を差し出した。

〈ゼウス光学　財務本部　運用部長〉

名刺から目を離し、古賀は桜川を見た。

「たしか以前お会いしたときは営業にいらっしゃいましたよね?」

「内視鏡を全国の病院に売っていましたが、一年前に配置転換されましてね」

「なんでもゼウス光学は財務や経理のポストを通らないと、取締役になれないようです。普段はいい加減な男ですが、こいつは出世の階段を登っています」

東田が告げると、桜川が顔をしかめてみせた。

「あまりめでたくはないよ」

桜川は、古賀の手元にある自分の名刺を人差し指でコツコツと叩《たた》いた。

「財務本部ってのは魔窟《まくつ》でしてね。御多分に洩《も》れず、帳簿を前任者から引き継いでみたらブラックホールでした」

帳簿という言葉を聞き、古賀は密《ひそ》かに手を打った。

ゼウス光学は戦前に顕微鏡製造を主力に設立された出雲《いずも》光学製作所が前身の老舗光学メーカーだ。創業者が島根県出身で、八百万《やおよろず》の神々とギリシャ神話のゼウスをダブらせ、三〇年前に今の社名に変わった。顕微鏡のほか、カメラやレンズの製造でシェアを伸ばし、現在は最先端医療として注目される内視鏡製造で世界的にシェアを伸ばし始めている。

古賀は老舗光学メーカーという側面よりも財テク企業としてのゼウスに反応した。

海外事業を伸ばそうとしていた矢先、ゼウスは他の製造業と同様に一九八〇年代後半の円高不況に見舞われた。良い製品を作って海外に輸出しても、円高という抗《あらが》いようのない逆風のために売上高が目減りしたのだ。そこでゼウスが注目したのが財テクだ。

「俺はトイレに行ってくるよ」

唐突に東田が席を立ち、すたすたと階段の方向に向かった。

「東田から話を聞いてきました。運用損をなんとかしてくれる外資を紹介してくれるそうじゃないですか。俺の代であんな莫大《ばくだい》な損失を表に出したら、出世どころかコレですよ」

桜川は自分の首の横で大げさに手を振ってみせた。

「内緒にしてくれますか？」

「事前に守秘義務契約書を交わし、その後に財テクの中身を検証させていただき、御社に合った外資につなぎます」

　古賀が言うと、桜川が安堵《あんど》の息を吐いた。

「パッと見ただけで、三桁《けた》の億単位で傷《いた》んでいます」

「ゼウスさん規模の財テク企業はどこもそんな感じです」

「財務にいるのはほんの腰かけです。だからその間の決算を乗り切るだけでいい。こんな不発弾のような厄介物があるとわかっていたら、ポストは引き受けませんでしたよ」

　苦い薬を飲んだ子供のように、桜川が顔を曇らせた。自分の不運を心底嘆いている。一流企業といえど、エリートサラリーマンは皆こんな心持なのだ。いや、こういう心情を抱えてくれているからこそ、古賀の仕事は成り立っていく。

「日を改めて、私がお話を聞きに西新宿の御社へ伺います」

「実はね、社長に内々帳簿の傷み加減を報告していたんです。今期は同業他社に営業面で負けているから、なんとしても本業以外の弱みを晒《さら》したくないとおっしゃっていてね」

「責任を持って、御社に尽力してくれる外資を探します」

　そう言うと、古賀はテーブルに両手をつき、深々と頭を下げた。すると、大きな足音が階段を登ってくるのがわかった。

「話は済んだのか?」

東田が笑いながら言った。東田の声を聞き、古賀はとっさにあることを思い出した。古賀は両手を挙げて場立ちの頃嫌という程繰り返した約定の手振りを東田に向けた。

「おう、そうきましたか」

嬉しそうに言うと、東田も左右の人差し指をクロスさせた。

「こんばんは」

すると、東田の後ろから姿勢の良い青年が顔を出した。黒々としたくせ毛の髪をかきあげ、青年が笑みを浮かべた。

「お待ちしておりました、芦原《あしはら》さん」

東田が振り返り、芦原と呼ばれた青年と握手した。古賀は慌てて立ち上がった。

「あの、もう一人のゲストとは……」

小声で言うと、桜川がニヤリと笑った。

「元外務大臣の芦原恒太郎《こうたろう》先生のご子息で恒三《こうぞう》さんです」

東田と肩を並べ、芦原が古賀に近づいてきた。政界のプリンスと呼ばれ、与党の民政党の前幹事長だった父親の恒太郎にそっくりだ。顔の色つやが良い。年齢は四〇程度か。

「三田やゼウス有志の勉強会に出てもらっているご縁がありましてね。こういう機会だから恒三さんを古賀さんに紹介しようと思っていたんですよ」

東田が笑みを浮かべ、言った。

「芦原恒三です。よろしく」

芦原が強い力で古賀の手を握った。

「古賀と申します。今後お見知り置きを」

「いずれは、お父上の後を継がれるサラブレッドです」

東田が言うと、芦原が甲高い声で笑った。屈託のない声だ。中野や大牟田の荒井
……古賀は今まで様々な人々と関わってきた。それぞれの声には、各自が歩んできた人生の重み、あるいは苦しみのようなものが反映されていた。一方、この芦原という男の声にはどこにもひずみや暗い過去をうかがわせるような気配がない。

「親父にはいつも怒られてばかりです。当分は修業が続きますよ」

東田が一番上座に当たる席を勧めると、芦原は躊躇《ちゅうちょ》なく座った。営業マン生活が長くなっただけに、食事や飲み会の席次には古賀なりに気を遣う。芦原と東田たちがどのような付き合いなのかは知らないが、政界のプリンスは、持って生まれた性格なの

か、上座に着いても嫌味な感じはしない。

「我々実業界の人間は、恒三さんのような若い政治家の卵を囲んで、常に勉強会という名の飲み会を開いています。会社や業界で困ったときの保険です。恒三さん、絶対に偉くなってくださいよ」

東田がおどけた調子で告げると、芦原がまた甲高い声で笑った。

席に着いた芦原に対し、東田が古賀の仕事を簡単に説明していた。その様子を見ながら、古賀は世の中には全く苦労を知らずに育った人種がいることを感じた。

東田の説明に続き、古賀は芦原に名刺を渡した。手慣れているのだろう。芦原は受け取ると気さくに古賀の手を握った。

体格の良い芦原だが、その手は存外に柔らかかった。大牟田では絶対にお目にかかれない人種だ。故郷の炭鉱町では、男たちの手は例外なく節くれ立ち、指先まで黒ずんでいた。芦原の柔らかく白い手に触れた瞬間、古賀はすべてを悟った。この国は、こうした白く柔らかい手を持つ人間が支配している。

「古賀さん、なにか困ったことがあればなんでも相談してください」

芦原が愛想よく言った。

「ありがとうございます」

芦原の手を強く握り返すと、古賀は深く頭を下げた。一匹狼《いっぴきおおかみ》として生き馬の目を抜くような金融業界に漕《こ》ぎ出す。どんな難局に直面するかはわからないが、与党幹部の息子と縁を作っておいて絶対に損はない。

法人担当の営業マンとして、我がままで強欲な顧客たちと対峙《たいじ》してきた。今後は組織の後ろ盾なく、あの客たちと向き合うことになる。傷つき、体力を疲弊させた法人客は、最後のあがきでどんな手段を繰り出してくるかわからない。万が一トラブルが生じたとき、今度は若き政治家が庇《かば》ってくれるのではないか。快活で声の大きな芦原を見つめ、古賀は中野に代わる新たな盾を見つけたと思った。

9

一九九二（平成四）年八月上旬、東京都千代田区。

額から滴《したた》り落ちる汗をハンカチで拭《ぬぐ》うと、古賀は日比谷シティの一五階にたどり着いた。蒸し暑い空気がどんよりと下界を覆っていたが、冷房が効いた運用本部は高原の朝のように空気が乾き、快適だった。ワンレングスの秘書に案内され、役員応接室に通された。冷たい麦茶を飲みながら涼を取っていると、ほどなく熊田が姿を現した。

「こんな暑い日に熱心だね」

「熊田さん限定で、面白いものを持参しました」

そう言うと、古賀は使い古した鞄《かばん》から茶封筒を取り出し、テーブルに置いた。

「なにかね？」

「どうぞ中身をご確認ください」

古賀は封筒を熊田の手元に押し出した。熊田は怪訝《けげん》な顔で封筒を手に取り、中から一枚の紙を取り出した。

「総合経済対策とはなんだね？」

「五日後の閣議を経て正式に発表される経済対策の骨子です。公共事業を中心に一〇兆七〇〇〇億円規模の新規投資が動き出します」

「露骨な株価対策だな」

紙を睨《にら》んだまま、熊田が唸《うな》った。

「政府としてもなりふり構っていられないということですので、これ以上全体相場が下がることはなくなります」

「これは本物のペーパーなのか？」

猜疑心《さいぎしん》丸出しの目付きで熊田が訊いた。株式市場の急落局面を経て、熊田の社内での発言力は急速に低下している。元々疑り深い男だったが、社内で陰口を叩かれる機会が増えたからか、最近は古賀の言葉を素直に受け取らなくなってきた。

「与党のしかるべき人からです。出所不明のいかがわしい文書とは違います」

「古賀君がそこまで言うなら、本当だな」

そう言うと、熊田が黙り込んだ。芦原恒三は古賀にとって切り札だ。易々《やすやす》とその名を明かすわけにはいかなかった。

古賀は月に一度の割合で芦原と会ってきた。東田やその友人、知人が同席することもあれば、古賀が一人で紀尾井町にある芦原事務所に恒三を訪ねることもあった。古賀が日本の株式市場の見通し、海外の資本市場の動向を説くと、芦原はいつも熱心に聞き入った。

一方、芦原は永田町の噂話《うわさばなし》や霞《かすみ》が関《せき》の主要官庁の幹部人事、主要政策の解説をしてくれるようになった。恒三の父、芦原恒太郎は昨年、心筋梗塞《こうそく》で急死した。政界のプリンスとして与党の政調会長や幹事長、外相など要職を歴任し、総理総裁候補だった政治家は望みを叶《かな》えることなくこの世を去った。恒三は父の地盤を継ぐ。衆院選へ出馬するため、各方面に働きかけを行っていると教えてくれた。

「二、三日のうちに日本実業新聞が一面トップで載せるようです」

「そんなところまで押さえているのかね」

紙をテーブルに置くと、熊田がようやく相好《そうごう》を崩した。

二年前の一〇月にも政府は株価テコ入れを目的に経済対策を打ち出したが、バブルの清算に伴う売り圧力の前にはほとんど効果はなく、今年に入ってから平均株価は節目とされてきた二万円を割り込んだ。その後もダラダラと相場は下がり続け、今は次の下値《したね》のメドとみられてきた一万五〇〇〇円近辺で一進一退の膠着《こうちゃく》状態を続けている。

「熊田副社長、今日はその特別な紙に関係する提案があります」

熊田が身を乗り出した。

「政府の経済対策により、株価の下値は限定的となりました。また、対策を打ち出す以上、当局《おかみ》は面子《メンツ》を守るためにもPKOに乗り出すでしょう」

PKOとは、プライス・キーピング・オペレーションの略だ。

厚生省が所管する年金資金運用基金は、信託銀行を通じて株式の売買を執行する。いつ長期資金運用の鉄則として株価が下がれば割安感から買いを入れる機会が増す。いつしか、市場全体が下がったとき、年金資金運用基金の買いが政府の思惑ですかさず入るとの噂が回り、これがPKOという不謹慎な言葉にすり替わった。

「下値が限定的となる一方、上値《うわね》も大して見込めません」

八九年の大蔵省証券局長通達以降、営業特金や取引一任勘定は新規設定を禁止され、運用資産は順次清算を迫られたが、三年で一気に減るはずもない。株価全体の水準が上がれば、待ってましたとばかりに戻り待ちの売りが出る悪循環だった。

「平均株価は、向こう二、三年の間は特定の値幅の中、すなわちボックス圏での動きを強いられるでしょう」

古賀が言うと、熊田が深く頷いた。

「下げれば当局《おかみ》の買い支え、上値は負の清算に伴う売りが出てくるからな。それに不動産融資が焦《こ》げ付いた多くの銀行が、自己資本対策用に処分売りに殺到する。株価が右肩上がりに上がる理屈は一つもない」

「そこで、新たな仕組債のご案内です。ヘルマン証券の債券営業本部が今後のボックス相場を見越して魅力的な商品を開発しました」

一週間前、古賀は溜池《ためいけ》の最新ビジネスビルに入居するヘルマン証券に杉本を訪ねた。緩慢な相場環境の中で、なにか目新しい商品はないかと尋ねると、杉本がオプション取引の原理を利用した仕組債を勧めた。

「熊田副社長の相場観では、今後の平均株価の見通しはどのようになりますか？」

「そうだな、下値は総合経済対策が効いてくるから一万五〇〇〇円、上値は二万円、上げてもせいぜい二万二〇〇〇円だろう。絵に描いたようなボックス相場が続くはずだ」

熊田の声を聞き、古賀は足元の鞄からクリアファイルを取り出した。

「相場観にぴったりの仕組債があります」

ファイルから資料を取り出してテーブルに載せると、熊田がさらに身を乗り出した。

〈ノックアウト条件付仕組債のご案内　ヘルマン証券東京支店　債券営業本部〉

「ノックアウトとはなんだね？」

資料の見出しを指でなぞりながら、熊田が訊いた。

「簡単に言えば、株価指数や指標金利、為替の出来値等々を債券に組み込んだものです。ノアレさんのような財テク企業の多くは、平均株価に馴染みが深い。そこで、今回は一万五〇〇〇円から二万三〇〇〇円のボックスを今後三年の間、実際の相場水準が破らないという条件でプレミアムを先取りする商品です」

「ほお、平均株価が想定レンジを破ったら、ノックアウトされるという意味だな」

「その通りです」

「プレミアムというのは、オプション取引の『売り』の権利を、前払いの金として先取りするという意味かね？」

「はい」

株や債券、あるいは外為など金融商品の権利そのものを売買するオプション取引では、急激な値下がりリスクをたとえば一〇万円の「買う権利」を購入して回避する。一方、取引の反対側にいる当事者は、万が一当該商品の値段が六〇〇〇万円、いや一億円に値上がりした場合でも値上がり分のリスクを丸々引き受けることになる。

今回の仕組債の場合、平均株価という日本を代表する株価指数が取引の指標、すなわち引き金《トリガー》となる。

平均株価が下がる、あるいは上がると困る当事者たちがそれぞれ「買う権利」を購入する。この際、保険料的に支払われた金が、仕組債の発行者であるノアレに全《すべ》て入る仕組みだ。

国際的な経済の仕組みや金融の内情に詳しい熊田は、オプション取引における「売る権利の売り手」が手にするプレミアム、すなわち、価格変動リスクを回避したい買い手が幅広く支払う保険料的な金を総取りするという仕組みを素早く理解したのだ。

「発行規模に応じてノアレさんが受け取るお金は変わってきますが、営業特金や取引一任勘定のファンド規模に応じて、一〇〇億円あたりのボリュームで発行されますと、プレミアムは五、六〇億円になるとヘルマン証券が試算しております」

数字を聞いた途端、熊田が資料をテーブルに置いた。お年玉の金額が予想より少なく、落胆した子供のような表情だった。だが、ここまでの反応は古賀の想定通りだった。

「仕組債の中身が若干複雑になりますが、先取りするプレミアムの額が倍になる商品もございます」

古賀はクリアファイルからもう一枚の資料を取り出し、テーブルに置いた。

〈ノックアウト条件付仕組債『エクストラ』のご案内　ヘルマン証券東京支店　債券営業本部〉

古賀は題字下にある細かい条件を指した。平均株価の想定レンジのほか、ドル円の想定レンジを加えてある。向こう五年間、一ドル＝八〇円を超える円高が起きないという条件の下、平均株価だけの条件に比べ手取りが三倍になると記してある。

「八〇円なんて円高は絶対に起こるわけがない。株価の下支えをやってのける政府だ。国全体の収益を支えている輸出企業の採算がひっくり返るような超円高局面では、必ず市場介入して阻止する」

「まさしくその通りかと存じます」

「現在、特金やらでシコっているポジションは四〇〇億円程度ある。これに全部この商品を使うことで、プレミアムが先取りできるわけだな」

「理屈上は熊田副社長の仰《おお》せの通りです」

平均株価とドル円の為替レートが、付帯条件にヒットしない限り、ノアレは一〇〇億から二〇〇億円のオプション取引のプレミアム先取りが可能だ。

ヘルマンが用意した仕組債を使うことで、向こう数年間は損失が表面化しない。それにも増して損失以上の金を、全く労力をかけずに手にすることができるのだ。

仕組債の中身は、ヘルマン証券の債券営業本部がアレンジする債券を使う。ノアレが抱えている営業特金や取引一任勘定のようなファンドを丸ごとヘルマンが指定する口座に移動させ、これに見合う額の私募債を発行するのだ。

その私募債の発行条件に平均株価やドル円レートの付帯条件を埋め込む。損失を抱えたファンドを一旦《いったん》別の金融商品と交換するので、時価会計が導入されていない日本では損失を計上する必要はなくなる。

「それでは手配に入ります。今日はお時間をいただきまして、まことにありがとうございました」

深く頭を下げ、古賀は言った。平均株価のほかに、ドル円レートのノックアウト条件を加えることで、当初受け取るプレミアム料ははるかに多くなる。言い換えればノアレの財務と熊田の面子は一時的に保たれる。だが、ノックアウト条件が倍になることは、その分だけリスクが膨らむことを意味する。

莫大なプレミアムに目がくらんでも、御社が引き受けるリスクは無限大ですよ……

古賀は口元まで出かかった言葉を飲み込んだ。大牟田の荒井をはじめ、熊田のような金に目が眩《くら》んだ連中にリスクを説明しても、自分に都合のよい解釈しかしない。綻《ほころ》んだ財布の底から金がこぼれ落ちるのを防ぐのに必死で、財布を取り替え、根本的に問題を解決しようという方向に考えが向かないのだ。

そもそも、リスクの説明は杉本たちの仕事だ。自分はあくまでも損を抱えて身動きが取れなくなっている客を、新しい獲物を欲しがる外資系の金融機関につなぐだけ。金融コンサルタントというバイプレーヤーの領分を越えてはならない。

「話がまとまったら、歌舞伎町に繰り出して、ビールで暑気払いしよう」

「そうしましょう」

ずいぶんと軽くなった熊田の声を聞きながら、古賀は淡々と答えた。

10

二〇一六（平成二八）年四月下旬、東京都新宿区。

間接照明でライトアップされた箱庭が一際《ひときわ》美しい。小堀は雪見障子越しに、夕闇《ゆうやみ》に光る苔《こけ》むした光景を眺めた。

神楽坂は昭和の風情《ふぜい》が残る美しい街だ。表通りから複雑な石畳の路地を奥に進んだこの場所は、表通りの喧騒《けんそう》が嘘のような静けさを纏《まと》っている。だが、日頃の習性でスマホをチェックする自分が恨めしかった。警察庁からの会議用レジュメや捜査二課長からの連絡事項がメールボックスに着信していた。

いずれも急ぎではない。画面を切り替えニュースサイトを開く。社会面では、事件事故の類《たぐ》いは発生しておらず、経済関係の見出しにも、三カ月前に日銀が導入したマイナス金利に関する解説記事がある程度だ。小堀がスマホから目を離したとき、座敷の襖《ふすま》が静かに開いた。

「お待たせしました、管理官」

声の方向に目をやると、カジュアルな出で立ちの今井と和服姿の島本がいた。腕時計を見ると、午後六時で約束の時間通りだった。

「なぜ、神楽坂の料亭なのですか？」

襖が閉まったことを確認すると、小堀は今井に訊いた。

「あと少しでわかりますよ」

目の前の席に座った今井が自信たっぷりの表情で言った。小堀が首を傾げていると、和服姿の島本が咳払《せきばら》いした。

「管理官、報告よろしいですか？」

「お願いします」

島本が小さく頷いた。神楽坂の表通りから石畳の入り組んだ小路を入った黒塀の老舗料亭は、佐知子が経営する和装小物の店から五分ほどの距離にある。

島本は小堀の母に化け、昼下がりからずっと佐知子の店に行っていた。

「佐知子の店をなんどか訪れました。それで、対象の大まかな資産構成がわかりました」

島本は店に佐知子を訪ねるだけでなく、すでに二度も夕食を共にしたと明かした。

島本の言葉に、今井が頷いた。

古賀に狙いを定めて以降、今井は五、六人の捜査員を動員して徹底した背景調査に乗り出した。住まいは江戸川橋にある築一五年の2DK分譲マンション。それに長崎の五島列島にある離島に簡素な別荘を保有している程度だ。拍子抜けするほど、めぼしい資産は見当たらなかった。日本にめぼしい資産がなければと香港《ホンコン》やシンガポール、欧州やカリブ海方面にも網を広げさせたが、成果はなかった。超がつく大金持ちしか相手にしない外資系のプライベートバンクも当たらせたが、古賀の足跡はなかった。

行動確認に関する報告によれば、佐知子と全国各地にある湯治場のような古い温泉宿に一月か二月に一度の割合で出かけ、神保町の古本屋街をそぞろ歩く。時折、高田馬場にある名画座を訪れる、定年退職したサラリーマンのような地味な生活を送っていた。

「結論から言えば、古賀の銀行預金はメーンバンクのいなほ銀行に五億円ばかりの定期預金を持っている程度で、怪しげな金は一切見当たりませんでした」

今井が淡々と告げた。捜査対象者の銀行口座を調べるのは二課の仕事の中で「いろはのい」だ。部下に調べさせた今井も首を傾げる結果だった。

「さきほど仕入れたネタです。古賀は佐知子の店を通じて多額の寄付を繰り返しています」

「稼ぎをそのまま贈与しているという意味ですか？」

小堀が訊くと、島本が頷いた。

「一つは、日本の伝統工芸の職人を育成するためのＮＰＯです。こちらは佐知子が主に仕切っています」

「ほかにも？」

「古賀は病児医療に関心を示すようになり、収入の大半を寄付するようになったそうです。もっとも夫婦の財布は別々で、どの程度贈っているかは知らないそうですが」

「病児医療とは？」

「小児がんとか、先天的な障害を持つ子供達、そしてその家族を支援する複数のＮＰＯのようです。あまり詮索《せんさく》すると怪しまれるので、今のところはこの程度にしておきました」

島本の言葉を聞き、小堀は今井と顔を見合わせた。今井も意外だったらしい。

「すぐに当たってもらえますか？」

今井がブレザーの内ポケットから手帳を取り出し、島本の言葉を書き取った。

「どんな目的でそんなことを？」

「そろそろ管理官ご自身で確かめられてもよい頃かと思います」

手帳をポケットにしまうと、今井が手を伸ばし、小型の内線電話の受話器を取り上げた。

「お待たせしました。そろそろビールとお料理をお願いします」

今井がてきぱきと動いた。なぜ話を打ち切り、料理を運ぶよう指示を出したのか。

「失礼いたします」

襖の向こう側から仲居の声が響いた。

「お手洗いはいかがですか？　綺麗な廊下を通っていくと突き当たりにあります」

二人の仲居が料理の膳と飲み物を持って小部屋に入ってくると、今井がいきなり言った。

「トイレ、ですか？」

「いつもトイレが近いじゃないですか。今のうちにどうぞ」

今井の口調は砕けているが、両目は一切笑っていなかった。

なぜ神楽坂で打ち合わせするのか尋ねると、今井が含みのあることを言った。その答えを自分で確かめろと言っているのだ。

「それでは、失礼して。気にせず先に始めてください」

小堀は小部屋を出た。今井からはかつての芸者置屋だった料亭だと聞かされた。徹底的に磨き上げられた廊下、そしてそれぞれの個室の天井近くにある欄間も隅々まで掃除が行き届いている。

小堀たちが入った小部屋は、店の一番南側にある。北方向に廊下が続いている。左側には、手入れの行き届いた庭が見える。小部屋に隣接した箱庭と同様、間接照明で灯籠《とうろう》や形の良い松が照らされている。

右側は、店の玄関脇にあるカウンター席だ。白木の大きなカウンター、そして内側で料理を作る数人の板前や着物姿の若い仲居の横顔が見えた。小堀が視線を真っ直《まっす》ぐ先、トイレの方向に据えたときだった。前方の板戸が開き、中から背の高い男が廊下に出てきた。料亭に入ったとき、カウンター席には二組の男女がいたが、この男はいなかった。

他の座敷か小部屋の客だろうか。小堀は構わず歩みを進めた。すると、天井から吊《つ》り下げられた古いランプの灯りの下で、男の顔が浮かび上がった。その途端、小堀は歩みを止めた。いや、自分の意思とは関係なく、足が止まった。

「お手洗いですか？　こちらですよ」

背の高い男が穏やかな口調で言い、廊下の突き当たりの方向を指した。

「ありがとうございます」

男がゆっくりと脇を通り過ぎるとき、小堀はなんとか声を振り絞って礼を言った。振り向くな。かつてベテラン捜査員から被疑者の行動確認の極意を聞いた。被疑者と偶然鉢合わせしても、決して動揺せず後ろ姿を追うなという教えだった。すると、背後から携帯電話の着信音が聞こえ始めた。

「どうもご無沙汰しております。ええ、マイナス金利対応ですか？」

すれ違った男が小声で話すのが聞こえた。その直後、男の声が途絶えた。振り返るわけにはいかないが、掌《てのひら》で電話を覆ったのだろう。

トイレの引き戸の前に立ち、小堀は古賀遼こと古賀良樹の遠ざかる足音を聞き続けた。

11

一九九七（平成九）年一一月中旬、東京都港区。

「こう立て続けに日系の金融機関が潰《つぶ》れると、自分の判断の正しさが怖くなるよ」

神谷町の最新商業ビルの一三階、ガラス張りの支店長室で中野が口元を歪《ゆが》めて笑った。

「笑いが止まらない様子ですね」

古賀が言うと、中野がデスクの背後にある壁を指した。ピカピカに磨き上げられたガラスの書架には、クリスタルの盾がいくつも並んでいた。中には親会社のライオンのロゴが彫り込まれている。

「バーゼルの親会社から表彰された。いくつかは確実に古賀の功績だ。改めて礼を言うよ」

中野によれば、業績好調のグループ社員をバーゼル本社の社長が直々に表彰する盾なのだという。

中野が支店を興《おこ》して以降、含み損を海外に飛ばすビジネスは倍々ゲームで収益を拡大させた。初年度は約二〇億円、翌年は五〇億円、そして昨年からその額が一〇〇億円の大台を超えたと中野は胸を張った。

盾の横には、中野の娘の写真が飾られていた。以前の中野ならば考えられないが、外資流に家族を大切にしているというポーズなのだろう。

国民証券から早めに脱出してよかったと思わせる出来事が今月に入ってから続いていた。

口火を切ったのは、国民証券と同じく準大手で、村田証券系列の中核会社でもあった三葉《みつば》証券が会社更生法の適用を申請し、月初めの三日にいきなり経営破綻《はたん》したことだった。

「北海道開拓銀行《ホッカイ》や山屋の自主廃業と立て続けだったもんな。おかげでこっちは忙しくて目が回りそうだ」

葉巻の煙を吐き出し、中野が言った。

「去年の比ではありませんからね」

三葉や北海道開拓銀行、そして大手証券の一角だった山屋が相次いで経営破綻するとは、古賀にも予想できないことばかりが起こった。前年の九六年、関西地方で比較的大きな信金や地銀が経営破綻したが、準大手証券、そして都市銀行、大手証券までが破綻するという事態は、明らかに平成の金融恐慌《きょうこう》といえる状態だ。

「今度、こんな仕組債を作る。心当たりのある客がいたら、ガンガン紹介してくれよ」

中野がファイルをテーブルに置いた。

〈貸付債権流動化に向けた仕組債のご案内　クレディ・バーゼル・フィナンシャル・ソリューション銀行東京支店〉

クレディ・バーゼル系列の信託銀行や海外ペーパーカンパニーを経由するという手の込んだ内容だが、商品の根幹は財テク企業相手に売りまくった仕組債と一緒だった。

「日本の銀行向けということですね」

「そうだ。土地バブルに踊った取引先の数だけ、邦銀の傷は根深い。金融恐慌が加わったおかげで、こっちはぼろ儲《もう》けだ」

資料に目をやりながら、中野の部下たちの行動の速さに舌を巻いた。営業特金や取引一任勘定の損失を隠したい財テク企業への営業はCBFSやヘルマン証券、その他新規参入した他の外資系金融機関があらかた食い尽くした。古賀が様々な外資につないだ分だけでも七、八〇社分あった。

「おまえもそろそろ新しいネタが欲しかったんじゃないのか?」

古賀は顔を上げた。

「仕組債は複雑になっていますが、要するに銀行が抱える不良債権の処理を先送り、つまり海外のペーパーカンパニーへ飛ばしてしまうのがミソですね」

絵解きの図解を指でなぞりながら言うと、中野が頷いた。

「銀行や証券会社を潰す法律ができていない以上、需要は嫌というほどある」

株式運用で生じた損失を飛ばすのは、時価会計制度が日本に根付いていない根本的な欠陥に着目したものだった。今度は、金融機関を死なせる法律がないことを逆手に取った。

従来、大蔵省は護送船団方式で金融機関を全て救済するスタンスを取ってきた。だが、財テクブームの終焉《しゅうえん》、土地バブルの破裂とともに金融機関の体力が予想以上のペースで弱まったことから、全てを支えるわけにはいかなくなった。

銀行や証券会社にしても、一気に焦《こ》げ付きを表に出して自ら首を絞めるより、一定期間、仕組債を通じて海外に隠してしまいたいに違いない。いや、間違いなく隠す。その一点に、中野は新たな商機を見出《みいだ》した。

「大牟田の小さな信金でも使えますよね」

資料を読んでいるうちに、古賀の頭の中に脂ぎった中年男の顔がなんども浮かんでいた。大牟田合同信金の財務本部長から理事長に昇進していた荒井だ。営業特金と取引一任勘定の損失に加え、不動産開発業者向けの過剰融資の回収も進んでいないことはすでに調べ上げていた。どこかの時点で不良債権の総額が外部に漏れてしまえば、大牟田合同信金に預金者が殺到する取り付け騒ぎに発展する。

取引一任勘定を勧めたときは、古賀は手数料稼ぎだと自分に言い聞かせてきた。睦美の復讐《ふくしゅう》への第一歩と位置付けた。それがどうだ。今度は荒井自身の命運を自分が握っている。睦美が海に入ったときの気分を、じっくりと荒井に味わわせてやることができる。

「オーダーメイドで対応させてもらう」

中野が葉巻をクリスタルの灰皿に押し付けながら言った。

「なるべく早い段階で客を紹介します」

頭の中に財テクで失敗した全国各地の中堅中小の金融機関の担当者の顔が浮かんだ。

「ただ……」

荒井の信金のような中堅中小の金融機関は数が多く、その分だけ新たな契約を仲介する旨味《うまみ》は大きい。だが反動も大きい。大蔵省が新たな規制や倒産に関する法整備を済ませるまでの短期勝負だ。古賀が口籠《くちごも》っていると、中野が首を傾げていた。

「どうした？」

「なんでもありません。これで失礼します」

そう言うと、古賀はふかふかの革張りのソファから立ち上がった。

「ヘルマンには負けん」

背中で中野のドスの利《き》いた声が響いた。

「杉本がパートナーになるらしい」

株式を公開していないヘルマン証券には、パートナーという幹部職がある。ニューヨークの本店でも五〇人程度しかいない限定的な役職でもある。これまでアメリカ人以外でパートナーになった者はいない。アジア人で、しかも三五歳という若さでパートナーとは、それほど日本の〝飛ばしビジネス〟の収益が凄《すさ》まじいことの裏返しともいえる。

古賀は振り返ることなく、ガラス張りの支店長室を後にした。

12

一九九七（平成九）年一一月下旬、東京都新宿区。

中野と会ってからの一〇日間、古賀は沖縄や九州など西日本と南日本を駆け足で飛び回った。中野が予想した通り、不動産関連融資が不良債権と化した地方の金融機関はひどく疲弊していた。相次ぐ金融機関の大型破綻に明日は我が身と肩を強張らせる担当者ばかりだった。

九州から羽田に戻ると、古賀は江戸川橋のマンションに直帰した。大方の顧客は中野の提供する新たな仕組債に興味を示し、出張はひとまず成功した。その直後だけに、一刻も早く佐知子と会い、仕事から離れたかった。

「出張、お疲れさまでした」

神楽坂の毘沙門天近くの広島焼き店のカウンターで、佐知子が古賀のグラスにビールを満たした。土曜日の夕刻とあって狭い店内は満席だった。

「ずっと留守ですまなかった」

今度は古賀がビールを注ぐと、佐知子がわざと口を尖《とが》らせ、言った。

「慣れっこですからね」

商売の中身についてはお互い干渉しないことにしていた。訊《き》かれたところで佐知子に明かせるような内容ではないし、佐知子に複雑な仕組みを理解できるとも思えなかった。

「なあ、俺はこんな商売を続けていてもいいのかな?」

ビールを一口飲んだあと、古賀は切り出した。

「どういう意味?」

「人様の非常時に面白いように稼いでいるのが悪いような気がしてきた」

古賀は日本経済が急な崖《がけ》を転がり落ちていると告げた。地方の客を中心に怪我《けが》をしている人間が増え、絆創膏《ばんそうこう》を売り、適切な手術を施してくれる医師を紹介する仕事が増えているのだと説明した。

「遼なんて名前つけて仕事をしているのに、どうしたの?　ずいぶん弱気みたいだけど」

「良樹なんて名前、ちっとも良いことをしていないのに、どこか後ろめたくてさ」

金融コンサルタントは国家資格が必要な稼業《かぎょう》ではない。名前を偽ったことで免許を剝奪《はくだつ》され、仕事を干されることもない。それなら浮世離れした名前を名乗ろう。そう考えた古賀は、二週間前に名刺を作り直したばかりだった。

「仕事がうまくいっていないの？」

「怖いくらい順調だ」

独立して以降、CBFS銀行東京支店やヘルマン証券、その他外資系証券との付き合いを続け、すでに二〇〇件以上の顧客を仲介した。

今回もCBFS向けの客を一五件開拓した。すべて新たな不良債権飛ばし用の仕組債が捌《さば》けるだろう。多忙はすこしも苦痛ではなかった。だが、和装小物を作る様々な分野の若い作家たちと仕事をしている佐知子を見るたび、自分のコンサルタント業が一つも達成感を伴っていないことに気づく。

仲介で得た手数料は、ビジネスを興してから六億円近くに達した。だが、中野のように連日高級レストランに出かけ、軽井沢に別荘を建てるような豪奢《ごうしゃ》な暮らしをしたいとは思わない。佐知子と並んでお好み焼きをつつき、よく冷えたビールを飲んでいれば気が休まったし、それで十分だった。

そう考える機会が増えたのは、間違いなく佐知子の存在だった。一〇億、五〇億と右から左へ金を動かし、一件当たり数百万円も手数料を抜く古賀と違い、佐知子の商売は薄利だ。若手の陶芸家や絵付け師から二、三万円で気に入った商品を買い入れ、ほんのわずかな利を乗せただけで売っている。しかし、佐知子は満足げだ。若い作家に会う、発掘すると言っては全国各地を訪ね歩き、佐知子の表情は一層輝く。

「あなたも私も同じなのよ。私は新しい才能を世に送り出すのが仕事。あなたは病人を適切な病院に紹介する正しいことをやっているの。なにも滅入《めい》ることなんかないじゃない」

佐知子が言うような正しいことをしている意識は希薄だ。いや、むしろ後ろめたさがあるからこそ本名を隠して通名を使うようになったのだ。

「今度、佐知子の出張について行ってもいいかい？」

「いったい、どういう風のふきまわし？」

「仕事と一切関係のない旅をしてみたいなと思ってさ」

北は北海道から南は沖縄まで、文字どおり全国各地を飛び回ってきた。だが、行く先々で景色を楽しむ余裕などなかった。食事や酒にしても、顧客と一緒の機会が大半で、気の休まることなど一度もなかった。

「もちろん、いいわよ」

そう言うと、佐知子が巾着《きんちゃく》の中から小さな帯留めを取り出し、カウンターに載せた。

緑色に赤や黒の不思議な模様が描かれている。

「青森はどうかしら。来週か再来週行こうと思っていたの。これは伝統工芸の津軽塗よ」

「へえ、綺麗だ」

「津軽地方で続く漆職人の手仕事なの。御多分にもれず職人の高齢化が進んでいて、中々若い職人が育たないのが目下の悩みでね」

「なぜそんな事態に？」

「昔ながらの食器用が多いから。それに新しいデザインを作って職人と一緒に考えてくれるような人も少ないし。だから私が頑張って試作品として作ってもらったのよ」

「ＮＰＯを作って支援したらどうだい？」

佐知子は唐突な提案に首を傾げている。自分でも意外なことを言っていると思いながらも、古賀は言葉を継いだ。

「取引先に早期退職された方がいらっしゃってね。山間地の農業支援の仕事をされている」

古賀が独立してから取引した欧州系証券会社の前日本法人代表のことだった。証券ディーラーとして活躍したあと、日本法人の幹部まで上り詰めると、代表はあっさり一年で退職したのだ。一〇億円の退職金を元手に、NPOを設立して張り切っていた。

「伝統文化の振興や継承、芸術家とか職人への支援を目的にする法人を作ればいいんじゃないのかな」

古賀の話に、佐知子はずっと聞き入っていた。

「誰かスポンサーを探してみる」

「佐知子のためだったら、俺にもいくらか支援させてもらえないかな」

「本当？」

「やりがいの一端を分けてもらえれば嬉《うれ》しいからさ」

偽らざる本音だった。伝統工芸の詳しいことはわからない。だが、掌にある小さな帯留めが放つ渋い色味と、繊細な塗りの技術を職人不足や資金難で根絶やしにするのは耐えられない。

「今度、司法書士に相談してみよう」

贖罪《しょくざい》かもしれない……頭の隅に浮かんだ言葉を、古賀は無理やり打ち消した。荒井や熊田ら強欲な客たちと対峙するときは、損失の深い沼であがく連中を弄《もてあそ》ぶような気持ちを常に持ってきた。だが、一旦仕事を離れると、言い様のない罪悪感が湧《わ》き上がる瞬間がある。寝床に入ったとき、風呂《ふろ》で体を休めている際、不意に客たちの帳簿が頭に浮かぶのだ。気を張っている分だけ、精神が疲れているのは間違いない。

「時間作ってくれるの？」

「もちろん」

古賀がそう応じると、佐知子がいきなり涙ぐんだ。

「どうした？」

「北海道の父がこれくらい理解のある人だったらと思って……」

「理解があるとかそういう問題じゃない。俺が興味を持っているからだ」

古賀の言葉に佐知子がなんども頷いた。

一緒に暮らして七年経ったが、互いの実家を行き来することは一度もなかった。大牟田の母にはここ何年も連絡していないし、佐知子を紹介するつもりさえなかった。

一方の佐知子にしても、家出同然の身の上だ。ただ半年前、佐知子は母の死を知らされ、五日間だけ北海道に一人で帰省した。付き添うと申し出たが、佐知子は頑《かたく》なに拒んだ。病死か事故死なのか。古賀はなんどか尋ねようとしたが、佐知子は一切を語らなかった。大牟田の母が死んだとしても、自分も詳しい経緯を話すことはないだろう。それ以来、古賀から佐知子の家族のことに触れるのは避けてきた。

「佐知子のためなら全面的に協力する」

「ありがとう」

涙を拭った佐知子が顔を上げたときだった。ジャケットに入れていた携帯電話がけたたましい着信音を鳴らした。取り出して折りたたみ式の端末を開けると、携帯番号が点滅していた。カウンター席を離れると、通話ボタンを押した。

「古賀です」

〈すぐオフィスに来てくれないか〉

ノアレの熊田の声が震えていた。

13

タクシーで日比谷に着くと、古賀は夜間通用口を通って一五階に向かった。いつもなら恭《うやうや》しく出迎えてくれるワンレングスの秘書はいない。薄暗い受付席で内線電話をかけると、ほどなくして熊田自らがエントランスに姿を見せた。

「どうされました?」

ようと片手を挙げた熊田の顔に、濃い疲労の色が浮かんでいた。

「休日にすまんね。折り入って相談がある。それも急ぎだ」

熊田はさっさと受付カウンターを離れ、役員応接室に通じる扉を押し開けた。古賀もあとに続く。普段であれば間接照明が点《つ》いているが、休日のノアレ運用本部の専用フロアは真っ暗に近かった。周囲が暗い分だけ、熊田の言う急ぎの用件が不気味なものに変わっていく気がした。

「適当に座ってくれ」

応接室に着くなり、熊田がいつものソファを勧めた。革張りのふかふかのソファの前には、乱雑にファイルや書類が積まれた応接テーブルがある。

「社長に急遽呼ばれてね。ゴルフを切り上げて休日出勤になった」

舌打ちしながら熊田が言った。

古賀は慎重に熊田の出方を探った。いつになく熊田の顔色がさえない。その上、とても機嫌が良いとは言えない。

「来週、ノアレの全国オーナー協議会の総会が開催される」

ソファの背もたれに体を預け、熊田が白い髪をかき上げた。ノアレは健康飲料を全国規模で売り歩くスタイルで知られる。全国各地でオーナー販売店制度を敷き、ノアレ本社と販売店は二人三脚で歩んできた。ノアレ本社の取締役会が最高意思決定機関だとすれば、全国オーナー協議会は営業部隊の総本山という位置づけになる。

「株価が史上最高値水準まで戻す見込みが極端に薄くなったので、財テクから完全撤退すると社長が言い出した。この方針をオーナー協議会で表明すると通告された」

「しかし……」

古賀が口ごもると、熊田が言葉を継いだ。

「止《や》めるといって、いきなり多くの取引を清算するわけにはいかんのだ。株式運用どころか、デリバティブのデの字も知らん連中が勝手なことを言っている。それにも増して、勝手にこんなことをしていた」

テーブルの上に乱雑に積まれていた書類を掻き分けると、熊田が一冊の薄緑色のファイルを手に取った。

「まったくくだらん。これだから素人は困る」

手にしたファイルを熊田が古賀の手元へと乱暴に投げつけた。

〈ノアレ運用実績の中間評価／社外秘　アーネスト監査法人〉

「拝見してもよろしいですか？」

熊田を見ると、両目が真っ赤に充血していた。軽く頭を下げ、古賀はファイルの表紙をめくった。著名な監査法人のロゴとともに主任会計士の名前、そして印鑑がつかれていた。

〈「資金運用に伴う損失額の概算」（注＝市場動向により変動の可能性あり）〉

古賀は最初に掲げられた項目に目をやった。

〈「今期までの財テク関連業務に伴う損失総額（仮）」／一〇八七億円〉

古賀がファイルの数字を指すと、熊田が口を開いた。

「俺が知らない間に、会計事務所を使って運用の中身を洗い直したそうだ。解約可能なデリバティブは実際に損失を確定させて、不可能な分については評価損を見積もり、それに合わせて引当金を積んだら、その数字になるそうだ」

熊田の震える声を聞きながら、古賀は書類の中の内訳に目を凝らした。

〈株価指数オプション取引に係る実現損／二〇〇億五四〇〇万円↓評価損計上に伴う引当金四五〇億七五〇〇万円〉

古賀がヘルマン証券の杉本につないだオプション取引を組み込んだ仕組債は、二年前に破裂した。〈コールの売り〉というリスクが無限大に広がる商品が、雪だるま式に損失を生んだのが一番の理由だった。

ノアレは、あらかじめオプションのプレミアム料という形で巨額の現金を手にした。当初は平均株価が一定のレンジで設定期間内に一度もこの範囲を出なければ、プレミアム料が丸々ノアレの儲けとなる仕組みだった。だが、熊田は強欲だった。平均株価条項のほかに、ドル円の動向をも組み込んだ二重のリスクを引き受けたのだ。受け取るプレミアム料がほぼ倍となった。

ヘルマン証券の杉本が設定したドル円のノックアウト値は一ドル＝八〇円だった。契約当時、世間の誰もがこんな超円高局面が到来するとは想像していなかった。だが、実際にこのレートは二年前の九五年四月にあっさりと破られた。同月一九日、ドル円相場は一時一ドル＝七九円七五銭まで急騰した。

「社長を思い留まらせる知恵があったら教えてくれ」

熊田がうわごとのように言った。古賀は生返事したあと、引き続き資料を睨んだ。

ヘルマンの杉本の方が一枚も二枚も上手だった。急激に進んだ超円高の主犯は、ヘルマンなど外資系金融機関の得意先である海外の機関投資家やヘッジファンドと呼ばれる投機筋だったからだ。

海外勢は日本のバブル経済崩壊後、日本が超低金利政策で景気を下支えしていたことに着目した。彼らはヘルマンなど外資系金融機関を通じて低利で円資金を調達、これをドルや他の通貨に換え世界中の投資案件に注ぎ込んだ。

〈円キャリートレードの巻き返しは必ず起こります〉

ノアレとの仕組債契約が済んだあと、杉本がこっそり取引の裏側に潜む逆流の構図を教えてくれた。日本の株価水準が一定の範囲で収まったあと、日本の政府当局が低金利政策の是正を示唆《しさ》したことが、潮目を一変させるきっかけとなった。

〈海外投機筋が円キャリートレードで調達した資金は約一〇兆円です。この巻き返しが起これば、必ず円が急騰します〉

なんのことはない、ヘルマンは海外勢の円キャリートレードを仲介していたことから、こうした世界的な資金の流れが当初から手に取るようにわかっていたのだ。当然のことながら、事情を知り得たうえで杉本もノアレ向けの仕組債を作ったわけだ。

古賀はもう一度、巻頭に掲げられた文字に目をやった。

〈「今期までの財テク関連業務に伴う損失総額（仮）」／一〇八七億円〉

すべてがヘルマン関連の取引で生じた損失ではない。天井を睨み、腕を組んでいる熊田にも相応の落ち度がある。いや、熊田の性分を知る古賀や他社の営業マンがいたからこそ、にわかに信じられないような額まで、危険な財テクとその損失隠しという背任まがいの行為が暴走してしまったのだ。

「社長も責任を取って辞めるから、一緒に頭を下げようと言い出した」

熊田の言い振りは、どこか他人事だった。

「古賀君、君とは古い付き合いだ。今回の負けで俺は終わりたくない。どうか、新しい商品を紹介してくれないか」

今まで天井を睨んでいた熊田が、いつのまにか古賀の目をまっすぐ見据えていた。だが、両目の焦点は合っていない。すでに判断能力を失っているのは明らかだった。泥酔した人間が酔っていないと強弁している。いや、ギャンブル依存症になった男が、人生を賭《か》けるから最後の勝負をさせてくれと言っているのだ。悪い冗談以外の何物でもない。

「ご期待に添える商品があるか、これから検討いたします」

そう言うと、古賀はふかふかのソファから腰を上げた。このままこの場所に止《とど》まっていたら、熊田と一緒にソファの下に広がる泥沼に吸い込まれていくようだった。

「君だけが頼りだ」

背中で熊田の震える声を聞いた。古賀は振り返ることなく通い慣れた応接室を後にした。

暗い廊下を通り、受付席からエレベーターホールに向かう。一五階から一階に降りたあと、古賀は携帯電話を取り出した。番号のメモリを探し、通話ボタンを押すとすぐに快活な声が電話口に出た。

「夜分にすみません、古賀です。お時間よろしいでしょうか?」

〈かまいませんよ。どうされました？〉

「急ぎで先生のお耳に入れておくべき話が出てきました。ノアレが近く巨額損失を計上することになります」

〈ノアレが？〉

「先生のお父上がご尽力して財テク担当者を紹介されたと聞きましたので」

〈ああ、あの件ですね。今、事務所にいます。詳しい話を聞かせてもらえませんか？〉

「それでは、早速」

電話を切ると、古賀は日比谷シティの外に立ち、タクシーを止めた。

14

「よく知らせてくださいました。亡き父の名誉のためにも感謝します」

紀尾井町の首都高高架近くにある個人事務所の応接室で、芦原恒三が深く頭を下げた。甲斐甲斐《かいがい》しく芦原の世話をするベテランの男性秘書や電話番の女性職員もいない。一五畳ほどの簡素な応接室で、古賀は芦原と二人きりで向かいあった。

ノアレ創業者と恒三の父は同郷ということでかねてから親交が深かったと聞かされていた。熊田を紹介したのが恒三の父だったことを個人的に知っていただけに、ノアレが襟を正す決意を固めたことを真っ先に芦原に伝えるのが第一義だと考えた。最後まで古賀にすがった熊田だったが、自らの相場観のずれと、プライドの高さが自滅につながったのだ。熊田と芦原を天秤《てんびん》にかけると、古賀の心は即座に若き政治家に傾いた。

熊田にはなんども撤退を促した。損切りをして会社と自分を救うチャンスを古賀なりに考えた。だが熊田はまだ負けを認めようとしない。もう限界だ。古賀がどうにかできる損失額ではない。

「先生のためです。少しでもお力になれたらと思いまして。ノアレが損失を確定させれば、熊田さんは間違いなく背任で刑事告発されます」

古賀は目の前にいる青年代議士に言った。四年前、九三年の総選挙で芦原は亡き父の地盤を継ぎ、衆議院議員に当選した。保守系与党の常として、党務という名の雑巾掛けを経験した芦原は、メキメキと頭角を現し、今は党の青年婦人局長の重責を担っている。

「感謝します。これで司直の手が伸びる前に関係方面に目を配ることができます」

代議士になって以降、芦原の言葉には自然と重みが加わっている。

「会社の中枢が巨額損失に気づいたのはほんの少し前のことです。日本で一番早耳と評判の東京地検特捜部も情報をつかんでいないはずです」

古賀が告げると、芦原が頷いた。

「こちらのツテで特捜部には知らせておきます。そうすれば、彼らに貸しを作ることになりますからね。熊田氏を紹介した父の名前は後々扱いに配慮してくれるはずです」

芦原が淀みなく言った。芦原にとって、先代の名が面白おかしくマスコミに取り上げられるのは不本意なのだ。いち早く情報を届けた自分の判断は間違っていない。

「私の代になって、ノアレさんとの関係は希薄になっていましてね」

芦原はわざと眉根を寄せたが、すぐに笑みを浮かべた。国会議員になってから会う回数は減ったが、人懐こい笑みを見せるときは、三田電機の東田らと気さくに酒を酌み交わしていたときの顔に戻る。政治家が人を惹きつける持って生まれた力なのだ。

「それでは、私はこれで失礼します」

古賀が席を立とうとすると、芦原が首を振った。

「お礼といってはなんですが、面白いものをお目にかけようと思って準備していました」

立ち上がった芦原は、執務机に置かれた茶封筒を手に取ると、古賀に差し出した。

「私のような者が拝見してもよろしいのですか？」

「飛び切りの情報には、最高の文書でお返しするのが筋でしょう」

金融業界と同様、政界も綺麗事ばかりではない。わずか四年の間に、芦原は酸《す》いも甘いも理解できる政治家の目付きになっていた。

〈私案　本邦金融危機の抜本対策に向けて　九七年一一月二九日〉

封筒を開けると、淡々と綴られた見出しが飛び込んできた。

〈一九九四年に東京興和銀行、安心信用金庫が相次いで経営破綻して以降、翌年にはスペース信用組合や播磨《はりま》第一銀行が……〉

ここ数年、バブル崩壊の傷跡として世間を騒がせた金融機関の名が記されていた。不動産向けの過剰融資のほか、金融機関自身が土地投機に走り、戦後初めて破綻したのが三年前だ。古賀は文章の先に目を走らせた。

文書には、ここ数年の金融界の混乱が記してあった。古賀が全国各地の中堅中小金融機関に特殊な仕組債を売り歩く間、日本の金融秩序は大きな音を立てて瓦解《がかい》した。

この私案はなにを目的にしたものなのか。古賀が顔を上げると、腕組みしていた芦原が口を開いた。

「次のページに一番大切なことが記されています」

芦原が思い切り声のトーンを落とした。古賀はページをめくった。

〈今般の金融危機に対しては、従来の対症療法的な行政の舵取《かじと》りでは限界があることは明白。早期に金融再生関連法（仮）と金融機能回復に向けた早期健全化に関する法案（仮）を作り、一刻も早く公的資金投入による本邦金融界の不良債権処理一掃を図るべきである。国際的にみても本邦金融界の窮状は懸念《けねん》材料となっているため、国を挙げて取り組むことが肝要。両法案（仮）に対する大まかな予算措置は総額五〇兆円を手当てし……〉

「このペーパーはどなたが書かれたのでしょう？」

具体的かつ、より踏み込んだ表現を読むと、出どころは想像が付いた。

「現状に強い危機感を抱いた優秀な霞が関の住人です」

古賀が予想した通り、大蔵省の優秀なキャリアが動き出しているということだ。

「残念ながら、この紙は差し上げるわけにはいきません」

芦原が低い声で言った。

「私のような零細業者にとっては、今後の身の振り方を決する良い機会になりました」

「お役に立てれば幸いです」

古賀の目の前からさっさと紙を回収し、芦原が言った。

「年明けの国会から本格的な審議が始まるでしょう。バブルに浮かれた金融機関の尻《しり》拭《ぬぐ》いに血税を投入するとなれば、国中が蜂《はち》の巣をつついたような騒ぎになります。この法案が実際に両院を通過するまでにどの程度かかるかは未定ですが、必ずやり遂げます」

芦原の口調には力がこもっていた。

「ということは、今後二、三年の間に不良債権問題は峠を越すことになりますね」

「そうしなければなりません」

「貴重な情報、ありがとうございました」

頭を下げると、古賀は立ち上がった。

今まで後手後手に回っていた金融行政が本格的に反転攻勢に打って出る。近い将来、金融機関の不良債権処理が本格化すれば、株式の含み損を飛ばす、あるいは裏側で密かに損失を隠すビジネスは確実に需要が減る。

「今度は別の情報で先生のお役に立てるよう努力します」

古賀が言うと、芦原が笑みを浮かべた。

「今後もよろしくお願いします。古賀さんの情報はいつも第一級です。頼りにしています」

芦原が右手を差し出した。古賀は両手で芦原の手を握り返した。態度に重みは増したが、政界のサラブレッドの手は従来と同じで柔らかだった。この国は、白く柔らかい手を持つ人間がすべて動かしている。古賀は改めてその思いを強くした。自分のようなごつごつとした指を持つ人間は、絶対に柔らかい手を持つ人間に逆らってはならない。

15

一九九七（平成九）年一二月中旬、北海道札幌市。

「真面目な課長がババを引く必要はありません。元はと言えば、バブル景気の頃、他の基金を真似て株式の運用比率を高めた何代も前の幹部の皆さんの責任なのです」

古賀が声を潜めて言うと、眼前の中年男が俯《うつむ》いた。札幌市中央区南四西三、ヒゲのウイスキーの看板で有名なススキノ交差点近くの喫茶店で、古賀は中年男との間合いを詰めた。

「……そうかもしれません」

この男と会うのは三度目だ。北海道庁の職員や外郭団体職員の共済年金を運用する基金の財務課長で、ポストに就いてまだ一年半だ。

以前は道内各地の道庁関連団体を頻繁に転勤していたという。経済のど素人にも拘《かか》わらず、お役所特有の定期異動で前任者から計九〇億円のファンドを引き継いだ。しかしその内実は三〇億円の損失が生じていた。組織の常で、現在の担当者が過去の負の清算を迫られ、上役との間で板挟みになっている。

「ゴーサインを出してくだされば、皆さまへの根回しは私が責任を持ってお手伝いします」

課長がゆっくりと顔を上げた。

「本当ですか？」

処刑を猶予して欲しいと懇願する罪人のようだった課長の瞳に、ほんのりと明るい光が差した。

「三〇億円のロスは組織全体の責任です。道庁の監査が入る前、今のタイミングでしたら誰も傷つくことなく、きれいに財務を健全化することが可能になります」

男の表情にようやく生気が戻った。

「課長と同じ境遇に置かれた担当者の皆さんを何人もお助けしてきた自負があります」

古賀はそう言うと鞄から小さな名刺ホルダーを取り出した。コーヒーカップを押しのけると、古賀は素早くホルダーのページをめくった。課長の視線が吸い込まれるようにホルダーに向かう。古賀がわざとページを速くめくると、ホルダーの中で目まぐるしく全国各地の基金や中堅中小の金融機関のロゴが動く。

「では、改めて仕組債の簡単な内訳をご説明いたします」

古賀は素早くクリアファイルをテーブルに載せた。

〈運用ポートフォリオ再設定のご提案　CBFS銀行東京支店〉

中野とその部下が主力の一つとして位置付けた株式含み損の飛ばし商品だ。書類には、顧客とCBFSとの関係を描いた見取り図、そして複雑な数式が載っている。目の前の財務課長の顔が再び曇った。

「かみ砕くとこんな形になります」

古賀はボールペンを取り出し、CBFSと矢印で結ばれた顧客Aのイラストに財務課長が所属する基金の名を書き加えた。

「顧客Aは課長が勤務されている基金です。つまり、こういうことです」

提案書にある空いた欄に、古賀は簿価九〇億円（時価六〇億円）と書き入れた。

「従来、御基金が運用を始めた際の計五〇銘柄の取得価格の合計は九〇億円でした。しかし三〇億円の損失が生じ、時価換算すると六〇億円に目減りしてしまいました」

財務課長は不安げに頷いた。

「この三〇億円のロスを巡って、御基金の内部は大変な問題が生じています。なんとも申し上げますが、これは課長の責任ではありません」

「は、はい」

古賀が強い口調で言うと、財務課長はなんども頷いた。

「では、この三〇億円の含み損を綺麗にする具体的な手順をご説明いたします」

課長は背広からメモ帳とペンを取り出し、古賀の顔を凝視している。完全に食いついた。

真剣な眼差しの財務課長に笑みを返したとき、不意に芦原の顔が浮かんだ。株式の含み損の飛ばし、そして金融機関の不良債権隠しを企図する商品はあと二、三年のうちに使えなくなる。気の毒だが、目の前の財務課長は手数料稼ぎのラストスパートの一つのコマでしかない。手堅く、そして確実に餌《えさ》の付いた針を飲み込ませる。

目の前の財務課長が額に浮かんだ汗をハンカチで拭っていた。荒井や熊田とは違う。この男は小心で、損失を生んだ張本人ではない。針がかりすれば、今後数年のうちに仕組債が破裂し、責任を問われることになるだろう。この男を貶《おとし》めてもいいのか。説明を続けていけば、間違いなく男は契約書に判を押し、そして断頭台の階段を上り始めるのだ。

席をたってしまえ。古賀の頭の中に佐知子の声が響いた気がした。だが、古賀は意を決し、言葉を吐き出した。

「御基金はＣＢＦＳ系列の信託銀行に特別口座を開設します。ここに同信託銀行から短期で借り入れた九〇億円を預けます」

「貸してくださるのですか？」

「手付金のようなものです。基金のご負担になるような性格のものではありません」

古賀が告げると、財務課長が安堵の息を吐いた。

「では次です。ＣＢＦＳ系列の信託銀行は九〇億円を用いて、六〇億円に目減りしている運用中の株式をすべて買い付けます。ここは市場外取引を用います。ここまではご理解できますか？」

「は、はい」

財務課長がメモを取る手を止めた。ここからが肝心だ。図を見て、自分の手帳にメモを起こしている素人は、まだ半分程度しか取引の中身を理解していない。だが、わかったような気にさせるのが腕の見せ所だ。古賀は資料のページをめくった。

「次いで、信託銀行側は買い取った株式を今度は市場で売ります。そうすると、売却代金の六〇億円が信託銀行の特別口座に残ります。今度はこれを原資として、CBFS銀行との間でデリバティブ取引を行います。具体的には、オプション取引という権利を売買する特殊な仕組みを用います」

財務課長のペンが完全に止まっていた。古賀はいつものように値上がり確実と目されるマンションの売買を例に取った。値上がりする前に、手付金のような形で保証金を入れることで、マンションの買い時を逃さないという理屈だ。

「今回は買いの権利ではなく、売りの権利を応用します」

ノアレの熊田が深みにはまった「オプションの売り」のことだ。

「『売りの権利』というのは、安全なのでしょうか？」

眼前の財務課長がいきなり訊いた。もしや、リスクが無限大に広がることを知っているのか。不安の色は浮かんでいるが、疑っているような気配はない。

「もちろん、こうしてお勧めする以上、安全ですよ」

安全という言葉を吐いたとき、目の焦点が合わない熊田の顔が浮かんだ。

「このオプション取引の詳細はCBFSの担当者と決めていただくことになります」

平均株価が一定のレンジから外れない、ドル円相場が一ドル＝八〇円を超えない……ノアレはオプション取引の負の側面がすべて裏目に出た。だが、目の前の財務課長にそんな複雑な理屈がわかるはずはない。

「商品を実際オーダーメイドしてくれるCBFSは、オプション取引で御基金に対して前払いされるプレミアムというお金を三〇億円に設定してくれます」

古賀が具体的な金額に力を込めると、財務課長の目が輝いた。

「信託銀行の口座にはすでに株式を売却した六〇億円が入金されているわけですよね？」

「さすが、課長は飲み込みが早い」

おまえは完全に騙《だま》されたんだよ。古賀は心の中の言葉を飲み込み、いつものように作り笑いを浮かべた。

「つまり、信託銀行の口座にある六〇億円と、CBFSから受け取るオプション関係のプレミアム分三〇億円を足すと……」

「御基金が運用を開始したときの九〇億円になります。もうおわかりでしょうが、帳簿上の損失は解消されるという仕組みです」

「あの、法律上の問題は……」

課長が手帳から新聞の切り抜きを取り出した。見出しを覗き込むと、株式運用で生じた損失を金融機関が補塡《ほてん》してはならぬという会計上の取り決めがなされた際の記事だった。

「何一つ問題などありません。御基金とCBFSの間で契約するのはオプション取引を使ったデリバティブです。これは二者の間で行う相対《あいたい》取引です」

三〇億円分のオプション・プレミアムがどれほど危険かは、この際問題ではない。財務課長には、運用開始時点の九〇億円が回復していることが一番の関心事なのだ。

「古賀さんのお話を聞き、だいぶ理解が進みました」

財務課長の表情が緩んだ。

あと一〇か二〇の金融機関や基金で同じことをする。芦原の話を聞いてから、商売の行き着く先が明確にわかった。外資系金融機関と同じように、モラルなど関係ない。違法と認定されるまでの間、稼げるだけ稼ぐ。

良心の呵責《かしゃく》とか言う前に、人よりも多く稼いだ者が最終的に世の中に残ることができる。不意に芦原の柔らかな手の感触が蘇《よみがえ》る。結局、ごつごつした手を持つ下層の人間が這い上がるには、同じランクの人間を食い潰す必要があるのだ。コンサルタントとして、いや仲介業者としてプロに徹しろ。古賀は自分を奮い立たせるため、強く心に言い聞かせた。

「課長、これからお時間は？」

「今日は徹底的にお話をうかがうつもりでしたので、後の予定は入れていません」

「それでは、軽く我々二人のために、慰労会といきませんか？」

古賀は自分の顔の前で猪口を空ける手振りをしてみせた。

「ぜひ行きましょう」

財務課長が満面の笑みで言った。ＣＢＦＳに取引をつないでしまえば、もう二度と会うことはない。あとは中野の領分だ。

第五章 泥濘

1

二〇一六（平成二八）年五月上旬、東京都千代田区。

「こんなことって……」

小堀の眼前で、突然佐知子が口元を覆《おお》った。真っ赤に充血した両目からとめどなく涙が溢《あふ》れ出す。強く下唇を嚙《か》んだ佐知子は、テーブルに置いた紙を凝視していた。

「我々が身分を隠して近づいたことは平にお詫《わ》びいたします。あなたが突破口になると考え、極秘裏に動いておりました」

小堀は隣に座る島本に目をやった。地味なスーツ姿の島本はハンドバッグからハンカチを取り、佐知子に差し出した。

「これを読めば、あなたのお父様が古賀に殺されたことがわかるでしょ？」

島本が優しい口調で言うと、佐知子がようやく頷《うなず》いた。二人の様子を見ながら、小堀はテーブルの下で密《ひそ》かに拳《こぶし》を握りしめた。佐知子がこちら側に落ちた。

「父とあの人の間にこんなことがあったなんて、とても信じられなくて」

「待つわ。落ち着いたらでいいの」

神楽坂の古い料亭で思わぬ形で古賀と対面を果たしてから半月経《た》ったとき、日比谷公園近くにある老舗《しにせ》ホテルへ佐知子を誘い出した。

佐知子と島本が合流した直後、満を持して小堀が個室に入り、警察だと明かした。予約していた和食レストランの個室に佐知子の洟《はな》をすする音がかすかに響いた。

「私、こういうことに慣れていないから」

「誰でもそうよ。ゆっくりでいいのよ」

二人のやりとりを聞きながら、小堀はここ数カ月を振り返った。

今井は古賀を完全監視下に置き、行動の全《すべ》てを把握していた。一カ月前、古賀が古い知人と神楽坂で会うという情報をつかんだ今井は、あえて小堀にその姿に触れさせようと試みたのだ。このあとも今井は着実に古賀の過去を掘り起こし続けた。

中でも切り札となったのは、北海道札幌市で一六年前に自殺した地元の福祉年金基金の財務課長の存在だ。道警から今井が入手した死体検案調書の身元欄には〈村田俊《とし》郎《ろう》〉の名が記されていた。

鳥取や福岡で自殺した地方の金融機関関係者を調べていくうち、古賀の存在が浮かび上がった。財テクブームに浮かれ多額の損失を出した地方銀行、信用金庫や信用組合関係者と古賀の接点を根気強く今井が洗っていくと、気になる名前が浮上した。自殺した村田俊郎は佐知子の父親で、皮肉にもCBFS銀行東京支店と接点があった。

「村田さんが落ち着かれるまで、我々は待ちます」

小堀の言葉に佐知子が頭を下げた。

「村田さんのほかにも、全国各地で命を絶った方々がおられます。皆さんの無念を晴らさねばなりません」

小堀が感情を排した声で告げると、佐知子がこくりと頷いた。

佐知子との距離を一段と縮めるきっかけを作ってくれたのは、証券取引等監視委員会の次長、岡田加津美だった。

荒木町で食事をして以降、二、三度情報交換を行っていた。ニューヨーク時代に「コールマン」の噂《うわさ》を聞いたという岡田は、組織の中で秘《ひそ》かに動いてくれた。つい二週間前、岡田の直属の部下がCBFS銀行東京支店への検査時、実務責任者だったことがわかった。そこからはとんとん拍子に捜査が進展した。

元検査官からＣＢＦＳの顧客リストを内々に入手した。すると、同行が手がけた運用損や不良債権を海外に飛ばす商品のうち、約三割を古賀が紹介していたこともわかった。さらに調べを進めれば、古賀と三田電機の爛《ただ》れた関係にもたどり着くことができるかもしれない。

佐知子の父、村田俊郎は道庁や出先機関関係者の年金運用を担《にな》う基金の財務課長の職責を担っていた。清算すべきとする実務担当者、臭いものに蓋《ふた》をしたい基金幹部との間で村田は板挟みになっていた。そこに登場したのが古賀だった。

「お父様のメモ帳をご兄弟が残してくださっていたのが不幸中の幸いでした」

「母がガンで亡《な》くなってからは、父はただ一人の肉親でしたから……」

小堀はビニールの袋に入ったボロボロのメモ帳をテーブルに載せた。今井が江別《えべつ》に住む村田の兄を訪れ、メモ帳を入手した。その中に、娘である佐知子に宛《あ》てた遺書めいたメモがあった。

〈閉鎖的な町で暮らしていると、何事も目立ちたくないし、波風を立てないように暮らさねばならない。しかも地方公務員という立場もある。娘に間違いがあるとすぐに後ろ指をさされてしまう。俺の両親は炭鉱町で奔放に生きた。自分はそんな親の自堕

落な姿を見て育ったから佐知子には必要以上に厳しく接してきた。本当は佐知子の夢を叶《かな》えてやりたかった……〉

佐知子が家出同然で上京したことは島本から聞いていた。それだけに、このメモは佐知子を突き動かすだけの力があると小堀は踏んでいた。小堀はこの一点に賭《か》け、思い切って正面突破を決め、佐知子を老舗ホテルに呼び出したのだ。

「本当にあの人が、父を追い詰めるようないかがわしいことに手を染めていたのですか?」

佐知子が、顔を上げた。両目は充血しているが、不安げな表情は消えていた。

「言葉巧みに損失先送り商品を仲介した挙句、その商品を扱っていた銀行自体がなくなってしまいました。古賀がお父上の前に姿を現さなければ、自ら命を絶つほど追い込まれることはなかったでしょう」

小堀は、金融庁の大森から得た資料を元に、簡単な見取り図を書いた。大まかな仕組みを説明すると、佐知子の顔がみるみるうちに険しくなった。

CBFS銀行東京支店が一七年前に免許取消という前代未聞《みもん》の厳しい行政処分を受けたことで、一番困ったのが損失や不良債権を飛ばしていた多数の顧客だった。

当時の金融監督庁は、いかがわしい商品を買っていた顧客を罰しなかった。ただし、

ＣＢＦＳが運用途中だった商品は、中途解約して損失を確定させるか、もしくは他の金融機関で引き取ってくれるところを探せ、という厳しい判断を下した。

商品を取り扱った銀行が免許取消処分を受けた直後でもあり、肩代わりしてくれる奇特な金融機関は皆無だった。このため、北海道の年金基金は突発的な損失計上という不祥事を審《つまび》らかにせざるをえなくなったのだ。

当然、地元メディアには叩《たた》かれ、村田俊郎は組織内で批判を一身に集める悲劇に見舞われ、札幌市内の豊平川に飛び込んだ。

「古賀は依然として活動しています。あなたのお父上のような人をもう誰一人として出すわけにはいかないのです」

小堀の言葉に佐知子が小さくうなずいた。

「お父上のような方だけではありません。基金が支払い不能になり、年金を受け取れなくなった人が数千人単位でいます。地方の金融機関が破綻《はたん》し、取引企業が数百倒産しました」

決して大げさな話ではない。古賀が怪しげな商品を売ったことで、バブルの当事者たちだけでなく、なんの罪も、いやかけらほどの落ち度もない一般の人間が多大な被害を受けてしまったのだ。

「あの人は、こんないかがわしいことをして、なにも知らない人たちを陥《おとしい》れたお金を……」

再度、佐知子が口元を手で覆った。

「どうされました？」

小堀が訊《き》くと、佐知子は強く首を振った。

「あの人は、若手作家や職人育成のために資金を提供してくれました。でも、こんな酷《ひど》いことをしたお金だって知っていたら……」

佐知子の言葉を聞き、小堀は島本と顔を見合わせた。今井が調べている古賀関連の資金の流れで、今ひとつ釈然としなかったのが、NPOへの多額の資金拠出だった。

「若い作家とは？」

小堀が尋ねると、下唇を嚙んでいた佐知子が口を開いた。

「漆や陶芸の世界は後継者不足です。私が作家や職人の支援に苦労していたころ、あの人はNPOを通じて支援する道筋を作ってくれたのです」

「贖罪《しょくざい》の気持ちがあったのでしょうか？」

「結果的に私はずっと裏切られていました」

佐知子の声が、怒気を含んでいた。

「あなたも被害者です。どうかご協力いただけませんか?」

小堀は強い口調で言い、佐知子の両目を見た。

「私はどんなお手伝いをすればよいのでしょう?」

佐知子が気丈に言った。すると、小堀の横にいた島本が口を開いた。

「これを使ってください」

島本は自分のスマホを取り出すと、画面の中の小さなイラストをタップした。

「これを使えば、もう誰一人として被害者は生まれません」

小さな画面を覗《のぞ》き込み、小堀は言い切った。

2

一九九九(平成一一)年一月上旬、東京都港区。

「正月明けなのに悪かったな」

神谷町の商業ビル、ガラス張りの支店長室で中野が言った。古賀は強く首を振った。

「とんでもない。年末に顔を出す予定でしたが、出張が立て込んでいました。遅くなって申し訳ありません」

　昨年一二月、古賀は東海地方を駆け足で回り、そのまま九州へと飛んだ。財テク失敗で損失の表面化を回避したい各地の年金基金に加え、不動産投機の後始末に追われる地方銀行や中堅中小の信金、信組からの引き合いはひきもきらなかった。

「今年はもっと本社からボーナス貰《もら》わなきゃならん。多少筋の悪い客でも構わんから、全部俺のところにつなげ。おまえはヘルマンの杉本や他の外資に客を流しすぎだからな」

　顔をしかめ、中野が言った。

「人聞きが悪いですよ。顧客の要望で最良の金融機関を選んで紹介した結果ですから」

「まあ、とにかく今年も頼んだぞ」

　中野が応接テーブルの葉巻入れに手を伸ばしたときだった。ノックもなしに支店長室のドアが突然開いた。次いで、ガラス張りの部屋に不釣り合いな怒声が響き渡った。

「おい、動くな！」

　声の方向に目をやると、眉間《みけん》に皺《しわ》を寄せた背広姿の男が立っていた。その背後には、怯《おび》えたように肩をすくめる中野専任の女性秘書が見えた。

「いったい誰だよ。今は来客中だぞ！」

背広男の大声にひるむことなく、中野がどなり返した。

「金融監督庁検査局主任検査官の岡本安夫《おかもとやすお》だ。これより、ＣＢＦＳ銀行東京支店およびグループ会社を一斉検査する」

「そんなの聞いてねえぞ」

「当たり前だ、抜き打ち検査だからな！」

警察官が家宅捜索に入るときのように、岡本が一枚の書類を広げ、勝ち誇ったように中野の前に提示した。

「ダメだ、出直してこいよ」

中野はこめかみに何本も血管を浮き上がらせて食いさがるが、岡本は微動だにせず、中野の前ににじり寄った。

「今から検査を開始する。我々の指示に従わない場合、検査妨害、あるいは検査忌避と認め、行政処分の対象となることを強く通告しておく」

中野は顔をさらに紅潮させ、岡本の背後にいる秘書に叫んだ。

「今すぐ顧問弁護士を呼べ！」

「わかりました」

消え入りそうな声で告げると、秘書が一目散に走り出した。

「金融監督庁は随分と荒っぽいことするんだな」

中野が岡本の目の前に進み出た。ボクシング選手が試合前に目力《めぢから》で相手を威圧するような格好だ。

「キャンキャン吠《ほ》えていられるのは今のうちだ」

「行政訴訟起こしてやるからな」

岡本との間合いを一層詰め、中野がドスの利《き》いた声で言った。

「どうぞご自由に。その前に、おまえらの息の根を止めてやる」

売り言葉に買い言葉で、岡本が強い調子で言い放った。

「中野さん、まずいですよ」

古賀が慌《あわ》てて二人の間に割って入ると、岡本が口を開いた。

「あんたも動くな。これ以上邪魔したら、検査妨害と認定するぞ」

国民証券時代になんどか大蔵省検査に立ち会ったが、これほど威圧的な検査官にはお目にかかったことはない。

「こいつは部外者だ。関係ない」

今度は中野が古賀と岡本の間に割って入った。

「それなら、帰ってもらいましょうか。検査については口外無用に願います」

瞬《まばた》きもせず、岡本が言った。古賀が中野を見ると、しぶしぶ従えとその目線が言った。支店長室を出てCBFS銀行東京支店のロビーに出ると、一〇人以上の背広姿の男たちが慌ただしく動き回っていた。

持参した段ボール箱を忙《せわ》しなく組み立て始める者、女性秘書に対し声高に資料庫への経路を尋ねる者……まさしくCBFSを急襲した格好となった金融監督庁の検査官たちは各人各様だったが、一様に鼻息が荒い。

古賀は下りのエレベーターに飛び乗った。自分の鼓動が聞こえそうなほど、神経が高ぶっているのがわかる。

エレベーターを降り、一階のロビーを抜ける。白いワンボックスの車両から背広姿の男たちが二、三人降り立ち、畳まれた段ボールをロビーに運び込んでいくのが見えた。何人態勢かはわからないが、金融監督庁は本気だと感じざるをえなかった。

足早に神谷町の駅に向かう間、古賀は改めて気づいた。不良債権を隠匿《いんとく》して行政や世間の目から隠すことは今後許されなくなる。

隠した本人だけでなく、手助けをした者も許さない。その第一歩が、中野の支店長室に響き渡った岡本という主任検査官の怒声なのだ。

営業特金や取引一任勘定は大蔵省の局長通達によって一夜にして禁じられた。これを逆手に取る形で、古賀は運用損を海外に飛ばすビジネスの片棒を担《かつ》いできた。金融機関の不良債権の隠匿についても、自分は重要なポジションを担当した。だが、先ほど踏み込んだ金融監督庁の一団が、古賀のビジネスを一瞬で粉々にした。

今すぐに仕事を辞めても今後一〇年程度は食っていけるだけの蓄えは作った。だが、中野を急襲した当局の追っ手が自分に向いたらどうなるか。

中野はどのような処分を受けるのか。また、中野らを積極的にサポートした立場を追及されたら……不安が不安を呼び、眩暈《めまい》を起こしそうだった。

3

一九九九（平成一一）年四月上旬、東京都文京区。

マンションの新聞受けに朝刊が挿し込まれた音を聞き、古賀は浅い眠りから目を覚ました。傍をみると佐知子が小さな寝息をたてている。古賀は音を立てぬよう慎重に布団《ふとん》をめくり、ベッドから抜け出した。

金融監督庁がＣＢＦＳやクレディ・バーゼル傘下《さんか》の信託銀行、証券会社、投資顧問会社に抜き打ち検査に入ってから三カ月が経過した。

あの日以降、なんど中野の携帯電話に連絡しても一切応答はなかった。この間、日本の通信社を中心に、検査の詳細な内容が報じられたほか、CBFS経由で運用損や不良債権を海外に飛ばした日本企業、金融機関の名前が伝えられた。報道が出るたびに、古賀の携帯電話が喧《かまびす》しく鳴った。特に、通信社の報道が微に入り細を穿《うが》ったものだったことから、狼狽《ろうばい》した古賀の顧客たちが居てもたってもいられなくなったのだ。目新しい記事が載り、顧客対応に追われるのではないかと恐怖心が募り、古賀は睡眠不足を強いられていた。

薄暗い廊下を通り、玄関にたどり着く。新聞受けに届いたのは経済専門の日本実業新聞だった。

一面トップは、四半期に一度載る景気に関する分析記事だった。すぐに他の記事の見出しに目を転じた。すると、一面の中程に自分のよく知る男の顔写真が載っていた。

〈ヘルマン証券幹部の杉本氏、インターネット専業証券設立へ＝ソラー電子が出資〉

涼やかな笑みを浮かべる杉本の顔写真が掲載されていた。古賀はその横に掲げられた見出しに見入った。

〈米国の大手証券会社ヘルマン証券東京支店幹部の杉本匠氏がソラー電子の出資を仰ぎ、国内初のインターネット専業証券を設立することが明らかになった……〉

ソラー電子の出田《いずだ》社長と杉本はビジネス界の交流会を通じた旧知の仲で、新興ビジネスの立ち上げで意気投合したのだという。杉本は近くヘルマン証券を退社し、ソラーから五〇億円の出資を仰ぎ、新たな個人向け証券ビジネスを切り拓《ひら》いていくという。

古賀は新聞を握りしめ、ダイニングに向かった。テーブルに置いた携帯電話を取り上げると、古賀はメール画面を開いた。

〈起業の記事読みました。おめでとうございます〉

短くメッセージを送った直後だった。手の中で携帯電話が震えた。小さな画面には、杉本の名前が点滅した。

「すみません、メールで起こしてしまいましたか?」

〈昨晩からいろんなメディアに後追い取材を受けていましてね、一睡もしていません〉

電話口で杉本が苦笑した。

日本実業新聞に記事が載ってから二日後だった。杉本に誘われた古賀は、以前と同じ神楽坂の料亭のカウンター席に着いた。ビールを一口飲んだ杉本が、安堵《あんど》の表情を浮かべていた。

「それにしても、随分と思い切った決断をなさいましたね」

「潮時でしたからね」

古賀の問いかけに、杉本はいつものように冷静な口調で答えた。

「潮時とは、例のビジネスのことですよね」

ＣＢＦＳの支店長室に金融監督庁の検査官が突然現れ、有無を言わさず抜き打ちの検査に入ったことは、潮目が変わったという状況にぴったりと符合する。

「当局《おかみ》も馬鹿《ばか》じゃありませんからね」

「御社への検査はどうですか？」

古賀は思い切って訊《き》いた。すると杉本が肩をすくめた。

「実は、最初のターゲットはウチだったのです。ヘルマンには金を使ってあちこちから情報を集める社風があります。創業者はユダヤ人で、迫害を逃れて欧州からアメリカに渡った歴史がありますから」

そう言うと杉本は手元の猪口《ちょこ》を取り上げ、喉《のど》を潤《うるお》した。

「半年前に情報をキャッチしたあとは、本社の偉い人が日本政府に対して水面下で強烈な働きかけをしました」

「偉い人とは？」

「米国副大統領を務めたあと、駐日大使を経てウチの顧問になった方です」

古賀の頭の中に、白髪で穏やかな表情の紳士が浮かんだ。

「ＣＢＦＳのダメージを金額に引き直せば、軽く一〇〇億円レベルに達します。どんな行政処分が下されるかはわかりませんが、もはや日本でのビジネスは再起不能でしょう」

杉本は猪口の酒を舐《な》めながら言った。

「杉本さんはヘルマンのパートナーに昇進するものとばかり思っていました」

「以前から昇進《プロモーション》を打診されていたのは事実です。短期間でヘルマン史上最高の利益を計上しましたから」

「なぜ断ったのですか？」

「昇進後に金融監督庁から踏み込まれたら、第二の中野さんになってしまいます」

杉本が肩をすくめてみせた。世の中のパワーバランスが自らのキャリアにどう影響するか、杉本は精緻《せいち》に分析しているのだ。

「それより、金融監督庁は古賀さんに対しても事情聴取をしているのですか？」

「今のところありません」

「それならよかった。検査は難航していると聞きます。現時点でＣＢＦＳの仕組債が違法だと断ずるだけの法的根拠が乏しいからです」

「なるほど」

「我々に手ぬかりはありません。仕組債の契約に関しては、弁護士に高い手数料を払って違法性なしというお墨付きを得ていましたから」

　地方の顧客を外資系金融機関に紹介したあと、なんどか契約の場に立ち会ったことがある。企業法務を専門にする弁護士が必ず立ち会っていた。

「金融監督庁は一気呵成《いっきかせい》に動きました。拳を振り上げた以上、どこかにそれを落とさねばなりません。中野さんは間違いなく生贄《いけにえ》にされるでしょう」

　そう言うと、杉本は目の前のカワハギの肝を口に入れた。古賀も同意見だ。

　涼しげな横顔を見ながら、杉本がソラー電子の出田のような財界のＶＩＰとどんな形で親交を持ち、多額の出資を得るまでになったのか興味が湧《わ》いてきた。

「出田さんとは以前からお知り合いなのですか？　海外市場での新株発行か社債の主幹事にでも？」

「もちろん、それもありますよ。ただ、メインだったのは仕組債の付き合いです」

「もしや……」

「他のお客さんと同様、ソラー電子も株式運用でだいぶやられましたからね」

カワハギの隣にあるスミイカの刺身をつつきながら、杉本が言った。

「なんどか説明に行くうち、出田さんにインターネットを使った個人向けビジネスの話をプレゼンする機会を得ました。私も次のステップに行くことを考えていましたし、ソラー電子としてもパソコン事業の目玉として新たなビジネスを模索していましたから」

「私など場立ち出身です。インターネットで商いというのは画期的なことだと思います」

「ビジネスは生き物です。そこで働く人間も同じで、自分の価値を高めるためには変わり身の速さも重要なスキルですよ」

「なるほど……」

「半年程度で、CBFSへの行政処分が出るでしょう。金融監督庁がどんな言い掛かりをつけるかはわかりませんが、間違いなく免許取消などの厳罰が下ると思います。そうなると、古賀さんのビジネスもいずれ近いうちに行き詰まってしまいます」

年初にCBFSの支店から抜け出たあと、古賀の体に悪寒《おかん》が走った。今も同じだ。古賀が漠然と抱いていた不安を、杉本はずばり抉《えぐ》ってきた。

「次のフェーズをお考えですか？」

杉本の言う次のフェーズとは、新しいビジネスを切り拓き、新たな収益を探すという意味だ。仕事という名のやりがいと言い換えることもできる。だが、何一つ考えていない。

「アイディアがありません」

自分の声が沈んでいく。古賀は正直に心情を吐露した。

「ゆっくり探せばいいのです。ただ、今のビジネスからは早めに足を洗ったほうが賢明です。この国は、誰か一人が血祭りに上げられると、全員が敵に回ります」

「たしかに……」

「しかし、当座は彼らが役に立つかもしれません」

杉本が突然、自分の携帯電話を取り出し、言った。手元の小さな画面には個人の名前と携帯番号、Eメールアドレスが表示されている。古賀が知らぬ男の名前だった。

「私はヘルマンを去りますが、今後は彼らが日本の掃除を担うはずです」

杉本は掃除という言葉に力を込めた。

「仕組債の次のビジネスチャンス、ということでしょうか?」

古賀は思わず訊き返した。

「やはり、古賀さんは金融の仕事がむいています。これはヘルマンの投資銀行部門の若き精鋭たちです」

「仕組債の仕事も投資銀行部門ではないですか」

日本ではあまり馴染《なじ》みはないが、投資銀行とは顧客企業の資金調達やM&A業務などを総合的に扱う証券会社の一部門を指す言葉だ。日本の長期信用銀行や都市銀行でも同じような業務を扱う組織はあるが、ヘルマンのように世界中に顧客ネットワークがある外資系金融機関がビジネスの大半を実質的に仕切っていた。

杉本が在籍した債券営業本部は、顧客の細かな資金需要をカバーしていた。その上部の組織は、ヘルマン証券アジアの投資銀行部門だ。

「仕組債が使えなくなっても、企業は色々と複雑な事情を抱え続けるものです。そんなとき、ヘルマンの後輩がお手伝いをします。今度引き合わせましょう」

「ぜひ、お願いします」

古賀は頭を下げた。仕組債を使った飛ばしビジネスは近い将来消滅せざるを得ない。だが、いきなり金融業界から引退し、他の業界へ移る勇気も心当たりもなかった。

「結局は金融の水が一番肌に合っている、いや、この業界しか知らないのです」

自嘲《じちょう》気味に言うと、杉本が頷いた。

「前にも申し上げましたが、古賀さんは非常にクレバーな方です。今後も様々な掃除の依頼がくるはずです。コールマンは自らの意志とは関係なく大きな存在になっています」

杉本が真面目《まじめ》な顔で言った。

「一生掃除の仕事をするつもりはありません。ただ、完全に足を洗う決心がつくまでは、日銭を稼いで生きていきます」

「コールマンのことは必ず後輩に伝えます。近いうちに、神保町のオフィスに挨拶《あいさつ》に行かせます」

そう言うと、杉本は手酌で猪口を満たした。

4

一九九九（平成一一）年八月上旬、福岡県福岡市中央区。

福岡中央卸売市場の建物脇《わき》から海風が吹き込み始めたが、夜になっても九州の熱気は抜けそうにない。長浜でモツ焼きが名物となっている屋台に入った古賀は、ジョッキで供されたクセの強い芋焼酎《いもじょうちゅう》を一口舐めた。

「良樹、どうにかならんか？」

隣の席で、大牟田合同信金理事長のポストまで上り詰めた荒井がため息混じりに言った。屋台の裸電球で照らされた顔には、どす黒いクマが現れている。あの図太い神経の持ち主が、相当に参っている。

「申し訳ありません。CBFS銀行東京支店が免許取消になるなんて、誰も想像していなかった事態です」

古賀は努めて事務的に告げた。

一カ月前、半年間続いていたクレディ・バーゼル・グループの日本法人三社に対する金融監督庁の検査が終了した。裁判の判決に当たる示達《じたつ》は、杉本が予想した通り、日本の金融史上で一番厳しい中身となった。

中野が支店長を務めたCBFS銀行東京支店は免許取消、すなわち一発退場の厳しい判定を受けた。同時に、古賀がつないだ大牟田合同信金の株式運用損解消に向けた仕組債も〈著しく不適切な金融商品〉と認定された。

「良樹、おまえは安全や言うとったやないか」

ジョッキの芋焼酎を一口舐め、荒井が恨み言を吐いた。

「私は仕組債とCBFSをご紹介したまでです」

幸い屋台は空《す》いていた。だが、隅の席に陣取るカップルが好奇の眼差《まなざ》しを向けてくるのがわかった。古賀は声の調子を落とし、言った。

「金融監督庁は顧客側の違法性は問うていません」

「そげんこと言われても、ウチはいきなり六〇億円もの損失が表面化する。これが公《おおやけ》になったら、小さな町は大騒ぎたい」

まだ一口か二口しか芋焼酎を飲んでいないはずだが、荒井の両目はすわっていた。目の下のクマと合わせると、獄門台に乗せられる直前、遺言を介錯人《かいしゃくにん》に読ませる極悪人のような面相になっている。

「おまえと俺の仲やなかと。仕組債を引き取ってくれる金融機関を紹介してくれんね」

古賀は懸命に舌打ちを堪《こら》え、首を振った。すると、荒井が背広のポケットから折りたたんだ紙を取り出し、屋台のカウンターに広げた。

「こげん企業が現れ始めたっちゃ。とても他人事とは思えん。なあ、助けてくれんね？」

荒井の太い指の下には、大手信用調査会社が発行したプレスリリースがあった。

〈倒産速報：「(株) クレイ電気　自己破産申立　負債総額約三五〇億円　デリバティブで多額の損失」〉

三日前、古賀も目にしたリリースだった。古賀が扱った分ではなく、CBFS銀行の営業マンが直接契約を取ってきた分だ。

「ここに書いてあろうが。取引銀行に見捨てられ、緊急融資も受けられんで即死した企業ばい。こげんこつが、当の信用金庫にもあるって世間に知れたら、俺は死んで詫びせんばいかんたい」

自殺する勇気もないくせに、なにを大げさな。喉元まで出かかった言葉を飲み込み、古賀は殊勝に言った。

「福岡に来る途中に何社か外資を当たってみましたが、CBFSの取引を引き取ってくれるところはありませんでした。力不足で申し訳ありません」

「なんとか探してくれんね？　今は理事長である俺と数人の幹部しか事実を把握しとらん。どこかを紹介してくれれば、こっそり礼は弾む。な、良樹。どうにかしてくれ」

土色の顔で荒井が懇願した。

「荒井さん、もうどげんもならんですたい」

荒井の腕をつかみ、古賀は言った。腕をとらなければ、荒井は土下座しそうな勢いだった。薄くなった額を地面に擦《こす》り付けられても、無理なものは無理なのだ。まして荒井の土下座には一銭の価値もない。睦美の仇《かたき》を討つと心に誓って仕事を続けてきたが、いざ動揺を隠しきれない荒井の醜態を見せつけられると、心を奮いたたせてきた復讐心《ふくしゅうしん》も萎《な》えていく。荒井が全面降伏などせず、あがき続けていれば睦美の仇として闘争心がかきたてられる。だが肝心の荒井の姿を見るとそんな気にもなれないのだ。

「国のやり方が変わってしまった以上、それに従わねばならんですたい。荒井さん、ここは肚《はら》を決めてください」

古賀が低い声で告げると、頭《こうべ》を垂れていた荒井の肩が震え始めた。これ以上、なにをどう説得すればよいのか。信金という金融機関を任されている以上、荒井自身が国の方針転換という抗《あらが》いようのない事柄を、身を以《もっ》て理解しているはずではないのか。

「きさん、おまえの家族をどれほど世話してやったか、知っとろうが」

荒井が顔を上げた。土色だった顔色がいつの間にか紅潮し、両目も血走っていた。

「それと今回の件は関係ありませんよ」

「おまえの母ちゃんが店を出すとき、資金繰りがまずいときに支えたんは誰ね？　おまえ、だれのおかげで商業高校卒業できたと思うとるんか？」

次第に荒井の声が大きくなり始めた。カウンターの向こうにいるカップルが中腰でこちらを見ている。屋台の主人も露骨に眉根《まゆね》を寄せた。

「荒井さん、河岸《かし》を変えましょう」

「いや、動かん。おまえが新しい外資を見つけてくれるまで、俺は動かんばい」

駄々をこねる子供のように、荒井が腕組みして天井を見上げた。

「おやっさん、すまんね。これでお勘定してくれんね。釣りはいらんけん」

財布から一万円札を取り出すと、古賀はカウンターに置いた。主人は素早く札を回収すると、顎《あご》をしゃくった。早く荒井を連れて出ていけ、というサインだ。

「荒井さん、ここはひとまず」

古賀は強引に荒井の腕をとり、立ち上がらせた。

「恩知らずとは、おまえのこったい」

「無理を言われても困ります。今回のことは、どうか堪えてください」

屋台の暖簾《のれん》をくぐると、海風に乗って強い潮の香りがした。

「おまえ、本当に俺に死ね言うとね」

古賀の顎の下で、荒井が睨《にら》んでいた。ああ、死んでしまえ。契約書には自己責任だと書いてあるはずだ。古賀は懸命に首を振った。

「信金内部で責任をお取りになれば、命を捨てることなどないじゃないですか」

「もうあの町で生きていけんことになると。おまえにはその重大さがわかっとらん」

依然あがく荒井の腕を、古賀はもう一度強くつかんだ。

「どうか、堪えてください」

頭を下げると、荒井が唸《うな》るように言った。

「信金にいかがわしい商品を持ってきたんは、良樹だとあちこちで言いふらして回る。それでも堪えろっていうとか？」

「ええ」

下唇を嚙み、古賀は堪えた。あの町には上京以来一度も会っていない老いた母がいるだけだ。どんな悪評を立てられようと、二度と戻らなければいいだけだ。

「おまえがそんな考えなら、こっちにも考えがあると」

捨て台詞《ぜりふ》を残すと、強く腕を振り払った荒井が中洲の方向に足早に去っていった。

「往生際《おうじょうぎわ》が悪か」

虚勢を張って無理やり肩をいからせて歩く荒井を見ながら、古賀はぽつりと言った。川に落ちた犬に、追い打ちをかけるよう石を投げてきた。手数料稼ぎと割り切って、危険な商品を売りまくり、挙句、やりがいが感じられないと佐知子の仕事に資金提供し、贖罪の真似事《まねごと》までしてきた。飛ばしのビジネスは、所詮《しょせん》まやかし、いやごまかしでしかない。制度の不備をつき、帳簿を操作するだけなのだ。いかがわしい行為を無理やり正当化させようと自らをふるいたたせてきた分だけ、そう割り切らねばこちらが疲弊した。いや、確実に精神を蝕《むしば》んだ。

もうすでに勝負はついたのだ。荒井に石を投げる必要はない。中洲のネオンに吸い込まれていく荒井の姿は、急流に身を搦《から》め取られる野良犬《のらいぬ》そのものだった。

5

二〇〇〇（平成一二）年五月上旬、東京都新宿区。

神保町からタクシーに乗り、西新宿の高層ビル街に着いた。古賀は夕闇《ゆうやみ》に光る高層ビルを見上げた。五階から一二階には光学機器製造販売大手のゼウス光学の本社が入居している。古賀がエレベーターで五階に向かうと、土曜日で人気のない受付席の横で知った顔が待っていた。

「古賀さん、呼び出して申し訳ない」

三田電機の東田と大学の同期だったゼウスの桜川が神妙な顔つきで待っていた。九年半前に有楽町の中華料理屋で東田とともに古賀の独立祝いの宴《うたげ》を開いてくれた朗らかな男の顔色はとりわけ悪かった。

「どうされました？」

「ここじゃなんですので、私の部屋へ」

そう言うと、桜川が受付横のドアに暗証番号を打ち込んだ。鈍い金属音が響いたあと、ドアのロックが解除された。桜川は慣れた手つきでドアを押し開けると、古賀を薄暗い廊下に誘導した。

「今日は秘書も休みなのでお茶もろくに出せませんが、ご容赦ください」

桜川は早足で先を行く。常務、専務のプレートがかかった部屋を通り過ぎ、桜川は社長室の前で足を止めた。

「いつの間にかこんな部屋に押し込められるようになりましてね」

自嘲気味に言うと、桜川がドアノブを回した。

「東田さんも二年半前から三田電機の社長さんです。皆さん出世されました」

「普通の昇進ならありがたいところですが、私に限っては頭の痛い話ばかりで」

桜川は応接ソファを勧めながら、テーブルに積まれた資料をめくり始めた。

「以前ご相談した通り、ゼウスはバブル期の財テクに失敗しました」

ファイルのページを繰り、桜川がため息を吐《つ》いた。九年半前、財務本部運用部長に就任した桜川から、株式運用で生じた巨額損失を仕組債で飛ばすスキームを紹介してほしいと依頼された。

当時ゼウスは、山屋証券など計三社から株式の券面そのものがなくなる「証券事故」という形で三〇億円近くの損失補塡《ほてん》を受けていたが、残り七〇億円についての処理をどうするか頭を痛めていた。古賀はヘルマンなど計四社の外資系証券会社を紹介し、ゼウスは仕組債を使い、運用部長時代に損失の表面化を回避した。

「以前ご紹介した仕組債はどうなりましたか？」

「頭痛の根源はまさしくそこなんですよ」

桜川が首を振った。

「どこの商品が問題を起こしたのですか？」

古賀が訊くと、桜川がさらにページをめくった。古賀の視線の先に、桜川の言う頭痛の元が現れた。古賀が紹介したものではない。極めて危険で特殊な債券だった。

「なぜハーバード債に手をつけたのですか？」

米国の詐欺師《さぎし》が開発した債券だった。オプション・プレミアムの高額さが売りで、日本企業一〇〇社近くが被害にあい、近く立件されるとの噂《うわさ》が立っている債券だ。

「危険だというのは知っていました。ただ、先払いされるプレミアムに目がくらみ、内視鏡の開発資金に充《あ》ててしまいました」

ゼウスは顕微鏡から民生用カメラまで幅広く光学商品を製造、販売してきた老舗《しにせ》メーカーだが、最近はカメラ事業が不調だ。その分、高い利鞘《りざや》が稼げる医療用の内視鏡製造に注力してきた。しかし、まっとうな資金で開発を進めるべきところを、なぜハーバード債のようないかさま商品に手をつけてしまったのか。

「外資系の競合医療メーカーが日本市場で攻勢をかけてきた時期でした。巻き返しを図るために……」

消え入りそうな声で桜川が告げた。

「いつの間にか、当初のロスがこれだけに膨らんでしまったのです」

次のページには、ゼウスの経理担当者が記した数値が載っていた。

〈当期までの累積損失（仮）九五三億円〉

古賀は書類から目を離し、桜川を見た。下唇を強く噛んでいる。

「これ以上泥濘《ぬかるみ》を放置すれば、さらに大きな損失を生む公算が高いと思います」

古賀は正直に伝えた。近い将来時価会計も導入される。そうなればゼウスも過去の損失を表に出さざるを得なくなる。

「私としても、そうしたいのです」

桜川が強く頭を振った。なにか別の事情でもあるのか。古賀がそう考えたとき、桜川が胸のポケットから一枚の書類を取り出し、応接テーブルに広げた。

〈次期産業強化政策に向けて（試案）　内閣官房副長官　芦原恒三〉

古賀がよく知る若手政治家の名が書類に記されていた。

「近く発表される政策の柱として、このような物が内々に伝えられました。ついては、複数の国立医大と産学協同で内視鏡技術をさらに強化せよと指示されたわけです」

〈一、日本の最先端医療技術を新たな輸出産業の柱として育成する〉

古賀は唾《つば》を飲んだ。

三田電機の東田やゼウスの桜川は、芦原が衆議院議員に就任する以前からの民間ブレーンとも言える存在だ。現首相の命を受けた芦原は、早速、首相の期待に応《こた》えるべく桜川に頼ってきたというわけだ。おそらく芦原はゼウスの財布が破れる寸前の状況にあることを知らない。

企業経営者として負の連鎖を断ち切りたい。だがその半面、今後も出世を続けるであろう芦原の依頼を無下に断ることもできない。詳しい経緯は知らないが、両者の利益が合致したからこそ手元の資料にあるようなピカピカの新政策が生まれたのだ。

「今、このタイミングで九〇〇億を超す損失を発表するわけにはいかんのです」

震える声で、桜川が言った。顔を上げると、桜川の顔は蒼白《そうはく》だった。

「なんとか、助けてもらえませんか」

桜川が懇願口調で言った。この際、社長として泥を被《かぶ》ってでも、一切合切の損失と内訳を公表すべきだ。政府肝煎《きもい》りの政策を諦《あきら》め、膿《うみ》を出し切って会社を守るべきではないのか。古賀の喉元までそんな言葉が這《は》い上がった。だが、目の前の文書にある内閣官房副長官・芦原恒三の名前が浮かび上がる。

「ゼウスの内情について正直に芦原先生にお話ししました。だが、先生は古賀さんに依頼してはどうか、そう仰《おつしや》いました」

古賀は絶句した。

「古賀さんだけが頼りです」

両膝《りようひざ》に手を付き、桜川が深く頭を下げた。

「やめてください」

古賀が言っても、桜川は顔を上げない。テーブルに目を向けると、再び〈内閣官房副長官　芦原恒三〉の文字が否応《いやおう》なく視界に飛び込んでくる。

桜川も本当は辞めたがっている。だが、内閣の新たな施策が動きだすことの前に桜川は抗うことができないのだ。これで最後だ。九〇〇億円という数字は途方もない金額だ。しかし、自分はその巨大さに驚きを感じなくなっている。このままいけば一〇

○○億円、いや一兆円に損失は膨らみ続ける。ゼウス以外の企業が持ち込んでくる公算も大だ。損失の額がさらに増えればごまかしの手法はもっと悪質化し、弾《はじ》けたときは企業だけでなく日本という国自体の仕組みさえあやうくする可能性がある。この仕事を飛ばしの最後にする。そのあとは、同じ金融でも全く別の道を探す。そう肚《はら》をくくると、古賀は口を開いた。

「わかりました。最近、新しい取り組みを考えた外資系証券があります」

「本当ですか？」

「以前のような仕組債は、金融監督庁の監視の目が厳しくなる中ではもはや無理です」

そう言うと、古賀はここ数カ月の間ヘルマン証券投資銀行部門の若手バンカーたちと知恵を絞ってきた新しいスキームの概要を桜川に伝えた。

「ぜひ仲介していただけませんか」

桜川の声に切実さが増している。

「御社と芦原先生のためです」

本来の意識とは随分遠いところで、自分の声が響いた気がした。

6

二〇〇〇（平成一二）年五月上旬、東京都千代田区。

ゼウスの桜川と会ってから三日後だった。古賀は有楽町のガード近くの老舗中華料理屋に東田から呼び出された。

かつて芦原を紹介された店で、何人かの古株スタッフは古賀の顔を覚えていた。二階の個室に案内されてからほどなくすると、背広姿の東田が顔を出した。

「お呼び立てして申し訳ない」

「三田電機の社長さんからのオファーです。なにを置いても駆けつけた次第です」

古賀がわざとらしくお辞儀すると、東田が笑った。

「久しぶりですから、ざっくばらんに飯を食いましょう」

年相応に老《ふ》けたが、東田の肌艶《はだつや》は良かった。東田は、半導体部門や重電部門など三田の保守本流とも呼ぶべきポストを次々と歴任し、二年半前に社長となった。

「桜川と同じで、三田も極度の人材難です。私のようなボンクラでも出世してしまう」

昔と変わらず、東田は威張ったところが一つもない。今日にしても、秘書も連れずに顔を出した。東田は馴染みの店員にビールやつまみの類《たぐ》いをオーダーすると、背広を脱いだ。

「桜川のこと、恩にきます」

いきなり、東田が円卓に両手をつき、頭を下げた。

「私は自分の仕事としてお手伝いをさせていただいただけです」

東田が顔をあげた。先ほどまでの朗らかな表情が消え、疲れた目で古賀を見ていた。

「奴《やつ》の窮地を救ってくださったこと、友人として礼を言います。それに、今回奴のところは芦原先生のこともあったようですね」

「ええ」

いくら東田とはいえ、桜川が抱える巨大な膿の話を軽々しく明かすわけにはいかない。古賀が口籠《くちごも》ると、東田が言った。

「実は内々に奴から相談を受けていました。芦原先生のご提案がなければ、私は奴に切腹を勧めていたかもしれません」

切腹という言葉が古賀に重くのしかかった。東田や桜川は、出世したとはいえサラリーマン社長であり、会社という後ろ盾と引き換えに、責任という重い鎧《よろい》を纏《まと》っている。二人とも小賢《こざか》しい人間ではなく、筋の通ったビジネスマンだ。だが、数万にも及ぶ従業員を束ねるポストに就くと、自分の考えを曲げねばならぬときがくる。三日前の桜川はまさしく、自分の意に背く苦渋の選択をしたのだ。

「仕組債を使った海外での不良債権隠し、損失飛ばしはもはや使えません。しかし、蛇の道は蛇。まだ方法はあります」

「仕組債の次は、どんな手を？」

「ヘルマンの強みはデリバティブだけではありません。海外の顧客ネットワークが広く、そして厚いのです。M&Aの手法を使うことを彼らは思いつきました」

古賀は、ゼウスに提案したM&Aを使った取引の概要を伝えた。海外の新興企業を成長の見込み大として買収、あるいは出資する形で金を出す。数年後、見込みが外れたことを理由に特損を計上し、以前からシコっていた損失の存在をうやむやにするものだ。

「なるほど……海外の新興企業に投資する形ならば、日本の当局がそのディールの中身を精査する手段は乏しいというわけですね」

東田は、たちまち取引の中身を理解した。

「あまり大掛かりにやると日本と海外の税務当局同士が連携する可能性があります。

あくまでもひっそりとやるのがミソです」

古賀の説明に東田はなんども頷き、口を開いた。

「お恥ずかしい話ですが、ウチも将来お世話になるかもしれません」

そう言うと、東田が大きな体を縮め、首を垂《こうべ》れた。

「幸い弊社に財テクやらの負の遺産はありません。ただし、未来に向けて負の遺産予備軍が控えています」

今度は古賀が東田の言葉に首を傾《かし》げた。一昨年あたりから米国発でインターネット関連の企業の勢いが増した。ビジネスソフトを作る会社、通信の回線保守を専門に扱う企業などインターネット周辺企業が次々に勃興《ぼっこう》し、新規株式公開が相次いだ。日本にも着実にその流れが波及し、三田電機株は連日高値を更新していた。

米国と貿易摩擦を起こすほど半導体製造に強みを持ち、かつパソコンや企業向けのサーバー、金融機関や事業会社向けの大型のコンピューターシステムの設計、製造でも三田は国内トップ企業だ。

「株式や土地と同じで、ネット関連も近い将来バブルが弾けます」

神妙な面持ちで東田が言った。

「ドッグイヤーと言われるほど成長と成熟が早い市場に身を置いていると、ウチのように大きな鯨はいつか身動きがとれなくなってしまうのではないか、そんな不安にかられるのです」

　東田がドッグイヤーという言葉を使った。

　犬は一年で人間の七年分成長し、歳《とし》をとる。コンピューターやインターネット関連ビジネスも同じで、つい最近まで最新の技術だと言われていたパーツやデバイスが次々に古くなり、価格が暴落する。古賀は東田が発した鯨という言葉が気にかかった。

「たしかに今は三田のような総合電機メーカーが強い時代です。半導体しかり、パソコンしかりです。子会社にはネット回線の専門業者もいくつかあります。ただ、体が大きすぎて、すぐに方向転換するのが難しい。アメリカのシリコンバレーでは、大学生が起業し、あっという間に株式公開を果たしています。もちろん、淘汰《とうた》される企業が大多数ですが、一割ほどは今後世界の潮流を作るような気がします」

　いつになく、東田は弱気だった。

「近いうちに会長職に就き、財界活動を本格化せねばならないタイミングがきます」

　思い詰めたように東田が告げた。吉祥寺で三代前の会長と出会った頃を思い起こした。三田は日本企業全体を束ね、政府に真正面から意見する財界にも多数の人材を供給してきた。東田はその器ではないというが、いずれ財界総理と呼ばれるようなポス

ト に就く。

「巨大な組織になると、それぞれの事業ごとに派閥ができたり、不採算な事業からの撤退を躊躇《ちゅうちょ》するようなことも起こります」

誰に言うでもなく、東田が告げた。

「現在、コンピューターや半導体が強いのはいいのですが、これが将来の足かせにならぬよう、後輩たちを指導せねばならんのですが、どうやら私はむいていないらしい」

「そんなことはありません。東田さんは立派な経営者です」

「古賀さんだから明かしますが、半導体やパソコンの部門と原発や火力発電など重電部門が深刻な対立問題を抱えています」

東田の顔が曇った。

「これを解決するため、部門ごとに収益を競わせるカンパニー制、つまり分社化で乗り切ろうと知恵を絞っているところです」

東田は、空になったビールのタンブラーを見つめている。古賀は慌《あわ》てて酌をしようとビール瓶を持ったが、東田の周囲を覆《おお》う空気が重く、タイミングがつかめない。

「事業部門ごとに採算と収益のバランスを競わせる意味で、〝アクション〟というスローガンを作ろうと思っています」

東田は思い詰めたように言った。

「すみません。ついつい愚痴ばかり溢《こぼ》してしまったようです」

東田は慌ててタンブラーをつかみ、口に運んだ。だが、空だったことに気づき、後ろ頭を掻《か》いた。

「私でよろしければ、いつまでもお相手をいたします」

東田は心底まいっている。力不足かもしれないが、助けられるのは自分しかいない。そう言いきかせながら、古賀は東田のタンブラーにビールを注いだ。

「そういえば、ヘルマンの若手から面白い話を聞きました」

苦悶《くもん》する東田の心を和らげようと、古賀は一週間ほど前に聞いた話を切り出した。

「海外の製造業はコストの安い東南アジアや中国に進出し始めているようです。また現地では、海外メーカーの製造を請け負うような優れた企業も育ち始めていると聞きました」

古賀が話すと、東田が身を乗り出した。

「弊社でも同じようなことを考えています。もっと教えてくれませんか？」

年下の古賀に対しても、東田は昔から変わらず意見を求める。社長になり、近い将来財界の重鎮になる身になってもその姿勢は一緒だ。

「なんでも、バイセル取引という方式があり、海外の金融機関がアレンジしていると聞きました」

「バイセル取引？」

「これから簡単な仕組みをご説明します。又聞きですので、多少は割り引いてください」

古賀は鞄《かばん》からメモ帳とペンを取り出し、図を記し始めた。今の自分が人並みの暮らしができるのは、恩人である東田のおかげだ。恩人の苦しみを和らげる。これは悪事に加担することではない。古賀はペン先を動かし、説明を続けた。

「御社がパソコンを製造する際は、多数の企業から部品を仕入れます。その際、中国や韓国、台湾などの組み立て専門企業に対して……」

古賀が説明を始めると、東田も胸のポケットからメモ帳を取り出し、熱心に話に耳を傾け始めた。

「なるほど、そういう仕組みですか」

中華料理屋のスタッフが次々に皿を運び込むのにも構わず、東田は古賀のレクチャーに聞き入った。

7

二〇一六（平成二八）年八月上旬、東京都中央区。

街中が熱い蒸しタオルで覆われているような晩に、小堀は日本橋川の袂《たもと》に捜査車両を待機させ、先客が帰るのを待ち続けた。

時折、川面《かわも》を渡る涼やかな風が通り抜け、小堀の頰を撫《な》でた。腕時計に目をやると、午後一一時四五分だった。目的の事務所にいる先客は大手週刊誌の副編集長だ。捜査車両で待機する若い巡査部長の報告によれば、すでに二時間半が経過していた。

小堀は真っ黒な日本橋川の水面に目をやった。佐知子に直接接触し、こちらの手の内を明かしてから三カ月経過した。佐知子を味方につけたことで、手元には古賀を追及するだけの手札が揃《そろ》いつつあった。古賀との距離を縮める前に再度相楽と会い、感触を確かめたかった。

もう一度、川面を渡る涼風が小堀の頰を撫でたとき、胸ポケットに入れたスマホが震えた。画面を見ると、捜査車両で待機する若手からメールが入っていた。

〈先客、撤退〉

ごくごく短いメールを読んだあと、小堀は古い雑居ビルに向けて早足で歩き出した。

「随分久しぶりじゃないか。少し飲むかい?」

内外情報通信社の事務所に入るなり、相楽が相好《そうごう》を崩した。小堀が頷《うなず》いてみせると、相楽は応接テーブルに散らばっていた新聞や週刊誌、古いゲラ刷りを手で押しのけ、前回と同じように小ぶりのショットグラスを置いた。

「今日の御用はなんだい? 世間話だけじゃあるまい」

小堀用のグラスにスコッチを満たすと、相楽が切り出した。

「前回と同じですよ」

「まだ三田電機にご執心なのか? やめておけと言っただろう」

首を強く振りながら、相楽が言った。

「大勢の捜査員を動かした挙句、手ぶらというわけにはいきません」

小堀が低い声で告げると、目の前の相楽が眉根を寄せた。

「古賀の経歴を掘り起こしたのか?」

「ええ。これからさらにチームの人員を増員します」

小堀が答えると、相楽がため息を吐《つ》いた。

「地検の刑事部は事件を食ってくれるのか？」

「もちろんです」

捜査二課の仕事は、東京地検といつも歩調を合わせて進める。二課が集めた証拠で起訴できるか。その先にある公判を維持することが可能か。起訴から確実に有罪に持っていくことが検察の狙《ねら》いだ。そのため、あやふやな証言や不確かな証拠が出てくれば、検事は容赦なく二課に再捜査を指示する。古賀の件については、とりわけ口の堅い検事に対し概略を説明済みだ。

「仮に地検が食ってくれたとしても、ある日突然潰《つぶ》されるのがオチだ」

「その根拠は？」

「いつか、寄生虫や花粉症の話をしたよな」

「でも、本件とは関係ありませんよ」

そう言うと、小堀は足元に置いた鞄からファイルを取り出した。

「これだけのネタが集まっています。我々にとっては宝の山です。このまま放置することなど不可能です」

小堀は表紙をめくり、ファイルを相楽の方向に差し出した。

「ほお、さすが天下の捜査二課だ。よくこんなもんまで拾ってきたな」

資料を読み始めた相楽が感嘆の声を上げた。

「優秀な部下ばかりですから」

今、相楽の手元には重要な捜査資料がある。島本の尽力により、佐知子の懐《ふところ》深く捜査二課は飛び込んだ。その集大成となるのは、相楽が睨み始めた資料だ。

「古賀のメモなのか？」

「随分と几帳面《きちょうめん》な男のようですね。いつ誰と会い、何を話したのか。そしてどんな商品を紹介し、いくら手数料を手にしたのか一目でわかります」

「メモを盗んだのか」

「特別協力者を作ったまでです。これだけの資料に新規の材料を一つ一つ加えていけば、逮捕起訴して十分に公判維持が可能です」

偽らざる本音だった。

三カ月前、佐知子をＳ《スパイ》に仕立て上げることに成功した。手元にある資料は佐知子の協力がなければ到底入手できないものだった。

突飛だが、安全かつ確実にデータを吸い上げる術《すべ》を考えたのは、島本だった。スマホのアプリを活用したのだ。スマホのカメラで写真を撮ると、自動的にＰＤＦ化するアプリを佐知子のスマホに入れた。古賀の留守中、あるいは眠りについているタイミングを見計らい、佐知子が過去二〇年分のノートを全て撮影し、メールで小堀の手元に送ってくれたものだった。大半は公訴時効が成立したものだったが、直近のデータにはいくつも興味深い記述があった。

「これなんか、あいつらしい言い回しじゃないか」

素早くページをめくっていた相楽が、ファイルの一ページを指した。

〈本日の助言：過去の仕組債の処理に際し、出入りの証券会社アナリストを使うべし〉

二年前の古賀の備忘録からの記述だった。

日本人なら誰しもが知る大手電機メーカーの決算対策について、古賀は財務部長から相談を受けていた。

この企業は、バブル期に作った財テクの不始末について、仕組債を使って隠し続けていた。CBFSではないが、他の外資系証券会社が提供した仕組債を何期にもわたって追加購入し続けた結果、当初の損失である一〇〇億円が七〇〇億円にまで膨らんでいた。

〈本日の助言：アナリストに対しては、不採算となった半導体及び液晶関連事業を大胆に再構築するコストとして二〇〇〇億円程度の特損が出ると説明↓この中に件《くだん》の不発弾を混ぜておけば、〝前向きなリストラ〟として投資判断を引き上げることが確実↓その後は日本実業新聞など主要メディアが取り上げ、不発弾の存在など誰もが忘れてしまう〉

「この案件もすでに部下が調べあげています。当該企業については、金融商品取引法の偽計取引としてすぐにでも着手可能です。古賀に対しては偽計幇助《ほうじょ》の罪を問えるでしょう」

「なるほどな」

首を傾げ、関心なさそうな顔で相楽が言った。またこの態度だ。いったい何が不満だというのだ。

「この種の案件だけで二〇件以上あります。すでに検察とも水面下で調整を始めていますが、先方も乗り気です」

ブラフでもなんでもない。すでに古賀は籠《かご》の中にいるも同然だった。

「古賀は自分の母親さえ消しています」

「どういうことだ？」

「ヤクザを使って轢《ひ》き殺しました」

古賀の故郷大牟田に関しては、今井が一番信用する若手が一カ月間、現地で捜査した。実行犯のヤクザが獄中死したため、今となっては立件不可能だが、地場の暴力団関係者からいくつも有力な供述が出てきた。

〈大牟田合同信金の荒井が古賀を恨む遺書と詳細な取引に関するメモを母親に送っていた〉

〈母親に焼却を強く求めたものの、逆に強請《ゆす》られた〉

かいつまんで母親への殺人教唆《きょうさ》の疑いを説明すると、黙っていた相楽が口を開いた。

「さすがキャリアだ」

先ほどと同じ姿勢で、相楽が言った。嫌味以外の何物でもない。

「どうか、御内密に」

「漏らしはしないさ。俺の恥になるしな」

そう言うと、相楽はファイルをパタンと閉じた。

「相楽さんの恥とは？」

「三田株式の上場廃止は絶対にないし、古賀がパクられることは永遠にない。内外情報通信に載せることもないし、ネタを欲しがる連中に教えることもない。なぜなら、そのガセネタで俺の信用が低下するからだ」

「ガセネタになどなりませんよ」

小堀は身を乗り出した。なぜこれほど神経を逆なでするようなことを言うのだ。

「これじゃ前回と同じだ。話が交わらんな」

ファイルを小堀に押し戻すと、相楽は端に寄せておいた新聞や週刊誌をテーブルの中央に置き直した。

「これだけのネタをきっちり裏取りするのです。不可能なはずはありません」

「おまえさんは物事の本質を見ていない。いや、見ようとしていない」

相楽は手元の新聞を何度も叩いた。その度に、一面中央に据えられた〈マイナス金利の弊害、顕著に〉という見出しの文字が歪《ゆが》んだ。

「悪い事は言わん。自ら経歴に泥を塗るような早まったまねはしない方がいい」

相楽の言い振りが変わった。ずり下げた老眼鏡の上で、目が鈍い光を発している。

「法に背いた行為を見つけた以上、司法警察員として見て見ぬふりはできません。なぜ無理だと思うのですか？」

小堀としても引くに引けない一線がある。なぜこれほどまでに三田電機や古賀を庇《かば》うのか。相楽は眉根を寄せた。

「なにも俺は奴らを贔屓《ひいき》しているわけじゃない。あんたがこの国の仕組みを全く理解していないから忠告したまでだ」

そう言うと、相楽は傍の新聞をまた叩いた。

「政局を混乱させるようなタイミングでは、地検特捜部が永田町関係者の立件を見送るケースがあることは知っています。たしかに不公平なやり方ですが、私は違います」

小堀が強い調子で言うと、相楽は呆《あき》れたように首を振った。

「一般人ならば、税金の細かい申告漏れがあれば税務署に徹底調査されます。だが、大きな会社ならば見逃してもらえる、そんなことは絶対におかしい。三田はそれ相応のペナルティーを科されるべきなのです」

小堀は語気を強めて言った。しかし眼前の相楽の態度は変わらない。

「三田の不正に目をつぶれば、これがいずれ国家の屋台骨をゆるがすことになります」

「話が飛躍しすぎた」

「そんなことはありません。今まで不正が発覚した企業は、経営建て直しと称してリストラを断行します。ごまかしの張本人たちは涼しい顔で、額に汗して働く従業員たちがまっさきに解雇される。こんなことが許されると思いますか？」

小堀は今まで胸の奥に溜《た》まっていた思いを一気にぶちまけた。

「あんたが知っているのはあくまで表層だ。この国には、地中深く張り巡らされた根っこが地表の樹木の何十倍もあるんだ。氷山の一角という言葉と一緒なんだよ」

そう言うと、相楽がショットグラスのスコッチを一気に空けた。

「これ以上お話ししても無駄なようです。私はこれで失礼します」

小堀もスコッチを一口で飲み干した。焼けるような痛みが喉《のど》に走った。

8

二〇一六（平成二八）年八月下旬、東京都世田谷区。

京王線の下高井戸駅を出ると、小堀は今井に続いて北口にあるレンガ通り商店街を進んだ。時刻は午後四時半過ぎ。強い西陽に額を焼かれながら、小堀は古い駅前の商店街を見回した。うどん屋や呉服店など昔から地元で商売を営んできた店が多い。

「管理官、あと少しです」

買い物途中の主婦や部活帰りの中高生の間を縫うように、今井は足早に進む。線路から五〇メートルほど進んだところで、今井が本通りを左に曲がった。すると、狭い小路の右側に緑色の看板が見えた。

〈高井戸ヘルシーフード〉

近隣の立ち食い蕎麦屋《そばや》や団子屋とさして変わらぬ間口の狭い店だった。

「この時間は中野が一人で店番をしています」

先を行く今井が足を止め、言った。

「いきなり押しかけて大丈夫ですか？」

「主力はネット通販事業です。リアル店舗の客は少ないですから、大丈夫ですよ」

二〇〇〇年、ＣＢＦＳ銀行の支店長だった中野哲臣は東京地裁で検査忌避と検査妨害の罪で懲役四月、執行猶予《ゆうよ》二年の有罪判決を言い渡された。

中野は控訴《こうそ》せず、一審で有罪が確定した。判決後は金融界から完全に足を洗い、自由が丘の豪邸を売り払った。その後は父親の実家近くの空き店舗を買い、二〇〇三年から有機食品販売の商売を始めた。

「入りましょうか」

薄緑のペイントが施されたドアを開けると、野菜や果物を置く棚のほか、蜂蜜《はちみつ》のボトルやジャムのポットが並んだ棚が見えた。その奥に小さなカウンターがあり、ダンガリーのシャツにエプロンを付けた男の顔があった。

瘦《こ》けた頰に無精髭《ぶしょうひげ》の男、中野は海外の健康雑誌を読んでいた。小堀と今井に気づくと、中野が口を開いた。

「いらっしゃいませ。ゆっくり商品をご覧ください」

小堀に会釈《えしゃく》すると、中野は再び雑誌に目を落とした。今井と顔を見合わせると、小堀は頷き、カウンターの中野に歩み寄った。足音に気づいたのか、中野がまた顔を上げた。

「中野さん、いきなりですみません。我々はこういう者です」

小堀と今井は揃って警察手帳を中野に提示した。雑誌を閉じると、中野が眉根を寄せた。

「すでに執行猶予期間は終わっています。どんな御用でしょうか?」

「古賀遼こと古賀良樹氏について調べています」

小堀が言うと、中野がため息を吐いた。

「もう何年も会っていませんよ。古賀がどうしました?」

「CBFS銀行東京支店が免許取消処分となったあと、取り残された数多くの顧客の運用損や金融機関の不良債権が宙に浮きました。古賀氏はこれらを別の方法で再度飛ばしています」

「そのことと、私にどんな関係があるのでしょう?」

中野の眉間《みけん》の皺《しわ》が一段と深くなった。

「表向き、日本から損失飛ばしビジネスはなくなりました。しかし、古賀氏は時価会計を無視し、顧客の損失を隠す商品を紹介し続けてきました。直近では、三田電機についても関与しています。金融商品取引法違反、幇助の容疑が濃厚なため、捜査しています」

「三田電機ですか……」

今まで顔をしかめていた中野が、鼻で笑った。

「なにかおかしいですか？　それとも彼の関与についてご存知なのですか？」

「奴と最後に会ったのは今から一六年前のことです。私は被告人席、彼は傍聴席にいましたから、正確には見ただけです。以降は会ってもいませんし、連絡すら取っていませんよ」

肩をすくめ、中野が言った。

「それでは、なぜ三田電機という企業名に反応されたのでしょう？」

小堀は中野の顔を凝視した。古賀の行確《こうかく》報告によれば、たしかにここ数カ月は中野と会っていない。しかし、今は携帯電話やメールでいくらでも連絡を取ることができる。

「たしか、三田電機は七年間で一五〇〇億円も決算をごまかしていましたね」

「過去、同じような悪質な粉飾を行った企業はもれなく株式が上場廃止になっています。ところが三田は違う。背後を探ったら、古賀氏の存在が浮かび上がったというわけです」

「それで、私になにをしろと？」

中野の表情に目立った変化はない。やはり一六年の間、連絡や接触はなかったのかもしれない。

「古賀氏が仲介した取引や契約のうち、我々が調べたところ公訴時効が成立していない分が二〇件ほど残っています。ぜひあなたに協力していただき、その中身を精査してもらいたいのです」

小堀が力を込めて言うと、中野が強く首を振った。

「残念ながら、ご協力できませんね」

「なぜですか？　かつての部下だから庇うのですか？」

「今さら上司面《づら》するつもりはありませんし、そんな資格もない。それに私は金融の汚い世界からはきっぱり足を洗ったのです。最近の飛ばし行為の詳細も知らないし、知りたくもないのです」

中野の返答は素っ気なかった。だが小堀は食い下がった。

「三田のような企業がまだいくつもあるのです。バブル崩壊後二〇年以上経《た》っても過去の負の遺産を清算していない不届きな企業ばかりです。この際、日本経済のためにも、そして金融資本市場の公正さを担保するためにも、一斉に掃除をすべきです」

小堀はカウンターに両手をつき、中野との間合いを詰めた。

元上司の中野を味方に引き入れることができれば、磐石《ばんじゃく》の態勢が整う。いや古賀に一切の言い逃れを許さないためにも、中野の協力は絶対に不可欠だ。

「ＣＢＦＳが潰され、顧客に迷惑をかけたことは今でも大変申し訳ないと思っていますす」

少しだけ俯《うつむ》き、中野が小声で言った。

「お手伝いしていただけませんか。今ならば、救える企業や担当者もいるはずです」

小堀は地方の信金の担当者らが自殺に追い込まれたことを告げた。そしてさらに間合いを詰めると、中野は首を振った。

「小堀さんはなにか勘違いされているようです」

中野は要領の悪い生徒を諭すような口調で言った。

「自分の意志とは関係なく、古賀はとてつもなく大きな存在になったのです。商売をやめたくとも自由にさせてもらえない。いや、古賀が企業や担当者を救ってやるのだと、自分をふるいたたせているのかもしれません。その度に仕事の規模は膨らみ、古賀もクライアントも後戻りできなくなったのです」

「そんなことはありません。実際、三田電機のトップたちに近づいていました。何らかの助言を与えているのは間違いありません」

小堀の言葉に、中野が鋭く反応した。今まではあえて関わりを持ちたくないという意識が先に立っていたが、今度は違う。小堀はそう感じた。

「三田のトップとは誰ですか？」

「現社長の中谷氏ら幹部たちのことです」

小堀が告げると、中野がまた鼻で笑った。

「なにがおかしいんですか？」

「やはり、あなたはこの国のシステムの根幹がわかっていない。とても古賀を逮捕立件することなど無理でしょう」

「しかし……」

小堀がさらにカウンターの手に力を込めたとき、不意に肩をつかまれた。今井だった。今井は首を振っていた。一旦《いったん》力を抜け。優秀なベテラン捜査員の目がそう言っていた。

「古賀は自分がやりたくないと思っていたのに、汚れ仕事から逃れられなくなったのです」

「どういう意味ですか？」

「あなたのように清廉《せいれん》潔白な人は少ないということです。たとえ生真面目《きまじめ》な人がいたとしても、企業という淀《よど》みの中にいれば知らず知らずのうちに汚れます。特に、日本の企業は淀み、いや泥濘の状態が酷《ひど》い。要はごまかせるものはごまかそうという風土があるのです」

「そこに古賀はつけこんだのです」

　小堀が言うと、中野は強く首を振った。

「いや、あなたは古賀を誤解しています。あの男は努力家で、人情味に厚いところがあります。自分の仕事の阿漕《あこぎ》さは十分理解していたはずで、良心の呵責《かしゃく》に苦しんだと思います」

「そんなことはありません」

「違いますね。奴は逃げたかったはずです。泥濘の規模が大きくなるほど、プロとはいえ、気苦労が増えていきます。奴が関わった仕事について、あなた方がどこまでつかんでいるのか知りませんが、例えばゼウスとか、その手のネタをお持ちなんじゃありませんか？」

中野の言葉に、小堀は一瞬言葉を失った。傍の今井も露骨に顔をしかめた。

昨夜遅く、佐知子が隠し撮りした古賀のメモがPDFの形でメールされてきた。

光学機器大手のゼウスは四年前、過去の財テクで生じた損失を二〇年近く隠してきたことが発覚。東京地検特捜部によって経営トップが逮捕された。以降、ゼウス関連のニュースは枯渇《こかつ》したが、地検特捜部が調べ切れていなかった別の損失隠しの兆候が佐知子のもたらしたメールには含まれていた。より複雑な仕組みを使った隠蔽《いんぺい》工作で、時効は未《いま》だ成立していない。そんなネタを、なぜ中野が知っているのか。

「図星でしたか……日々のニュースや株価関連の記事を読んでいれば、古賀がどの案件を触ったかくらいは想像がつきます。あいつは根が真面目な男です。仕事が増え、金が入ってくるほど嫌気がさしていったはずです」

「それならば尚更ご協力いただけませんか？」

「絶対に無理です」

小堀の頼みを、中野はにべもなく断った。

「細々ですが、こうして日々落ち着いた生活を送っているのです。もう騒動に巻き込まれるのはごめんです」

「しかし、中野さん……」

小堀は今井に目配せした。歴戦の捜査員も戸惑いの表情をみせていた。

「なんど頼まれても無駄です。それより、小堀さんは大分お疲れのようです。ちゃんと食事は摂《と》られていますか？」

中野が意外なことを言い出した。今までの文脈と全く関係のない話に戸惑い、小堀は渋々口を開いた。

「まあ、コンビニもありますし、職員食堂で適当に食べています」

「こちらをプレゼントしましょう」

中野はカウンターを離れ、店の入り口横にある棚に歩み寄った。

「小袋で二キロあります。大変おいしいお米です。少しはまともな食事を摂られた方がいい。そうすればより良い捜査の道筋が見えてくるでしょう」

そう言うと、中野は米の入った袋を軽々と持ち上げ、小堀に手渡した。

「はぐらかさないでください」

「あなたの苛立《いらだ》ちは間違いなく食生活からきています。朝方に精米したばかりですから、コンビニの数百倍はうまいはずです。どうかこれをお持ちになってお引き取りください」

口調は丁寧だが、中野の目は笑っていなかった。横を見ると、頃合いだと今井の目も言っていた。小堀は手元の小さめの米袋に目をやった。

〈有機栽培米　ユカリ　新潟県胎内《たいない》産〉

山間の田んぼの前でにっこりと笑みを浮かべる女の子を描いた水彩画がプリントされていた。

9

二〇〇〇（平成一二）年五月上旬、福岡県大牟田市。

西鉄福岡から乗った特急を降りると、古賀はハンチング帽を目深《まぶか》に被り、駅の西側にある煤《すす》けたアーケード街へと急いだ。

二〇年以上故郷の町を離れていた。正直なところ、戻ってきたくはなかったし、町角で古い知り合いに会うのも嫌だった。

周囲を注意深く見回すと、駅前の商店街で洋品店や文具店が相次いでシャッターを下ろしていた。仕事で全国を歩いてきたが、故郷の大牟田も御多分に洩《も》れず寂れていた。

駅前の街頭時計に目をやると、午後四時過ぎだ。古賀の記憶ではこの周辺は夕方の買い物客が行き来し、顔馴染みの店主らと喧《かまびす》しく会話していた。だが、炭鉱が閉じて以降、特にこれといった産業もないまま、故郷は衰えていったようだ。

広い駅前道路を横切り、小路に足を向ける。道の両側にバラックのような小さな居酒屋やスナックなど飲み屋が連なる。普通の町ならば店が開く時間ではないが、年金通りのそこかしこから、古い演歌のメロディーが流れ、調子外れのダミ声が響いている。この一角だけは、子供のころから何も変わっていない。

古賀はアーケード街の前でもう一度周囲を見回し、足早に一軒の店を目指した。

〈スナック　良美〉

すっかり艶《つや》が取れた合板の扉を開けると、薄暗いカウンター席にでっぷりと太った男の姿があった。

「悪いな、こんな場所まで来てもろうて」

目の下にどす黒いクマを宿した荒井がカウンター席のスツールを指した。古賀が渋々腰を下ろしたとき、カウンターの奥の暖簾《のれん》が開き、女が顔を出した。

「久しぶりたい、良樹」

酒灼《さかや》けした声が狭い店の中に響いた。

「本当に親不孝たい。出て行ったきり連絡はよこさん、電話番号さえ知らんかった。睦美の死に顔さえ避けたのはどういうつもりたい」

小さくため息を吐き、古賀は帽子をカウンターに置いた。ゆっくりと顔を動かし、古賀は声の方向を睨《にら》んだ。ファンデーションを塗りたくった顔、アイシャドーとどぎついマスカラ。白い顔面と日焼けした首回りの肌の色が全く違う。

戸籍上は母親だが、正視したくない老醜だった。六五歳になった老女は、天井から吊《つ》るされた白熱灯に照らされ、妖怪のように不気味な愛想笑いを振りまいた。睦美を荒井に差し出し、店に入る金を途切れさせまいとしたのは誰なのだ。死に顔云々《うんぬん》を言う資格は一切ないはずだ。

「なんで一度も帰ってこんと？　あんたも良い人がおると？」

母とは顔も合わせたくなかったし、声すら聞きたくなかった。まして佐知子を引き合わせるつもりは一切ない。だが、前日の昼、荒井からいきなり携帯電話に連絡が入り、古賀は急遽《きゅうきょ》故郷に戻ってきた。

「なあ、例の件やけどウチのアレを引き取ってくれる他の外資は本当になかかと？」

舌打ちを懸命に堪《こら》え、古賀は首を振った。

「近々、九州財務局の検査があると。信金の誰かがチクったみたいで、徹底的に検査すると通告されたばい」

「それは粛々と受けるしかないでしょう」

古賀は感情を排した声で告げた。

「検査で重箱の隅を突《つつ》かれてみろ。ウチみたいな規模の小さな信金はあっという間に債務超過たい。この狭い町でウチから資金を引っ張っている会社や商店はあっという間に廃業に追い込まれる。良樹、おまえはそれでもよかと？」

荒井の態度は改まらない。ならば足で頭を押さえつけ、とどめを刺さねばならない。

「当局《おかみ》の姿勢は一八〇度変わりました。今後も厳しい姿勢を貫き、体力のない金融機関は淘汰されるでしょう」

そう言うと、古賀はＣＢＦＳ銀行東京支店で直接見聞きしたことを虚飾抜きで荒井に伝えた。だが、荒井が話を理解したフシはない。

「それほどまでに話がわからんのなら、仕方ないばい」

目の前のコップに芋焼酎をなみなみと注ぐと荒井が思い詰めたように飲み干し、ため息を吐いた。安い焼酎特有のアルコール臭と荒井の口臭が混じり合い、古賀は思わず顔をしかめた。

「この店に融資しとる分、来週までに全額返済してもらうばい」

アルコールが回ったのか、荒井の目がかなりすわっている。

「来週までって……そのために良樹を呼んだと？」

カウンターの向こう側で母が慌て始めた。

「そうたい。良樹は俺が頼んでも応えてくれんかった。この際、最終手段ばとるたい」

もう一度、荒井が芋焼酎をコップに注ぐ。

「こん店の残債はいくらですか？」

古賀は小声で訊《き》いた。

「信金からは三〇〇万円、俺個人からは二五〇万円だ」

荒井が吐き捨てるように言った途端、カウンターの中で母が眉根を寄せた。どぎついマスカラが涙で溶けていく。

「そんなこと突然言われても……払えんもんは払えんたい」

荒井の顔を睨みながら、母が唸《うな》った。

古賀は改めて店の中を見回した。子供の頃にあった八トラックのカラオケの替わりに、通信型の新しいシステムが入っている。

煤けていた天井は新しい壁材に覆われ、安っぽいミラーボールが吊り下がっている。そのほか、グラスやボトルを入れる壁側のケースが新しくなり、カウンターの板も新しく黒光りする合板に張り替えられていた。果たしてリフォーム費用が三〇〇万円もかかったのか。かなり怪しい。荒井個人からの分についてもだ。

「良樹、どげんすると？」

古賀は黙って二人の顔を見比べた。酒が急速に回り始めたのか、荒井の顔面が真っ赤に染まっていた。一方、母の顔はファンデーションとは別に、明らかに色を失っている。

「良美はこの店で体を張って良樹と睦美を育てた。そんな店を、人に取られてもよかとか？　おまえにも情けいうもんがあろうが」

酒臭い息を吐き続けながら、荒井がまくし立てた。

「良樹、おまえちゃんと荒井さんのためになること、せんといかん」

胸の前で両手を握りしめた母が叫んだ。

「残念ながら、お手伝いは不可能です」

古賀はカウンターに両手を突き、頭を下げた。これで納得してもらえるとは考えてもいないが、体面だけでも取り繕う必要がある。酒が回った荒井は、昔から手が出る。

妹の睦美を庇い、なんども平手打ちされた苦い記憶が鮮明に蘇《よみがえ》る。

「おまえ、母ちゃんを見殺しにすっとか?」

「私には関係のないことですから」

古賀は財布を取り出し、二万円をカウンターに置いた。合計五五〇万円ならば、すぐに支払うだけの力はある。だが、母のために使うなど、真っ平だ。まして荒井を助ける理由も一切ない。

「良樹、それでも、息子か!」

母が叫んだ。顔を上げると、両目がらんらんと光っていた。

「あんたのこと、母親だと思ったことは一度もない。他の家みたいに、子供に親らしいことをしたことがあると?」

「一人で大きくなったと思うとるとか?」

カウンターの内側から、いきなり湯のみ茶碗《ぢゃわん》が飛び出し、古賀の頰をかすめた。次の瞬間、湯のみが壁に当たって砕け落ち、安い焼酎の臭《にお》いが周囲に充満した。信金、そして荒井から仮に借りていたとしても、店の運転資金に全てを充当したとは思えない。相当な額をパチンコや競馬に流用したのは明白だ。母は昔からそんな人間なのだ。

「では、これで失礼します」

古賀がスツールから立ち上がると、荒井が口を開いた。

「例の仕組債、おまえが無理やり売りつけたとあちこちで言いふらすばい」

ここまでくると、信金の理事長ではなく駄々をこねる小学生と一緒だった。もはや理屈が通じる段階ではない。

「契約書をもう一度お読みください。私はあくまで取引を仲介しただけです。もしご用命があれば、契約書の写しを私から財務局の検査担当者に提出いたします。困るのは荒井さんではありませんか？」

感情を押し殺し、古賀は言った。すると、荒井が顔を紅潮させ唇を噛《か》んだ。カウンターに載せた拳《こぶし》が小刻みに震えていた。二の句は継げまい。古賀は一瞬、煤けた天井を見上げた。どこかで睦美が見ているような気がした。

「親不孝もんが！」

母がもう一度叫んだ。睦美を死に追いやり、挙句息子に迷惑をかけ続ける母親にもはや用はない。古賀は母を無視して席をたった。

二人に悟られぬよう、小さく息を吐いた。荒井を完全に川底に沈めたことで、睦美の無念は晴らした。炭住で苦しみ抜いた幼い日々の自分も、この瞬間に救われた。だが、胸の中に満足感は広がらない。仕事と一緒で、何一つ、心が満たされることはなかった。早足で出口に向かい、店を出た。

乱暴に店のドアを閉め、古賀が年金通りに足を踏み出した瞬間だった。目の前に、自分と同じように背の高い男が立っていた。

「なんぞ、揉《も》め事か？」

薄茶色のサングラスをかけ薄手の革ジャケットを羽織った坊主《ぼうず》頭の男が肩をいからせ、古賀の行く手に立ちふさがった。どう見ても堅気ではない。

「なんもなか」

古賀が体をかわそうとすると、坊主頭の男も動いた。

「トラブルがあるかちゅうて、訊いとろうが」

目の前の男がドスを利《き》かせた声で言った。昔から田舎町の盛り場には地廻りのチンピラがいたが、未だにこの種の人間がいるとは考えもしなかった。ただでさえ母や荒井と関わり合いになりたくないのに、苦手な人種と付き合っている暇はない。ハンチング帽を目深に被り直すと、古賀は聞こえよがしに舌打ちした。

「あんたに関係なか」

バスケットボールのフェイントの要領で、古賀が先ほどとは違う方向に体を動かすと、チンピラも動きを合わせ、行く手を阻《はば》んだ。

「この辺で騒ぎ起こして、そのまま逃げると？」

「やけん関係なかと」

古賀は顔を上げ、チンピラの顔を睨んだ。すると、相手が首を傾《かし》げた。

「あんた、もしや……」

そう言うと、チンピラがサングラスを外した。すると、古賀の見覚えのある顔が現れた。

「きさん、堀口やないと？」

「古賀先輩……」

丸刈りといかつい肩、革のジャケットと見てくれは典型的なヤクザ者だったが、素顔は昔と同じで、睫毛《まつげ》の長い男、堀口光輝だ。古賀よりも二つ年下で、地元の商業高校のバスケットボール部で一緒に汗を流した仲間だ。

「どげんされたとですか？」

堀口は依然として母の店を見ていた。

「お袋の店たい。もう用は済んだと」

今度こそ古賀は体をかわし、駅の方向に歩き出した。

「今日帰ってこられたとですか？」

背後から小走りで堀口がついてくる。

「用は済んだ。東京に帰ると」

これ以上、知り合いと会うのはごめんだ。増して酔っ払った荒井が追ってくる公算もある。堀口の存在を無視するように、古賀は歩き続けた。

「先輩、せっかくなんで、一杯どうですか？」

古賀と肩を並べながら、堀口が猪口《ちょこ》を空ける手振りをし始めた。

「お袋の店にいる嫌な客と顔を合わせとうないけん」

早足で歩き続け、古賀は言った。

「誰ですか？」

「おまえも知っとろう、信金の荒井たい」

荒井の名を告げた途端、堀口が露骨に顔をしかめた。

「先輩、それならちょっとだけでも時間作れませんか？」

「荒井のことか？」

古賀が言うと、堀口が頷いた。

堀口と肩を並べ、古賀は大牟田の町を早足で歩き続けた。西鉄の駅を越え、線路の反対側にある小さな商店街へと歩を進める。

駅をはさんで年金通りとちょうど対角線上に当たる場所は、荒井らのような信金マンや市役所の職員があまりこないと堀口が言った。

「久々にダゴでもどうですか？」

堀口が日に焼けた暖簾を指した。九州、特に大牟田や荒尾ではお好み焼きをダゴと呼ぶ。久々に甘辛いソースの記憶が古賀の中に蘇る。

「ああ、この店なら知っとう」

高校三年生のとき、先輩で一足先に証券マンになっていた野田が連れてきてくれた店だった。暖簾をくぐって店内に入ると、地元の高校生らが二、三組鉄板を囲んでいた。

「特製のダゴ二人前！」

堀口が厨房《ちゅうぼう》の方向に声をかけると、化粧の厚い女性店主が顔を出した。老《ふ》けてはいるが見覚えのあるあの時の無愛想な店主だった。

「また悪さの相談か」

吐き捨てるように言うと、店主は厨房の奥に消えた。堀口はレジ横の冷蔵庫から勝手にビールを二本取り出し、一番奥の席を古賀に勧めた。古賀はハンチング帽を目深に被り直し、席に着いた。

「それで、荒井のことだが……」

古賀が声を低くして訊くと、堀口が頷いた。

「市内のスナックや個人に内緒で金を貸しとるとです。組の高利貸しともろにバッティングするとです」

「それなら立派な闇金《やみきん》たい」

「ですんでウチの兄貴となんどか揉めたことがあるとです」

堀口が得意げに親指を立て、地元暴力団組織の若頭の名を告げた。

「なんとか、奴の足をすくうネタがないか、兄貴が必死に探しているところですたい」

堀口の言葉に、古賀は密かに手を打った。

「ネタなら、あると」

古賀が言うと、堀口の目付きが変わった。バスケットボール部の後輩ではなく、一《いっ》端《ぱし》のヤクザ者の顔つきだった。

「あと一、二カ月のうちに荒井は間違いなく退職を迫られる」

「本当ですか？」

「間違いない」

先ほど荒井自身が九州財務局の検査が近いと言った。密告者により、仕組債の内情が財務局の検査官に筒抜けになっている公算も高い。

「地元の新聞に検査という話が出たら、チャンスだ」

古賀は手短に金融当局による検査の仕組み、そして大牟田合同信金が隠している不発弾の存在を告げた。メモ用紙とペンを渡すと、堀口は必死に内容を書き留めた。

「検査を通じ、奴は過去の悪事を徹底的に追及される。そんなタイミングで、闇金まがいの行為がバレたらどうなると思う？」

古賀の言葉に、堀口が唾《つば》を飲み込んだのがわかった。

「そういう仕掛けに関して、ウチの兄貴の筋読みは完璧《かんぺき》ですたい」

「あとは、荒井がどうなろうと俺はしらん」

「兄貴は常々、ケジメのことを気にしとったです」

手酌でビールをコップに注ぎ、古賀は一気に飲み干した。そのとき、不意に母親の顔が浮かんだ。本来なら息子が母親の窮地を救うはずだ。だが、自堕落な母を助けてやるつもりは一切ない。久々に会う息子に見放されたと悟った瞬間、母は間違いなくパニックに陥る。荒井とのただれた関係はこの狭い町の中では誰もが知っている。万が一、荒井に引導を渡したなどと言いふらしでもしたら……。

古賀は懸命に考えを巡らせた。

荒井に対する同情はかけらもない。むろん母に対してもだ。だが、長年姿を見せなかった息子が、町の嫌われ者の失脚、いやその先に控えているであろうケジメの一因になっていると言いふらして回ったらどうなるか。警察が出てくる可能性もある。こんな瑣末《さまつ》なことで、芦原に頭を下げるわけにはいかない。いや、世話になっている人たちに迷惑が及ぶのは絶対に避けねばならない。すると、古賀の頭の中に、どす黒い雲が現れた。

「堀口、一つ金になる話をおまえにしたい」

「どげん話ですか?」

「いつになるかわからんが、俺の頼みを聞いてくれたら、五〇〇万払うたい。いいか、俺から電話があったらすぐに出ろ。そしてすぐに動け」

「どういうことですか?」

堀口が素《す》っ頓狂《とんきょう》な声をあげた。今まで焼きあがったダゴをつついていた高校生たちの視線が集まった。

「静かにせい。いいか、兄貴やらにも絶対に明かしたらいかん」

「もちろんです」

「わかっているなら話は早い。絶対に口外するな。それにメモもだめだ」

そう言うと、古賀は堀口の手からペンを取り上げた。

「頼みというのは、万が一のことだ」

古賀は一段と声を落とし、たった今考えた結論を堀口に伝えた。「万が一」と言ったが、その時は確実に迫っていると古賀は感じた。

10

二〇〇〇（平成一二）年七月初旬、東京都千代田区。

「それでは、検察官から被告人への質問をどうぞ」

古賀の座る傍聴席から柵《さく》を隔てて二〇メートルほど先で、低くくぐもった声が響いた。部屋全体を見下ろす高い裁判官席で、仏頂面の裁判長が検事を見ていた。法廷の左側の席に座っていた中年の検事が立ち上がり、裁判長に一礼した。

「被告人に伺います。なぜ国民証券からＣＢＦＳ銀行東京支店に移籍したのですか？簡単に説明してください」

東京地裁四階にある四〇六号法廷で、地味なグレーのスーツを着て項垂《うなだ》れる男がいた。古賀の方向から表情をうかがい知ることはできないが、生気のない背中を見ているだけで、中野が疲れ果てているのがわかった。目の前にあるその後ろ姿は、豪奢《ごうしゃ》な支店長時代とは正反対だ。肩を落としている分、より貧相に見えるのが痛々しい。

「クレディ・バーゼル・グループから強く請《こ》われたからです」

小型マイクを通して、中野のかすれた声が法廷に響いた。中野が答え終えると、畳み掛けるように検事が早口で訊く。

「なぜ被告人をヘッドハントしたのでしょう。その理由はわかりますか?」

検事の質問に中野が黙り込んだ。四二席ある傍聴席の前方、白いビニールがかかった記者席で、今まで懸命にメモを取っていた四、五人の記者たちが一斉に顔を上げた。

「財テクで巨額の運用損を抱えた法人客の内情、つまり企業の財務の傷《いた》み具合を私が熟知していたからだと思います」

「クレディ・バーゼルは被告人を使って当初から公益を著しく害するような損失先送り、いわゆる飛ばし商品を大量に販売することを企図していたということでしょうか?」

検事は中野をまっすぐに見据え、強い口調で尋ねた。

「人事担当者から直接そのような事を言われた覚えはありません」

「しかし、国民証券の法人営業部でトップの成績だったあなたに目をつけた。ひいてはかつてあなたが勤務していた村田証券の法人顧客の分までクレディ・バーゼルが狙《ねら》っていたということではありませんか？」

「契約書にそのような文言は入っていませんでした」

か細い声で中野が答えると、検事がわざとらしく咳払《せきばら》いし、手元のファイルを大きな音を立ててめくった。

「これは金融監督庁の検査官が押収《おうしゅう》したあなたの雇用契約書です。英語で書かれておりますが、たしかにそのような文言はない」

そう言うと、検事は裁判長席に近づき、大げさな身振りで契約書を差し出した。老眼鏡をかけた唇の分厚い裁判長が資料を一瞥《いちべつ》し、頷く。

「質問を変えましょう。なぜ外資系の金融機関に転職したのですか？　あなたはずっと日本の証券会社一筋の営業マンだった。キャリアをいきなり変えるのは大変だったはずです。移籍に当たって一番の魅力はなんでしたか？」

「高額の給与を提示されました」

中野が俯《うつむ》いたまま答えた。するとまたも間髪をいれずに検察官が口を開く。

「具体的にはいくらですか？」

「移籍金名目で二億円、固定給として年に一億円です。あとは扱い高に応じて成功報酬としてボーナスをもらえるよう契約しました」

聞き取りにくい声で中野が言うと、検察官が頷き、言葉を継いだ。

「そうですね、この契約書に記述があります」

中野と検察官のやり取りを見ながら、古賀は驚きを隠せなかった。裁判を傍聴するのは初めてだったが、検事が持って回った言い方をして被告人を問い詰めるのは、すべての事柄を裁判長に強く印象付けるためだと感じたからだ。

もし被告人席に自分がいたとしたらどうか。公判戦術に長《た》けた検事の質問にやり込められ、口を噤《つぐ》んでしまうかもしれない。あの好戦的だった中野が、挑発的な質問にたじたじになっている。自分ならば一分でプレッシャーに押し潰《つぶ》されてしまうだろう。

「一応、参考として平均的な外資系証券や銀行のスタッフの給与を調べました。営業成績やトレーディングの成果によって多寡《たか》に差はありますが、管理職クラスで平均年収は二、三〇〇〇万円程度。大きなリスクを伴うディーラーでも一億円程度です。被告人、このことをどう思われますか？」

「他人のサラリーの詳細はよく知りません。でも、業界的にはその程度かもしれません」

「あなたは営業スタッフが持ち込んだ日本の顧客を捌《さば》くだけで一億円以上のサラリーを得た。こんな法外な給与の背景には、違法な取引があることを十分承知していたのではありませんか？」

検事が大声で言った直後、弁護人が立ち上がった。

「異議あり、検察官は誘導尋問しています」

弁護人は検察官ではなく、裁判長に向かって声を張り上げた。

「検察官は質問を変えてください」

仏頂面の裁判長が面倒くさそうに言うと、検事が渋々頷いた。

「半ば違法な行為をするから、高額の給与がもらえる。被告人はその辺りの事情を理解していたはずです。リスクと裏返しの破格のサラリーというわけです。なぜそこまで金にこだわったのですか？」

検事がきつい目つきで訊くと、中野は口を噤んだ。古賀が貧相な背中を見つめていると、次第にその両肩が震え始めた。

「被告人、どうしました？」

裁判長が訝《いぶか》しげに訊くと、中野が横を向いた。そのとき横顔が見えた。ハンカチで目元を押さえた中野が嗚咽《おえつ》を漏らし始めた。

古賀は我が目を疑った。古賀の知る中野は、好戦的かつ面倒見の良い親分肌の人間だ。裏返せば、決して人に弱みを見せることのない男だ。傍聴席は半分以上が埋まっている。検事や弁護人、裁判官を含めれば約三〇人以上が見守る中、中野は一分以上も泣き続けた。

「被告人、発言できますか?」

裁判長が優しげな声で告げたが、その目線は好奇心むき出しだった。

「……はい。申し訳ありません。娘のことを思い出してしまいました」

消え入りそうな声で中野が言った。即座に検事が問い質《ただ》す。

「私は被告人に高額なサラリーの話を尋ねました。娘さんとなにか関係があるのですか?」

「……国民証券からCBFSに移る一カ月前、ヘッドハンターからの誘いで転職するか悩んでいた時期でした。娘にAML、急性骨髄性白血病という難病が見つかりました。進行の速い血液のがんを治療するには金が必要でした。それで最終的に移籍を決めました」

中野の言葉を聞き、古賀の両腕が一気に粟立《あわだ》った。自由が丘の自宅に招かれたとき、人懐《ひとなつ》こい娘の姿が見えなかったのにはこんな理由が潜んでいたのだ。

法廷に目をやると、中野は依然俯いたままで、検事は目を見開いていた。今までの取り調べで判明していなかった事実なのだろう。顔をしかめたあと、検事が口を開いた。

「しかし、被告人は自由が丘に豪奢《ごうしゃ》な自宅を購入し、何度も派手なホームパーティーを開催するなど、高額な給与を浪費していたのではありませんか？」

検事の言葉に、中野が強く首を振った。

「自由が丘の家は、子供部屋に大きな医療機器を導入するために買ったものです。今までの住まいでは手狭すぎたからです。パーティーはあくまで営業活動の一環です。他の外資系企業でも同様のイベントは頻繁に開かれています」

中野が言葉を振り絞ると、検事が食ってかかった。

「被告人はこの期《ご》に及んで、子供さんまでダシにするつもりですか？」

「違います、絶対に違います！」

かすれた声で中野が必死に抗弁した。

「以前証人として出廷したＣＢＦＳの元同僚によれば、あなたは高級なスーツや食事、そして歓楽街で湯水のように金を使っていたそうですね。難病の娘さんはあくまで隠れ蓑《みの》だったのではありませんか？」

検事はなお引き下がらない。首を振った中野の横顔が一瞬見えた。目が真っ赤に充血していた。古賀の知る限り、中野の表情は絶対に嘘《うそ》を言っていない。

「自由が丘の家も、キャンピングカーも余命宣告された娘のためでした。日本の綺麗《きれい》な景色が見たい、娘がいつも病床で言っていたことです。キャンピングカーに医療機器を詰め込み、信州の高原や富士山麓《さんろく》に行きました。最後は妻がアメリカまで治療に付き添いましたが、助かりませんでした」

中野が切れ切れの声で答えた。だが、検事の目つきは厳しさを増した。

「あくまで娘さんのために高給を選んだ、そういうことですか？」

「……はい。娘の死後、なんども頭が割れそうになりました。自暴自棄になり、買い物で気を紛らしたのは事実です。しかし、移籍は個人的な欲求のためではありませんでした」

そう言うと、中野が再び肩を揺すった。被告人席のマイクが容赦なく中野の嗚咽を拾った。法廷中に響く声を聞きながら、古賀は中野の背中を見つめた。

自由が丘の自宅に招かれたとき、中野の変化に嫌悪感《けんおかん》を覚えた。金につられ、真っ先に自分に声をかけてくれなかった上司に嫌気がさした。その後なんども移籍先のC

ＢＦＳで中野に会った。

　家族の話を何気なく振ると、中野はいつも話を逸《そ》らした。豪華な支店長室、モナコのクルーザー上からのＦ１観戦、キューバ産の葉巻……法廷で涙を流し続ける中野を見ると、古賀はとんでもない誤解をしていたのだと悟った。

　それにも拘《かか》わらず、自分はヘルマン証券の杉本に愚痴をこぼし、中野の変貌《へんぼう》を密かに揶揄《やゆ》した。だが実際の中野本人は、一つも変質していなかったのだ。自分には子供がいない。強面《こわもて》とは裏腹に、中野は子供好きだった。その娘が難病を患《わずら》い、闘病生活に入った挙句亡《な》くなった。日々の仕事で気を紛らし、散財することで中野は折れそうな心を必死に支えていたのだ。変わり果てた中野の後ろ姿を見ていると、中野が精一杯の虚勢を張っていたことがありありとわかった。不意にＣＢＦＳの支店長室にあった写真立てが頭に浮かんだ。中野はずっと娘のことを考え、たたかっていたのだ。

　法廷に中野のしゃくり上げる声が響く中、検事がこれを無理やり遮るように口を開いた。

「この場で泣いたのは、娘さんを思ってのことですか？　それとも罪状を悔いているからですか？」

「……娘のこと、亡きゆかりのことを思い出したからです」

「罪状に対する後悔、あるいは贖罪《しょくざい》の気持ちは一切ない、そういうことでしょうか？」

検事の言葉が法廷の空気を一気に凍《い》てつかせた。中野が強く頭を振り、口を開いた。

「検察官のお尋ねで、娘のことで頭がいっぱいになりました」

「娘さんのことは尋ねていません。あなたが死に追いやった企業、その従業員に対して悪いと思ったことはないのですか？」

「行政の方針転換のスピードがあまりに速かったので……」

「また責任転嫁《てんか》ですか？　娘さんの次は行政のせい？　それは虫が良すぎませんか？」

「そんなつもりでは……」

「自分の悪事のすべてを他人のせいにする。そんな父の姿を、天国の娘さんはどう思うでしょうか？」

「すみません」

「今の言葉は罪状を悔いているという意味ですか？」

「はい」

中野が強く肩を揺すった。蔑《さげす》むような視線を中野に向け、検事が裁判長に顔を向けた。

「裁判長、検察官からの質問は以上です」

そう言うと、検事が涼しい顔で腰を下ろした。

法廷とは恐ろしい場所だ。自分の席で資料をめくり始めた検事に目をやり、古賀はそう感じた。

萎《しお》れた中野に対し、検事の問いは執拗《しつよう》だった。しかし、今の検事の顔は、どこでランチを摂《と》るかと同僚に相談するかのようで、平然としている。

質問する際の検事は、組織を代表して中野を徹底的に追い詰めた。もし検事にも家庭があるならば、中野の心情の一端は理解できているのではないか。法廷担当の記者や他の傍聴者の心情は計り知れないが、少なくとも自分には耐え難い時間だった。

被告人席で憔悴《しょうすい》する中野の後ろで、記者たちが必死にペンを走らせている。法廷で泣いた中野の様子はどう伝えられるのか。感情を排した様子でメモを取り続ける記者たちの姿を見ていると、見せしめという言葉が浮かんだ。

「それでは、次回公判は……」

一カ月後の午後の時間を提示した裁判長が検事、弁護人に顔を向けた。

「しかるべく」

検事と弁護人がほぼ同時に言った。これを合図に裁判長が一礼して退場した。古賀の前方に座っていた記者たち、傍聴人たちが相次いで席を立つ。この間、古賀は座ったまま中野の後ろ姿を凝視した。傍聴席で自分だけになったとき、被告人席で俯いていた中野が弁護人に促され、立ち上がった。そのとき、一瞬だけ中野が傍聴席に顔を向けた。依然、両目が充血していた。

「中野さん……」

古賀が言葉をかけようと口を開いた瞬間、中野が強く頭を振った。かつての上司の目に昔のようなぎらぎらした輝きは一切なかった。

11

二〇〇〇（平成一二）年八月中旬、東京都千代田区。

故郷の大牟田を訪れてから三カ月後だった。

神保町の事務所のブザーが響いた。古賀は読みかけの経済誌を机に置くと、扉を開けた。

扉を開けた途端、古賀は声をあげた。目の前には派手な花柄のワンピースを着た老女が立っていた。

「母ちゃん、なにしに来たと？」

「母親が訪ねて来たっていうのに、なんちゅう言い草たい」

そう言うと母はカツカツとハイヒールを鳴らし、早足で事務所に入って来た。

母には年金通りの店で会って以来、一切連絡を取っていなかった。どうやってこの場所を調べた……喉元《のどもと》まで出かかった言葉を、古賀はなんとか飲み込んだ。大方、荒井から名刺をもらい、この事務所の住所を知ったのだろう。

母は憮然《ぶぜん》とした表情で事務机前の応接セットに腰を下ろし、口を開いた。

「あんたがあん人を殺したも同然たい」

ファンデーションで真っ白になった顔に汗を浮かべ、母の良美が言った。そして、母は目の前に福岡の地元紙、西日本新報を放り投げた。社会面の四コマ漫画の横に、太字の見出しが躍っていた。

〈大牟田合同信金理事長が自殺　経営問題が原因か〉

五日前、大牟田の堀口から荒井の死について電話で知らされていた。それだけに、荒井の死そのものについての驚きはない。西日本新報の記事も堀口がファクスで送ってくれたので読んでいた。

二週間前、九州財務局の検査が大牟田合同信金に入った。堀口によれば、荒井は検査官によって厳しく追及されていたようだ。検査開始から六日目の朝、荒井は港近くの倉庫の梁《はり》に縄をかけ、かつて炭鉱で使われたボタ入れの箱を蹴《け》り、命を絶ったという。警察の見立ては自殺で、他殺の線はなかった。

「俺には関係ない話たい」

検査が始まって以降、信金が多額の負債を抱えていた話が町に漏れ出したと堀口が伝えてくれた。バブル期の過剰な株式運用、そしてゴルフ場開発など不動産投機がすべて裏目に出たことは信金関係者だけでなく、多くの市民が予想していた通りだった。堀口によれば、古賀の関与や仕組債に関する噂話は流れていないという。

「あんたがあん人を殺したとよ」

もう一度、母が唸るように言った。

「そげんつまらんことを言うためにわざわざ東京へ来たと？」

古賀は唾を飲み込み、母を睨みつけた。すると、母は首を左右に振った。

「それとも、店を取り上げられたけん、腹いせに嫌味でも言いたかと？」

「幸い、うちん店は無事たい」

愛人の死を悼《いた》み、店の運転資金を毟《むし》りにきたのかと思ったが、どうやら違う。母は昔と少しも変わっていない。荒井についても、金づるの一人でしかなかったのだ。

財務局検査は続いている。信金の職員は、検査対応と理事長の突然の死によって混乱を極めているはずだ。母は荒井の死によって、店の金をいきなり回収される心配はなくなり、闇金同然で借りていた分も帳消しになったのだろう。

それならばなぜ、わざわざ顔を見せるようなことをしに来たのか。

「古い事務所やけど、東京のど真ん中で商売しとるなんて、あんたは大したもんたい」

周囲を見回した母が、今までとは違う声音で言った。

「なにが狙いね？」

古賀が訊くと、母がもう一度真っ赤な口元を歪ませ、笑った。

「詳しいことは知らんけど、金融コンサルタントちゅう商売は信用が一番たいね」

「当たり前たい」

古賀が返答した途端、母がハンドバッグから茶色い表紙の古びた革手帳を取り出した。

「これ、なんか分かるね？」

テーブルに手帳を置くと、母が気味の悪い笑みを浮かべた。

古賀は手帳を手に取り、ページをめくった。すると、見覚えのある金釘《かなくぎ》文字が目に飛び込んできた。

「まさか、荒井の……」

古賀は勢いよくページをめくった。荒井が事細かに綴《つづ》った備忘録のようだった。所々に自分の名や、CBFSの大牟田合同信金の担当営業マンの名前がある。

「なぜこんな物を?」

古賀が訊くと、母が薄ら笑いを浮かべた。

「あんたが帰った日、あん人が託していったと」

目の下にどす黒いクマを宿した荒井の顔が浮かんだ。

「〝俺に万が一のことがあったら、これを使え〟そう言うとったと。詳しい中身はようわからんけど、あんたがあちこちにいかがわしい商品を売っとったんはわかったばい」

母が言う通り、手帳のいたるところに自分の名が記されていた。また、CBFSの担当者らとともに、九州各地の信金関係者と接待ゴルフに出かけたことにも荒井は触れていた。死してもなお、荒井の悪あがきは続いた。しかも、よりによって母を使ってまで自分を苦しめるとは。とっくに縁を切ったはずの故郷の亡霊が、薄気味悪い白塗りの老婆《ろうば》によってもたらされた。やっかいなのは、相手が荒井ではなく、恨み言を託されただけの母ということだ。

「あん人は覚悟を決めて死んだと。でも、あんたが変なものを売りつけんかったら、まだ理事長として辣腕《らつわん》を振るっていたはずたい」

母の目が真っ赤に充血していた。

「息子の俺を脅すつもりか？」

自分はまだよい。ここで母に歯止めをかけねば、欲にまみれた老婆は、佐知子を探し出してしまう。守るべきたった一人の人に、母を会わせるわけにはいかない。いや、絶対にこの場所で食い止めねば、大牟田の炭住にいた頃のような、暗く、憂鬱《ゆううつ》な時間が度々古賀と佐知子を覆うことになる。

「脅すなんて、人聞きの悪いことを言わんと。これを持って、出るところに出たら、あんたも困るやろ」

やはりそうだ。強欲でだらしのない人間は、他人の死まで悪用するのだ。たしかに死んだ荒井が残したメモは、財務局の検査官や地元警察の興味を引くことになるだろう。

しかし、ＣＢＦＳの検査を通じて、古賀は一回も金融監督庁から事情を聴かれるようなことはなかった。荒井の自殺にしても、仕組債が直接の引き金となったのは明白だが、このメモによって古賀が自殺を強制したり、教唆《きょうさ》するような容疑をかけられることもない。

「好きにすればよか。俺は一向に困らんたい」

「死んだあん人は、マスコミに持ち込めば面白いことになる、そう言うちょった」

母がバッグから神保町にある大手書店のカバーがかかった書籍を取り出した。

「東京来たんは、このためたい」

母が得意げに表紙をめくった。そこには、マスコミの連絡先が一覧表示されているガイドブックがあった。書籍のタイトルを目にした瞬間、引きかけていた鳥肌が再び全身に広がった。

「あん人は、ここが良かって言うとった」

ページをめくった母は、国内の大手通信社のところで手を止めた。CBFSに緊急検査に入った金融監督庁の動向を、事細かに報じた会社だった。

自分の名前と郷里の信金理事長が記されたメモがしつこい通信社記者の手に渡ったら。中野がマスコミの取材攻勢に遭ったように、自分もメディアに追いかけられる生活が待ち受けている。いや、自分だけでは済まない。佐知子も好奇の目にさらされてしまう。

件《くだん》の通信社記者の記事は、配信先の新聞を通じてなんども読んだ。どう考えてもCBFSに内通者がいるとしか考えられなかった。CBFSと大手銀行や一般事業法人の間で交わされた取引内容を詳細に報じていた。

万が一、荒井が残したメモがその記者の手に渡ったらどうなるか。逮捕直前、中野は通信社記者だけでなく、新聞やテレビ記者の取材攻勢に遭い、夫人や親戚《しんせき》までもが追いかけられた。

「荒井が死んで、あんたは借金が棒引きになったはずたい」

古賀の言葉に、母が眉根を寄せた。

「借金やらがなくなっても、一番の太客がおらんようなったばい。どげんしてくれると?」

顔を紅潮させた母の唇がかすかに震えていた。どこまで強欲な人間なのか。しかし、ここで食い止めねば、周囲の人間に迷惑がかかる。古賀は瞬時にそう判断した。

「いくら欲しいと?」

古賀の言葉に、母は恐る恐る指を三本立てた。

「三〇〇万円くらい、くれてやるたい」

古賀は席を立ち、執務机の引き出しから小切手帳を取り出した。一連の動作を、食い入るように母が見つめているのがわかる。強い視線を感じながら、古賀は小切手に三〇〇万円と書き入れた。

「今後、一切のつながりはなしたい」

応接のテーブルに小切手を置くと、古賀は言い放った。そして母に向けて右手を出した。

「その手帳は、三〇〇万円で買い取った。よこさんね」

ひったくるように小切手を取り上げた母は、強く首を左右に振った。

「これは私の命綱たい。まだ渡すわけにはいかん。無理やり取り上げられても、コピーば取ってあるたい」

母の方が一枚も二枚も上手だった。舌打ちすると、古賀は口を開いた。

「これから仕事に出る。とっとと帰ってくれんか」

吐き捨てる様に言うと、古賀は母に背を向けた。

「まだ用事は終わっとらん。これを見んしゃい」

母が荒井のメモを広げていた。事細かに古賀の行動が記してあるのはもう知っている。今さらなにを言い出すのか。

「なんね？」

母がメモの一点を指した。

「あんたは九州だけやなく、北海道でも悪いことしよったね」

皺《しわ》だらけの指先には、北海道の道庁関係の共済年金基金の名があった。

「商売だ。関係なかろう」

「強がっても、あんたは逃げられん」

母がハンドバッグから封筒を取り出した。封筒の中からは、折りたたんだ紙が現れた。

「荒井さんは必死やったと。死の直前まで探偵使うてあんたのこと必死に調べて、ついこの前、この報告書がうち宛《あて》に届いたと」

母がニヤリと笑い、紙を広げた。探偵の調査報告書だ。しつこい荒井ならやりそうなことだ。古賀は報告書に目を凝らした。

「あんた、いい人がおろうが」

「関係なかと」

そう言った直後だった。報告書の中に、佐知子の名が記されていることに気づいた。

その横に目をやると、かつて仕組債を売りつけた財務課長の名前があった。

「まさか、佐知子の……」

「あんたが知らんくらいだから、彼女さんも知らんだろうに」

「……絶対に佐知子と会うな」

「それはあんたの態度次第やわ」

せわしなくハンドバッグの留め金を閉めると、母は硬い足音を残して事務所から出ていった。

「二度と来るな」

足早に階段を降りる靴音を聞きながら、古賀は呟《つぶや》いた。一度味をしめた母が、たった三〇〇万円で満足するはずはない。大牟田やその周辺から一度も出たことのない母が、わざわざ東京まで出かけてきた。競馬やパチンコで金を溶かせば、その都度目の前に現れる。万が一、自分が出張で不在のときはどうなるか。あの三〇〇万円で探偵でも雇い、自宅や佐知子の居所を調べてしまったら……。

まして、札幌の財務課長が佐知子の父親だったとは。村田というありふれた名前だった。喧嘩《けんか》別れしたという佐知子は詳しい話をしなかった。だが、二人は血を分けた肉親だ。これが佐知子に知れたら、破滅だ。唯一《ゆいいつ》の安住の場所が瞬《また》く間に消えてしまう。母と愛人の荒井に抗《あらが》い続け、そして睦美を守ってきた。その睦美を奪った荒井という存在がなくなり、ようやく安らぎを手に入れた。安らぎとは、佐知子のことだ。佐知子は絶対に手ばなすわけにはいかない。

古賀は執務机に置いた携帯電話を取り上げると、メモリを繰った。目的の番号を見つけ、通話ボタンを押すと、相手はすぐに電話口に出た。

「古賀たい。頼みがある」

電話口に震える自分の声が響いた。

12

二〇一六（平成二八）年八月下旬、東京都新宿区。

靖国通りと新宿通りに挟まれた四谷四丁目の古びた住宅街で、小堀は大通りの方向を見つめた。廃校になった小学校前で立っていると、近所の八百屋と惣菜屋《そうざいや》でゆうげ用の買い物を済ませた老女が通り過ぎる。
一、二分待っていると新宿通りの方向から黒塗りのハイヤーが現れた。小堀が手を挙げると、ハイヤーが八百屋のはす向かいに停車した。そのすぐ後ろには、グレーのセダンがぴったりと追尾していた。

「小堀君、お待たせしたみたいね」

ハイヤーから薄手のスーツを着た岡田加津美が降り立った。その直後、岡田よりも背の低い男が降車した。

「粟島《あわしま》委員長、お忙しいなかありがとうございます」

小堀は深く頭を下げた。粟島は岡田の上司で、証券取引等監視委員会の委員長を三期、八年半の長きにわたって務めてきた元検事だ。

「堅苦しい挨拶《あいさつ》は抜きにしましょう」

「委員長、彼が捜二の稼ぎ頭、小堀警視です」

「お噂は岡田君から聞いています」

小堀は顔を上げた。額の生え際《はえぎわ》が後退した穏やかそうな男が笑みを浮かべていた。だが、分厚いメガネのレンズの奥の目は笑っていない。警視庁の歴戦の捜査員と同様、人を疑ってかかる検事特有の醒《さ》めた目付きだ。

「こちらへどうぞ、粟島委員長」

小堀は一軒家のドアを開けた。ステンドグラスが組み込まれた木製のドアを開くと、地下へと続く煉瓦《れんが》造りの階段が見えた。

小堀は粟島元治《もとじ》を薄暗い空間へと導いた。

「なんだか怪人二十面相が出てきそうな雰囲気ですな」

階段を下りきると黒塗りのドアがあり、天井からガス灯風のランプが灯っている。

「部下がいつも使っている店です。ご安心ください」

黒塗りのドアを開け、小堀は粟島に告げた。ハイヤーの後を追尾してきたのは今井だ。今井が情報提供者と密会する際、頻繁に使う一軒家を改装した風変わりな居酒屋は、ガイドブックやネットのグルメ情報の類《たぐ》いには一切登場しない文字どおりの隠れ家になっている。

証券取引等監視委員会関係者と捜二の接触は珍しいことではないが、小堀は念には念を入れた。万が一、今回の接触が世間に知れるようなことになれば、事件が潰《つぶ》れてしまう。特に、粟島は特別な事情を抱えているだけに、今回の会合の存在自体を外に漏らすわけにはいかない。

「個室を用意しております」

粟島と岡田を伴って薄暗い店内に入ると、小堀はカウンター横の扉を開け、目的の場所に案内した。

「本当に二十面相が現れそうね」

周囲を見回した岡田が笑った。壁にはアンティーク調の大きな鏡、そして古びた柱時計がいくつもかけられている。オカルト映画に出てくる魔術師が潜んでいるような雰囲気がある。

「一切、人目を気にする必要はありません」

そう言うと、小堀は人数分のビールをオーダーした。

「大まかな話を聞いてきましたが、例の三田の件は本当なんですな？」

背広を椅子《いす》の背にかけ、栗島が身を乗り出した。柔和な態度だが、獲物を目の前にした元検事の目付きは変わらなかった。

「最後の一件は、なんとしても綺麗《きれい》に仕上げたい」

栗島が声を低くして言った。事前に次長の岡田とは意見交換を進めてきた。岡田からの進言に栗島が乗り、今回の面会が実現したのだ。

「ぜひとも我々に協力させてください」

そう言うと小堀は経済誌のコピーをテーブルに載せた。

〈渋る東京地検vs.証券取引等監視委員会　三田電機の命運は？〉

小堀はなんども読み込んだ扇情的な見出しに目をやった。

捜査二課の小堀が三田電機の粉飾決算に目を付けたように、栗島もこの巨大メーカーの不正に着目していた。最後の一件とは、定年で退官を間近に控えた栗島が最後の大仕事として、この案件に並々ならぬ意欲を見せているということだ。

「年商六、七兆円の企業が七年間で一五〇〇億円をごまかしたのは瑣末《さまつ》だ、誤差の範囲だなどという意見があるようですが、そんなのは詭弁《きべん》ですよ」

栗島が切り出した。

「大手のクルマメーカーが系列のレンタカー会社に在庫を押し込む、あるいは下請けの部品会社に売り上げ協力をさせ、利益の調整を行っている……たしかにそういうことは頻繁に行われているのでしょう」

栗島の言葉に力がこもる。

「だが、三田に関しては明らかにやり方が悪質だ。とりわけ海外の取引先に対して、注文主という立場で不正の手伝いをさせていたことは絶対に許せん」

「委員長。その辺りの事情は小堀君も熟知していますし、現にこうやって協力を申し出てくれたんですから」

岡田が苦笑いしながら栗島を制した。

二人の顔を交互に見た後、小堀は頷いた。栗島は東京地検特捜部で副部長を務めたあと、大阪高検検事長ポストを最後に法務省から離れ、証券取引等監視委員会に入った。

赤レンガ派と呼ばれる法務官僚ではなく、バリバリの現場派の捜査検事で、要職を渡り歩いた。当初、小堀が岡田に三田の件を相談した際は、東証の判断を尊重すると言っていたが、粉飾に関する報道が相次ぐたび委員会内の空気が変わっていったのだという。もちろん、流れを変えたのはトップである粟島の存在だった。

「水面下で地検と接触しましたがね……」

粟島が顔をしかめた。粟島が地検の誰と協議したのかはわからないが、三田の中谷社長をはじめ、歴代のトップは粉飾に関する指示への関与、そしてその認識そのものを否定しているという。

粟島の話を聞き、小堀はテーブルの下で拳《こぶし》を握った。表向きは東証の上場維持の判断を尊重するような姿勢を見せていたのに、地検は事件の感触を密かに探っていたのだ。歴代幹部から相次いで事情を聴き、事件として扱うか否《いな》かを見定めていたわけだ。

三田という巨大な組織の不正を立件できれば、このところ小物ばかり扱っていた地検の面子《メンツ》も立つ。だが、立件が確実になった際は子飼いのメディアを使って情報をリークする地検が、今回は一切動いていない。

粟島の言う通り、歴代社長や経営幹部が粉飾に関して明確な証拠を残していないため、地検は安全策を取り、立件を躊躇《ちゅうちょ》しているわけだ。

「彼らは確信犯です」

小堀が告げると、栗島が頷いた。

「バイセル取引自体の立件は比較的容易なはずです。要は地検が本気で事件を食うかどうか、言わば肚《はら》のくくり方次第なんですよ」

苦々しげに栗島が言った。

三田の一五〇〇億円にも上る利益操作については、小堀自身も中身を調べていた。栗島が指摘した通り、利益底上げのスキームは安易だ。不正の温床となっていたのは、「バイセル取引」という商慣行だった。

三田は対外的に競争力を失っていたパソコン事業を舞台に、意図的に粉飾を繰り返していたのだ。パソコンはボディーにあたる筐体《きょうたい》のほか、心臓部となる半導体やハードディスクなど数千にも及ぶパーツで成り立っている。三田はパソコンを製造委託していた台湾のメーカーを悪用した。

まず台湾メーカーに対して、調達した部品をいったん売却し、後にこれを買い戻す契約を結んだ。売って買い戻すのでバイセル取引という名称がついている。

三田クラスの巨大メーカーになれば、部品を大量に調達することから、納入先には有利な条件で買い付けを行うことが可能となる。世界的にパソコンの値段が下落傾向をたどる中、三田もコスト削減の一環として部品メーカーから必要なパーツを安く買い叩いたのだ。これらを台湾の製造委託先に一括して購入価格よりも高く売ることで、三田には一時的な利益が生じる。

普通であれば、組み立てが終わったパソコンを製造委託先から買い戻す際は一時的に生じた利益は相殺《そうさい》されなければならない。他の多くのパソコンメーカーが同様の商慣行を行っているため、バイセル取引自体に違法性はない。

しかし、三田はこの部分に目を付け、逆手に取ったのだ。バイセル取引では、委託先に部品を売る際に一時的に利益を計上することが可能になるのだが、三田は期末ごとに必要な量を大幅に上回る部品を委託先に売り込んだ。

委託製造させたパソコン一〇〇台のところ、一五〇台、あるいは二〇〇台といった具合だ。水増しの部品を買い取らせることにより、本来の製品の数よりもかなり多く利益を得た。つまり、意図的に利益を水増しし、粉飾の原資に充《あ》てていたのだ。

「岡田のチームが内々に三田の経理関係者を聴取したところ、不正なバイセル取引の存在を認めました。歴代社長は期末になるとしきりに〝アクション〟という符牒《ふちょう》を使い、社内に利益の底上げを指示していました。しかし……」

そう言うと、粟島が口を閉ざした。

「サラリーマンなので、どこまで不正にタッチしろという指示だったかは明確に証言しない、いや拒否したのですね？」

小堀が補足すると、粟島が頷いた。歴代の経営陣が明確に水増ししろと指示した、あるいはその証拠が書面で残っていれば、地検も立件する。

「地検は例の件で相当にビビっている。仮に自白を強要されたなどと三田の歴代トップに公判で証言されたら、悪夢の二の舞になってしまう」

唸るように粟島が言った。

例の件、悪夢の二の舞とは、ここ数年で表面化した大阪地検や東京地検のスキャンダルを指す。検事の用意したシナリオに沿って強引に被疑者から供述を引き出す〝シナリオ捜査〟が露見したほか、証拠品の捏造《ねつぞう》などが相次いで明らかになった。

一連の不祥事が検察改革を誘引してしまった反省から、この一、二年は選挙違反や少額の横領など東京地検や大阪地検は小物ばかり、言わば堅い事件しか食わない。

小堀も粟島と同意見だったが、今は確実な獲物が手元にある。

「これはまだ岡田さんにも明かしていないネタですが……」

小堀は小声で告げ、足元にあった鞄からファイルを取り出した。

「歴代トップを育て上げた、かつての上司が関与していたらどうしますか？」

小堀の言葉に粟島が首を傾げた。

「バイセルでかさ上げを指示した三人より上、となれば……」

粟島が目を見開いた。

「そうです。奥の院の主である東田が関わっていたのです」

小堀はテーブルの上のファイルを広げた。

「これは我々の特別協力者から得た特上のネタです」

そう言うと、小堀は佐知子が隠し撮りした写真を粟島の方向に押し出した。粟島は怪訝《けげん》な顔で写真を取り上げると、分厚いレンズのメガネを外し、目を凝らし始めた。

「……まさか」

「ええ、東田に知恵を付けた不届き者がおります。我々はこのメモを残した古賀という金融ブローカーを突破口にしたいと考えています」

小堀は古賀のメモを指でなぞりながら、古賀の簡単な経歴、そして仕組債など過去手がけてきた違法行為の数々を粟島に説明した。

「そんな人間がいたのですか」

粟島は驚きを隠せない様子だった。

「三田電機の本丸ではなく、この古賀を引っ張ってから攻め入る考えです。ご協力いただけますか？」

小堀が持ちかけると、粟島がなんども頷いた。

「古賀という男が東田を籠絡《ろうらく》し、その後、三田本体が腐っていったわけですな」

「その通りです」

小堀が返答すると、粟島が短い右腕を差し出した。

「協力いたしましょう。これだけのネタが揃っていれば、必ず本丸を落とせます」

小堀は粟島の手を握った。定年間際の元検事の手は存外に力強かった。

最終章　光明

1

二〇一六（平成二八）年九月上旬、東京都新宿区。

プロジェクターから投射された画像を見ながら、古賀は目を細めた。二〇〇インチのスクリーンには、北欧スウェーデンのデザイナーが描いたポップな動物の柄をまとった有田焼のティーポットが映っている。

「こちらのポットですが、このほどニューヨークのモダンアートを紹介するギャラリーでの展示が決まりました。主催者が広報したところ、ニューヨークの新聞や地元テレビが早速事前取材に動き始めたとの連絡がありました」

スクリーン横では、刈り上げ頭に黒縁のメガネをかけた青年がタブレット端末に目をやり、懸命にプレゼンを展開していた。

西新宿の老舗《しにせ》ホテルのバンケットルームで開かれたNPO法人「コールアート」が共催したイベントには、会場の定員いっぱいの二〇〇人近い参加者が詰めかけた。伝統工芸に携わる若い世代の職人や作家のほか、青山や表参道、六本木界隈《かいわい》でモダンアートのギャラリーを経営する若手オーナー、出版社で芸術系の媒体を担当する編集者らが参加している。

「古賀さん、今回のコラボ企画は大成功です。スポンサーになってくださって感謝しております」

古賀の横の席で、おかっぱ頭の中年女性が頭を下げた。佐知子の長年の友人で、アート系のイベントに強い広告代理店の社員だ。

「とんでもない。若いアーティストの皆さんの感性が素晴らしいからです。私はあくまで裏方でお手伝いしただけですよ」

「あちこちの企業に企画を持ち込んだのですが、即答で応じてくださったのは古賀さんだけです」

「私は芸術やらモダンアートの知識がありません。ただ、若い才能が埋もれるのが嫌なだけです。こうして皆さんに喜んでいただいてなによりです」

古賀はそう言ってスクリーンに目をやった。今度は奥会津の苧麻《ちょま》という希少な草からとれる繊維で織ったネクタイが映っていた。

司会役の青年によれば、ミラノの新進デザイナーが素材に惚《ほ》れ込み、なんども来日して打ち合わせを行い、三年越しで製品化にこぎつけたのだという。

表立った金融の仕事から手を引き、六年が経《た》った。今は断りきれない仕事のみを引き受け、あとはずっとNPOの仕事を手伝っている。モダンアートや伝統工芸に馴染《なじ》みはなかったが、実物に触れるうち、次第に職人や作家の持つ感性の鋭さや作品の良し悪しが分かり始めた。それにつれ、裏方の仕事を率先して手がけるようになった。

古賀の目の前で、目まぐるしくスクリーンの画像が切り替わった。その度に、日本の古い工芸品の職人と海外デザイナーの協業が映し出された。

今度は、やはり奥会津の山ぶどうの蔓《つる》の皮をなめして作られたショルダーバッグが映し出された。雪国の手間仕事として発達した細工物の籠《かご》を、スペインのデザイナーが新たな感性で肉付けした力作だった。

「古賀さんご自身のサポートのほかに、ジャパンメールの協賛までいただくなんて、こんな幸運はありません」

「古い知り合いにお偉いさんがいるというだけです。それに彼らとしても、内外の文化事業の支援を通じて、社会貢献の宣伝ができるというメリットもあります」

陶芸や木工、染色などのコラボ製品の絵柄が変わるたび、スクリーンの右下にはイベントのメーンスポンサーである日本逓信《ジャパンメール》のロゴ、〈JM〉が現れた。

個人向けの営業を担当していた元証券マンとしては、JMがこのような民間のイベントに協賛しているのが信じられなかった。

NTTやJRに続き、日本逓信は最後の民営化案件であり、持ち株会社となったJM本体のほか、傘下《さんか》の銀行や保険の計三社が株式を東証に上場したばかりだ。中野に引っ張られて法人担当に異動していなければ、今ごろは国民証券のどこかの支店長として、JM株の客への新規配分に苦労していたかもしれない。

「古賀さん、ご挨拶《あいさつ》をよろしいでしょうか?」

スクリーンに映った漆塗りのスマートホンケースを見ていると、サマーニット姿の女性が名刺を差し出した。胸元の名札をみると大手通販サイトの社名があった。その後ろには、同じようにネット系ビジネスのロゴが付いた名札をつけた人が列をなしていた。

「先日、シティズン証券グループの杉本会長とお会いした際、古賀さんによろしくとおっしゃっていました」

古賀が名刺を差し出すと、通販サイトの広報部長と名乗った女性が言った。

「以前、金融界にいたときにお世話になりました。杉本会長はお元気でしたか？」

「ビジネスは順風満帆ですし、人気の女優とご結婚されたばかりで、すこぶるご機嫌な様子でした」

「それは結構なことです」

「古賀さん、実は今度弊社で今回のコラボのような形でセール企画をやらせていただこうと思っております」

「素晴らしいお話です。しかし、私は単なる裏方です。実務は全《すべ》てＮＰＯ法人の担当者に任せてありますので、どうかそちらにご相談を」

古賀は愛想笑いを浮かべ、通販サイトの広報部長との会話を切り上げた。

次は六本木の最新商業ビルでギャラリーを営む青年だった。当たり障《さわ》りのない会話を続け、次々と名刺交換をこなす間、先ほど聞いた古い友人の名前が古賀の記憶のページをめくり始めた。

杉本とは、今では年に一回、二回ランチを共にする程度だ。独身貴族を貫いてきた杉本が人気女優と結婚した話は、テレビの情報番組で知った。相変わらず自分のことを語らず、周囲を驚かせる男だった。

元上司の中野とは一六年前、東京地裁の法廷で互いに顔を合わせたきり、一度も会っていない。かつてCBFSで中野の部下だった運用担当者から、下高井戸で小さな有機食材の店を始めたと聞かされたが、一度も訪れることはなかった。古賀が顔を見せても、中野が喜ぶとは思えなかった。まして、中野の大胆な転職の背後に、娘のことがあったとは全く知らなかっただけに、のこのこ顔を出す心境にはなれなかった。

ＮＰＯ事務局の青年から酌を受けていると、背広のポケットの中でスマホが微《かす》かに震えた。愛想程度にビールに口を付け、画面に目をやった。佐知子からのメールが入っていた。いつものアドレスではなく、フリーメールのドメインが入っている。古賀は首を傾《かし》げながらメールを開けた。

〈長い間お世話になりました〉

メールを開くと、たった一行だけメッセージが入っていた。

西新宿のホテルからタクシーを飛ばし、古賀は江戸川橋の自宅マンションに戻った。佐知子は三日前から九州と沖縄を回っているはずだ。車中でなんどもメールを出したが全てエラーが表示され、返送されてきた。通話も同様で、佐知子の番号が通信会社側で削除されている様子だった。

部屋に入り、明かりを点《つ》けた。玄関近くにあるリビングダイニングのテーブルには、ポツンと古賀の湯のみ茶碗だけが置かれていた。その下にはメモが挟まっていた。

〈長い間お世話になりました〉

先ほどホテルで受信したメールの文言と同じだ。見慣れた右肩上がりの佐知子の筆跡で書かれたメモを目にした途端、佐知子がいなくなったことが実感できた。しかし、古賀には心当たりが一つもない。三日前に部屋を発《た》つときも、土産はなにがいいか訊《き》かれたばかりだ。いつもの出張となんら変わりがなかった。

古賀は部屋の周囲を見回した。テーブル脇《わき》の食器棚には、佐知子お気に入りの陶器が残っている。リビングの窓際《まどぎわ》にある佐知子のデスクには、先月の出張で見本として買い付けてきた帯留めや扇子がそのまま置いてある。悪い冗談ではないのか。だが、改めて手書きのメモを見ると、一切のためらいのない文字がある。

なにが起こったのか、事態を理解できぬまま古賀はダイニングチェアに座った。自分の周りは普段となにも変わらない。だが、たしかに、テーブルのメモの周りだけは空気が冷えているような気がした。

寝室に行き、佐知子の衣服を確かめよう。普段の出張よりも持ち出した物が多ければ、本当にいなくなったのかもしれない。衣装棚を開けてみる。すると、目の前に木製のハンガーがいくつも所在なげにぶら下がっていた。

ばかな、そんなことはない……タチの悪い冗談で、自分は佐知子に担《かつ》がれているだけだ。このところ、佐知子はＮＰＯの若手運営者たちと頻繁に会食していた。その過程で、日頃堅物とからかっている自分を、笑いの種にしているのだ。様々な考えが頭の中を巡っていると、テーブルに置いたスマホが突然震えた。

反射的にスマホを手に取った。だが、液晶画面で点滅したのは佐知子の名前ではなかった。古賀は端末をテーブルに放り出した。規定の呼び出し数の分だけスマホが震えたあと、留守電にメッセージが入った。

〈緊急でお会いしたい。至急、連絡をください〉

一方的にメッセージを告げられた。古賀はリダイヤルボタンを押した。すると、すぐに留守電を入れた男が電話口に出た。声の調子が乱れている。ひどく慌《あわ》てているのは明らかだ。

「落ち着いてください。今から向かいます。御社の前に着きましたら、連絡します」

古賀がそう伝えると、相手が安堵《あんど》の息を吐いた。決して望んで手助けするわけではない。長年の恩に報いるためだ。自らに強く言い聞かせると、古賀は立ち上がった。

2

「タクシーを追え。絶対見失うな」

　スカイラインの覆面車両の助手席で今井が強い口調で告げると、若い捜査員がアクセルを踏み込んだ。エンジン回転数が急激に上がる。小堀の視線の先でタコメーターの針が易々《やすやす》と六〇〇〇回転を超えていく。

「古賀はだいぶ慌てているようですね」

　後部座席から、小堀は古賀が乗ったタクシーのテールランプを見つめた。つい一分ほど前、首都高五号池袋線に近い江戸川橋の古い分譲マンションから背広姿の古賀が飛び出してきた。

「佐知子さんとの連絡は大丈夫ですか？」

　小堀が訊くと、助手席の今井がスマホを取り出した。

「我々が提供したスマホで常に連絡を取れる状態にしてあります。今は飯田橋のホテルに島本さんと一緒にいます」

「古賀と連絡を取っているわけではないのですね？」

「それは絶対にあり得ません」

そう言うと、今井がスマホの画面を小堀に向けた。無骨な今井の掌《てのひら》にある画面で、島本と紅茶を飲む佐知子の姿があった。小さなスピーカーから二人の会話が聞こえる。

「これは島本さんのスマホからのリアルタイム動画です。首尾は万全、心配は一切ありません」

「では、古賀はどこへ行くのでしょう？」

「絶対に突き止めましょう。奴《やつ》の首根っこを押さえるまであとわずかです」

日頃は冷静沈着な今井の声がわずかに上ずっていた。

今井の言う通り、首尾は万全だった。三知《サンチ》のＳ《スパイ》となった佐知子とともに、古賀に触る直前までの策を練った。

「このままタクシーを追尾します」

ハンドルを握る巡査長が低い声で告げた。半年前まで第一機動捜査隊に所属し、覆面車両で日夜都内を走り回っていただけに、運転技術に間違いはない。

「佐知子さんでなければ、なぜ古賀はあれほど慌てていたんだ？」

小堀が自問自答すると、すかさず今井が口を開いた。

「よほど大事な客ではないでしょうか。佐知子さんが突然いなくなったのに、駆け出していくのですから」

「相手が判明すれば、新たな証拠につながるかもしれません」

タクシーを追うスカイラインは、新目白通りを竹橋方面へ猛スピードで走る。交通課の白バイが付近にいたら、間違いなくタクシーを検挙するほどの速度だ。古賀が急《せ》かしている。捜査を続ける過程で、古賀は常に冷静な男だということが判明した。その古賀が慌てている。普段と違う行動パターンを取るとき、冷静で冷徹な男であっても絶対に隙《すき》が生まれる。古賀が見せるであろうわずかな空白を捉《とら》え、突破口を開くのだ。小堀は助手席の背もたれを強くつかんだ。

小堀ら三知の一行と佐知子は、五日前に最終的な作戦を決めた。

ＮＰＯのイベントに出席する古賀にタイミングを合わせる形で、佐知子が出張を決めた。これは一気に捜査の網を手繰《たぐ》り寄せるためのもので、ケリをつけると言い換えることもできた。

古賀との生活に限界を感じていた佐知子は、小堀と今井が驚くほど大胆な行動に出た。今まで触ったことのなかった古賀の仕事鞄《かばん》に手を入れたのだ。佐知子は最新の手帳をコピーし、新たなＰＤＦを送ってくれた。送りつけられた新しい資料は、時効が成立していない古賀の金融犯罪をつぶさに裏付ける内容だった。

三田電機に絡《から》む最新の不正を示す資料に、小堀や今井はメールが届いた直後、密《ひそ》かに小躍りしたほどだった。

この日、佐知子が突然別れを告げるメールを古賀に送り、その後、スマホの通信を一切遮断した。小堀が予想した通り、古賀は西新宿のホテルから慌てて抜け出し、自宅マンションに戻った。この間、小堀と今井はスカイラインの中から慎重に古賀の様子をうかがっていた。

佐知子が理由もなく出て行き、古賀が動揺し切っている段でマンションを訪れ、一気に任意同行を求める算段だった。しかし、この日初めて古賀は予定外の行動に出た。

「まもなく大手町を抜けます。タクシーの車線をみるに、霞《かすみ》が関《せき》方向かと思います」

ハンドルを握る巡査長が低い声で告げたとき、小堀は我に返った。

「今までの古賀の行確《こうかく》履歴で霞が関方向に足跡は？」

小堀が訊くと、助手席の今井が首を振った。

「……ありません」

短く答えたあと、今井がダッシュボード脇《わき》にあるマイクを手に取り、警視庁本部からスカイラインに合流しようと走り出していた別の捜査車両に指示を飛ばした。今井は一台前を行くタクシーの車種と法人名、そしてナンバーを素早く伝えた。

「どこへ行くのでしょうか？」

今までの快活な声がやや曇っている。この間、スカイラインは皇居前を通過する。右手には広大な皇居前広場と二重橋、左前方には日比谷や有楽町のホテルやビルのシルエットが見える。

〈二分以内に合流します〉

今井の手元のスピーカーから別車両の捜査員の声が響く。

「近づきすぎるな。慎重に行け」

タクシーのテールランプを凝視したまま、今井が短く指示を飛ばす。

タクシーは内堀通りの祝田橋《いわいだばし》交差点を直進する。片側五車線を突っ切ると、左側に日比谷公園、右側には検察庁があり、その隣は厚生労働省など中央官庁が入居する大きなビル、合同庁舎がある。

「神谷町あたりの外資系企業か、あるいは新たな顧客でしょうか」

いつの間にかメモ帳を取り出し、猛烈なスピードで今井がページを繰っていた。

「タクシー、依然直進を続けます」

巡査長の言葉に小堀は唾《つば》を飲み込んだ。入念に古賀の行確を行ってきた今井でさえ把握していない行き先とはどこか。

タクシーとスカイラインは日比谷公園の横を通り過ぎ、次の交差点も真《ま》っ直《す》ぐ進んだ。フロントガラスの右側に財務省の古い建物が見え始めたとき、ダッシュボード下のスピーカーからくぐもった声が響いた。

〈二号車、合流完了。追尾します〉

「よろしく」

今井がそう返答した直後だった。小堀の視線の先で、タクシーがウインカーを出した。

「右折だ。注意しろ」

〈了解〉

古賀を乗せたタクシーが経済産業省と大手生命保険会社のビルに挟まれた小路へと右折した。

「保険屋の仕事か？」

助手席で今井が唸《うな》った。たしかに大手生命保険ならば運用部門がある。どのような種類の損失かは知らないが、古賀が暗躍する下地は十分にある。

「通過します」

だが、小堀と今井の思いとは裏腹にタクシーは生保ビルを通り越した。

「どこに行く？」

今井が再度唸ったときだった。タクシーがハザードランプを灯した。

「追い越せ」

今井が素早く巡査長に指示を飛ばし、マイクを取り上げた。

「二号車から何人か追尾させろ」

〈了解〉

日頃からイレギュラーな動きをする被疑者を追っているだけに、今井の指示は素早かった。小堀の乗るスカイラインがタクシーを追い越すと、古賀が降り立った。

「管理官、鏡で見てください」

助手席から今井が折りたたみのミラーを差し出した。体を縮め、鏡を使って後方の様子をうかがった。タクシーの一〇メートルほど後方に二号車が停車している。

一方、古賀は監視されているのも知らず、スマホを取り出し、電話をかけている。小堀は鏡の方向を変え、建物を見た。ＪＭの本社ビルだ。

「スカイラインがゆっくりと停車した。小堀は後方を監視し続けた。すると、古賀の傍らに人影が現れた。背の高い古賀と同じ程度の身長、そして分厚い胸板の男だ。男は古賀に耳打ちしているようだ。

「誰でしょうか？」

「わかりません」

今井が答えた直後、男は古賀から離れた。その時、男の耳元に白いイヤホンのようなものが見えた。何者なのか。ＪＭの警備かもしれない。小堀が考えている間に男は内堀通りの方向に消えた。小堀はなおも古賀の動きを注視した。すると古賀は――スマホをポケットに片付けると、小路の右側にある大きなビルの高層階を見上げた。

「ＪＭということはまさか……」

バックミラーで監視を続けている今井がうわ言のように言った。

「またなにか企《たくら》んでいるに違いありません」

古賀の後ろ姿を見つめながら、小堀は言い切った。

「あれはなにをやっている？」

今井が呟《つぶや》いた。小堀がミラー越しに古賀の姿を見ると、両手を伸ばし、左右の人差し指を交差させていた。

3

面会を終えた古賀は、霞が関の巨大なビルの高層階から業者用のエレベーターを使って地下二階の駐車場に出た。ビルの前で手振りを送ると、専属秘書が古賀を専用エレベーターに案内してくれた。先ほど男性の専属秘書から聞いた話では、地下一階に上る通用門と階段があるという。

週末土曜日の駐車場は閑散としていた。薄暗いエレベーターホールを抜け、車寄せの脇にある分厚い扉を開ける。すると、人影を察知したセンサーが作動して電球が灯り、狭い階段の先を指し示した。

突然の呼び出しだった。だが、恩義ある男の頼みを無下に断ることはできない。階段を一段上るたび、地下から濃い霧が湧《わ》き上がってくるような気配を感じた。特段疲れているわけではないが、とりわけ足が重い。

足元の経済環境を考えれば、いつか依頼を受けると考えていた案件だった。東田は、週明け月曜日の東証大引け後、新たな経営戦略を発表すると言った。その前に、今回の契約を済ませてしまえば、後々禍根は残らない。東田は悩み抜いた挙句、最終決断をしたのだ。今後も同じようなオーダーが増えるはずだ。恩人が動かす組織は巨大だ。それだけに現下の状況は酷《ひど》く、自分のような裏方が必要となる。だが、もう足を洗いたい。

ほんの一時間半前、自分は西新宿のホテルでコラボレーションの成果に目を細め、そして今後芽生えてくるであろう新しい芸術の息吹に興奮を覚えていた。

〈ゆっくり探せばいいのです〉

一五年以上前、ヘルマン証券の幹部だった杉本が告げた言葉が今も頭の中に響く。杉本のように、全く別の分野に飛び込む器量も勇気もなかった。ましてソラー電子のような有力な出資者を仰ぐようなビジネスセンスもなかった。

いや、自分なりに懸命に知恵を絞った。証券マンとして体に刻んだ持ち前の相場観を活《い》かし、損失を抱えた企業や不良債権に苦しむ金融機関をたくさん見つけだした。東田という知己を得たことで、一流という見かけ倒しの看板を持つ企業からの依頼が増えつづけた。しかし無制限に膨らむ損失に恐怖を覚えてからは少しずつ考えが変わってきた。過去の損失を綺麗《きれい》に洗い流した金融機関に対し、真っ当な運用で知られる海外のヘッジファンドや投資商品を勧めようとなんどもリストを作った。

だが今日と同じように、そのたびにクライアントの方から予想外の申し出が入り続けた。彼らは綺麗にするよりも、積極的に隠す方を選んだのだ。

年を追うごとに、顧客たちの抱えていた不良債権隠しや損失隠蔽《いんぺい》の額は膨らみ続け、企業や組織そのものの生き死にに直結する巨大な膿《うみ》となった。衆人環視の大病院で手術を受ければ、マスコミや株主たちの知るところとなる。世間に病根が知れてしまえば、たとえ手術が成功したとしても企業や組織は信頼を失い、死んだも同然となってしまう。

だからこそ、世間に存在が知られていない自分が頼りにされるのだ。一切望んだことはないが、いつの間にか当代随一の顔役とまで言われるようになった。

望んで引き受けた役目ではない。誰もなり手がいなかっただけの話だ。たった今、請けた話も誰にも知られてはならない事柄であり、長年汚れ仕事をこなしてきた中でも圧倒的に巨大な隠し事だった。

懸命に腿《もも》を引き上げ、古賀は長く細い階段を上った。仲介する海外金融機関やスキームの当てはある。入ってくる手数料も過去最高になるのは間違いない。だが、なぜこうも足が重いのか。逃げたい。だが、あの男の頼みを断ることなどできない。

古賀は強く頭《かぶり》を振った。このまま西新宿のホテルに戻れば、まだ誰かNPOのスタッフに会えるかもしれない。

北欧風デザインの陶器、ヨーロッパの最先端モードに組み込まれた東北の伝統工芸……スライドで見た作品を思い出していたとき、佐知子が残したメモが瞼《まぶた》の裏に現れた。

佐知子はなぜ突然姿を消したのか。今回の重い依頼を一時でも忘れるためには、佐知子の存在が欠かせない。考えてみれば、辞めようと思い続けてきたビジネスを割り切ってこなしてきたのは、佐知子の笑顔とNPOの若いスタッフたちの無垢《むく》な気持ちがあったからだ。強欲、嫉妬《しっと》、謀略……古賀が二六年も関わってきた汚れ仕事には、常に当事者たちの後ろ向きのどす黒い怨嗟《えんさ》がまとわりついていた。

佐知子の夢、若いスタッフや職人、作家たちの純粋な心に触れてきたからこそ、汚れ仕事と割り切ってビジネスを続けて来られたのだ。

古賀は階段の途中で足を止め、薄暗い空間でスマホの液晶画面を押した。佐知子の履歴に触れてみるが、やはり電話はつながらない。

理由が何一つ思い浮かばない。大きく息を吐くと、古賀はようやく階段を登り切った。とりあえず西新宿のホテルに行こう。若手スタッフの誰かをつかまえて、食事にでも行こう。そう考え直して地下一階のドアノブに手をかけた。

「お待ちしておりました、古賀さん」

ドアを押し開くと、目の前には目付きが鋭く、胸板の厚い背広の男がいた。その傍らには、古賀に声をかけた小柄なスーツ姿の青年がいた。

「どちらさまでしょうか？」

古賀が尋ねると、二人の男が揃《そろ》って胸元のポケットから手帳を取り出した。目の前に立ちはだかる二人の身分証を見た瞬間、古賀は佐知子が消えた理由を悟った。

4

「なぜここに同行していただいたのか、理由はわかりますか？」

警視庁本部二階にある取調室の一室で、小堀は切り出した。スカイラインの車中と同様、机の対面にいる古賀は口を真一文字に閉じている。

「先ほど自己紹介した通り、私は警視庁捜査二課の管理官、小堀です。捜査二課の仕事はご存知ですか？」

小堀が訊くと、ようやく古賀が口を開いた。

「小説やドラマに出てくるのは、詐欺《さぎ》や横領等々の知能犯捜査を担当される部署でしたね」

「その通りです」

小堀は古賀の表情を凝視した。霞が関のビルで任意同行を求めたところ、古賀は一瞬だけ驚いた様子を見せたが、あとは素直に応じた。

今も気負ったところがなく、商談か打ち合わせにでも臨むような態度で小堀と向き合っている。

「はっきり申し上げますが、あなたは被疑者として警視庁に連行されました。知能犯としての自覚はおありですか？」

「ありません」

古賀の口調は変わらない。その声には、見積書の値段では取引ができないとでも言うような、どこかビジネスライクな響きがある。小堀は記録係席にいる今井に目をやった。今井は机にあった分厚いファイルを差し出した。

小堀は目の前の机にファイルを置くと、ページをめくり始めた。まずは、軽いジャブを放ち、古賀の様子を探るところから始める。小堀はファイルから一枚、紙を取り出して古賀の前に置いた。

「二〇〇〇年前後から、あなたは様々な企業や金融機関が抱えていた損失を海外に飛ばす仲介役を務めてきました」

小堀は一覧形式にまとめた表を指した。一つひとつのコマに企業名と紹介した外資系企業の名前、海外のタックスヘイブン等に飛ばした損失の概算が並んでいる。すべては佐知子が送ってくれた古賀のメモを参考にし、その後に三知の捜査員総出で各企業から裏付けを取った。

「金融の仲介ビジネスを生業《なりわい》にしてきたのは事実です。しかし、取調室で問い詰められるような違法性のある取引を扱ったことは一切ありません」

「たしかにその通りです。時価会計が導入される以前の取引ばかりですから。しかし、CBFS銀行東京支店が公益を著しく害する数々の契約を違法と判断され、法人と支店長が個人として訴追されました。そのことはどうお考えですか？」

小堀は努めて穏やかな口調で訊いた。

「司直の判断がそのように下った以上、私がとやかく意見することはありません」

「つまり、あなたは大量に不適切な商品を紹介したということです。道義的な責任を感じませんでしたか？」

「私は訴追されませんでした。これ以上なにも申し上げることはありません」

その商品は三分前に売り切れました……百貨店の店員が客に説明するような口調で、古賀は平然と言ってのけた。小堀は手元のファイルをめくり、次の手札を切った。

「こちらはいかがでしょうか？　まだ時効は成立していません」

三田電機に関する資料だった。一週間前、佐知子が隠し撮りして送ってくれた第一級のネタだった。古賀はじっと資料を見つめている。

「三田電機とは随分と仲が良いのですね」

書類に加え、小堀は三田電機の中谷社長らと古賀が肩を並べて歩く写真を差し出した。

「熱心にお調べになったのですね」

書類と写真を交互に見たあと、古賀が淡々と答えた。

「三田電機は三代前の社長の頃から利益を不正にかさ上げし、七年間で計一五〇〇億円もの粉飾に手を染めていました」

「新聞や雑誌でそのような記事を読んだことはあります」

顔色一つ変えずに、古賀が告げた。己の眉間《みけん》に皺《しわ》が寄ったのを感じながら、小堀は言葉を継いだ。

「三田電機ですが、原発事業について未《いま》だ減損処理を行っていない部分があります」

小堀は古賀の眼前にある資料の一点、一〇〇〇億円と書かれた部分を人差し指で叩《たた》いた。古賀の表情は変わらない。

「このメモの出所はあなたの手帳です。覚えがないとは言えないでしょう」

こう告げれば、佐知子がなぜ消えたのか察しの良い古賀は瞬時に全《すべ》てを悟るだろう。同時に、逃げ道が塞《ふさ》がれていることも理解する。

小堀は黙って古賀を見つめ続けた。目の前のいかがわしい金融コンサルタントはぼんやりと小堀の指先を見つめている。これで言い逃れはできない。いや、司法警察員として言い逃れなど決して許してはならないのだ。

三田電機は不適切会計を認め、過去に遡《さかのぼ》って多額の損失を計上し直した。その中で主力業務の一つ、原発事業は最後まで減損処理が遅れた。

パソコンや家電の不振を隠していた一五〇〇億円分に加え、三田電機は原発事業の減損二〇〇〇億円を後に計上した。だが、実態は世間に発表した分よりも一〇〇〇億円多い、つまり本当の減損は三〇〇〇億円だったのだ。この一〇〇〇億円分を海外企業のM&Aに見せかけて隠すよう助言したのが眼前にいる古賀に他ならない。

「どうしました？　あなたが自らヘルマン証券東京支店に話を持ちかけたこともこのメモによって明らかになっています。ヘルマンについても、近く裁判所から令状を取り、正式に捜索することにしています」

自分の指先を見つめ、古賀に向け、小堀は最後通牒《つうちょう》を突きつけた。目の前にいる古賀は依然として黙りこくっている。相当に効いているのは間違いない。

「捜索令状に載る容疑は、金融商品取引法の虚偽記載幇助《ほうじょ》です。古賀さん、そろそろ観念したほうがいい」

そう言うと、古賀がようやく顔を上げた。

「証拠を固めた、そう判断なさるならばご自由に」

古賀は冷静な口調で言った。なぜ動揺しないのか。古賀に逮捕歴はない。それ以前に、金融庁や証券取引等監視委員会の事情聴取を受けたこともない。捜査や検査の強力な権限を持つ側の怖さを知らないのか。小堀は再び今井に目をやった。すると、今井が別のファイルを手渡しした。

「古賀さん、お母様はどうされました？」

ファイルにある文字を一瞥《いちべつ》し、小堀は切り出した。

「交通事故で死にました」

今までと全く同じ調子で古賀が答えた。小堀の手元には、大牟田署が残した現場検証の写真がある。小堀はファイルの向きを変えると、古賀の母親が無残に押し潰《つぶ》された写真を見せた。

「たしかに、酔っ払い運転の暴走車の事故の巻き添えとなられたようですね」

「それがなにか？」

「あなたは、母親の死の直前に三〇〇万円を渡しています。間違いありませんね？」

「ええ、たしかそんなことがありました」

「どういう意味でお金を渡しました？」

「寂れた町で、スナックの経営が芳《かんば》しくないので助けてくれと言われました」

「そうなのですか？」

「嘘《うそ》を言っても仕方ありませんから」

ここまでは小堀が予想した通りだ。小堀はファイルのページをめくった。

「こちらはどう考えられます？」

小堀は地元の不動産業者と古賀良美が交わした書面を古賀に向けた。

〈不動産売買　仮契約書〉

一瞬だが、書類の写しを見た古賀の眉根《まゆね》が寄った。

「あなたと母親、そして荒井理事長の関係は把握しています。あなたは手切れ金目的で三〇〇万円を渡しましたが、彼女の用途は違ったようですね」

小堀の言葉に、古賀がわずかに首を傾《かし》げた。

「この資料を見つけた部下の捜査員によれば、古賀良美さんは中古のマンションを買うつもりだったようです」

「そうですか」

古賀が淡々と答えた。

「不動産業者によれば、娘の睦美さんのお墓のそばにマンションを買い、毎日供養しにいくつもりだったそうです」

「そんな勝手な事情は知りませんね」

小堀が言い終えぬうちに、古賀が早口で言った。

「彼女は決していい母親ではなかった。だが、最後は改心して息子とわずかでも一緒の時間を作りたかった、部下の調べではそのような結果が出ています」

小堀は古賀の目を見ながら、言った。

「そんな母親でさえ、心を入れ替えたのに、あなたはさらに悪事に加担するのですか」

すると、古賀が俯《うつむ》いた。ここで潮目が変わった。小堀は今井に目を向けた。歴戦のベテラン捜査員も頷《うなず》いた。

何人もの先達から言われたように、被疑者の全てを丸裸にして、逃げ道を塞ぐことが肝心なのだ。おまえのやった非道なことはすべてお見通しだ。そのつもりで母の不審死を調べ、かつ子供を思う母親らしい一面をぶつけた。これで古賀の心が確実にこちら側に落ちるはずだ。小堀が見つめると、ゆっくりと古賀が顔を上げた。と同時に、深いため息を吐《つ》いた。今の仕草は、完全に落ちた、ということに他ならない。

「小堀さんはインフルエンザにかかったことがありますか」

「はあ？」

いきなり突拍子もないことを古賀が言い始めた。

「インフルエンザについては、私の質問に答えてからにしてくれませんか。あなたは数々の企業の決算を歪《ゆが》める行為に手を染めてきた。直近の三田電機だけでなく、やはり株式の上場廃止を免れたゼウスにしても、あなたは海外M&Aを通じて損失を隠蔽する工作に加担した。残念ながらゼウス分は時効が成立してしまいましたがね」

過去の損失飛ばしで仕組債を悪用したように、M&Aを隠れ蓑《みの》にするやり口も熟知している。もうあきらめろ、両目に力を込めて小堀は古賀を睨《にら》んだ。

「年々インフルエンザが大流行するのには、ちゃんとした理由があるそうです」

古賀は先ほどと同じように、淡々と話した。気でもふれたのか。今井に目をやると、しばらく話を聞けとその顔が言っていた。

「医学の発展がその一因だというのです」

「どういうことですか？」

小堀は古賀の顔を睨んだ。主題を外れた話を始めたときから、古賀は瞬《まばた》きをしていない。いきなり取調室に連行されても一切の動揺を見せなかった男の表情が、次第に薄気味悪さを増してきた。

小堀が黙っていると、古賀が一段低い声で話し始めた。

「私は金融界に棲《す》みついたウイルスです」

瞬きをしないまま、古賀は淡々と言った。

「最近は様々なタイプのインフルエンザウイルスに対抗するため、新薬が出続けています。その半面、散々いじめ抜かれたウイルスの中には、生き残る輩《やから》が現れたというのです。さらに抗生物質が効かないウイルスも現れていると聞きます。人間ならさしずめ私です。新種のウイルスは今後の研究のために残した方がよくはありませんか」

「関係のない話は結構です」

強い口調で小堀は言い返した。このままでは古賀のペースに乗ってしまう。ここでどちらがこの場の主であるかを理解させる必要がある。

「三田電機の原発事業の減損に話を戻します。あなたは三田電機の幹部たちと共謀し、原発事業のロスを低く見せかける助言を行い、実際に不正取引を仲介する金融機関まで紹介した。明確な金融商品取引法違反です。いかがですか、ここで容疑を認めますか?」

小堀が告げると、古賀がわずかに首を振った。ここまで動かぬ証拠を突きつけたのだ。なぜ古賀は動揺しないのか。今井の手元にある別のファイルを突きつけ、様子を見た方がいいのか。あのファイルには、三田の過去三代のトップに、バイセル取引を使って、不正な利益操作を指示した財界の巨魁《きょかい》の存在がある。

小堀は改めて古賀の顔を見た。口元には薄《う》っすらと笑みが浮かんでいる。依然瞬きはなしだ。黒目がちなその瞳《ひとみ》に吸い込まれそうな錯覚を覚える。

「あなたの行動をずっと監視していました。なぜＪＭへ？」

小堀が言うと、古賀が口元に笑みを浮かべたまま頭を振った。

「商売上の守秘義務があります。捜査二課の方とはいえ、軽々に明かすわけにはいきません。どうかご了承ください。しかし、あまり無愛想でも仕方ありませんね。ヒントを差し上げましょう」

そう言うと、古賀が今井に目を向け、鞄の中から新聞を取り出してほしいと願い出た。言われた通り今井が日本実業新聞の朝刊を取り出し、怪訝《けげん》な顔で古賀に手渡した。

〈ＪＭバンク、公的年金がリスク資産への投資拡大＝マイナス金利対策で一五兆円規模に増額へ〉

「二カ月ほど前、ＪＭが記者会見したときの記事です。お読みになりましたか？」

見出しの太文字を指しながら、古賀が言った。

「主要紙には一通り目を通します。おそらく読んだと思います」

現政権の経済政策を後押しするため、日銀が今年始めに日本では有史以来初となるマイナス金利政策に踏み出したことは知っている。

メガバンクと呼ばれる大手銀行を始め、大手生保などは日本国債への投資で利鞘《りざや》を稼いできたが、日銀の政策変更で潮目が一気に変わった。今までも日本国債の利回りは低かった。しかし、マイナス金利政策に連動する形で、市場での商いで国債の利回りもマイナス圏で推移する状態が恒常化した。ＪＭも同様で、みすみす損をするような日本国債への投資額を減らし、よりリスクの高い株式や不動産投資信託、あるいは海外の国債、社債への投資を積み増すというのがこの記事の主旨だ。

「あなたとＪＭはどのような関係なのですか？」

「守秘義務がありますので、お答えできません」

そう言うと、古賀が口を閉ざした。依然、その両目は一回も瞬きをしない。しかし、口元には薄っすらと笑みが浮かぶ。古賀は守秘義務と言った。ＪＭとなんらかの仕事をしているから、答えられない……。すでに両者はつながっている。

一旦《いったん》視線を外すと、小堀は紙面の見出しに目をやった。なぜ古賀はいきなりＪＭのアドバイザーだと言い出したのか……小堀が三田電機の減損処理に踏み込んだときから、古賀のペースにはまってしまった。日本の郵便事業と貯金、保険を一手に引き受けるＪＭグループと三田電機を結ぶ線……三田電機は決算をごまかし続けた上に、未だ損失の一部を公開していない不届きな企業だ。一方、マイナス金利政策の導入で運用難に苦しむ巨大な元半官半民の企業グループ。

三田電機のインチキは、元を正せば上皇と呼ばれた男が指図したものだ。と同時にJMのトップと言えば、三田の上皇を経て、政府に請《こ》われて社長に就いた東田だ。小堀が顔を上げると、口元に笑みを浮かべた古賀の顔があった。

「先ほどまで会っていたのは、東田さんですか？」

「お答えできません」

古賀は口元を歪ませ、笑っていた。教えられないと答えつつ、その態度は雄弁に東田と会ったと言っている。

東田が急遽《きゅうきょ》古賀を呼び出したとしたら、理由は一つしかない。日銀のマイナス金利政策の導入とともに、株式や債券取引で運用損が生じているのだ。東田は古賀を頼り、巨額の損失に蓋《ふた》をしようと画策している。東田と古賀の接点はかなり以前からあった。この間、古賀は着実に不良債権や粉飾決算に関するスキルを磨き、三田電機のみならず、JMという巨大な鯨のような金融機関をも取り込んだ……。そう考えた瞬間だった。

〈三田電機の株式は絶対に上場廃止になどならん〉

頭の奥で、内外情報通信社の相楽が発した嗄《しゃが》れた声が響く。同時に、乱雑な相楽の事務所の光景が蘇《よみがえ》った。

去年の初秋、初めて蠣殻町《かきがらちょう》の事務所を訪れたとき、相楽は在京紙の夕刊をテーブルに広げた。どれも三田電機の粉飾決算に触れたものだった。

その中に、一つだけ毛色の違う記事があった。現首相が戦後七〇年にあたり、談話を発表するために有識者会議を開き、意見を聞くという内容だった。その中に、首相と握手する大柄な男の写真が載っていた。

〈座長の東田氏と懇談する芦原首相〉

喉《のど》がカラカラに渇いていく。東田の背後には、この国のトップが控えている……無理やり唾《つば》を飲み込む。あのときから、相楽は全てを予見していたのだ。

「話を元に戻しましょう。三田電機の粉飾決算についてです」

小堀が声を絞り出すと、古賀がゆっくりと頷いた。

「小堀さんはキャリアですね」

「そうです。今は捜査二課で約四〇名の部下を束ねています」

また古賀が意味不明なことを言い出した。その両目はしっかり開き、瞬きもない。

「おめでとうございます」

「はっ?」

「近い将来、小堀さんは異例の出世をなさるでしょう。いや、今日のうちに内示があるかもしれません」

「どういうことですか？」

小堀は両手を机につき、思わず身を乗り出した。そのときだった。取調室のドアをノックする鈍い音が響いた。反射的に振り向くと、今井がドアに向かった。今井の背中を見ていると、聞き覚えのある声が聞こえた。

「私の予想が当たりましたね」

古賀の声が響く。体勢を元に戻し、小堀は古賀の顔を睨んだ。

「どういうことだ？」

知らず知らずのうちに、自分の声が萎《しぼ》んでいく。

「小堀さんがどのようなポストを辿《たど》られたのかは知りませんが、千葉や神奈川の捜査二課長、あるいは福岡や愛知のような大都市にある県警本部のしかるべき職にご栄転なさるはずです」

車のセールスマンや百貨店の外商担当者が得意先に媚《こ》びへつらうような口調だ。しかし、古賀の目は一切笑っていない。

「管理官、ちょっと」

いつの間にか、今井が小堀の傍にいた。

「どうしました？」

「取調室の外に、あの……」

今井がバツの悪そうな顔で告げた。小堀は席を立ち、ドアに歩み寄った。

「取調中に悪いな」

ダークグレーのスーツに身を包んだ男がいた。

「刑事部長……」

「先ほど警察庁から異動の内示があった。君は来週から神奈川県警の捜査二課長だ。おめでとう。同期の中ではトップのスピードで大都市圏の課長ポストに昇進だ。これからもよろしく頼むよ」

「しかし、とりかかっている事件《ヤマ》がありまして……」

小堀が言うと、上司が露骨に眉根を寄せた。

「ここだけの話だが、警察庁に官邸からの強い意向が伝えられたそうだ」

「政治圧力という意味でしょうか」

政治圧力と自ら言った直後、背骨を無理やりはがされるような痛みが小堀をおそった。同時にJM本社前の光景がよみがえる。古賀は不可思議なサインを出す直前、体の大きな男となにやら言葉をかわしていた。その男の耳にはイヤホンがあった——イヤホン、そして屈強な体軀《たいく》。あの男は芦原を守るSPだったのではないか。ということは、

JM本社の中に秘《ひそ》かに芦原総理がいた——。古賀は一国の総理大臣と会っていたのだ。

「言葉を慎みたまえ。君の仕事ぶりが評価されたということだ。だからこそ、異例の人事で大都市圏の主要ポストに異動する」

「しかし、三知としての仕事がまだ……」

「ならば退職願を書け。君が異動を断れば、俺の首が飛ぶ」

そう言うと、刑事部長は小堀の肩を二度、強く叩《たた》いた。

「しかし、部長」

「頼むから俺を道連れにしないでくれ」

言い分を一方的に告げると、刑事部長は長い廊下を足早に去っていった。

「管理官……」

今井が下唇を噛《か》み、怒りで肩を震わせていた。

「仕方ありませんね」

小堀は取調室中央の机に向かった。

「古賀さん、失礼しました」

「やはり、内示でしたか？」

口元に笑みを浮かべ、古賀が言った。頷き返すと、古賀は満足気に口を開いた。

「それで、私は帰ってもよろしいですね」

部屋に入ってからと同様、古賀が落ち着き払った声で言った。

「今回はお帰りくださって結構です」

自分の声が消え入りそうなことに小堀は気付いた。だが、次は許さない。

「現政権のうちは、という意味です。ご理解いただけますね？」

だが、古賀は笑みを浮かべたままだ。絶対の自信がある、その鷹揚《おうよう》な態度がそう言っていた。

「もうお会いすることはないでしょう。それでは失礼します」

立ち上がった古賀は、小堀を見下ろし、言った。

「今井さん、お荷物を」

小堀が声を振り絞って告げると、今井が預かっていた鞄を無造作に机に放り出した。

「それでは、ごきげんよう」

小堀と今井の顔をそれぞれ一瞥すると、古賀はスーツのボタンをかけ、悠然と取調室を後にした。

エピローグ

私はタブレット端末の動画ソフトの再生ボタンをタップした。目の前にいる二人の中年男が固唾《かたず》を呑《の》んでタブレットを見ている。

〈アシノミクスは着実に成果を上げ始めています。そのひとつの象徴は、ＪＭが大胆なリスクテークに踏み出したことです〉

〈野党の皆さんはアシノミクスが失敗したと揶揄《やゆ》します。しかし、世界の経済情勢がこれだけ激変したのです。世界的に主要な投資対象は総じて安値圏にあります。為替リスクを差し引いても海外市場で積極的に運用すれば、着実な成果が国民の皆さんの手元に届けられることになるでしょう〉

私がタブレットの停止ボタンをタップすると、二人がため息を吐《つ》いた。

「理屈の上では、総理の仰《おっしゃ》ることは理解できます。しかし、我々規模の地方銀行が海外の運用商品を積極購入するというのは前例がありません」

「頭取、芦原総理がここまで仰っているということは、ある意味で海外運用は国是でもあるということです」

私が声の調子を強めると、二人のうちの一人、でっぷりと太った頭取が渋々頷《うなず》いた。

「日銀のマイナス金利政策導入以降、皆さんがご苦労されているのは十分に理解しています。例えば、期末ごとに高配当の株式を買い、配当取りの権利を得たあとはさっさと売り抜ける……そんな手間のかかることをされていたのではありませんか?」

私の指摘に、頭取の隣に座る禿頭《とくとう》の財務本部長がなんども頷いた。

「銀行の自己資本比率規制がある限り、高リスクの株式を長期保有できないのは理解しております。しかし、配当取りとなると、手間ばかりかかる割に実入りは少ないはずです」

「その通りです」

財務本部長がなんども頷く。いいぞ、もっと被害者面《づら》して、頭取を揺さぶれ。私は鷹揚な顔で本部長に笑みを返した。いつもの通りやれば、カモは釣れる。あと少しだ。右から左へ金を動かしているだけの連中が心底困り顔をしている。いい気味だ。そんな連中から金を巻き上げる。今の私にはこれしか生きる術《すべ》がない。必死に稼ぎ、煤《すす》けた町から妹を救いだそうとした。愛する女の人生を守るため、汚れた金も使った。しかし、すべてが裏目に出た。所詮《しょせん》世の中は金がものをいう。しかし、使い方を間違えば、私のようにたった一人になってしまう。そんな気持ちを晴らすため、私は一銭でも多く奪い取る。

「古賀さん、理屈はわかります。しかし、我々の運用規模はJMや公的年金のような二〇兆円とは比べものにならないくらい小さいのです。やはり為替リスクは取りたくないのが本音です」

頭取の隣に座る禿頭の財務本部長が顔をしかめ、言った。

「では、こちらをご覧いただけますか」

私は書類鞄《かばん》からクリアファイルを取り出し、本部長の前に差し出した。

「機密資料ですので、あとで回収させていただきます」

機密という言葉に、頭取と本部長が唾《つば》を飲んだ。

「JMや公的年金が海外株式に積極投資するようになってから、およそ一〇兆円のロスが生じています」

「ほら、やはりハイリスクじゃないか」

頭取が低い声で唸《うな》った。

「金融機関の運用は、個人のネットトレーダーのような短期売買ではありません。長いスパンで行うものです」

「しかし、国会で野党から追及されているじゃないか」

頭取がなおも抗弁する。

「総理が責任を持って海外投資を後押しされた以上、野党の追及など関係ありません。そこにはきちんとした裏付けがあるのです」

私は資料の一点をなんどか叩《たた》いてみせた。

「海外新興企業向け買収ファンド？」

頭取が私の指先にある文字を読み上げた。

「今後、運用の透明性を求める声が国会で高まるのは必至です。そのときのために、海外の公的年金と共同で買収ファンドに投資する形を取るのです」

「どういう仕組みですか？」

財務本部長が身を乗り出した。

「オプション取引の概要はご存知ですか？」

「ええ、ある程度は」

財務本部長が自信なげに告げた。

「海外の買収ファンドが特殊な債券、仕組債とでもいうべきものを発行します。この中にはオプション取引が含まれておりまして、運用の開示時期だけオプションのプレミアムを先取りする仕組みが埋め込んであるのです」

私が資料の図表を指すと、頭取と本部長が懸命に見入っていた。

「ここだけの話ですが、ＪＭも公的年金もこのスキームを使って決算を通過していますす」

私はＪＭと公的年金の部分に力を込め、言った。

「本当かね？」

「このオファーは他の地銀さんにはまだお伝えしていないものです。ぜひともご検討のほどを」

「時間はたっぷりある。詳しく教えてくれ」

頭取が言うと、本部長が嬉《うれ》し気に笑みを浮かべた。

「それでは、ご説明させていただきます」

前にも触れたと思うが大事なことなので、もう一度言っておく。

儲《もう》け話には必ず裏がある。もし誘いに乗りそうになることがあったら、一旦《いったん》その場を離れて冷静に考えてみるんだな。

その儲け話を、別の会議で素人《しろうと》を前に説明するといい。

おそらく全員が反対するはずだ。でも、反対意見がひとつも出ずに同意してもらえたなら、そのとき初めて投資を検討する価値がある。そんな話が万が一にでもあれば、私が真っ先に買っているけどな。

それから、もう一つ教えておく。市場の値動きに絶対はない。

証券会社のセールスマンや金融コンサルタントが「絶対に実現しない数字」と言ったら、注意した方がいい。そいつらの売りたがっている商品は、目先の損失を隠し、おまけに一時的に利益を生む仕組みかもしれないが、いずれ間違いなく後世に膨大なリスクを背負わせる「不発弾」に変質する。

不発弾は、ほんの些細《ささい》な刺激で信管が起爆する。そのタイミングは誰にもわからな

*

い。今までそんな爆弾をいくつも見てきたから、このアドバイスに間違いはない。しかし、株価や金利の動き以上にあてにならないのが人の心だ。とくに女の場合はなおさらだ。

私の仕事上のポリシーはただ一つ。商売物には絶対手を出さないことだ。四〇年近く金を扱ってきた。ずっと金に振り回されてきた私の言葉に間違いはない。

参考文献

『サムライと愚か者　暗闘オリンパス事件』　山口義正（講談社）
『飛ばし　日本企業と外資系金融の共謀』　田中周紀（光文社新書）
『株がわかる！　日経平均公式ガイドブック』　日本経済新聞社インデックス事業室（日本経済新聞出版社）
『オリンパス症候群《シンドローム》　自壊する「日本型」株式会社』　チームＦＡＣＴＡ（平凡社）
『黒幕　巨大企業とマスコミがすがった「裏社会の案内人」』　伊藤博敏（小学館）
『東芝　不正会計　底なしの闇』　今沢真（毎日新聞出版）
『粉飾決算　問われる監査と内部統制』　浜田康（日本経済新聞出版社）
『企業不祥事インデックス』　竹内朗、上谷佳宏、笹本雄司郎（商事法務）

このほか、インターネット上の情報を参考にしました。

解説

磯山友幸

バブルとは何だったのか。一九八〇年代後半から九〇年代前半にかけて、日本中を覆《おお》っていた「ユーフォリア」ともいえる空気を、今の現役世代の人たちは到底理解できないだろう。

カネにカネを生ませ、そんな「あぶく銭《ぜに》」を派手に蕩尽《とうじん》する。夜な夜なディスコのお立ち台に登り、ボディ・コンシャスな服で身体《からだ》をくねらせて踊っていたＯＬも、会社の接待で三次会まで飲み歩き、深夜の六本木で札束を振ってタクシーをつかまえていたサラリーマンも、今は五十代後半以上になった。

一時の熱狂は、振り返って冷静になれば、常識では理解しがたい「バカ騒ぎ」に映るし、行動が合理的であったなどと語れるはずもない。「そんな時代もあったな」と遠くを見つめて部下たちに想い出話をしても、「そのバカ騒ぎのツケを我々世代が払わされているんです」と白眼視されるのがオチである。

二〇一二年末にスタートした第二次安倍晋三《あべしんぞう》内閣は、アベノミクスを掲げてデフレ脱却に挑んでいる。二〇一八年になってもその方針は続いているが、アベノミクスの「一本目の矢」として掲げられた「大胆な金融緩和」政策は、主流派のエコノミストや金融政策家に評判が悪い。おカネを刷りまくれば、手の付けられないインフレや資産価格の暴騰《ぼうとう》、つまり「バブル」が起きるというのである。

最近では、アベノミクスの効果かどうか、ようやく地価が上昇に転じたが、さっそく「バブルの再来」を懸念《けねん》する識者の声が挙がっている。

だが、あのバブルの渦中《かちゅう》に身を置いた世代からみると、「まだまだバブルなんてものじゃない」と身体の奥底から声が聞こえる。

では、いったいバブルとはどんなものだったのか。本書はそんなバブルの空気を知ることができる好著である。

バブルの頃、東京・兜町《かぶとちょう》は欲望と汗と血にまみれた「人臭い」世界だった。カネの臭《にお》いに惹《ひ》きつけられた人々の様々な思惑が交錯していた。証券マンや一般の投資家に紛れて、仕手筋《してすじ》、総会屋、情報屋、そしてアングラマネーを扱う暴力団関係者などが集まり、小説よりも奇異な事件が次々に起きた。当時を知る人ならば、この小説が、その頃の「臭気」を正確に伝えている事に気づき、一気に引き込まれていったに違いない。

だが、現在の証券市場はまったく一変した。インサイダー取引規制が施行され、金融庁や証券取引等監視委員会が目を光らせるようになった。証券取引所のフロアで売買注文をやり取りしていた「場立《ばた》ち」は姿を消し、コンピューターと数字の無機質な世界に変わった。

だから、そんな今の兜町しか知らない世代にとっては、本書で展開されるストーリーは「小説そのもの」に違いない。現実離れした登場人物の行動や、今の常識からみれば許されるはずのない取引は、小説ならではの面白みに過ぎないと感じるだろう。

若い人には意外だろうが、この小説で展開される事件や金融商品、当局の動きなどは、ほぼすべて「事実」にモチーフを得ている。私は当時、駆け出しの証券記者だったから、登場する社名や人名をみて、あの会社の誰の話だと思い当たる。作者の相場英雄さんもその頃、時事通信社にいたというから、そうした事件を追いかけていたのだろう。その際に吸い込んだバブルの「臭気」をいかんなく本書に吐き出している。

本書は刊行当初から大きな話題を呼んだ。刊行のタイミングが絶妙だったと言うこともできる。まさに「小説のような」事実が進行したバブルとその崩壊の時代の主役たちが、自らの経験を振り返って書き残した著作を次々に出版し、ベストセラーになった。そんなタイミングに当たったのだ。

イトマン事件の頃、住友銀行で事件を裏側から見続けていた國重惇史《くにしげあつし》氏が当時のメモをベースに書いた『住友銀行秘史』（講談社）では、大銀行と裏社会のつながりが赤裸々に明かされた。オリンパスの巨額粉飾事件で逮捕された横尾宣政《よこおのぶまさ》氏が著した『野村證券第2事業法人部』（講談社）では、当時の横尾氏の野村での「活躍」ぶりを通して、財テクにはまっていった企業経営者たちの「狂乱ぶり」が描き出されている。

また、当時の主役たちを見続けてきた日本経済新聞の〝伝説の記者〟永野健二《ながのけんじ》氏が書いた『バブル』（新潮社）も評判を呼んだ。

だが、そうした「遺言」とも言える著作は、肝心のところが空白だったり、断片的だったりして、バブルの全景を十分には語らない。当時から三十年近くがたち、鬼籍に入った当事者も少なくないが、まだまだ関係者が生きていて、史実を語るには時間が浅いということだろうか。

そんな最中に登場した本書の方が、バブルのムードを饒舌《じょうぜつ》に語っているのは、半ば当然なのかもしれない。事実から得たモチーフを紡《つむ》いだ小説というスタイルを取ったことで、タブーを排することに成功したのだ。

本書がヒットすると、作品の中に登場する「事件」について、「事実とは違う」といった指摘が編集部に多数寄せられた、という。さもありなん。当時を知る人は読み進むうちに、これはドキュメンタリーかノンフィクションに違いないと思わずにはいられなくなる。それぐらい迫真に満ちているのだ。単行本にかかっていた帯に「経済界最大のタブーを白日のもとに晒《さら》す」「小説でしか描けない危険領域」とあったことも読者の「錯覚」を誘った。

小説の書き出しを、大手電機メーカー三田電機の粉飾決算問題にしたところも、多くの読者に「錯覚」を起こさせた。舞台回しの役割を担《にな》う警視庁捜査二課管理官小堀秀明は、巨額の粉飾決算が明らかになった三田電機が、「不適切会計」という言葉を使って問題を矮小化《わいしょうか》している点に疑問を抱く。調査に当たった第三者委員会が何かを隠していると考え、「巨大な鉱脈が埋まっている」と確信する。

これが、当時、世間を騒がせていた日本を代表する大手電機メーカー、東芝の粉飾問題をモチーフにしている事は誰の目にも明らかだ。当初、東芝は過去の決算数字の誤りについて、あたかもケアレス・ミスであるかのような「不適切会計」という言葉を使った。これにメディアの多くも従い、「会計不正」や「粉飾」といった言葉を意図的に排除した。上場廃止も取り沙汰《ざた》されたが、証券市場では「日本を代表する東芝を上場廃止にするはずがない」と言った声が支配的だった。そんな「現実」への不信と、小説の中で展開されるやり取りがまさに二重写しになり、本書が注目される大きな要因になった。

主人公の古賀遼はやり手証券マンから「フリーランス」になって、大企業が抱えた「不発弾」を処理する特殊な仕事を専門にしている。「飛ばし屋」というあだ名が付いたと言っているのをみて、バブル期を知っている人ならば、「ははあ」と想像がつく。

バブル期の株価上昇の中で、日本の上場企業は「財テク」にまい進した。「財テク」とは「財務テクノロジー」の略で、バブル初期に日本経済新聞が命名したとされる。まずは、証券市場を通じて、企業は多額の資金を手に入れた。「新株引き受け権」が付いた社債の発行など「エクイティファイナンス」と呼ばれる資金調達がはやり、表面的にはほとんどゼロコストの資金を手にすることができたのだ。後から考えれば、発行済み株式が膨大に増えて配当負担が増えるのだが、借入金の金利がそれなりに高かった当時、合理的な行動に思われた。

問題は、企業が使い道をあまり考えずに資金調達に走ったことだ。企業が手にした大量のおカネが株式や不動産に流れたのである。こうした手元の資金を運用する事、いわゆる「余資運用」を「財テク」という言葉は指すようになった。まさにバブルの始まりだった。

高値が高値を呼ぶ市場に企業のおカネは吸い寄せられていった。会社がもともと保有してきた株式の帳簿価格から切り離して株式を買える「特金（特定金銭信託）」や「ファンドトラスト」といった金融商品が生まれ、爆発的に売れた。銀行がその購入に資金を出す「バックファイナンス」まで行われ、大手商社などは千億円単位で「投資」した。なぜ、そんな規模の投資ができたのか。実は、運用利回りを保証する「にぎり」が普通に行われていたからだ。

ところがバブルがはじけると、株や土地の価格は暴落し、そんな「にぎり」は反故《ほご》にされた。当然、企業が持つ資産にも「穴」が開いた。それを隠すための手段として普通に使われたのが、「損失補てん」や「飛ばし」だった。利回り保証は無理でも元本だけは返します、と証券会社が大口の顧客企業に穴埋めしたのだ。それでも企業の穴が埋まらないと、子会社などに損失を移す「飛ばし」を行った。当時はまだ連結決算が主体ではなかったので、子会社に移せば損失の発覚を胡麻化《ごまか》すことができた。まさにこの小説に登場する「手口」である。

会社の資金を運用につぎ込んだ経営者は慌《あわ》て、株価下落であいた大穴を必死で隠そうと、財務担当者は危うい金融商品に手を出した。金融機関に勧められてイチかバチかで仕組み債を買い、傷を広げた財務担当者は少なくなかった。契約書を引き出しにしまったまま、自殺した財務マンもいた。

その間を主人公の古賀のような金融マンたちが、ハイエナのように徘徊《はいかい》していた。それも、すべて現実に存在していた「風景」だった。

当時に比べれば、日本の証券市場もだいぶマトモになったのは間違いない。企業の不祥事は相変わらず後をたたないが、上場企業のコーポレートガバナンス（企業統治）が問い直され、取締役会のあり方など、様々なルールが整備された。だが、そうした改革が進んだ背景には、バブル期を通じて証券市場の犠牲になった多くの人々がいることを忘れてはいけない。そうした人々がバブルで味わった苦しい経験を追体験する意味でも、この小説は価値がある。今後も金融機関で働く人、将来金融機関に身を置こうと考える人にとって必読の小説として読み継がれるに違いないが、同時に、洒脱《しゃだつ》なエンターテイメントとして本書を楽しんでいただければと思う。


（平成三十年四月、経済ジャーナリスト）

この作品は平成二十九年二月新潮社より刊行された。

JASRAC　出 1804709-801

不《ふ》発《はつ》弾《だん》

新潮文庫　　あ - 94 - 1

平成三十年六月一日発行

著者　相《あい》場《ば》英《ひで》雄《お》

発行者　佐藤隆信

発行所　株式会社新潮社

郵便番号　一六二―八七一一
東京都新宿区矢来町七一
電話 編集部(〇三)三二六六―五四四〇
読者係(〇三)三二六六―五一一一
http://www.shinchosha.co.jp

価格はカバーに表示してあります。

乱丁・落丁本は、ご面倒ですが小社読者係宛ご送付ください。送料小社負担にてお取替えいたします。

印刷・株式会社光邦　製本・株式会社大進堂

ISBN978-4-10-121471-9 C0195